ELSA DIX

Die Tote in der Sommerfrische

Elsa Dix

Die Tote in der Sommerfrische

Ein Seebad-Krimi

GOLDMANN

Sollte diese Publikation Links auf Webseiten Dritter enthalten, so übernehmen wir für deren Inhalte keine Haftung, da wir uns diese nicht zu eigen machen, sondern lediglich auf deren Stand zum Zeitpunkt der Erstveröffentlichung verweisen.

Dieses Buch ist auch als E-Book erhältlich.

Verlagsgruppe Random House FSC® N001967

2. Auflage
Originalausgabe April 2020
Copyright © 2020 by Elsa Dix
Copyright © dieser Ausgabe 2020
by Wilhelm Goldmann Verlag, München,
in der Verlagsgruppe Random House GmbH,
Neumarkter Straße 28, 81673 München
Umschlaggestaltung: UNO Werbeagentur, München
Umschlagmotive: Joe Vella / Alamy Stock Photo; Granger / Bridgeman Images; FinePic®, München; Christian Bäck / Schapowalow/Mato images; Alpha Stock / Alamy Stock Photo
Autorenfoto: © Meike Reiners
Redaktion: Heiko Arntz
KS · Herstellung: kw
Satz: GGP Media GmbH, Pößneck
Druck und Bindung: GGP Media GmbH, Pößneck
Printed in Germany
ISBN: 978-3-442-49034-9
www.goldmann-verlag.de

Besuchen Sie den Goldmann Verlag im Netz

Norderney, August 1912

1

Am Seesteg ins wilde Meer

Das Meer glitzerte im Mondlicht. Henny schaute hinaus auf das Wasser, hörte, wie die Wellen an den eisernen Steg schlugen, der sie weit hinausgeführt hatte. Sie würde diesen Ausblick vermissen, dieses Gefühl, der tobenden See so nah zu sein.

Ein kalter Windhauch fuhr über ihren Nacken, sie schauderte und zog ihre Wollstola fester um den Körper. Heute hatte die Arbeit kein Ende genommen, sie konnte sich vor Müdigkeit kaum noch aufrecht halten. Sie strich über ihre Hände. Die waren rissig, an manchen Stellen spürte sie noch Reste von der Seife und dem Soda, mit denen sie die Dielen gescheuert hatte. Aber sie fühlte auch die feste Hornhaut an ihren Fingerspitzen. Henny lächelte. Nicht mehr lang und alles würde sich ändern. Nie mehr fremder Leute Böden schrubben, dicke Federbetten beziehen oder Nachttöpfe leeren. Sie musste nur noch diese eine Sache klären, dann würde sie frei sein. Ein Glücksgefühl durchfuhr sie. Zum ersten Mal seit Langem war sie sicher, dass ihre Träume Wirklichkeit werden würden.

Henny versank in Gedanken, lauschte dem Wind, dem Rauschen der Wellen. Bis sie ein Geräusch hinter sich wahrnahm. Sie drehte sich um, sah im gleichen Moment etwas auf sich zurasen. Sie spürte einen heftigen Schlag gegen den Kopf, Schmerzen, die sich explosionsartig ausbreiteten. Bevor sie realisierte, was passierte, kam ein zweiter Hieb, traf ihre Schulter. Henny schwankte, bemerkte den Rand des Stegs, wollte sich am Geländer festhalten, doch das gab nach, und plötzlich war sie im Meer. Das kalte Wasser drang blitzschnell in ihre Kleider, sie saugten sich voll. Henny schlug mit den Armen, Wellen brachen über ihr zusammen. Im Mondlicht sah sie den Steg direkt vor sich. Die gusseisernen Säulen, die ihn im Meer hielten, dorthin musste sie es schaffen. Henny schwamm darauf zu, so gut es ging. Ihren rechten Arm, gegen den sie den Schlag bekommen hatte, konnte sie kaum bewegen, in ihrem Kopf pochte es stechend, Übelkeit stieg in ihr auf. Immer wieder schwappten Wellen über sie hinweg, sie spürte, wie mit jedem Zentimeter, den sie vorwärtskam, ihre Kraft schwand. Doch nun war sie fast am Ziel. Sie wollte nach dem Stahlpflock greifen, doch im gleichen Moment spürte sie, wie sie etwas hinunterdrückte. Henny atmete überrascht ein, schluckte Wasser, schmerzhaft brannte es in ihren Lungen. Plötzlich ließ der Druck von oben nach, prustend tauchte sie auf. Doch erneut presste sie etwas unter Wasser. Henny strampelte, versuchte sich zu befreien, kämpfte nicht nur gegen den Stab, der sie unbarmherzig nach unten drückte, sondern auch gegen das Gewicht ihrer Kleider. Mit einem Mal kam sie frei, tauchte auf, sog die Luft in sich hinein. Ihre Beine gehorchten ihr kaum noch, die Arme waren schwer. Henny kämpfte, strampelte. Eine weitere Welle spülte über sie hinweg, riss sie mit, nahm ihr die letzte Kraft. Und plötzlich konnte sie nicht mehr.

Sie sackte hinab, sah das Mondlicht, das sich oben an der Wasseroberfläche brach. Sie sah die Fotografien, die aus ihrer Tasche geglitten sein mussten und davontrieben.

Es war vorbei. Sie würde nicht mehr auftauchen. Nicht hinausgehen in das Leben. Sie starb als das, was sie immer gewesen war. Als Dienstmädchen. Henny fühlte die Wut, über das, was sie verlor. Die Hoffnung, die Freiheit – das Leben. Die Wut wurde zu hilfloser Trauer. Ein letztes Mal schnappte sie nach Luft, spürte den Schmerz, als das Wasser in ihre Lunge drang.

Langsam sank sie ins Meer hinab.

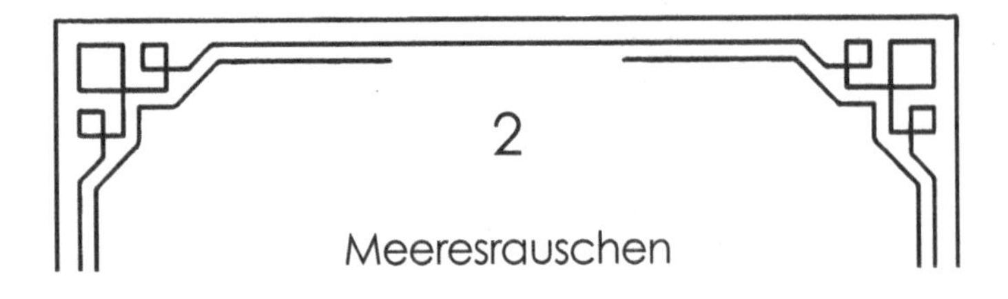

2

Meeresrauschen

Christians Schuhe sanken im weichen Sand ein. Ganz anders als zu Hause, wo die harten Tritte auf dem Gehweg den Rhythmus vorgaben, wo ein Schritt auf den nächsten folgen musste, immer voran. Christian lächelte bei dem Gedanken. Keine fünf Stunden war er auf Norderney, und schon tat der Zauber der Sommerfrische seine Wirkung. Er war noch nie auf einer Insel gewesen, hatte das Meer noch nie auf diese Weise erlebt. Das war etwas völlig anderes als das Dreckwasser im Hamburger Hafen. In der Stadt waren die Straßen voller Lärm und Menschen, die hierhin und dorthin liefen. Dazu der scharfe Geruch aus den Schornsteinen der Fabriken und den Küchen der Häuser. Auf Norderney gab es nichts Derartiges, nur das Rauschen der Wellen und den Wind, der ihm um die Ohren wehte. Es wirkte wie ein Paradies, weit weg von der modernen hektischen Welt. Und doch gab es sie auch hier, die Angst und die Verzweiflung, die mit der Armut einhergingen. Er hatte die heruntergekommenen Katen mit den Reetdächern gesehen, die Männer mit den wettergegerbten Gesichtern, die Frauen mit dem müden Ausdruck in den Augen. Diese Insel war kein Paradies. Aber in diesem Moment, als er am Strand stand und aufs

Meer schaute, war es, als sei all das in den Hintergrund gerückt. Die Zeit schien stillzustehen, und zum ersten Mal seit Tagen fühlte er sich ohne Angst. Frei.

Eine Silbermöwe segelte am Ufer, dort, wo die Wellen wuchtig an den Strand schlugen und einige Männer einen Badekarren ins Wasser schoben. Kinder buddelten im Matrosenanzug im Sand. Sie hatten einen Graben vom Meer gezogen, Wasser lief um eine aufgeschüttete Burg herum. Voller Stolz sahen sie zu ihren Eltern, die in einem Strandkorb saßen und die Sonne genossen. Links hinter dem Familienbad konnte Christian den Strandbereich für die Herren sehen, dann die neutrale Zone und danach das Damenbad. Sogar einen Teil des Seestegs, der weit ins Meer hinausführte, konnte er ausmachen.

Christian fühlte den Wind auf der Haut. Er drückte den Bowler fester auf den Kopf, damit der nicht wegflog. Seine Mütze wäre viel passender gewesen, aber die Eitelkeit hatte ihn dazu bewogen, die Melone aufzusetzen. Sie erschien ihm passender in seiner Stellung. Was Christian an seinen Auftrag erinnerte. Ein Artikel über die »Erholung in der Sommerfrische auf Norderney«. Julius Teubner, sein neuer Redakteur, erwartete den Artikel in spätestens einer Woche. Natürlich mit eingängigen Zitaten hochgestellter Persönlichkeiten, vielleicht sogar vom ehemaligen Reichskanzler Bernhard von Bülow, der die Villa Edda auf der Insel als Sommerresidenz nutzte. Eine knappe Woche hatte Christian Zeit, um Impressionen über das Leben der feinen Gesellschaft zu sammeln. Ausgerechnet er und die Damenillustrierte *Frau von Welt.*

Bislang hatte Christian mit Klatsch und Mode nichts zu tun gehabt, sondern die Kriminalberichte übernommen. Aber ob es ihm gefiel oder nicht, er musste diesen Artikel schreiben, und er musste gut werden, sonst würde er seine neue Stellung schnell wieder los sein. Er fragte sich, ob Teubner auch ein paar Fotografien kaufen würde. Die *Frau von Welt* experimentierte mit dem Kupfertiefdruckverfahren. Die ersten Ausgaben der Illustrierten mit Fotografien waren eine Sensation gewesen, die Leserinnen waren begeistert über die Bilder in der sonst so faden Bleiwüste.

Also gut, einen Versuch war es wert. Christian nahm die braune Ledertasche ab und holte seinen Fotoapparat heraus. Die Sonne verschwand einen Moment hinter einer Wolke, aber in wenigen Sekunden würde sie wieder da sein. Er presste die Kamera gegen seinen Bauch, um das Bild nicht zu verwackeln, prüfte die Peillinie und wartete auf die Sonne. Als sie glitzernd die Wolken durchbrach, drückte er auf den Auslöser. Perfekt.

In Gedanken schickte er einen Gruß über das Meer zu Onkel John in New York, der ihm die Kamera als Geschenk zur ersten Festanstellung nach dem Volontariat geschickt hatte. Christian hatte es nicht fassen können. Er war siebenundzwanzig Jahre und besaß einen eigenen Fotoapparat. Noch dazu eine Kodak Brownie. So handlich, dass er sie überall mit hinnehmen konnte. Sie war aus stabiler Pappe, etwas ganz anderes als die schweren Plattenkameras. Genau richtig für seine Arbeit als Journalist.

Christians Vater hatte davon natürlich nichts verstanden. Für ihn war sie nur eine technische Spielerei, mit der sein missratener Sohn seine Zeit verplemperte. Wenn es nach dem Vater gegangen wäre, würde Christian wie alle Männer der Familie im Zentralschlachthof arbeiten und nicht bei einer Zeitung. Journalist, das war kein ehrbarer Beruf, vor allen Dingen kein Beruf für einen Arbeitersohn. Und fast hätte sein Vater sich durchgesetzt. Mehr als einmal hatte er Christian gezwungen, Hilfsarbeiten im Schlachthof zu übernehmen. Christian hatte sich ins Unvermeidliche geschickt, Schweinehälften getragen und den blutverschmierten Boden geschrubbt. Aber sobald sich die Möglichkeit bot, hatte er dafür gesorgt, dass er rausgeworfen wurde. Sein Vater hatte getobt vor Wut – der Sohn des Vorarbeiters Hinrichs ein Drückeberger. Christian war es egal, und irgendwann gab der Vater auf. Christian ergatterte eine Stelle als Laufbursche beim *Hamburger Fremdenblatt*, kam immer seltener nach Hause. Wann sollte er auch? Tagsüber arbeitete er als Laufbursche, nachts half er im Leichenschauhaus aus. Jeden Monat, wenn er sein Kostgeld abgab, schlug ihm die Verachtung des Vaters entgegen.

Vermutlich hätte Christian irgendwann vor Erschöpfung aufgegeben, wenn sein Freund Gustav ihn nicht ermuntert hätte, einen Artikel beim Chefredakteur abzugeben. Der hatte überrascht geschaut, als der Laufbursche vor ihm stand, hatte dann aber doch einen Blick auf die Zeilen geworfen. Christian hatte kaum zu atmen gewagt. Er hatte tagelang an dem Artikel gefeilt. Zu seiner Enttäuschung strich der Redakteur mehrere Sätze durch, schüttelte den Kopf und machte Anmerkungen am Rand. Dann gab er Christian das Blatt zurück. »Das war nichts.« Er deutete auf einen leeren Schreibtisch. »Sie setzen sich dahin und versuchen es noch mal. Und zwar mit echtem Gefühl. Vermeiden Sie den schwülstigen Kram. Ich erwarte in einer Stunde Ihre Überarbeitung.«

Der Artikel wurde niemals gedruckt, aber er war ein Anfang gewesen. Kurt Weiß, der Chefredakteur, bot Christian ein Volontariat an. Noch heute war Christian ihm dankbar für die Chance, die er erhalten hatte. Und die er ohne Grund aufs Spiel gesetzt hatte. Für einen Moment fühlte Christian wieder diese dunkle Leere, die sich in den letzten Tagen so oft in seinem Inneren ausgebreitet hatte. Er schüttelte den Kopf, als könnte er damit die Bilder vertreiben. Wie er davonlief und der Polizist trotzdem immer näher kam. Der Klang der schrillen Trillerpfeife, die Hand, die sich in seine Schulter krallte. Und dann …

Christian holte tief Luft. Er war nicht in Altona. Hier gab es nur den weichen Sand unter seinen Füßen und das rauschende Meer. Er verstaute den Apparat in die Ledertasche, hängte sie sich um die Schulter und setzte seinen Weg am Strand fort.

Immer seltener traf er auf andere Spaziergänger. Der Strand schien bald menschenleer. Nur die vielen Fußstapfen auf dem feuchten Boden vor ihm verrieten, dass er nicht der einzige Gast auf der Insel war. Kurz überlegte er, eine Aufnahme zu machen und die Einsamkeit auf Film zu bannen. Aber dann verwarf er den Gedanken wieder. Dieses Gefühl konnte er nicht durch ein Bild festhalten.

Christian schaute zur Sonne. Er musste langsam umkehren. Es war Zeit, sich im Hotel umzusehen und Interviews mit den Gästen zu vereinbaren. Schließlich war er nicht zum Vergnügen hier, sondern für die *Frau von Welt*. Ausgerechnet ein Artikel, den Christian aus einer Laune heraus geschrieben hatte, über seine Fahrradtour mit Gustav entlang der Elbe, hatte zu dem Kontakt zum Redakteur der Familienillustrierten geführt. Julius Teubner hatte sich am Erscheinungstag gemeldet. Eine Artikelserie über Reisen in Deutschland war genau das, was ihm schon lange vorgeschwebt hatte. Vor zwei Wochen hätte Christian über dieses Angebot noch nicht einmal nachgedacht. Er hatte sich nach dem Volontariat Kurt Weiß verpflichtet gefühlt. Die Arbeit als Kriminalreporter beim *Hamburger Fremdenblatt* füllte ihn aus, und er hatte einen Wechsel nie erwogen. Und trotzdem fand er sich nun auf Norderney wieder, und das nur, weil er aus Altona verschwinden musste.

Christian ging langsam zurück, in Richtung Palais-Hotel, in dem er untergekommen war. Ein Familienhotel ersten Ranges – das waren Teubners Worte gewesen, und genau das war es. Ein stolzer Gründerzeitbau mit opulenten Stuckverzierungen, imposant und einschüchternd. Angeblich hatte sogar einmal der Kaiser dort übernachtet, inkognito. Zumindest behauptete das die Hotelbesitzerin, Karen Luers. Aber selbst ohne Kaiser wohnten genug illustre Persönlichkeiten in dem Hotel. Als Christian sich bei der Ankunft eingeschrieben hatte, konnte er einen raschen Blick auf die Gästeliste werfen. Adelige und Fabrikbesitzer. Er war sich bewusst geworden, dass er vermutlich der Gast mit dem geringsten Einkommen war, der dieses Hotel jemals bewohnt hatte.

Er sah hinaus auf das Meer, konnte sich nicht losreißen. Nochmals holte er seine Kamera hervor, richtete sie auf die Wellen. Vermutlich würde die Fotografie unscharf werden, die schnellen Bewegungen des Wassers konnte er nicht festhalten. Das Bild würde kaum für die *Frau von Welt* geeignet sein. Aber egal – so hatte er etwas, das ihn immer an den heutigen Tag erinnerte. Er fand die optimale Perspektive für das Bild. Die Wellen türmten sich, Schaum bildete sich auf ihren Kronen. Es war perfekt, bis auf … Christian schaute aufs Meer. Dort schwamm etwas Dunkles auf der Wasseroberfläche, wurde von den Wellen näher und näher an den Strand getragen. Für einen Moment glaubte er, es sei eine tote Robbe. Doch dann wölbte sich etwas Schwarzes auf. Ein Kleid?

Christian brauchte den Bruchteil einer Sekunde, bis er begriff, was das bedeutete. Er stopfte die Kamera zurück in die Ledertasche, riss sich die Schuhe von den Füßen und rannte los.

Der Körper war bereits ein Stück weiter zum Strand getrieben worden. Der Rock bauschte sich auf. Der Wind hatte darunter gegriffen und ihn aufgerichtet wie ein Segel.

Im Laufen zog Christian Sakko und Weste aus, warf seinen Bowler in den Sand. Dann sprang er ins Wasser. Er machte mehrere Züge, die Kleider behinderten ihn mehr als gedacht. Er hatte das Gefühl, überhaupt nicht von der Stelle zu kommen. Doch schließlich war er dort. Haare trieben im Wasser, flossen wie dunkles Seegras um ihn herum. Es war eine Frau, sie trieb auf dem Bauch. Christian ergriff sie an der Schulter, versuchte den Kopf über die Wasseroberfläche zu bringen. Er schaffte es nicht. Mit der nächsten Welle zog er den Körper näher Richtung Strand. Doch dann wich das Wasser zurück, und für einen Moment fürchtete er, von der herausströmenden Gischt mitgerissen zu werden. Seine Füße fanden Halt auf dem feinen Sandboden. Er stemmte sich gegen den Sog des zum Meer drängenden Wassers, wartete auf die nächste Welle, und mit einem letzten Ruck brachte er die Frau endgültig an Land. Christian fühlte die Schwere seines eigenen Körpers, er stolperte, fiel. Mühsam stemmte er sich hoch, fasste die Frau an den Schultern, drehte sie herum und zog sie aufs Trockene.

Er hockte eine Weile da, bis er wieder Luft bekam. Er versuchte, sich zu sammeln, sich innerlich zu wappnen, denn ihm war klar, dass in dem Körper kein Leben mehr war. Dann erst sah er die Frau genauer an.

Sie war jung, vielleicht zwanzig Jahre. Sie hatte die Augen geöffnet, ebenso den Mund, als wollte sie ein letztes Mal einatmen. Das Meer hatte die Haut aufgeschwemmt und ihre Züge verändert. Die braunen Haare klebten an ihrem Gesicht. Behutsam strich er sie beiseite und bemerkte etwas an der Schläfe des Mädchens. Er sah genauer hin. Und im gleichen Moment war seine journalistische Neugier geweckt.

3

Dünengras

Viktoria hatte ihre Schuhe ausgezogen und spürte den warmen Sand zwischen den Zehen, als sie den Weg durch die Dünen ging. Sie war froh, dass sie ihren großen Hut mit dem Samtband am Kinn festgebunden hatte, denn der Wind blies ihr heftig ins Gesicht. Eine ihrer dunklen Locken hatte sich aus dem nach hinten gesteckten Dutt gelöst und wirbelte vor ihrer Nase. Viktoria lachte, fühlte die salzige Luft an ihrer Haut, den Wind, der an ihrem zarten Kleid zerrte. Den ganzen Morgen war sie spazieren gegangen. Zuerst durch die Dünen, weil man von dort den schöneren Blick auf das Meer hatte. Doch jetzt lenkte sie ihren Schritt zum Strand hinunter, direkt ans Wasser. Sie hob ihr weißes Spitzenkleid und ließ das Meer ihre Füße umspielen. Baroness von Balow, die wie Viktoria Sommergast im Palais-Hotel war, würde der Schlag treffen, wenn sie das sehen würde. Eine Dame aus gutem Hause, die ihre nackten Füße ins Wasser stellte – in aller Öffentlichkeit. Das konnten kleine Kinder machen, aber doch nicht eine erwachsene Frau von siebenundzwanzig Jahren. Viktoria lächelte, zog ihr Kleid noch ein Stück höher und ging einen weiteren Schritt hinein. Das Meer zog den Sand unter ihren Füßen mit, ließ sie tiefer einsinken. Dann kam die nächste Welle, die ihr fast bis an die Knie schlug. Herrlich!

Langsam ging sie am Strand entlang. Eine Muschelschale fiel ihr auf, sie hatte am Rand ein kreisrundes Loch. Viktoria hob sie auf, strich den Sand ab, fühlte die Rillen an der Außenseite. Nachher würde sie die Muschel auf ein Band ziehen und als Souvenir behalten. Eine Erinnerung an diesen letzten Sommer, bevor sie zu arbeiten anfing. Sie wusste genau, warum ihr Vater ihr diese vier Wochen auf Norderney spendiert hatte. Er hoffte, die Leichtigkeit der Sommerfrische könnte sie verführen, und sie würde sich in einen Mann – natürlich aus gutem Hause – verlieben. Viktoria lächelte bei dem Gedanken. Wie viele Jahre hatte sie gebraucht, um ihren Vater, der mehr von Paragraphen als von Menschen verstand, davon zu überzeugen, dass seine einzige Tochter Lehrerin werden wollte. In der Vorstellung von Oberstaatsanwalt Berg war das etwas für verarmte Frauen, die die blanke Not dazu trieb. Aber doch nicht für seine Tochter, der die Welt offenstand. Doch als er sah, wie ernst es Viktoria war, hatte er schweren Herzens nachgegeben. Was nicht hieß, dass er die Hoffnung, sie gut zu verheiraten, aufgegeben hatte. Aber er würde sich täuschen. Sie ließ sich nicht verführen.

Sie steckte die Muschel in ihren kleinen Handbeutel, den sie bei sich trug. Die Sonne stand inzwischen hoch am Himmel, es musste bereits nach Mittag sein. Langsam meldete sich Viktorias Magen. Zwar hatte sie sich für ihre Wanderung Brote und einen Apfel mitgenommen, aber beides hatte sie bereits vor Stunden gegessen. Schweren Herzens lenkte sie ihre Schritte zurück Richtung Hotel.

Sie war die ganze Zeit allein an diesem Strandabschnitt gewesen, doch jetzt sah sie in der Ferne einen Mann im Sand knien, vor ihm lag eine Frau. Zuerst dachte sie an ein Liebespaar und war pikiert. Hier in der Öffentlichkeit. Doch als sie näher kam, erkannte Viktoria, dass etwas passiert sein musste. Sie beschleunigte ihre Schritte.

Der Mann bemerkte sie nicht, als sie näher kam. Er kniete noch immer neben der Frau, rang nach Atem und fuhr mit der Hand durch seine nassen blonden Haare.

»Ist sie tot?«, fragte Viktoria, obwohl sie die Antwort bereits wusste.

Der Mann zuckte zusammen, starrte zuerst auf ihre nackten Füße, sah dann überrascht auf, als sei sie als Meerjungfrau dem Wasser entstiegen und habe sich soeben in einen Menschen verwandelt. Dann änderte sich sein Gesichtsausdruck, er musterte sie abschätzig. Sie konnte spüren, was er dachte: *Ein reiches Fräulein. Das hat mir gerade noch gefehlt.*

Sie zog ihre Augenbraue hoch. »Nun?«

»Ich kann nichts mehr für sie tun.« Er strich die Haare der Frau zurück. Dann stand er auf, gab den Blick auf das Gesicht der Toten frei, und es war, als würde mit einem Mal die Brandung lauter tosen. Das konnte doch nicht sein! Viktoria spürte, wie sie wankte.

»Hab ich es doch geahnt.« Der Mann stieß einen Fluch aus, griff nach ihrer Hand.

Doch Viktoria entzog sie ihm, sie machte einen Schritt vor, sah hinab auf die Tote. Blickte in das Gesicht. »Henny!«

Der Mann war neben ihr. »Sie kennen sie?«

Viktoria atmete durch, dann richtete sie sich wieder auf. Sie wollte sich vor dem Mann keine Blöße geben. »Henny Petersen. Ihre Eltern haben früher bei meinem Vater in Hamburg gearbeitet, jetzt ist sie Zimmermädchen im Palais-Hotel.«

Erst vor drei Tagen hatte Viktoria die frühere Freundin überraschend auf Norderney wiedergetroffen, mehr als acht Jahre nachdem Henny mit ihrer Familie fortgezogen war und sie den Kontakt zueinander verloren hatten. Viktoria fühlte, wie sich ihre Augen mit Tränen füllten. Ungeduldig wischte sie sie beiseite. Nein, das war jetzt nicht die Zeit für Tränen. Und schon gar nicht vor diesem Fremden, der sie ansah, als wäre sie ein hysterisches Frauenzimmer, das er nun am Hals hatte.

Sie blickte ihn fest an. »Henny kann nicht hier liegen bleiben.«

Der Mann zog leicht verärgert die Augenbrauen zusammen. »Natürlich nicht. Ich werde zum Herrenbad gehen, schauen, dass jemand mit einem Karren kommt.«

»Gut, ich bleibe hier.«

Er sah sie überrascht an. Für einen Moment erschien so etwas wie Achtung in seinem Blick. Unvermittelt nickte er ihr zu. »Christian Hinrichs.«

»Viktoria Berg.« Sie spürte seine hellblauen Augen auf sich ruhen. Dann wandte er sich ab und ging mit schnellen

Schritten davon. Sie sah ihm nach, wie er über den nassen Strand lief. So lange, bis sie ihn kaum noch sehen konnte.

Viktoria ließ sich in den Sand neben der Toten sinken. Sie betrachtete das Mädchen genauer. Es war tatsächlich Henny. Für einen Moment hatte Viktoria gehofft, sich geirrt zu haben, denn das Meer hatte dem Körper bereits zugesetzt. Aber es waren unverkennbar Hennys Züge. Sie trug das abgetragene dunkle Arbeitskleid mit der weißen Schürze, das sie auch getragen hatte, als sie sich vor drei Tagen überraschend vor dem Kolonialwarenladen wiedergetroffen hatten. Viktoria griff unwillkürlich nach Hennys Hand, drückte sie fest, so als könnte sie damit das Leben zurück in ihren Körper bringen. Für einen Moment sah sie die siebenjährige Henny vor sich stehen, die Haare zu Zöpfen geflochten, Ruß vom Ofen an der Nase. Sie beugte sich über ein Buch. Der Zeigefinger strich langsam die Zeilen entlang, während ihr Mund mühsam die einzelnen Wörter bildete. »Der Trooo… tz… kooopf.« Das Wort war so langgezogen gewesen, dass es kaum zu verstehen war.

Wieder fühlte Viktoria die Tränen aufsteigen. Diesmal ließ sie sie laufen. Sie fielen hinunter, auf Hennys Gesicht. Viktoria strich sie sanft fort. Warum hatte Henny sterben müssen?

Viktoria blickte zu den Dünen. Dort wiegte sich das silberne Gras im Wind. Der Anblick beruhigte sie ein wenig. Sie hing ihren Gedanken nach, dachte daran, wie alles angefangen hatte, damals. Hennys verheultes Gesicht, ihre Hefte, die sie mit einem Gürtel zusammengebunden hatte, achtlos zur Seite geworfen. Viktoria war überrascht gewesen, die siebenjährige Tochter der Köchin auf der Treppe zum Dachboden vorzufinden. Normalerweise kam das Personal hier nicht hinauf. Henny bemerkte sie zuerst nicht, stand dann auf und wischte sich trotzig den Rotz von der Nase. Das kleine Gesicht war eine wütende Grimasse. Wortlos gab Viktoria ihr ein weißes Spitzentaschentuch, wartete, bis das Mädchen sich die Nase geputzt und ein wenig beruhigt hatte.

Sie kniete sich vor ihm hin. »Warum hast du geweint?«

Für einen Moment glaubte sie, Henny würde nichts sagen, aber dann stieß sie hervor: »Musste heute in der Schule schon wieder in der Ecke stehen.«

»Hm«, machte Viktoria, weil sie nicht wusste, was sie dazu sagen sollte.

Für Henny schien es die richtige Antwort zu sein, denn nun platzte es in einem Redeschwall aus ihr heraus. »Ganze zwei Stunden! Nur, weil ich nicht richtig schreiben kann, und dann ist noch was von dieser vermaledeiten Tinte auf das Papier gekleckst, und der Lehrer hat sie auf seinen Hemdsärmel bekommen. Er hat gesagt, ich würde es nie lernen. Pah – wie denn auch? Ich hab zu Hause nur die olle Schiefertafel zum Üben. Und ein Buch habe ich auch nicht. Der Lehrer sagt, es reicht, wenn ich den Einkaufszettel schreiben kann, mehr würde ich eh nicht brauchen im Leben. Dabei werde ich bestimmt kein Dienstmädchen. Ich nicht.« Sie zog die Nase hoch.

In Viktorias Gedanken formte sich eine Idee. »Was hältst du davon, wenn ich dir helfe, schreiben zu lernen?«

Henny sah sie misstrauisch an. »Du? Du bist doch kein Lehrer. Du bist nur eine feine Dame.«

Viktoria lachte. »Warum soll ich dir deswegen nicht helfen können? Und ich weiß auch schon, womit wir anfangen.« Sie deutete hinauf zum Dachboden. »Da oben haben wir Ruhe. Geh schon mal vor, ich besorge noch etwas, anschließend legen wir los.«

Henny hatte sie einen Moment mit großen Augen angesehen. Dann hatte sie genickt, sich ihre Sachen geschnappt und war die Treppe hinaufgegangen. Das war der Anfang ihrer Freundschaft gewesen. Und nun lag Henny tot vor ihr.

Viktoria bemerkte Männer mit einem Badekarren, die sich vom Strand aus näherten. Christian Hinrichs ging mit festen Schritten voraus, die zwei Männer zogen den Wagen.

Viktoria streifte ihre Schuhe über, erwartete sie im Stehen. Es waren Einheimische. Die Sonne hatte in ihre Haut tiefe Falten gezogen. Sie begrüßten Viktoria mit einem Nicken. Bei der Leiche hielten sie inne, sprachen ein Gebet. Viktoria hatte befürchtet, dass sie grob sein würden. Aber die Männer nahmen Henny sanft bei den Schultern und den Füßen, legten sie vorsichtig in die geschlossene Umkleidekabine des Karrens, in der sich normalerweise Badegäste umzogen, bevor sie ins Wasser stiegen. Christian bedeckte Henny mit einem Tuch und schloss die Tür.

Schweigend gingen sie zusammen den Weg ins Dorf. Die Männer ächzten beim Ziehen des Wagens durch den nassen Sand. Christian Hinrichs fasste wie selbstverständlich mit an, als hätte er nie etwas anderes gemacht. Erst kurz vor dem Dorf erreichten sie eine Straße, und von da an ging es leichter. Sie folgten der Kaiserstraße, vorbei an den Bremer Häusern, bis sie vor dem Palais-Hotel standen. Einige der flanierenden Gäste waren stehen geblieben, drehten sich um und runzelten die Stirn beim Anblick des Badekarrens und des völlig durchnässten Christian Hinrichs.

»Die Polizeiwache ist dahinten in der Knyphausenstraße«, brummte einer der Männer.

Viktoria schickte sich an weiterzugehen, aber die Männer blieben stehen.

»Was ist?«, fragte sie.

Die beiden Arbeiter blickten zu Christian Hinrichs. »Schall de Deern daar ok mit hen?«, fragte einer, als sei Viktoria eine zusätzliche Last, die sie mitschleppen mussten. Der Mann wandte sich an sie. »Nix gegen Sie, Fräulein. Aber dat mit de Polizei ist Männersache. Gehen Se man ruhig in Ihr Hotel.«

Viktoria fühlte die Wut in sich aufsteigen. »Ich kannte Henny. Die Polizei wird mehr über sie wissen wollen. Ich komme mit.« Bevor auch nur einer der Männer einen weiteren Einwand erheben konnte, ging sie voraus.

Bei dem roten Backsteingebäude blieben sie stehen. Christian Hinrichs schaute mit unergründlicher Miene hinauf auf das verzierte Schild über der Tür. Sie wurde nicht schlau aus diesem jungen Mann. Seiner Kleidung nach war er ein Bürgerlicher, aber als er vorhin mit den

Arbeitern gesprochen hatte, war sein Plattdeutsch kaum von dem eines Hafenarbeiters zu unterscheiden gewesen.

»Was ist, Herr Hinrichs? Sie haben doch wohl keine Angst vor der Polizei?«

Viktorias Bemerkung war nicht ernst gemeint, aber er machte einen Schritt zurück, steckte die Hände tief in seine Taschen und sah nachdenklich zu Boden. Es war ganz offensichtlich, dass er die Wache nicht betreten wollte. War er etwa ein Betrüger, der hier auf Norderney Sommerfrischler um ihr Erspartes brachte?

Die Turmuhr schlug drei. Christian Hinrichs täuschte Überraschung vor. »Oh, schon so spät. Ich habe eine dringende Verabredung. Ich werde später meine Aussage machen.«

Viktoria hatte keine Ahnung, warum er der Polizei aus dem Weg ging. Aber ein Betrüger war er mit Sicherheit nicht. Selten hatte sie jemanden kennengelernt, der so schlecht lügen konnte.

Sie glaubte schon, dass er einfach gehen würde, aber er sah sie zögernd an.

»Sagen Sie der Polizei, sie sollen sich die Schläfe der Toten ansehen.«

Als sie nickte, drehte er sich um und war weg. Viktoria starrte ihm hinterher. Das gab es doch nicht! Dieser Christian Hinrichs war tatsächlich davongelaufen.

Eine halbe Stunde später kam Viktoria aus der Polizeiwache, und sie wünschte, sie hätte es dem jungen Herrn Hinrichs gleichgetan. Sie ballte die Hände zu Fäusten und versuchte, die Tränen der Wut aus ihren Augen zu vertreiben. Der Polizist hatte ihr nicht einmal zugehört, sondern nur mit den Männern gesprochen. Sie hatte versucht, Christian Hinrichs' Hinweis weiterzugeben, aber der Mann hatte nur abwesend genickt und war schnell zu seinem Urteil gekommen. »Das Mädchen ist ins Wasser gegangen.« Natürlich! Alles andere hätte auch den Bäderbetrieb gestört. Zu Viktorias Einwänden, dass Henny sich niemals freiwillig selbst getötet hätte, nickte er, aber seinem Gesicht war abzulesen, was er dachte: Ein überspanntes Fräulein, das ihm seine Arbeit erklären wollte. Viktoria hasste es, übergangen zu werden, nur weil sie eine Frau war. Sie hatte dem Gendarmen in aller Deutlichkeit ihre Meinung gesagt, dann war sie hocherhobenen Hauptes hinausgegangen.

Jetzt stand sie auf den Stufen der Wache und war so wütend, dass sie erst einmal tief durchatmen musste. Sie sah auf die sonnenbeschienene Straße, Paare flanierten an ihr vorbei. Die Damen hatten ihre Sonnenschirme aufgespannt, die Herren hatten den Bowler tief ins Gesicht gezogen, damit er ihnen nicht davonflog.

Na gut. Wenn dieser Gendarm zu ignorant war, auf ihre Worte zu hören, dann war das so. Aber sie würde das Ganze nicht auf sich beruhen lassen. Henny war tot. Und Viktoria würde herausbekommen, warum sie hatte sterben müssen.

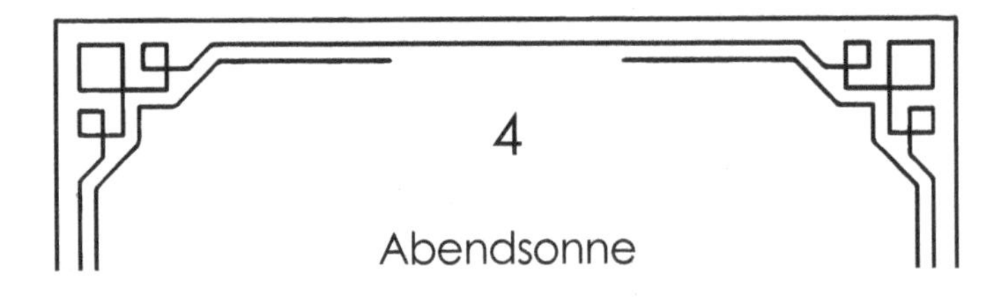

4

Abendsonne

Etwas später saß Viktoria auf der schönen Hotelterrasse und starrte nachdenklich auf die weiß gestrichenen hölzernen Bögen mit den geschliffenen Fenstern, die ihr bei der Ankunft vor einer Woche so gefallen hatten. Doch diesmal konnte der Anblick sie nicht erfreuen. Gerade hatte sie einen Kondolenzbrief an Hennys Eltern beendet. Es war schwer gewesen, die richtigen Worte zu finden. Viktoria hatte versucht, Henny so zu beschreiben, wie sie sie in Erinnerung hatte. Ihr Lachen, ihre Lebensfreude, die letzte Begegnung mit ihr. Sie hoffte, dass sie den Eltern damit Trost spenden konnte.

Nun lag der Brief in einem Umschlag vor ihr, ebenso wie ein Brief an ihren Vater, in dem sie ihn über die Geschehnisse informierte. Viktoria ergriff eine seltsame Unruhe. Nicht einmal die Mokkatorte, die sie sich bestellt hatte, konnte sie auf andere Gedanken bringen. Immer wieder sah sie auf die Straße vor dem Hotel und hoffte, Christian Hinrichs zu entdecken. Was hatte er damit gemeint, dass die Polizei sich Hennys Schläfe ansehen sollte? Sie hatte am Strand nichts bemerkt, aber sie erinnerte sich, dass er Hennys Haare beiseitegeschoben hatte, als sie gekommen war. Hatte er damit etwas verdeckt? Sie verfluchte ihn in ihren Gedanken. Warum war er nur davongelaufen?

Schließlich gab sie es auf, nach ihm Ausschau zu halten. Sie ging zum Concierge und gab die Briefe an Hennys Eltern und an ihren Vater für die Abendpost ab. Anschließend eilte sie die Treppen hinauf, um das Badekleid zu holen. Schwimmen hatte ihr schon immer geholfen, ihre Gedanken zu sortieren. Und sie hatte das Gefühl, dass sie genau das jetzt brauchte.

Am Strand war es voll, und Viktoria musste eine Weile warten, bis ein Badekarren frei wurde. Die hölzernen Gefährte mit den großen Rädern waren schnurgerade am Rande des Strandes aufgereiht. Bis vor einigen Jahren waren damit die Badegäste hinaus ins Wasser gefahren worden. Selbst Viktoria hatte auf diese Art das Baden im Meer kennengelernt.

Sie erinnerte sich noch gut daran, wie sie mit acht Jahren zum ersten Mal in den Karren gestiegen war und von zwei Einheimischen hinaus ins Wasser geschoben wurde. Dort angekommen hatte sie sich ihrer Kleider entledigt und war durch die kleine vom Strand abgewandte Tür hinaus auf die Treppe gegangen. Eine Markise war bis auf die Wasseroberfläche herabgelassen worden, um sie vor neugierigen Blicken zu schützen. Das erste Mal hatte es Viktoria einiges an Überwindung gekostet, hinab in das Meer zu steigen. Die Wellen, die an den Karren schlugen, hatten ihr Angst gemacht. Aber sobald sie mit dem Wasser in Berührung gekommen war, hatte sie jede Furcht vergessen und es genossen, obwohl sie nur kurz untergetaucht war und die sichere Treppe nicht verlassen hatte.

Heutzutage wurden die Badekarren nur noch von den älteren Herrschaften benutzt, und Viktoria war froh, dass es inzwischen auch für Damen von Stand statthaft war, direkt ins Meer zu gehen. Trotzdem blieben die meisten Menschen vorne am sicheren Strand, denn die wenigsten konnten schwimmen. Viktoria hatte es vor zwei Jahren gelernt. Etliche Stunden hatte sie eingespannt in der schrecklichen Übungsapparatur verbracht, um die Bewegung des Schwimmens auf dem Trockenen zu erlernen. Erst danach hatte sie ihr neues Wissen im Wasser anwenden dürfen. Das erste Mal wäre sie fast untergegangen, doch schon bald hatte sie den Bogen rausgehabt. In ihren Augen gab es nichts Besseres, um den Kopf freizubekommen, und genau das brauchte sie jetzt.

Viktoria stieg in den Badekarren. Sie zog ihr Kleid aus, ließ das Unterkleid auf den Boden fallen, entledigte sich ihrer Beinkleider und der Unterwäsche. Sorgfältig legte sie alles an die Seite. Anschließend zog sie ihr blaues Badekleid mit dem gestreiften Gürtel an und setzte die Badekappe aus Leinen auf. Zum Schluss zog sie ihre Badeschuhe über und befestigte sie mit den Kreuzbändern am Bein.

In der Kabine war es eng und stickig, und Viktoria war froh, als sie den Badekarren endlich verlassen konnte. Eine leichte Brise ließ sie wohlig erschaudern, als sie den Weg in Richtung Strand ging. Dort schlugen die Wellen sanft auf. Kinder spielten im flachen Wasser mit Muscheln, ihre Mütter standen daneben und tratschten über Neuigkeiten aus dem Königshaus.

Viktoria setzte einen Fuß ins kühle Wasser und ging dann zügig weiter hinein. Als die Wellen gegen ihren Bauch klatschten, hielt sie unwillkürlich die Luft an und ließ sich vollständig ins Wasser gleiten. Sie schwamm bis zu der ersten Markierungsboje, um von dort parallel zum Strand ihre Bahnen zu ziehen. Je mehr Züge sie machte, desto ruhiger wurde sie. Sie passte ihre Bewegungen dem Wellengang an, ließ sich vom Salzwasser tragen. Ruhe breitete sich in ihr aus.

Am Abend spürte Viktoria noch immer die Anstrengung des Schwimmens in ihren Muskeln. Fast eine halbe Stunde war sie im Meer gewesen. Auf dem Rückweg zum Hotel hatte sie Ausschau nach Christian Hinrichs gehalten, doch sie konnte ihn nirgends entdecken. Die wunderbare Ruhe, die sie während des Schwimmens verspürt hatte, verschwand, und das eisige Gefühl, das sie schon zuvor verspürt hatte, kehrte zurück.

Im Hotel zog sie sich für das Abendessen um, ein Zimmermädchen steckte ihr die Locken hoch und murmelte dabei etwas über die Schädlichkeit des Salzwassers für die Haare. Viktoria überhörte es geflissentlich.

Nun stand Viktoria in der Tür des Salons und sah sich um. Sanftes Murmeln erfüllte den Raum im Palais-Hotel. Schwere rote Vorhänge und ein dicker Teppich dämpften sämtliche Geräusche. Durch die Fenster strahlte die Abendsonne herein, ihr Licht brach sich in den Kristalllüstern, die von der Decke hingen und glitzernde Strahlen auf das Bücherregal an der gegenüberliegenden Seite des Raumes warfen. Ein Paar hatte es sich auf der dunkelgrünen Chaiselongue in der Ecke bequem gemacht.

Clara von Balow, Viktorias Tischnachbarin, stand linkerhand in der Nähe des Flügels. Sie bemerkte Viktoria und winkte. Clara war mit ihrer Mutter und ihrer Tante eine Woche vor Viktoria angereist und froh gewesen, Bekanntschaft mit einer Person annähernd in ihrem Alter machen zu können. Seitdem hatte Viktoria die Balows bei den meisten Spaziergängen durch den Ort begleitet. Wenn es nach Clara ginge, würden sie den ganzen Tag im Kaufhaus oder im Bazar verbringen. Clara hatte ein ausgesprochenes Faible für Mode. Sie liebte es, Kleider anzuprobieren. Heute schmückte ein rosafarbenes Samtband ihr blondes Haar, das farblich zu ihrem Kleid aus Seide mit der dunklen Tunika passte. Viktoria musste lächeln. Gleich an ihrem ersten Abend hatte Clara von nichts anderem gesprochen als davon, welche Stoffe für Abendkleider gerade en vogue waren. Auch wenn das Thema Viktoria nicht besonders interessierte, Clara war eine angenehme Unterhalterin und der Abend wie im Fluge vergangen.

»Viktoria!« Clara deutete einen Kuss auf die Wangen an. »Da bist du ja endlich. Ich habe dich heute Nachmittag vermisst. Man könnte fast meinen, du bist uns aus dem Weg gegangen.«

Womit Clara ins Schwarze getroffen hatte, denn tatsächlich hatte Viktoria heute Morgen das Frühstück ausfallen lassen, sich stattdessen ein Essenspaket besorgt und war in aller Herrgottsfrühe aus dem Haus gegangen, um die Insel auf eigene Faust zu erkunden. Claras Mutter, Baroness von Balow, hätte es niemals gutgeheißen. Die entstammte altem Landadel und hatte sehr genaue Vorstellungen darüber, was sich schickte und was nicht. Und eine unverheiratete junge Frau, die sich unbegleitet in der Öffentlichkeit zeigte – unfassbar!

»Viktoria, du glaubst nicht, wie schrecklich es heute Nachmittag war.« Clara sah sie mit großen Augen an. »Maman hat mich keine Sekunde aus den Augen gelassen! Sie ist ein regelrechter Gefängniswärter. Wenn Tante Elsie nicht interveniert hätte, wir hätten den ganzen Tag im Hotel gesessen und Rommé gespielt.«

Viktoria folgte Claras Blick und entdeckte Elsie von Czarnecki an dem Bücherregal, vor dem auf einem Tischchen ein Grammophon stand. Claras Tante lauschte der Stimme Carusos, die aus dem silbernen Trichter in den Raum schallte, dabei wippte ihr Fuß im Takt der Musik, und sie lächelte versonnen. Die grauen Haare hatte sie locker nach oben gesteckt, und um ihren Hals lag eine lange Perlenkette, mit der sie gedankenverloren spielte. Ihre Schwester, Baroness von Balow, stand im schwarzen Kleid mit hohem Kragen stocksteif daneben. Mit dunklen Augen betrachtete sie die Gäste und wirkte für einen Moment, als beobachtete sie die Äthiopier aus Afrika, die man sich in der Völkerschau in Hagenbecks Tierpark ansehen konnte.

»Deinem Gefängniswärter bist du in den letzten Tagen häufig genug entkommen«, sagte Viktoria an Clara gewandt. »Mittwoch warst du zum Beispiel den ganzen Nachmittag verschwunden. Und du hast mir immer noch nicht erzählt, was du gemacht hast.«

Clara zuckte mit den Schultern. »Ich habe mit Tante Elsie Kaffee im Conversationshaus getrunken, während Mutter ihren Nachmittagsschlaf gehalten hat.«

Viktoria musste sich ein Schmunzeln verkneifen. Im Café am Conversationshaus war Clara mit Sicherheit nicht gewesen. Denn Viktoria hatte selbst im Schatten der Erlen am Kurhaus gesessen, ein Stück herrlicher Mokkatorte genossen und die Gäste beobachtet, die über den Platz spazierten. Von Clara war keine Spur zu sehen gewesen. Aber warum sollte Clara nicht einige Stunden allein verbringen? Immerhin wurde sie im Herbst vierundzwanzig, da konnte ein wenig Freiheit kaum schaden.

Clara bemerkte ihren Blick. »Du machst ein Gesicht wie Maman, wenn sie mir nicht glaubt. Ihr beide könntet im Klingelpützer Gefängnis arbeiten – als Oberaufseherinnen.«

Viktoria musste lachen, und plötzlich gab ihr all das – die vornehm gekleideten Menschen, die gedämpfte Unterhaltung, die Musik des Grammophons – ein Gefühl der Sicherheit.

Clara kräuselte die Nase. »Ohne Tante Elsie wäre ich heute gar nicht rausgekommen. Maman war der Meinung, wir könnten den Tag auf der Veranda des Hotels verbringen. Auf der Veranda! Aber mit Tante Elsies Hilfe konnte ich sie immerhin zu einem Spaziergang zum Musikpavillon überreden. Dort hat das Königliche Badeorchester Walzer gespielt. Einfach herrlich!« Ihre Augen glänzten. »Anschließend wollte ich den Tag im Wiener Kaiser-Café ausklingen lassen. Aber Maman hat nur einen Blick auf die Speisekarte geworfen und gesagt, dass wir im Hotel bestens verpflegt werden. Sie ist so knauserig! Sie versteht einfach nicht, dass es mir Spaß machen würde, mich irgendwo hinzusetzen und den Menschen zuzusehen. Sie meint, das machen nur die einfachen Leute. *Für unsereins schickt sich das nicht.*«

Sie ahmte die Stimme ihrer Mutter perfekt nach, was Viktoria abermals zum Lachen brachte. Es war diese unbändige Lebensfreude, die sie an Clara so schätzte, und es war genau das, was sie jetzt im Moment am meisten brauchte. Claras unbeschwerte Art vertrieb die dunklen Schatten, die seit dem Nachmittag auf Viktoria lagen.

Clara ergriff ihre Hand und sah sie mit ihren großen Augen durchdringend an. »Du *musst* mir versprechen, uns morgen zu begleiten. Wir könnten zum Kaufhaus Onno Behrends gehen, dort gibt es Ostasiatika. Oder wir machen einen Spaziergang zum Holzpavillon auf der Marienhöhe und bestellen Schokolade mit Königskuchen!« Sie drückte Viktorias Hand. »Mach du den Vorschlag, Maman wird auf dich hören. Sie schätzt dich. Sonst habe ich doch überhaupt nichts von diesem Sommer. Es ist doch mein letzter.«

»Du wirst im Herbst heiraten, nicht sterben.«

Clara zuckte die Schultern. »Was auf das Gleiche hinausläuft.«

»Ich dachte, du magst Hermann Grothekort.«

»Das tue ich auch«, antwortete Clara abwesend. Ihre Augen schweiften über die Menge.

Viktoria folgte ihrem Blick. Sie erkannte den jungen Dr. Moritz Feuser. Er stand am Fenster – wie immer auf seinen eleganten silbernen Spazierstock gestützt, auf den er wegen eines steifen Beins angewiesen war. Er schaute in die Abendsonne. Er war ein seltsamer Mann, der stets abwesend durch die runde Schildpattbrille blickte. Für einen Arzt mit eigener Praxis auf der Prinzregentenstraße in München wirkte er überdies ein wenig heruntergekommen. Sein dunkler Frack sah aus, als hätte schon sein Vater ihn getragen. Die Krawatte über dem weißen Hemd hatte er mehr als nachlässig gebunden. Und an Feusers Hinterkopf stand eine Strähne ab. Vielleicht wirkte er aber auch nur deshalb wie eine Krähe, die versehentlich in einem Adlerhorst gelandet war, weil er die meiste Zeit mit Severin von Seyfarth zusammenstand.

Der dunkelhaarige Seyfarth war Spross einer der höchsten Adelsfamilien des Landes und immer bestens gekleidet, tagsüber im hellen Cutaway, abends im glänzenden gestreiften Frack mit weißer Weste und Krawatte, dazu eine weiße Perle im Hemd. Die militärische Ausbildung, die er zweifelsohne genossen hatte, sah man ihm an der Körperhaltung an.

Offenbar hatte sie ihn eine Spur zu lange gemustert, denn plötzlich sah Seyfarth zu ihr herüber. Er hob sein Cognacglas und grinste sie provokativ an. Für einen Adeligen überraschend offensiv, von vornehmer Zurückhaltung war nichts zu merken.

Clara zog die Augenbrauen hoch. »Impertinent.« Sie klang wie ihre Mutter. Sie wandte sich wieder Viktoria zu. »Hermann Grothekort ist eine hervorragende Partie, ich freue mich sehr auf unsere Hochzeit«, knüpfte sie an Viktorias Frage an. »Immerhin war er so großzügig, uns vier Wochen in die Sommerfrische einzuladen, obwohl er keine Zeit hat, uns zu begleiten. Aber ihm ist nun einmal daran gelegen, dass es mir gut geht. Er ist ein solider, anständiger Mensch, anders als gewisse Personen hier.«

Womit sie vermutlich nicht nur auf Severin von Seyfarth anspielte, sondern auch auf Dr. Feuser. Es hieß, der treibe sich in den Münchner Künstlerkreisen herum. Aber Bohemien oder nicht – Feuser machte Viktoria nervös. Keine Sekunde konnte er still stehen, ständig verlagerte er sein Gewicht von einem Bein auf das andere, schlang die Arme um sich, nur um sie gleich darauf wieder fallen zu lassen. Seyfarth hatte offenbar ebenfalls genug davon, er trank sein Cognacglas in einem Zug leer und hielt Feuser ein silbernes Zigarettenetui hin. Der Arzt nahm dankbar eine Zigarette und zündete sie sich an. Im gleichen Moment wurde er ruhiger. Seyfarth nahm ebenfalls eine, schaute erneut zu Viktoria hinüber. Dann zwinkerte er ihr und Clara zu.

»Unfassbar«, sagte Clara, aber aus ihrem Tonfall wurde deutlich, dass sich ihre Empörung in Grenzen hielt. Sie wandte den Blick. »Da kommt meine Tante.«

Erst jetzt fiel Viktoria auf, dass die Stimme Carusos verstummt und das Murmeln der Gäste lauter geworden war. Gleich würde zum Abendessen geläutet werden.

»Fräulein Berg, wie schön, Sie zu sehen.« Elsie von Czarnecki strahlte Viktoria warmherzig an. Die Perlenkette auf ihrer mächtigen Brust zitterte. »Wo waren Sie denn heute, wir haben Sie vermisst. Sie haben ein wunderbares Konzert im Kurgarten verpasst.« Sie wandte sich zu ihrer Schwester, Baroness von Balow, um, die jetzt ebenfalls erschienen war. »Nicht wahr, Freya?«

Die Baroness fächerte sich Luft zu. Die feinen Haare ihres Zobelpelzes flogen auf. Offenbar war das Korsett der Baroness heute besonders eng geschnürt, sie atmete schnell und war außergewöhnlich blass. Viktoria weigerte sich seit einigen Jahren, das enge Fischgrätgestänge zu tragen. Die Baroness hatte Viktoria in den vergangenen Tagen mehr als einmal wissen lassen, dass das Korsett ein Bollwerk gegen den Verfall von Sitte und Moral sei. Ohne dieses Bollwerk wäre der Sünde Tür und Tor geöffnet. Viktoria konnte gut damit leben, Sünde hin oder her. Hauptsache, sie konnte frei atmen. Trotzdem mochte Viktoria die Baroness. Clara wünschte sich zwar mehr Freiheit, aber immerhin hatte sie jemanden, der sich um sie sorgte. Viktorias Mutter war zwei Jahre nach ihrer Geburt gestorben. Sie hatte keine Vorstellung von ihr und manchmal wünschte Viktoria, sie könnte sich zumindest an ihre Stimme oder ihren Geruch erinnern. Aber da war nichts.

Elsie von Czarnecki sah zum Grammophon hinüber. »Haben Sie die Stimme von Enrico Caruso gehört? Ein Gassenjunge aus Neapel. Man glaubt kaum, dass jemand aus solchen Kreisen derart innig singen kann.«

»Nun, ob Gosse oder nicht. Er macht mit diesen Schellackplatten ein Vermögen«, warf Claras Mutter ein. Ihr scharfer Blick schweifte über die Menge. Kommerzienrat Gustloff, der die Abendzeitung las, nickte ihr zu. Die Baroness lächelte kühl. »Ein Parvenü, wie so viele heutzutage.«

Viktoria musste schmunzeln. Für die Baroness war jeder außerhalb der Adelskreise ein Emporkömmling. Für die Baroness war nichts wichtiger als der Stand, und selbst das gehobene Bürgertum war ihr in gewisser Weise suspekt.

Clara beugte sich vor, ihre Augen glitzerten. »Ich habe gelesen, dass Carusos Ehefrau mit dem Chauffeur durchgebrannt ist. Und: Sie war eigentlich gar nicht seine Ehefrau, sondern nur seine Geliebte. Dabei haben die beiden Kinder!«

Elsie von Czarnecki schlug die Hand vor den Mund. »Ist das die Möglichkeit! Die ganze Welt verkommt. Wohin soll das nur führen? Inzwischen baden sogar Familien öffentlich zusammen! Zu meiner Zeit wären wir vor Scham im Erdboden versunken. Die Sitten verrohen immer mehr. Haben Sie ein Bild von dieser Schwimmerin bei den Olympischen Spielen in der Zeitung gesehen? Sie war praktisch unbekleidet.«

Viktoria spürte sofort diesen Wunsch nach Widerspruch in sich, der sie schon so oft in schwierige Situationen gebracht hatte. Mina Wylie mochte mit ihrem Kleidungsstück in Stockholm für Aufsehen gesorgt haben, weil es kaum ihre Oberschenkel bedeckt hatte und zudem eng anliegend gewesen war. Aber immerhin ging es hier um Sport.

»Ihr Badetrikot war ungemein praktisch für eine Schwimmerin«, wandte sie daher ein. »Es war aus Baumwolle und damit viel leichter als die Badekleider aus Wolle.« Viktoria hatte kurz mit dem Gedanken gespielt, sich ebenfalls so einen Trikotanzug zu kaufen, immerhin war der im nassen Zustand an die sechs Kilo leichter als ihr Badekleid. Allerdings hatte sie dann doch der Mut verlassen. Sie wollte nicht wegen Erregung öffentlichen Ärgernisses vor Gericht gestellt werden.

Clara lachte auf. »Wen interessieren schon praktische Erwägungen? Elegant muss ein Badekleid sein, sonst nichts. Gestern habe ich eines im Kaufhaus in der Poststraße gesehen, das war formidabel.« Sie wandte sich an Viktoria und fügte etwas leiser hinzu: »Es hat das Knie frei gelassen.«

Der Fächer von Claras Mutter verharrte einen Moment, der Blick der Baroness richtete sich auf sie. »Und wo würdest du damit baden wollen? Im See auf unserem Landgut? Das gäbe eine schöne Vorstellung für unsere Knechte. Ich verschwende kein Geld für so einen Unsinn, und ich werde nicht zulassen, dass meine Tochter zum Gespött der Leute wird.« Für die Baroness war die Angelegenheit damit erledigt. Ihre dunklen Augen wanderten zu Viktoria. »Wir haben Sie den ganzen Tag nicht gesehen, Fräulein Berg. Sie waren unterwegs?«

»Ich war am Strand und habe einen Spaziergang durch die Dünen gemacht«, antwortete Viktoria. Für einen Moment spürte sie wieder die Kälte in ihrem Magen, sah Henny im nassen Sand. Das dunkle Gefühl kehrte zurück.

Clara betrachtete sie neugierig. »Einen Spaziergang in den Dünen? Und mit wem?«

Die Abendsonne schien durch das Fenster, und Wärme legte sich auf Viktorias Haut. Sie glaubte, den Wind zu fühlen, der an ihren Haaren zerrte, die Möwen zu hören, die am Himmel schrien. Hennys Bild verblasste, und sie sah Christian Hinrichs vor sich, wie er am Wasser stand. Sie stutzte. Warum um alles in der Welt dachte sie jetzt an diesen Menschen?

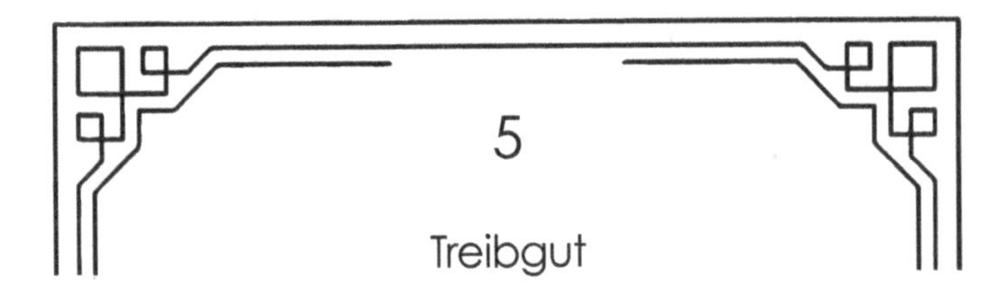

5
Treibgut

Christian trat in den Salon. Er entdeckte Viktoria Berg bei einigen Damen, mit denen sie sich unterhielt. Durch die Fenster schien die Abendsonne herein. Christian wünschte sich, er hätte seine Kamera dabei, um dieses Bild festzuhalten. Den Lichtstrahl, der auf den Kristalllüster an der Decke fiel, die Damen in ihrer eleganten Garderobe mit Perlenketten und funkelnden Ohrringen, die Herren im dunklen Frack. Als seien sie Zeugen einer Zeit, die in ihrem Prunk versinken würde, wie der Liniendampfer *Titanic* erst vor wenigen Monaten. Einem Prunk, mit dem er bisher wenig hatte anfangen können. Aber er musste zugeben, Viktoria sah formidabel aus. Sie trug ein elegantes Kleid aus cremefarbenem Chiffon mit Schleppe, die Ärmel waren mit goldenen Stickereien verziert. Die Leserinnen der *Frau von Welt* wären vermutlich entzückt, auch wenn sich nur die wenigsten von ihnen so ein Kleidungsstück je leisten könnten. Er schätzte, dass es mehr als den Monatslohn seines Vaters gekostet hatte.

Ihre dunklen Locken hatte sie hinten weich zusammengesteckt. Viktorias Wangen waren gerötet, die Augen blitzten, als ob sie gerade ein Streitgespräch beginnen wollte. Dass sie ihren eigenen Kopf hatte, das war ihm sofort klar gewesen, vorhin am Strand, als sie plötzlich vor ihm gestanden hatte. Es hatte ihm gefallen.

Viktoria bemerkte ihn, und für einen Moment starrte sie ihn einfach nur an. Dann kam sie in großen Schritten auf ihn zu. »Warum haben Sie sich einfach davongemacht?« Sie stemmte die Arme in die Seite.

Bevor er antworten konnte, mischte sich die junge Frau mit dem rosafarbenen Haarband ein, die dazugekommen war. »Viktoria, willst du uns deine Bekanntschaft nicht vorstellen?«

Viktoria versteifte sich kaum merklich. »Das ist Herr Hinrichs. Wir haben uns heute am Strand zufällig kennengelernt.« Sie sah ihn an, noch immer wütend. Gleichzeitig sagte ihr Blick jedoch, dass er nicht erwähnen sollte, was passiert war.

Christian hatte ohnehin nicht vorgehabt, den Tod des Zimmermädchens vor diesen Leuten auszubreiten. Adelige zweifelsohne. Bisher war Christian noch nie welchen begegnet und hatte auch keinen Wunsch danach gehegt.

»Darf ich vorstellen? Baroness von Balow, ihre Tochter Clara sowie Claras Tante, Freifrau von Czarnecki. Baroness von Balow hat ein Landgut in der Nähe von Neuruppin«, sagte Viktoria, als wäre dies das Natürlichste auf der Welt.

Christian fühlte, wie die Baroness ihn von oben bis unten musterte. »Sie sind zur Erholung hier, Herr Hinrichs?«

Ihr Blick war an einer Stelle an seinem Frack hängen geblieben, den seine Schwester Herta vor seiner Fahrt noch schnell ausgebessert hatte. Christian hatte das Kleidungsstück nur mitgenommen, weil Julius Teubner gemeint hatte, dass ein Frack im Hotel unumgänglich sei. Nun drückte Christian der enge Vatermörderkragen am Hals, und er fühlte sich wie ein Hering in der Dose.

»Ich bin beruflich hier. Es ist mein erster Tag auf der Insel«, sagte Christian. »Ich arbeite für die *Frau von Welt* und schreibe eine Reportage über die Sommertage auf Norderney.«

Die junge Frau mit dem Band in den blonden Haaren klatschte aufgeregt in die Hände. »Die *Frau von Welt*, wie wunderbar! Ich bin eine begeisterte Leserin Ihrer Illustrierten. Was meinen Sie, wird sich das Hosenkleid durchsetzen?«

Christian seufzte innerlich. Was interessierte ihn die Frauenmode? Doch als er sah, wie die Baroness verächtlich die Augenbrauen hochzog, antwortete er mit fester Stimme. »Das ist mehr als sicher. Ich habe gehört, in den USA tragen die Damen zurzeit Pluderhosen. Es ist also nur noch eine Frage der Zeit, bis die Mode zu uns herüberschwappt.« Zumindest glaubte er das in einer der Ausgaben der *Frau von Welt* gesehen zu haben, die er auf Teubners Anweisung hin lesen musste.

Die Dame mit der Perlenkette, Claras Tante, schüttelte empört den Kopf. »Hosen für Frauen? Das Abendland geht unter.«

Viktoria lachte, und für einen Moment traf sich ihr Blick mit seinem. Es fühlte sich unerwartet gut an. Sie konnte also auch anders als wütend.

Die Baroness klappte ihren schwarzen Fächer auf. »Nun, so weit wird es wohl nicht kommen. Moden kommen und gehen, und Pluderhosen dürften kaum Bestand haben.« Ihr Blick schien ihn zu durchleuchten. »Die *Frau von Welt* erscheint im Bruchstein Verlag, nicht wahr? Der Verleger, August Keil, war einige Male zu Gast auf unserem Landgut. Mein vor Kurzem verstorbener Mann hat ihn gerne zur Jagd eingeladen.«

»Maman hat geglaubt, meine Schwester Margarethe mit ihm verheiraten zu können.« Clara schüttelte sich. »Aber Margarethe hat sich geweigert, auch nur mit ihm zu sprechen.«

»Clara, Contenance!«, bemerkte die Baroness und funkelte ihre Tochter böse an.

»Tut mir leid, Maman.« Die junge Frau sah nicht im Mindesten so aus, als bereue sie ihre Bemerkung. Im Gegenteil, sie hatte ihre Nase keck in die Luft gereckt.

»Ich hatte noch nicht die Gelegenheit, Herrn Keil kennenzulernen«, sagte Christian an die Baroness gewandt. Vermutlich würde er das auch nie. August Keil würde sich kaum dazu herablassen, mit irgendeinem der Schreiberlinge zu sprechen.

Die Baroness nickte. »Natürlich, er kann nicht jeden seiner Angestellten kennen.«

Obwohl er soeben genau das gedacht hatte, ärgerte sich Christian über die Selbstverständlichkeit, mit der die Baroness es feststellte.

»Sie haben Fräulein Berg am Strand kennengelernt?«, fragte Claras Tante. Sie sah von Christian zu Viktoria und zurück, und ihr war anzusehen, dass ihr schleierhaft war, wie Viktoria sich mit diesem Mann von der Straße abgeben konnte.

»Es war Zufall«, sagte Viktoria vage. »Er hat das Meer fotografiert, und ich habe mich für seine Kamera interessiert.«

Sie log ohne einen Anflug von Scham. Nicht schlecht für eine Dame aus gutem Hause. Gegen seinen Willen musste Christian Viktoria bewundern. Lügen war ihm immer schwergefallen, und seine Schwester Herta bemerkte jede noch so kleine Unwahrheit immer sofort.

Elsie von Czarneckis Augen wurden groß. »Fräulein Berg, Sie sollten froh sein, dass Sie einen derartig untadeligen Begleiter bei sich gehabt haben.« Sie beugte sich vor, so wie es Christians Nachbarin immer machte, wenn sie seiner Schwester den neuesten Klatsch mitteilen wollte. »Sie haben es vielleicht noch nicht gehört, aber es hat heute eine Tote am Strand gegeben! Wer weiß, was Ihnen hätte passieren können, wenn Sie dort allein gewesen wären.« Sie sah Viktoria bedeutungsschwanger an.

Der Fächer der Baroness hielt abrupt inne. »Ich denke, Fräulein Berg war zu keiner Sekunde in Gefahr«, bemerkte sie spitz. »Das Mädchen ist ertrunken, soweit ich gehört habe. Ein armes Ding hier aus dem Hotel.«

Unwillkürlich atmete Viktoria tief ein. »Sie war kein Ding. Ihr Name war Henny Petersen, ihre Eltern haben früher für meinen Vater gearbeitet. Ich kannte sie sehr gut.«

Elsie von Czarnecki sah sie überrascht an. »Ach ja? Die

Hotelbesitzerin wollte mir vorhin partout nicht verraten, um wen es sich handelt.«

Viktoria wechselte einen Blick mit Christian und nickte ihm zu. Der räusperte sich. »Ich habe Henny Petersen heute Nachmittag aus dem Wasser gezogen. Fräulein Berg hat bei der Toten gewartet, während ich jemanden zu Hilfe geholt habe.«

Clara gab einen überraschten Laut von sich. »Aber Viktoria, dass du davon nichts gesagt hast! Da stehen wir hier und plaudern und du ... Es muss schrecklich gewesen sein.« Clara nahm Viktoria bei der Hand. Aber es lag nicht Mitleid, sondern Neugier in ihren Augen.

»Es war eine gute Tat, das Mädchen aus dem Wasser zu ziehen, Herr Hinrichs«, bemerkte die Baroness, und das erste Mal sah sie ihn wirklich aufmerksam an. »Auch wenn es zu spät war. Aber so können die Eltern das arme Mädchen wenigstens beerdigen.«

»Ich habe ihnen heute Nachmittag einen Kondolenzbrief geschrieben«, sagte Viktoria. »Es wird sie hart treffen.«

»Sie kannten also die Tote?«, fragte Elsie von Czarnecki mitfühlend.

Viktoria nickte. »Als Henny klein war, habe ich ihr geholfen, Lesen und Schreiben zu lernen. Das hat in mir den Wunsch geweckt, Lehrerin zu werden. Ohne sie wäre ich nie an das Seminar gegangen.«

Christian sah sie verwundert an. Viktoria Berg war Lehrerin? Eine Frau aus ihren Kreisen ging normalerweise keinem Beruf nach, außer finanzielle Not zwang sie dazu. Aber arm sah Viktoria nicht aus. Was verleitete sie dazu, arbeiten zu wollen?

Elsie von Czarnecki seufzte laut. »Es ist traurig, dass so etwas immer wieder passiert.«

Viktoria sah sie an, und in ihrem Blick lag leichter Ärger. »Was meinen Sie?«

»Nun ja, es erscheint mir offensichtlich.« Die Freifrau wirkte plötzlich verunsichert.

»Was ist offensichtlich?«, fragte Viktoria scharf.

Clara sprang ihrer Tante zur Seite. »Dass das Mädchen ins Wasser gegangen ist, Viktoria. Es liegt doch auf der Hand.«

»Henny hat keinen Selbstmord begangen!« Viktoria hatte mit lauter Stimme gesprochen, und einer der beiden Männer, die rauchend am Fenster standen, drehte sich verwundert zu ihnen um.

»Mein liebes Fräulein Berg, wir wollten Sie nicht verärgern«, sagte Elsie von Czarnecki. »Aber wenn man hört, dass so ein junges Ding ertrinkt …«

»Glauben Sie etwa nicht an einen Selbstmord, Fräulein Berg?«, fragte die Baroness mit hochgezogenen Augenbrauen. Ohne eine Antwort abzuwarten, wandte sie sich an Christian. »Waren Sie bei der Polizei, junger Mann?«

Viktorias Blick traf ihn wie eine Ohrfeige. »Herr Hinrichs war verhindert, deswegen bin ich dort gewesen. Die Polizei geht von Selbstmord aus.«

Die Baroness klappte ihren Fächer auf. »So ein Tod ist traurig und unnötig. Ich wünschte, die Mädchen würden an die möglichen Folgen denken, bevor sie mit einem

Mann herumpoussieren. Dann würden sich solche Kalamitäten vermeiden lassen.«

Elsie von Czarnecki tätschelte bedauernd Viktorias Arm, und die zuckte unter der Berührung zusammen. »Es tut mir so leid für Sie, meine Liebe. Oftmals verbergen Menschen ihre tiefsten Gefühle. Niemand weiß, was in dem anderen vorgeht. So ist diese Welt nun einmal.«

»Besonders was die Bediensteten betrifft. Das einfache Volk führt sein eigenes Leben, und über die Moralvorstellungen dieser Leute muss ich Ihnen wohl nichts sagen. Es ist für niemanden zuträglich, sich zu eng mit ihnen einzulassen.« Der Blick der Baroness musste gar nicht zu Christian gehen, er spürte auch so, wen sie meinte.

Viktoria wandte sich an Christian. »Und was sagen Sie dazu? Glauben Sie an Selbstmord? Wollen Sie auch die Hände in den Schoß legen wie dieser Polizist?«

Das hatte er nicht im Mindesten vor, im Gegenteil, er würde es nicht auf sich beruhen lassen. Aber ein verwöhntes Mädchen konnte er bei seinen Nachforschungen bestimmt nicht gebrauchen.

Die Glocke zum Abendessen enthob ihn einer Antwort. Viktoria sah ihn noch einen Augenblick wortlos an, dann drehte sie sich um und ging in den Speisesaal. Er sah ihr hinterher. Ein reiches, wütendes Mädchen.

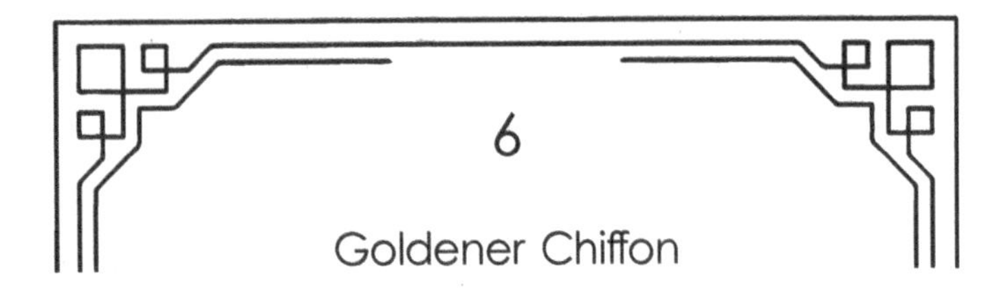

6
Goldener Chiffon

Der Kellner brachte Christian zu seinem Tisch. Severin von Seyfarth stand nicht auf, als er sich Christian vorstellte. Seine Familie stand dem Kaiser nahe, ein Adelsgeschlecht mit untadeligem Ruf. Wenn man von Severin von Seyfarth absah. Christian hatte mehr als eine Geschichte über Seyfarth junior gehört. Doch der alte Seyfarth kannte die Verleger der jeweiligen Zeitungen gut genug, um jedweden Klatsch über seinen Sohn zu verhindern.

»Sie arbeiten für die *Frau von Welt*?«, fragte Seyfarth, nachdem Christian sich vorgestellt hatte. »Mode und Klatsch – ein echtes Damenblättchen.« Er lächelte herablassend und strich ein nicht vorhandenes Staubkörnchen von seinem tadellosen Frack.

»Das sich gut verkauft«, ergänzte Christian, der für den Abend genug hatte vom adeligen Snobismus. Immerhin verdiente er sein eigenes Geld. Etwas, was Seyfarth in seinem Leben bestimmt noch nie gemacht hatte. Christian beschloss, den Spieß umzudrehen. »Ich schreibe an einer Reportage über bekannte Persönlichkeiten, die ihren Sommer auf Norderney verbringen. Wie hat Ihnen Ihre Sommerfrische bisher gefallen?«

Seyfarth runzelte die Stirn. »Sie wollen ein Zitat von mir?«

Christian hielt seinem Blick stand. »Wenn Sie sich trauen, mir eins zu geben.«

Seyfarth lachte, offenbar gefiel ihm Christians Art. »Wenn Sie so freundlich fragen.«

Dr. Feuser, der neben Seyfarth saß, sah verwundert auf. Als der Mediziner sich vorgestellt hatte, war dessen Hand eiskalt und trotzdem schweißnass gewesen. »Die *Frau von Welt*? Sagst du nicht immer, dich interessieren Illustrierte nicht?« Feuser betrachtete Seyfarth nachdenklich. Seine Augen waren dunkel und passten nicht recht zu einer Person von Anfang dreißig. Sie wirkten, als hätten sie zu viel gesehen. Trotzdem sah er für einen Mann nicht schlecht aus, scharf geschnittene Nase, schmale Lippen.

»Mich interessieren Illustrierte auch nicht, lieber Moritz. Aber ich muss sagen, mir gefällt die Vorstellung, dass eine junge Dame zu Hause auf ihrem Bett liegt, die Illustrierte durchblättert und förmlich an meinen Lippen klebt.« Seyfarth drehte sich um und winkte dem Ober.

Der kam sofort herbeigeeilt. Sein Blick blieb an Christians altem Frack hängen, dann verbeugte er sich vor Seyfarth. »Sie wünschen, Herr von Seyfarth?«

»Eine Flasche von meinem üblichen Wein«, sagte Seyfarth. Er wandte sich an Christian. »Trinken Sie bloß nicht den Hauswein. Der kommt direkt aus den chemischen Versuchslaboren von Henkel. Ich lade Sie auf einen Château Lafite Rothschild ein.«

Er lehnte sich zurück, spielte mit seinem goldenen Siegelring, auf dem Christian einen mit Speerlanzen geschmückten Ritterhelm und ein deutsches Eichenblatt ausmachen konnte. Aber auch ohne Siegelring war das alte Adelsgeschlecht an Severin von Seyfarth auf einhundert Meter zu erkennen. Schon allein sein Frack zeigte, dass er es sich leisten konnte, einen eigenen Schneider zu beschäftigen. Der Gehrock war in der neuesten Mode aus glänzendem Stoff mit leichten Diagonalstreifen versehen. Die Weste selbstverständlich weiß, dazu eine gleichfarbige Krawatte mit heller Perle. Wahrscheinlich trug Seyfarth auf dem Weg zu Abendgesellschaften einen von diesen seidenen Apachenschals, die locker um den Hals gelegt wurden, dachte Christian und konnte einen Anflug von Neid nicht unterdrücken.

Der Ober kam zurück und schenkte dunklen Rotwein ein. Seyfarth probierte, nickte und ließ auch die Gläser von Christian und Feuser füllen.

Seyfarth hob das schwere Kristallglas. »Meine Herren, auf die Sommerfrische und auf die Damen, die sich von ihr verführen lassen.«

Der Wein schmeckte überraschend süß. Nicht zu vergleichen mit dem sauren Zeugs, das Christian aus den Kneipen von St. Georg kannte. Trotzdem wäre ihm ein Bier lieber gewesen. Christians Freund Gustav hätte bestimmt gelacht. Gustav stammte aus einer angesehenen jüdischen Familie, und ihre Freundschaft beruhte unter anderem auf dem Umstand, dass Christian Gustav in die verkommensten Spelunken mitgenommen hatte, die

St. Georg zu bieten hatte. Im Gegenzug hatte Gustav ihn mit der Welt des Bürgertums vertraut gemacht, was ihm den Aufenthalt an dem Gymnasium, für das er als einziges Arbeiterkind ein Stipendium erhalten hatte, deutlich erleichtert hatte. Dort waren beide Ausgestoßene gewesen. Christian, weil er aus einer armen Familie kam, und Gustav, weil er Jude war. Gemeinsam hatten sie ein Bollwerk um sich errichtet und allen Anfeindungen getrotzt.

Seyfarth lehnte sich auf seinem Stuhl zurück, zündete sich eine Zigarette an. Er schaute zum Nachbartisch, wo Viktoria und Clara saßen. Die Baroness bemerkte es und bedachte Seyfarth mit einem kühlen Blick. Der lächelte spöttisch und wandte sich Christian zu. »Also, Hinrichs, was wollen Sie wissen?«

Christian nahm seinen Block heraus, klappte ihn auf. Julius Teubner würde begeistert sein. Und mal sehen, vielleicht konnte er auch noch etwas anderes erfahren. Denn auch wenn Seyfarth nicht wirkte, als würde er von einem Zimmermädchen Notiz nehmen, wusste er vielleicht doch das eine oder andere. »Seit wann sind Sie schon hier auf Norderney, Herr von Seyfarth?«

Seyfarth zog an seiner Zigarette. »Ich verbringe jedes Jahr den Juli und August auf der Insel. Die letzten fünf Wochen waren ein interessanter Aufenthalt.«

»Vielleicht etwas zu interessant«, warf Feuser ein und sah seinen Freund durch seine Schildpattbrille streng an.

Seyfarth lachte. »Mein Freund Moritz tut gerne so, als wäre er ohne Fehl und Tadel. Dabei werden die Damen von seinem morbiden Charme geradezu angezogen. Zumindest einige scheinen seine dunkle Seele attraktiver zu finden als den langweiligen Spross eines Adelshauses.«

»Glauben Sie ihm kein Wort.« Feuser ergriff sein Glas Rotwein und nahm einen großen Schluck. Seyfarth registrierte es mit einem herablassenden Lächeln.

»Es gab also Damenbekanntschaften?«, hakte Christian nach.

Seyfarth grinste. »Ich lege Wert auf Diskretion. In Ihrer Illustrierten will ich nichts von Damenbekanntschaften lesen. Da müssen Sie etwas anderes fragen.«

Schade, eine kleine Andeutung wäre für seinen Artikel nicht schlecht gewesen. Christian hatte lange genug beim *Hamburger Fremdenblatt* gearbeitet, um zu wissen, dass diese Art von Klatsch äußerst beliebt war. Dann eben anders. »Sie fahren jedes Jahr nach Norderney? Warum?«

»Soll ich etwa nach Sylt in die Provinz fahren? Norderney ist mondän, hierher kommt nur, wer es sich leisten kann. Von Ausnahmen abgesehen.«

Womit er zweifelsohne Christian meinte. Seyfarth liebte offenbar die Provokation. Aber Christian war es egal, sollte Seyfarth nur reden. »Wie gestalten Sie Ihren Tag?«

Seyfarth schmunzelte. »Hinrichs, ich muss mich vor Ihnen in Acht nehmen. Sie zielen wieder auf die Damenbekanntschaften ab. Sie werden nichts erfahren, auch wenn Sie noch so geschickt fragen. Sie können schreiben, dass ich meinen Tag auf der neuen Pferderennbahn verbringe.«

Christian dachte kurz nach, dann schlug er vor: »*Severin von Seyfarth ist ein ausgesprochener Kenner des Pferdesports. Kein Wunder, dass man ihn auf der mondänen Galopprennbahn Norderney antrifft. Zitat: Es ist zwar nur eine kleine Rennbahn, aber sie bietet kurzweiliges Vergnügen jeglicher Art.* Sind Sie damit einverstanden?«

Seyfarth grinste. »Besser, als ich es formulieren könnte. Sie wissen, was Sie tun.«

Christian notierte sich die Zeilen. »Welches Erlebnis dieses Sommers wird Ihnen im Gedächtnis bleiben?«

Seyfarth überlegte eine Weile, dann wandte er sich an seinen Freund. »Moritz, wie ist es mit dir? Woran wirst du denken, wenn du dich an diesen Sommer erinnerst? Und vor allen Dingen: An wen?«

Dr. Feuser starrte ihn an. »Lass deine Spielchen, Severin.«

Für einen Moment schien es, als würden die beiden Männer ein stummes Wortgefecht führen, und Christian fragte sich, um was es ging. Doch bevor Feuser etwas antworten konnte, tauchte ein kahlköpfiger Neuankömmling im braunen Frack in der Tür auf.

Seyfarth wandte seinen Blick. »Da kommt Kommerzienrat Gustloff«, sagte er, und Feusers Blick verfinsterte sich umgehend. Seyfarth drückte seine Zigarette aus. »Sie sollten den Kommerzienrat interviewen, Hinrichs. Er wird Ihnen mit Vergnügen Rede und Antwort stehen. Aber bitte nach dem Essen, sonst sterben wir vor Langeweile, noch ehe der zweite Gang serviert wird. Er redet von nichts anderem als von seiner aufstrebenden Tuchfabrik.«

Carl Gustloff kam in kleinen Trippelschritten auf sie zu, dabei zog er eine goldene Uhr aus seiner Westentasche und blies die geröteten Backen auf, sodass sich sein mächtiger Bart sträubte, den er wie der Kaiser nach oben gezwirbelt hatte. »Schon so spät. Fast hätte ich das Essen verpasst. Ich habe auf die Abendzeitung vom Festland gewartet.« Er blickte sich um. »Meine Frau ist noch nicht da?«

»Leider nein«, sagte Seyfarth. »Oder hast du sie etwa gesehen, Moritz?«

Dr. Feuser schüttelte den Kopf.

Gustloff fuhr mit dem Finger in seinen engen Vatermörderkragen und wischte sich dann mit dem Taschentuch über den kahlen Kopf, der einen seltsamen Kontrast zu dem breiten Bart bildete. Erst jetzt nahm er Christian wahr. »Oh, wir haben einen neuen Gast.« Er verbeugte sich leicht. »Kommerzienrat Carl Gustloff ist mein Name. Gustloff Textilwaren aus Münster in Westfalen.«

Nachdem Christian sich kurz erhoben und vorgestellt hatte, ließ sich Gustloff ächzend auf seinen Stuhl fallen und lehnte sich zurück. Der Stoff seiner weißen Weste spannte bedrohlich über dem ausladenden Leib.

»Sie sind Journalist? Na, da müssen wir ja aufpassen, was wir sagen, was?« Gustloff lachte dröhnend, und einige Gäste an den anderen Tischen blickten sich indigniert um. Gustloff bemerkte es nicht und nahm sich die Menükarte. »Hummersuppe und anschließend Rehrücken. Hervorragend. Seeluft macht hungrig.« Er beugte sich vor. »Meine Frau meint, ich solle weniger essen. Ach, die

Frauen! Man kann nicht mit ihnen, aber auch nicht ohne sie leben.«

Der Kellner brachte eine zweite Flasche Wein und goss Seyfarth ein. »Auf die Frauen«, sagte der. »Mögen Sie uns immer hold sein.«

Feuser hob ebenfalls sein Glas. Christian bemerkte den schwermütigen Ausdruck in seinen dunkelbraunen Augen.

»Auf die Frauen«, sagte Feuser.

Christian sah Viktoria am Nebentisch. Als sie sich ebenfalls zu ihm umblickte, wandte er sich schnell wieder den Männern an seinem Tisch zu. Er erhob sein Glas. »Auf die Frauen«, sagte er mit gedämpfter Stimme.

»Die Herren bringen Trinksprüche aus?« Eine elegante Dame stand plötzlich an ihrem Tisch, die dunkelblonden Haare kunstvoll nach oben gesteckt.

Louise Gustloff. Christian hatte die ehemalige Schauspielerin einmal in einer Aufführung gesehen, damals hieß sie allerdings noch Louise Lassour. Er hatte gehört, dass sie vor zwei Jahren geheiratet und ihren Beruf aufgegeben hatte. Allerdings hätte er sich niemals vorstellen können, dass jemand wie Louise Lassour eine Person wie Kommerzienrat Gustloff heiraten würde. Die beiden schienen aus verschiedenen Welten zu stammen. Er war klein und stämmig, sie hochaufgeschossen und elegant. Louise Gustloff trug ein türkisfarbenes Kleid mit tief gesetzter Taille und – wenn er richtiglag – goldenem Chiffon mit Seidenstickerei. Dazu eine farbgleiche Tasche. Teubner hatte ihm eine kleine Einführung in die gängigen

Stoffe gegeben, damit er in seinem Artikel die Kleider der Damen beschreiben konnte, und zum ersten Mal dachte Christian, dass dieses Wissen gewinnbringend angelegt war.

Seyfarth stand auf, ergriff Louise Gustloffs Hand und deutete einen Handkuss an. »Frau Kommerzienrat, Sie sehen bezaubernd aus.«

Die lächelte reserviert. »Danke sehr.« Sie wandte sich an ihren Mann und gab ihm einen leichten Kuss auf die Wange. »Entschuldige, Carl, dass ich mich verspätet habe.«

Gustloff faltete seine Serviette auseinander. »Ich hatte schon gedacht, ich müsste die Polizei nach dir ausschicken, Liebes.« Tadel klang in seiner Stimme mit.

Moritz Feuser erhob sich und zog den Stuhl für Louise Gustloff zurück. »Gnädige Frau.«

Mit einem Mal wirkte er frisch wie der blühende Morgen. Christian konnte verstehen, warum die Herren von Louise Gustloff fasziniert waren. Eine kühle Eleganz umschwebte sie, die andere auf Abstand zu halten schien und dadurch umso anziehender wurde.

»Sie sind der Journalist, der heute angekommen ist, nicht wahr?« Louise Gustloffs Stimme hatte diesen dunklen Klang, ganz so, wie er es von der Aufführung in Erinnerung hatte.

»Ist mein Ruf mir vorausgeeilt?«, fragte Christian.

»Sagen wir, man hat mich vor Ihnen gewarnt. Ich habe heute Nachmittag ein Telegramm von meinem alten Freund Julius Teubner erhalten. Er hat mit mir um eine

Flasche Gin gewettet, dass Sie mich zu einem Interview überreden werden. Er sagt, Sie sind gut.«

Christian musste unwillkürlich lachen. Diese Wette passte zu seinem neuen Chef. Absichtlich die Früchte hoch hängen. Er nahm die Herausforderung an.

»Ich glaube, dass Ihr Publikum sich freuen würde, von Ihnen zu hören. Es ist ein Jammer, dass wir Sie nicht mehr auf der Bühne erleben dürfen. Sie sind eine der größten Schauspielerinnen, die wir haben. Insbesondere Ihre Darstellung der Rosalind in *Wie es euch gefällt* war fantastisch.«

Die Aufführung im Flora-Theater vor drei Jahren hatte Christian tatsächlich sehr beeindruckt. Gut, es war das erste und einzige Theaterstück gewesen, das er jemals besucht hatte und das auch nur, weil der Redakteur für Theater krank geworden war und ein Ersatz hermusste. Aber es war grandios gewesen.

Carl Gustloff legte seine fleischige Hand auf Louises schlanke Finger. »Meine Frau steht für ein Interview nicht zur Verfügung. Sie arbeitet nicht mehr als Schauspielerin, sie ist jetzt Ehefrau und Mutter.«

»Stiefmutter. Außerdem sind deine Kinder längst erwachsen.« Louise Gustloff entzog ihm ihre Hand und holte ein silbernes Etui aus ihrer Handtasche. Sie entnahm eine Zigarette, steckte sie auf einen langen Filter. Seyfarth stand auf und zündete sie ihr mit seinem goldenen Feuerzeug an. In seinen Augen lag ein leises Lächeln, als er sich zu ihr hinabbeugte.

»Wie dem auch sei«, sagte Gustloff mit lauter Stimme,

und ihm war anzumerken, wie sehr er es verabscheute, dass die Männer am Tisch um die Aufmerksamkeit seiner Frau buhlten, »Louise und ich sind auf der Insel, um auszuspannen. Hattest du einen schönen Tag, Liebling?«

Louise Gustloff nahm einen langen Zug von ihrer Zigarette, bevor sie antwortete. »Wie man es nimmt. Während du dich mit den Aktienkursen beschäftigt hast, war ich schwimmen.«

»Ich dachte, du wolltest mit Herrn von Seyfarth ein Doppel im Tennis spielen?«

»Ich habe es mir anders überlegt«, sagte Louise Gustloff knapp und zog wieder an ihrer Zigarette.

Der Kommerzienrat nahm seine Uhr heraus und warf einen Blick darauf. »Ich hätte dich gerne begleitet, Liebling, aber Arbeit geht nun einmal vor.« Er wandte sich an Seyfarth und Feuser. »So ist es leider in meiner Position, es bleibt nicht viel Zeit für meine Frau. Dabei sollte sie mir dankbar sein, denn nur so können wir uns ihre Extravaganzen leisten.«

Louise sah ihn kühl an. »Ich mag es nicht, wenn du von mir in der dritten Person sprichst.«

Für einen Moment sah Gustloff sie wütend an. Doch dann zog er die Hand seiner Frau zu sich und küsste sie. »Natürlich, Liebes. Bitte verzeih.« Es war, als spräche er mit einem Kind. Dann blickte er zur Tür, wo schwarz livrierte Kellner gerade zarte Porzellanterrinen auf Servierwagen hereinschoben. »Ah, die Hummersuppe.« Gustloff lächelte. »Es geht nichts über ein gutes Essen.«

Während des Essens wurde es still, doch kaum hatte

der Kommerzienrat seine Suppe beendet, wandte er sich an Christian. »Christian Hinrichs sagten Sie? Dann sind Sie derjenige, der heute Nachmittag das arme Mädchen aus den Fluten gezogen hat?«

Der Tod von Henny Petersen schien schnell die Runde gemacht zu haben. Nur Feuser wirkte überrascht. »Eine Tote?«

Seyfarth winkte einem Kellner. »Hast du es noch nicht gehört, Moritz? Ein Zimmermädchen ist heute Morgen am Strand angeschwemmt worden. Offenbar hat sich das Ding umgebracht.«

»Es ist eine Schande, wenn so ein junges Mädchen sein Leben wegwirft«, sagte Carl Gustloff, während er sich über den mächtigen Bart strich. Inzwischen war die Suppe abgeräumt und der zweite Gang aufgetragen worden – der von Gustloff schon ersehnte Rehbraten.

»Ich bin mir nicht sicher, ob es Selbstmord war«, warf Christian in die Runde und wartete auf eine Reaktion.

Louise Gustloff sah aus dem Fenster und schien seine Worte nicht gehört zu haben. Feuser wirkte dagegen plötzlich nervös. Er wechselte einen Blick mit Seyfarth, der mit unergründlicher Miene an seinem Weinglas nippte.

Nur der Kommerzienrat schien unbekümmert. »Ich habe vorhin mit der Hotelbesitzerin gesprochen. Frau Luers sagte, die Polizei ist sich ihrer Sache sicher. Selbstmord. Offenbar hat jemand das junge Ding in Schwierigkeiten gebracht, sodass es keinen anderen Ausweg wusste. So etwas kommt ja immer wieder vor.«

Seine kleinen Wieselaugen gingen vom Kellner, der den Braten servierte, zu Seyfarth, und es lag etwas darin, das Christian nicht einschätzen konnte. Er sollte Gustloff nicht unterschätzen. In seinem braunen Anzug mochte er wie ein Emporkömmling wirken, aber er hatte sich seine Position sicherlich nicht durch Dummheit erarbeitet. Im Gegenteil, er schien jemand zu sein, der andere sehr genau beobachtete.

Ob Seyfarth Gustloffs Blick bemerkte oder nicht, war an dessen Miene nicht abzulesen. »Eine Schande, einem Mädchen so etwas anzutun.« Er nahm erneut sein Weinglas. »Möge das Mädchen in Frieden ruhen.« Er sagte es so ernst, dass Christian sich fragte, ob Seyfarth nicht vielleicht doch Notiz von dem Zimmermädchen genommen hatte.

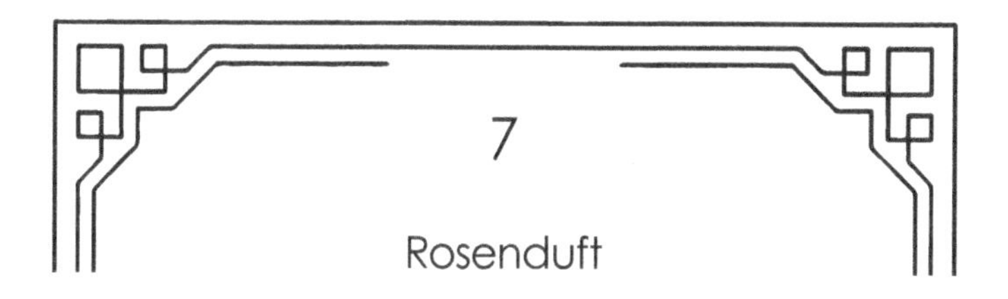

7
Rosenduft

Viktoria stocherte in ihren Kartoffeln herum. Dieser Christian Hinrichs! Warum war er nicht mitgekommen zur Polizei? Stattdessen hatte er sich feige verkrümelt. Und nun saß er dort hinten in seinem schlecht sitzenden Frack und trank Rotwein, als ob nichts gewesen wäre.

»Willst du deine Kartoffeln ermorden?« Clara von Balow blickte auf Viktorias Teller.

Viktoria legte die Gabel weg, atmete tief durch. Während des gesamten Abendessens war die Stimmung angespannt gewesen. Elsie von Czarnecki hatte immer wieder versucht, das Gespräch aufzulockern. Sie hatte die Hummersuppe gelobt und den Rehrücken gepriesen. Doch nicht einmal die Baroness war auf das Geplauder eingegangen. Viktoria war klar, dass die angespannte Stimmung ihre Schuld war. Sie hatte zu heftig reagiert. Elsie von Czarnecki hatte vorhin ausgesprochen, was jeder dachte. Ein weiteres Mädchen, das sich von einem Mann hatte verführen lassen, das schwanger geworden war und mit den Folgen nicht leben konnte. Viktoria war sich selbst nicht sicher, was mit Henny passiert war.

Die Henny, die sie damals kannte, wäre niemals freiwillig ins Wasser gegangen. Aber das war lange her. In den letzten Jahren hatten sie kaum Kontakt gehabt. Etwa vier Jahre nachdem Viktoria angefangen hatte, Henny im Schreiben und Lesen zu unterrichten, war Hennys Vater plötzlich an einer Blutvergiftung gestorben. Noch heute spürte Viktoria den Stachel der Hilflosigkeit, wenn sie an diese Zeit dachte. Anfangs konnte sie ihren Vater überreden, Hennys Mutter finanziell auszuhelfen. Aber es war keine Dauerlösung. Wenige Monate später heiratete Hennys Mutter einen Schuhmacher. Henny musste mit ihrer Mutter und ihren Geschwistern in ein Dorf in der Nähe von Bremen ziehen. Es kam zu einem tränenreichen Abschied. In der ersten Zeit schrieben sie sich regelmäßig. Viktoria hatte Henny ausreichend Marken für das Porto mitgegeben, ermunterte sie in ihren Briefen, die sie ihrerseits schrieb, abends nach der Arbeit weiterzulernen. Doch mit vierzehn nahm Henny ihre erste Stellung als Dienstmädchen an, und ihre Briefe wurden immer seltener. Sie schrieb, dass sie müde sei, immer nur müde. Schließlich blieben die Nachrichten aus.

Fremd waren sie sich gewesen, als sie sich vor drei Tagen plötzlich vor dem Kolonialwarenladen gegenübergestanden hatten. Viktoria, Tochter aus gutem Hause, die unbeschwerte Sommertage auf Norderney verbringen wollte, und Henny, das Zimmermädchen, das von der harten Arbeit bereits dunkle Ringe unter den Augen und Schwielen an den Händen hatte. In aller Eile tauschten sie die wichtigsten Neuigkeiten aus, dann musste Henny weiter, die Einkäufe abliefern.

Seitdem hatte Viktoria gehofft, Henny im Hotel wiederzusehen. Gestern hatte sie die Freundin schließlich unter einem Vorwand rufen lassen: ein angeblich auf den Boden gefallener Flakon. Viktoria hatte sogar ein wenig Parfüm versprüht, damit es echt wirkte. Eine halbe Stunde, mehr Zeit war nicht gewesen. Die ersten Minuten hatte Viktoria von ihrem Vater berichtet, den Henny immer sehr gemocht hatte, und von den Bediensteten. Henny hatte gelacht, als sie hörte, dass die alte Trude noch immer als Hausmädchen bei den Bergs arbeitete und jeden Tag schrulliger wurde.

»Trude war schon damals seltsam, weißt du noch?« Henny lächelte sie an. Sie saßen gemeinsam auf dem kleinen Kanapee beim Fenster. Langsam keimte wieder die alte Vertrautheit zwischen ihnen auf. »Sie hat zu Silvester immer Plätzchen auf das Fensterbrett gelegt, um damit die Hausgeister zu besänftigen.« Hennys Augen leuchteten bei der Erinnerung.

»Nicht nur das. Ich habe sie vor Kurzem erwischt, wie sie im Garten Haare ihres Enkels vergraben hat. Der ist fünfunddreißig und noch ledig. Angeblich würde das helfen, damit er noch innerhalb eines Jahres eine Frau findet. Aber ich glaube, sie hofft vergebens. Ihr Enkel denkt gar nicht daran zu heiraten.« Viktoria lächelte. Der Duft des Parfüms stieg ihr in die Nase und ließ sie an den Rosengarten daheim denken.

»Und du hast wirklich eine Ausbildung zur Lehrerin abgeschlossen?«, fragte Henny.

Viktoria nickte. »Im Herbst fange ich meine erste Stelle an einer Reformschule an. Das Lernen ist dort anders, als du es von früher kennst, viel freier. Du bist nicht ganz unschuldig an meiner Berufswahl. Du warst meine erste Schülerin.«

Henny drückte unvermittelt Viktorias Hand. »Ich werde dir nie vergessen, was du für mich getan hast.«

»Du warst die fleißigste Schülerin, die ich je hatte. Und die klügste. Es ist eine Schande, dass du hier arbeiten musst.« Viktoria beugte sich vor. »Ich möchte dir helfen, Henny. Sag mir, was ich tun kann.«

»Du hast schon genug für mich getan, Viktoria.« Wieder drückte sie Viktorias Hand. »Ohne dich hätte ich niemals richtig Schreiben und Lesen gelernt. Ich habe immer weitergeübt, genau wie du es mir gesagt hast.«

»Aber was nützt es dir hier?«

Henny zuckte mit den Schultern. »Nichts. Ein Dienstmädchen muss putzen können, höflich sein und alles ohne Widerspruch hinnehmen.«

Ein Zug der Verbitterung trat in ihre Züge. Viktoria konnte es ihr nachempfinden. Wie würde sie selbst fühlen, wenn sie jeden Tag von fünf Uhr morgens bis spät in die Nacht arbeiten müsste? Noch vor dem Frühstück fremder Leute Nachttöpfe leeren, den ganzen Tag Arbeitsaufträge entgegennehmen und abends völlig erschöpft ins Bett fallen, nur um morgens genauso erschöpft wieder aufzustehen. Sicher, Henny könnte zur Kochmamsell oder zur Hausdame aufsteigen. Energisch genug war sie. Aber trotzdem: Hennys Weg war vorgezeichnet. Die einzige Möglichkeit, dem hier zu entkommen, wäre eine Heirat. Vielleicht ein ehrlicher Handwerker, mit dem sie ein bescheidenes Leben führen konnte. War es das, was sich Henny wünschte?

Draußen vor dem Hotelzimmer waren Schritte zu hören gewesen. Henny hatte Viktorias Hand ergriffen. »Es wird sich für mich bald alles ändern, Viktoria«, flüsterte sie eindringlich. In ihre Augen trat ein Leuchten, und jede Bitterkeit war verschwunden. Im diesem Moment klopfte es. Henny zuckte zusammen, als sei sie bei etwas Verbotenem ertappt worden. Sie stand auf und griff nach dem Emaille-Eimer, den sie mitgebracht hatte, um darin die Scherben des vermeintlich zersprungenen Flakons zu sammeln. »Ich muss gehen. Sie werden unten schon auf mich warten.«

»*Was* wird sich ändern?«

Wieder klopfte es, diesmal energischer. »Viktoria, bist du da?« Es war Clara. »Tante Elsie und ich wollen ein wenig über die Promenade flanieren. Willst du uns begleiten?«

»Einen Moment! Ich komme gleich«, rief Viktoria mit leichter Verärgerung. Sie sah Henny an. »Was wird sich ändern?«, wiederholte sie ihre Frage.

Henny lächelte und legte den Kopf schief. Die Sonne schien auf ihr dunkles Haar und gab ihr einen unwirklichen Schein. »Es ist ein Geheimnis. Ruf mich morgen Abend zu dir, sag, dass du Hilfe beim Ankleiden brauchst. Dann werde ich dir etwas zeigen.« Sie strahlte. Wie sie da stand, mit ihrem Putzeimer in der einen und dem Wischlappen in der anderen Hand wirkte sie auf einmal stolz. »Ich habe dir so viel zu erzählen.«

Dann ging sie zur Tür. Kurz bevor Henny sie öffnete, sah sie sich noch einmal um. »Also, morgen Abend?«

Viktoria nickte. »Versprochen.«

Henny öffnete die Tür. Draußen wartete Clara von Balow. »Warum hat das denn so lange gedauert?« Sie würdigte Henny keines Blickes, sondern stürmte einfach herein.

Henny dagegen sah der jungen vornehmen Dame nach. Für einen Moment glaubte Viktoria etwas Seltsames in ihren Augen zu sehen, doch im nächsten Moment war dort nicht mehr als die ausdruckslose Miene eines Zimmermädchens. »Wenn Sie dann weiter nichts mehr brauchen, Fräulein Berg.«

Viktoria nickte ihr zu. »Vielen Dank, Henny. Ich lasse Sie morgen Abend rufen. Halb sieben.«

Henny hatte geknickst, noch einmal gelächelt, und dann war sie verschwunden. Das war das letzte Mal, dass Viktoria sie gesehen hatte.

»Sie sind heute Abend sehr still, Fräulein Berg.«

Viktoria fühlte den Blick der Baroness auf sich ruhen. Nur schwer fand sie aus ihrer Erinnerung zurück an den Tisch. Das Abendessen war inzwischen fast vorüber. Viktoria hatte kaum etwas angerührt. Zu sehr hatten sie ihre Gedanken an Henny beschäftigt.

»Ist es wegen des Zimmermädchens?« Die Stimme der Baroness klang tadelnd. »Sie sollten sich nicht zu viele Gedanken machen. Es ist in Ihrem Alter schwer zu verstehen, aber solche Dinge geschehen. Lassen Sie es auf sich beruhen.«

Viktoria nickte, auch wenn sie durchaus anderer Meinung war. »Ich muss mich leider entschuldigen.« Sie legte die Serviette beiseite und stand auf. »Ich habe furchtbare Kopfschmerzen. Wahrscheinlich zu viel Sonne heute.«

Elsie von Czarnecki legte ihr silbernes Besteck auf den Tisch. »Frauen sollten sich nicht zu lange draußen aufhalten, das ist schädlich für ihre Gesundheit. Immerhin verfügen wir nicht über die widerstandsfähige Konstitution eines Mannes. Am besten Sie legen sich hin, liebes Kind.«

Natürlich, Frauen sollten überhaupt nichts tun! Wie sehr Viktoria diese Vorschriften verabscheute. Und trotzdem rang sie sich ein Lächeln ab. »Das werde ich machen. Ich wünsche Ihnen noch einen schönen Abend.«

Sie warf einen kurzen Blick auf Clara, die sie enttäuscht ansah. Vermutlich würde die Baroness Clara für den Rest des Abends nicht aus den Augen lassen. Viktoria verspürte Mitleid mit ihr, doch darauf konnte sie keine Rücksicht nehmen. Sie hatte etwas zu erledigen.

8

Entdeckungen

Der Kristallleuchter spiegelte sich auf dem schwarz-weißen Marmorboden des Foyers. Draußen war es inzwischen dunkel geworden, doch an der Promenade schienen die beeindruckenden elektrischen Straßenlampen. Alle Gäste waren beim Abendessen, im Hotelfoyer war es deswegen ungewöhnlich still. Lediglich der Concierge in seiner schmucken Livree stand an der Rezeption und überprüfte die Eintragungen in der Gästeliste. Er hob kurz den Kopf, als Viktoria die ausladende Marmortreppe zu den Zimmern hinaufging, und wandte sich dann wieder seinem Gästebuch zu.

Viktoria erreichte den ersten Stock, in dem ihr Zimmer lag. Doch sie stieg weiter hinauf. Erst im dritten Stock blieb sie stehen. Durch eine Tapetentür, die sich unauffällig in den mit Brokat ausgeschlagenen Flur einfügte, gelangte man in den Bedienstetenbereich. Viktoria schaute sich um. Niemand war zu sehen. Sie öffnete die Tür und schlüpfte hindurch.

Die Luft auf der engen Holztreppe war abgestanden. Viktoria stieg leise hinauf, setzte ihre Schuhe vorsichtig auf die knarzenden Stufen. Sie erreichte das vierte Stockwerk. Die Treppe ging zwar noch weiter, aber Viktoria war sich sicher, dass sie hier richtig war. Sie blickte in einen schmalen Flur mit grobem Dielenboden. An der Decke glomm eine schwache Birne. Zu beiden Seiten gingen Zimmertüren ab.

Angestrengt lauschte Viktoria auf Stimmen. Aber alles war ruhig. Etwas verloren blieb sie vor der ersten Tür stehen. Die Holztür war weiß gestrichen und lieferte keinen Hinweis auf den Bewohner. Woher sollte sie wissen, welche dieser Kammern Henny gehörte? Sie hatte es sich vorhin so einfach vorgestellt. Sie wollte hinaufgehen und sich Hennys Zimmer ansehen. Doch jetzt, da sie hier oben war, überkamen sie Zweifel. Das hier war fremdes Gebiet. Sie war noch nie im Dienstbotenbereich gewesen. Warum auch? Man bestellte die Zimmermädchen selbstverständlich zu sich. Mit einem Mal durchflutete Viktoria eine grenzenlose Neugier auf diese fremde Welt, die so anders war als ihre.

Sie lauschte an der ersten Tür, hörte nichts. Dann drückte sie die Klinke. Die Tür war nicht verschlossen. Zwei Betten standen in einem kleinen Raum. Ein schmaler Schrank an der Seite. Daneben befand sich, mit einem Vorhang abgetrennt, die Waschkommode. Der Rasierpinsel an der Waschschüssel machte Viktoria sofort klar, dass es nicht Hennys Zimmer war. Doch sie konnte sich kaum von dem Anblick der kleinen Kammer lösen.

Es war so anders als ihr Hotelzimmer. Dort gab es einen heimeligen Teppich, dunkelgrüne Brokattapeten, Landschaftsbilder an den Wänden. Alles wurde dafür getan, damit der Raum nicht wie ein Fremdenzimmer wirkte, das man nur vorübergehend bewohnte, sondern wie ein Heim. Dieses Zimmer sah jedoch völlig anders aus. Die Decke war niedrig, sodass der Raum wie geduckt erschien. Durch ein kleines Fenster schien die elektrische Beleuchtung von der Promenade herein. Viktorias Blick ging durch den kahlen Raum. Nirgendwo stand eine Vase oder eine Porzellanfigur, etwas, das den Schlafplatz verschönert hätte. Es gab nichts, das keinem Zweck diente. Viktoria erschauderte. Wie war es, in so einem Raum zu leben? Ganze Jahre dort zu wohnen, ohne ein echtes Heim zu haben?

Plötzlich hörte sie von unten Geräusche heraufdringen. Offensichtlich hatten die ersten Gäste das Abendessen beendet. Sie musste sich beeilen. Auch wenn die Kellner noch mit dem Abräumen beschäftigt waren und die Mädchen das Geschirr spülen mussten, nicht mehr lange, und die ersten Bediensteten würden heraufkommen.

Viktoria schloss die Tür und ging mit schnellen Schritten weiter. Wenn dies die Unterkunft der männlichen Bediensteten war, musste es irgendwo einen Zugang zum Frauenbereich geben. Sie folgte dem Flur, bog um die Ecke und blieb abrupt stehen. Eine Tür versperrte ihr den Weg. Viktoria hoffte, dass sie offen war. Entschlossen drückte sie die Klinke hinunter. Sie hatte Glück.

Ein weiterer Flur lag vor ihr, wieder gingen links und rechts Zimmertüren ab. Aufs Geratewohl öffnete Viktoria die erste von ihnen. Es war ein ähnlicher Raum wie der zuvor, nur dass eine Dachschräge die Kammer noch kleiner machte. Viktoria drehte den Lichtschalter an der Seite und blickte sich um. Sie sah eine Fotografie auf dem Nachttisch. Viktoria nahm das Bild auf. Es zeigte eine junge Frau, die auf einem Stuhl saß. Sie hatte die Hände gefaltet, schaute unsicher in die Kamera. Ein Mann – vermutlich ihr Ehemann – stand im schwarzen Anzug neben ihr, seine Hand lag auf ihrer Schulter. Konnte das einer von Hennys älteren Brüdern sein? Viktoria war sich nicht sicher. Unschlüssig stellte sie das Bild wieder zurück. Dann ging sie hinaus, um die nächste Tür zu öffnen.

Erneut ein kleiner Raum mit zwei Betten. Doch dieses Mal war Viktoria sich sofort sicher, richtig zu sein. Jemand hatte ein Regalbrett über dem Bett angebracht, auf dem Bücher standen. Das vordere Buch war *Der Trotzkopf*. Das Buch, mit dem Viktoria Henny das Lesen beigebracht hatte!

Viktoria schloss die Tür hinter sich. Dann trat sie an das Bücherregal. Sie nahm den *Trotzkopf* heraus, blätterte es auf und erkannte ihre eigene Handschrift. *Für Henny, sei immer so willensstark, wie du es jetzt bist. Du wirst alles erreichen, was du dir wünschst. Deine Viktoria*. Es war tatsächlich Hennys Buch von damals. Inzwischen war es stark zerlesen. Sie strich über den Einband. Erinnerungen stiegen in ihr auf. Sie dachte an Henny als junges Mädchen. Sie war so ehrgeizig gewesen. Obwohl sie schon damals im Haushalt helfen musste, hatte sie jeden Abend geübt. So lange, bis sie flüssig lesen konnte. Von da an hatte Viktoria sie mit den verschiedensten Romanen aus der Bibliothek ihres Vaters versorgt. Aber *Der Trotzkopf* war immer Hennys liebstes Buch geblieben.

Viktoria stellte das Buch vorsichtig zurück, überflog die anderen Titel. Die meisten waren Romane, aber auch zwei Lehrbücher für den Arbeitsunterricht waren darunter. Auch sie waren zerlesen. Eine allzu große Auswahl an Literatur dürfte Henny nicht gehabt haben, Bücher waren für ein Zimmermädchen zu teuer.

Viktoria blätterte jedes Buch durch. Sie wusste nicht, was sie zu finden hoffte. Vielleicht einen Brief, einen Hinweis, irgendetwas, das erklären konnte, was geschehen war. Aber bis auf ein Lesezeichen aus geklöppelter Spitze gab es nichts.

Viktoria blickte zum Nachtschränkchen aus abgeschabtem Eichenholz. Sofort bekam sie ein schlechtes Gewissen. Das Schränkchen war womöglich der einzige Ort, an dem Henny so etwas wie Privatsphäre hatte wahren können. Viktoria zögerte, schließlich öffnete sie die Tür. Auf einem Stapel weißer Taschentücher mit Häkelumrandung lag eine Fotografie. Viktoria nahm sie heraus. Sie erkannte das verhärmte Gesicht von Hennys Mutter. Tiefe Falten hatten sich in ihr Gesicht gegraben. Trotzdem wirkte sie stolz. Sie hielt ein Kleinkind auf dem Arm, vor ihr saßen und lagen fünf weitere Kinder. Rechts neben ihr stand ein Mann, es musste ihr zweiter Ehemann sein. Auch er hatte müde Augen, trotzdem sahen sie gütig aus, verbreiteten Wärme. Neben ihm stand die etwa vierzehnjährige Henny. Sie hatte eine große weiße Schleife ins Haar gebunden und sah neugierig zum Fotografen. Viktoria musste lächeln. Henny hatte schon immer ein Faible für technische Neuerungen gehabt, ganz anders als ihre

Mutter. Als Viktorias Vater damals den englischen Herd angeschafft hatte, betrachtete Hennys Mutter das Gerät in der ersten Zeit, als sei es Teufelswerk. Henny dagegen hatte gleich erkannt, wie praktisch es war, wenn Ofen und Herd gleichzeitig beheizt werden konnten. Sie versuchte daraufhin, Viktorias Vater zu überzeugen, auch einen Dampfkocher anzuschaffen. Aber das hatte er abgelehnt. Das waren ihm dann doch zu viele Ausgaben für etwas, wovon er sich keinen Vorteil versprach.

Ein Geräusch ließ Viktoria aufhorchen. War die Tür zum Männertrakt aufgegangen? Sie lauschte, aber es war alles still. Dennoch – sie musste sich beeilen. Schnell wandte sie sich wieder dem Nachtschränkchen zu. Doch außer der Fotografie und den Taschentüchern gab es keine privaten Gegenstände.

Vielleicht in dem Schrank an der Wand. Der war zweigeteilt. Der Inhalt sah auf beiden Seiten fast gleich aus. Weiße Unterkleider, ein schwarzer Rock zum Wechseln, ein blaues Kleid mit Spitze zum Ausgehen auf der linken Seite und ein braunes Kleid auf der rechten. Für jedes Dienstmädchen eine Hälfte des Schranks. Eilig durchsuchte Viktoria die Wäsche und versuchte dabei, auf dem knarzenden Boden so wenig Lärm wie möglich zu machen. Denn inzwischen war sie sicher: Draußen war jemand. Sie hatte ein Räuspern gehört.

Viktoria schob ihre Hand zwischen zwei Unterröcke. Ihre Finger berührten Papier. Briefe. Endlich etwas, mit dem sie mehr über Henny erfahren konnte. Doch dann erkannte Viktoria, dass die Briefe nicht an Henny adressiert waren, sondern an eine Marie. Das musste das Mädchen sein, mit dem Henny sich das Zimmer geteilt hatte. Viktoria schob die Briefe zurück und wandte sich der linken Schrankseite zu, der mit dem blauen Kleid. Wieder schob sie ihre Hand zwischen die Wäschestücke. Doch da war nichts. Sie wollte sich bereits enttäuscht abwenden, als sie neben den Schürzen etwas hell Schimmerndes bemerkte.

Draußen waren Schritte zu hören. Das Poltern schwerer Absätze. Wer auch immer das war, es war mit Sicherheit kein Zimmermädchen, den Schritten nach war es ein Mann. Panisch sah Viktoria sich um. Sie war hier oben ganz allein. Wenn sie angegriffen werden würde, konnte niemand ihr helfen. Viktoria schnappte sich einen Besen, der neben dem Schrank stand. Sie drehte das Licht aus und huschte hinter die Tür, hob den Stiel hoch über den Kopf. Langsam ging die Tür auf. Jemand kam herein. Und Viktoria schlug zu.

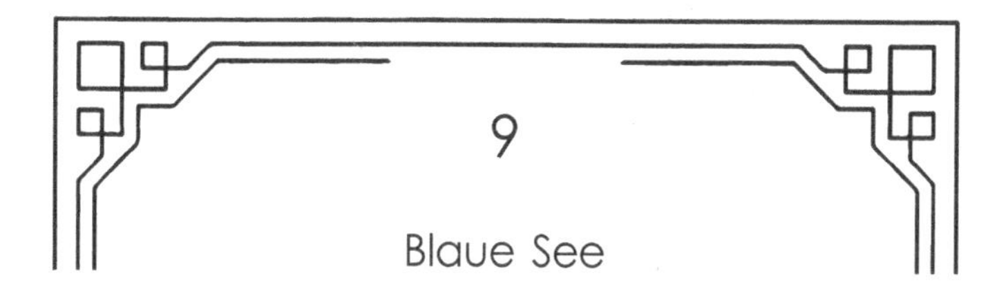

9

Blaue See

»Es tut mir wirklich sehr leid, Herr Hinrichs.« Viktoria stand vor Christian, der sich auf das Bett unter der Dachschräge gesetzt hatte. Sie hatte das elektrische Licht im Zimmer wieder angeschaltet und sofort gesehen, welche Bescherung sie angerichtet hatte. Jetzt reichte sie ihm ein Taschentuch, das er sich an den Kopf drückte.

»Für eine junge Dame haben Sie wirklich einen festen Schlag, dammich noch mol«, bemerkte er und verzog das Gesicht.

»Ich habe Sie im Dämmerlicht nicht gleich erkannt«, sagte Viktoria.

Er sah sie an. »Das hab ich gemerkt. Hätten Sie nicht warten können, wer es ist, bevor Sie zuschlagen?«

Viktoria stemmte die Hände in die Seiten. Das war ja wohl noch schöner, was bildete sich dieser ungehobelte Mensch ein? »Sie hätten ja nicht herumschleichen müssen. Ich habe gedacht, Sie sind ein Dieb.« Sie hatte keine Lust, sich von diesem Journalisten, der ganz offensichtlich ein Problem mit der Polizei hatte, irgendetwas sagen zu lassen. »Was haben Sie hier oben überhaupt zu suchen? Im Frauenbereich?«

Er legte den Kopf schief, betrachtete sie einen Moment

amüsiert. Dann wurde er ernst, strich die blonden Haare zurück. »Ich denke, ich wollte das Gleiche wie Sie.«

Ihr Atem stockte eine Sekunde. »Sie glauben also nicht, dass Henny Selbstmord begangen hat?«

Er schüttelte den Kopf, was ihm aber offenbar Schmerzen bereitete. Er verzog erneut das Gesicht, fühlte vorsichtig an der Stelle, wo sie ihn mit dem Besenstiel getroffen hatte. Es würde vermutlich eine ziemliche Beule geben.

Viktoria fühlte sich ein kleines bisschen schuldig. Sie hatte wirklich ziemlich fest zugeschlagen. Aber andererseits hatte er es sich selbst zuzuschreiben. »Was haben Sie im Übrigen damit gemeint, die Polizei soll sich Hennys Schläfe ansehen?«, fragte sie.

Den ganzen Abend hatte Viktoria darüber nachgedacht. Ihr war an Henny nichts aufgefallen. Sie erinnerte sich nur an ihre Augen, die sich durch das Wasser verändert hatten. An das Gefühl, ihre kalte Hand zu nehmen, kein Leben zu spüren.

Christian tupfte noch einmal vorsichtig auf seine Wunde. »Ich habe einige Zeit im Leichenschauhaus gearbeitet. Das Mädchen hatte einen blauen Fleck an der Schläfe. Für mich sieht es so aus, als habe sie einen heftigen Schlag bekommen.«

Viktoria sah ihn mit großen Augen an. »Sie meinen, jemand hat sie erschlagen?«

Er zuckte mit den Schultern. »Sie könnte auch im Wasser gegen etwas geprellt sein, als sie schon tot war. Etwa eine Planke oder ein Boot. Vielleicht hat sie sich die Verletzung aber auch vorher zugezogen, und sie hat nichts mit ihrem Tod zu tun.«

»Aber Sie glauben nicht daran, denn sonst wären Sie nicht hier«, stellte Viktoria fest.

»Sehr scharfsinnig.« Er sah sie an. »Ja, Sie haben recht. Der blaue Fleck war zweistreifig. Das ist typisch für einen Stockschlag. Ich denke, jemand hat dem Mädchen einen Hieb gegeben, und dann ist es ins Wasser gestürzt.«

Viktoria spürte einen Anflug von Erleichterung. Da war jemand, der ihre Zweifel an Hennys Tod teilte. Sie ließ sich neben ihn auf das Bett sinken. Dann erinnerte sie sich an das, was sie gefunden hatte.

»Das hier lag zwischen der Wäsche.«

Sie fasste in die kleine Tasche am tief gesetzten Gürtel ihrer Taille und zog den Gegenstand heraus, den sie im Schrank gefunden hatte. Es war ein silbernes Herz.

Der Anhänger glänzte matt. Christian nahm ihn ihr ab, stand auf und betrachtete das Schmuckstück im Licht der Deckenlampe. »Es ist nur versilbert. Ich kann keine Punze erkennen. Wahrscheinlich nicht besonders wertvoll, aber es ist hübsch. Es ist die Art Anhänger, die ein junger Mann seiner Liebsten schenkt.« Er gab ihr das Schmuckstück zurück, und dabei fiel das Licht in seine hellblauen Augen. Wie das Meer in der Sonne. Sein Blick ging ihr durch Mark und Bein.

In diesem Moment flog die Tür auf. »Was machen Sie hier?«

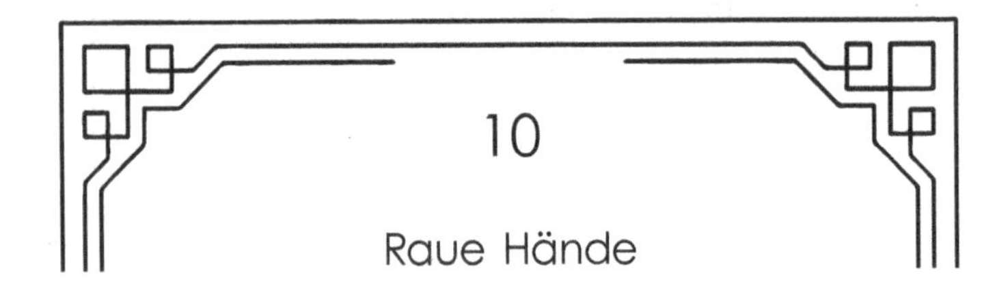

10

Raue Hände

Viktoria sprang auf. In der Tür stand ein junges Mädchen. Es trug ein dunkelblaues Arbeitskleid und eine grau gestreifte Schürze, die nass war. Überraschung lag im Blick des Mädchens. Überraschung und Angst.

Viktoria brauchte eine Sekunde, um sich zu fassen, dann lächelte sie es an. »Entschuldigung. Wir sind einfach hier eingedrungen.« Sie hielt dem Mädchen ihre Hand hin. »Ich bin Viktoria, eine Freundin von Henny.«

Das Mädchen betrachtete eine Weile unschlüssig Viktorias Hand. Schließlich knickste sie. »Ich bin Marie.«

Sie war höchstens sechzehn Jahre alt. Ihre Wangen waren gerötet. Viktoria nickte ihr aufmunternd zu. »Guten Abend, Marie. Ich bin froh, jemanden kennenzulernen, der Henny gut kannte.«

Marie sah schüchtern zu Christian. Der lächelte. »Nu setz dich erstma' hin, Mädchen.«

Auf einmal hatte er diesen unverkennbaren plattdeutschen Akzent, der schon bei den Männern vom Strand heute Nachmittag mitgeschwungen hatte. Dabei war seine Aussprache sonst makellos. Auf das Mädchen wirkte es offenbar beruhigend, denn es setzte sich auf den Stuhl, auf den Christian gezeigt hatte, und wischte sich die Hände an der Schürze ab. Die Finger waren rau, die Haut an einigen Stellen eingerissen. So wie bei Henny, als diese mit ihrem Putzeimer vor Viktoria gestanden hatte.

Christian hockte sich vor sie hin. »Weißt du, Marie, Fräulein Berg und ich würden gerne mehr über Henny wissen. Wir können einfach nicht verstehen, was passiert ist.«

Das Mädchen sah ihn an, dann wanderte sein Blick zu Viktoria. »Sie sind das Fräulein Berg? Henny hat mir von Ihnen erzählt. Sie hat gesagt, Sie seien anders als die anderen Damen, etwas Besonderes.«

Viktoria fing Christians Blick auf, der sie amüsiert ansah. Sie ignorierte ihn. »Können Sie uns mehr über Henny erzählen? Haben Sie eine Ahnung, was mit ihr passiert sein könnte?«

Maries Augen füllten sich mit Tränen. »Ich weiß es auch nicht. Sie war immer so lebenslustig. Ich hätte niemals gedacht, dass sie … so etwas tut.« Sie blickte wieder auf ihre Hände, mit denen sie über ihre nasse Schürze gestrichen hatte.

Christian stand auf, schenkte aus einer Emaillekanne etwas Wasser in ein Glas. Statt seiner kniete sich nun Viktoria vor das Mädchen. »Wann haben Sie Henny das letzte Mal gesehen, Marie?«

Das Küchenmädchen rutschte vorsichtig an den Rand des Stuhls, so als wollte sie jeden Moment aufspringen. Offenbar war es ihr nicht geheuer, dass eine feine Dame vor ihr kniete. »Gestern Abend, so gegen neun. Ich war in der Küche und musste die Töpfe abwaschen. Henny hatte ihren freien Abend. Ich habe gesehen, wie sie die Straße entlanglief, Richtung Strand. Sie ist manchmal auf den Seesteg gegangen. Abends ist keiner mehr da, um den Eintritt zu kassieren. Sie ist dann einfach über die Absperrung gestiegen.«

Viktoria lächelte. »Das sieht ihr ähnlich.«

Marie nickte. »Sie hat manchmal von Ihnen erzählt. Dass Sie ihr das Lesen beigebracht haben. Abends hat Henny mir vorgelesen aus ihren Büchern.« Sie nahm das Glas, das Christian ihr reichte, und trank einen Schluck. »Als ich vor einigen Monaten hier im Hotel angefangen habe, hat sie mir geholfen, mich zurechtzufinden. Es war ja alles so neu. Das feine Geschirr, die Teppichböden, die Geräte in der Küche. Zu Hause haben wir einen Holzofen und ein paar Töpfe, mehr nicht. Und dann das elektrische Licht, das hat mir Angst gemacht. Henny hat mir gezeigt, wie alles funktioniert. Sie kannte sich sehr gut aus. Dabei hat sie noch gar nicht so lange im Hotel gearbeitet. Aber sie kannte schon alles aus dem Wilhelm-Augusta-Heim.«

»Das Erholungsheim für Lehrerinnen hier auf der Insel?«, fragte Viktoria. Sie erinnerte sich, auf dem Weg zur Mühle in der Marienstraße an dem Lehrerinnenheim vorbeigekommen zu sein. Sie hatte überlegt, im Herbst dem Wilhelm-Augusta-Verein beizutreten, der das Heim betrieb und in Not geratene Lehrerinnen unterstützte. Es war in Viktorias Augen eine Schande, dass Lehrerinnen so viel weniger verdienten als ihre männlichen Kollegen und kaum genug zum Leben hatten, geschweige denn eine Versorgung, wenn sie alt oder krank waren. Das

Argument, dass Männer eine Familie zu versorgen hatten, die ledigen Lehrerinnen jedoch nicht, zählte in Viktorias Augen nicht. Viele der Lehrerinnen brachten mit ihrem Gehalt ihre unverheirateten Schwestern durch oder unterstützten die Eltern. Sie machten die gleiche Arbeit wie die Männer, warum sollten sie nicht das Gleiche verdienen?

»Henny hat mir erzählt, dass sie sehr gerne im Heim gearbeitet hat. Ihre Dienstherrin, Elfriede Stuhr, war früher Lehrerin und betreute nun die Damen im Heim. Frau Stuhr hat wohl vor einiger Zeit eine Erbschaft gemacht und ihre eigentliche Tätigkeit aufgegeben, um sich ganz dem Verein zu widmen. Letztes Jahr ist Frau Stuhr überraschend gestorben. Henny ist dann in das Hotel gewechselt.«

Ein Jahr. Was war in diesem Jahr geschehen? »Hatte Henny vielleicht vor etwas Angst, fühlte sie sich bedroht?«

Marie sah auf. »Henny hatte nie Angst.«

Viktoria spürte, wie sich ihre Augen mit Tränen füllten. Es stimmte. Henny war auf alle Probleme immer furchtlos zugegangen. Vielleicht allzu furchtlos.

Für einen Moment herrschte Schweigen im Raum. Doch dann setzte sich Marie auf, als wäre ihr etwas eingefallen.

»Aber da war etwas. Anfang letzter Woche, da hat irgendwas Henny ziemlich aufgebracht. Ich habe sie noch nie so wütend gesehen.« Sie nickte bei dem Gedanken, als müsste sie sich dessen selbst versichern. »Die Frau eines Gastes hatte Geburtstag gefeiert, unten im Salon. Sie haben ziemlich lange dort gesessen und getrunken. Henny sollte dann für einen der Gäste etwas aus dessen Zimmer holen, und anschließend ist es zu einer Auseinandersetzung zwischen Henny und dem Mann gekommen. Henny ist dann schnurstracks zu Frau Luers in deren Schreibstube gegangen.« Marie machte große Augen, als sei das etwas, das sie sich nie getraut hätte.

»Was war passiert?«, fragte Christian.

»Ich weiß es nicht. Henny wollte nicht darüber reden. Sie hat mit Frau Luers gesprochen, und danach kam sie noch wütender zurück. Ich habe es selbst nicht gesehen, aber jemand hat mir erzählt, Henny soll die Tür der Schreibstube hinter sich zugeworfen haben, sodass die Scheibe laut geklirrt hat.«

Viktoria wechselte einen Blick mit Christian. »Aber Henny muss doch etwas dazu gesagt haben. Sie waren abends mit ihr hier zusammen.«

»Als ich aus der Küche kam, war Henny nicht da.«

»War sie auf dem Seesteg?«

Marie schüttelte den Kopf. »Ich weiß nicht, wo sie war. Sie ist selten vor Mitternacht ins Bett gegangen. Dabei habe ich ihr mehr als einmal gesagt, wie gefährlich es ist, um diese Zeit noch im Hotel unterwegs zu sein. Es spukt hier nämlich.«

Viktoria hatte von Trude, dem alten Hausmädchen daheim, mehr als eine Geistergeschichte gehört. Aberglaube war unter den Bediensteten weit verbreitet, und offenbar war auch Marie nicht dagegen immun.

Die musste ihre Skepsis bemerkt haben. »Es gibt hier

ein Gespenst, ganz sicher. Nachts hört man es durch die Gänge schleichen. Deswegen wollte ich ja, dass Henny um Mitternacht zurück ist. Aber sie hat gesagt, ich soll mir keine Sorgen machen. Wenn sie einen Geist trifft, wird sie sich schon zu helfen wissen.«

Genau so eine Antwort hatte Viktoria von Henny erwartet.

Christian zog den silbernen Anhänger hervor. »Kennst du das hier?«

Marie sah ihn empört an. »Sie haben in Hennys Sachen gewühlt?«

Christian lächelte sie freundlich an. Sofort verrauchte Maries Empörung. Viktoria staunte nicht schlecht, wie geschickt ihr neuer Bekannter seinen Charme einsetzte.

»Hatte Henny vielleicht einen Verehrer?«, fragte er jetzt.

Marie schüttelte vehement den Kopf. »Nein, bestimmt nicht.«

»Woher weißt du das? Schließlich war sie häufig abends noch spät unterwegs.«

Marie blickte auf den Boden. »Ich weiß es einfach.« Das Küchenmädchen atmete durch. »Frau Luers hielt große Stücke auf Henny. Über kurz oder lang wäre Henny Hausdame geworden, da bin ich mir sicher. Jede von uns hätte so ein Angebot mit Kusshand genommen. Hausdame! Aber Henny hat davon gesprochen, dass es mehr geben müsse als die Arbeit im Hotel. Sie sagte, irgendwann würde sich für sie alles ändern.«

Viktoria war aufgefallen, dass Marie das Thema gewechselt hatte. Trotzdem war sie wie elektrisiert. *Alles würde sich ändern.* Genau das hatte Henny zu Viktoria gesagt, als sie sie das letzte Mal gesehen hatte. »Was meinte sie damit?«

»Es war einfach so eine verrückte Idee«, stieß Marie überraschend heftig hervor.

»Wollte Henny eine neue Stelle antreten?«, fragte Christian.

Marie schüttelte den Kopf. »Sie hat gesagt, eine Stelle sei wie die andere. Wir Dienstmädchen würden nur ausgenutzt werden, und jeder würde auf uns herabblicken.«

»Sie hätte ja in eine Fabrik gehen können.«

»Das wollte sie nicht. Als Anna vor drei Monaten gekündigt hat, um in der Fischfabrik zu arbeiten, hat Henny ihr gesagt, sie sei eine dumme Kuh. Aber von irgendwas muss man doch leben. Henny konnte nie akzeptieren, dass die Dinge so sind, wie sie sind. Ich glaube, es lag daran, dass sie so viel gelesen hat. Nichts gegen Sie, Fräulein Berg, aber zu viel Bildung ist für unsereiner nicht gut.« Marie hatte die nasse Schürze in ihren Fäusten zusammengeknüllt. »Wenn wir nur unseren Träumen nachhängen, werden wir nie glücklich, das hat meine Großmutter immer gesagt. Und sie hatte recht.«

»Und Henny war nicht glücklich?«, hakte Viktoria nach.

Marie blickte sie an. »Henny hat ihr Leben nie akzeptiert. Sie hat von etwas Besserem geträumt. Wenn sie einfach alles hingenommen hätte, dann wäre sie jetzt vielleicht nicht tot.«

Schweigend gingen Christian und Viktoria die enge Treppe hinunter. Von unten drangen Stimmen zu ihnen herauf. Offenbar waren einige der Herrschaften in den Salon gegangen.

Als sie durch die Tapetentür auf den breiten Korridor traten, kam Viktoria der Glanz des Marmors falsch vor. Der schwere Orientteppich, die großen Ölgemälde an den Wänden – hier war alles prunkvoll, während oben in den Kammern Menschen schliefen, die jeden Tag bis zur Erschöpfung arbeiten mussten. Menschen, die ein Recht auf eine Zukunft haben sollten.

Viktoria gingen Maries Worte nach. War es ein Fehler gewesen, Henny Lesen und Schreiben beizubringen? Ihr die Welt der Bücher nahezubringen? Hatte sie falsche Hoffnungen in ihr geweckt?

»Was ist?«, fragte Christian Hinrichs, als sie mitten auf der Treppe stehen blieb.

Sie wandte sich zu ihm. »Henny hatte Träume, die nicht zu erfüllen waren. Träume, die sie hatte, weil sie so viel gelesen hat«, sagte sie tonlos. »Ich habe ihr Bücher geschenkt. Ihr gesagt, sie müsse sich nicht damit begnügen, nur als Dienstmädchen zu arbeiten. Vielleicht würde sie jetzt noch leben, wenn ich nicht gewesen wäre.«

Christian nahm ihre Hand. Sie schaute in seine blauen Augen, die so sehr an das Meer erinnerten.

»Es ist nicht Ihre Schuld, Viktoria. Reden Sie sich das nicht ein.«

Von unten war Musik zu hören, jemand spielte auf dem Klavier ein Stück aus dem *Rosenkavalier* von Richard

Strauss, der letztes Jahr Premiere gefeiert hatte. Viktoria spürte plötzlich dieses unsichtbare Band zwischen Christian und ihr. Er war der Einzige, der ihre Zweifel an Hennys Freitod teilte. Und sie vertraute ihm.

Sie blickte die Treppe hinunter. »Sie haben recht. Bildung kann dem Menschen nicht schaden, nur die Engstirnigkeit der anderen.« Sie legte den Kopf schief, dachte nach. »Wir sollten uns mit Frau Luers unterhalten. Ich will wissen, warum Henny an diesem einen Tag so wütend gewesen ist.«

Sie ging einige Treppenstufen hinunter. Als sie merkte, dass er nicht nachkam, blieb sie stehen und drehte sich zu ihm um. Sie lächelte ihn herausfordernd an. »Kommen Sie, Herr Hinrichs? Oder wollen Sie wieder davonlaufen?«

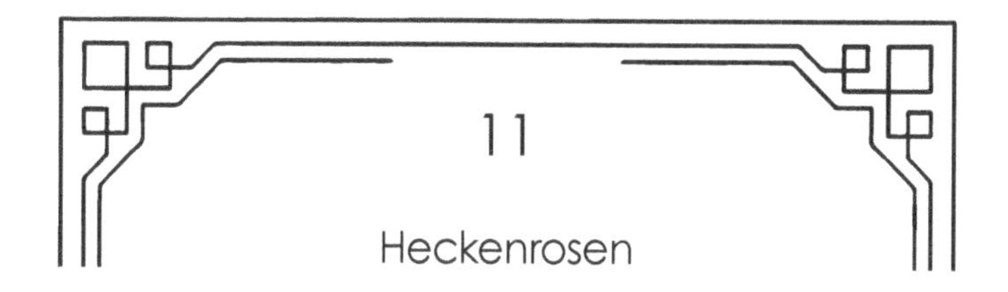

11

Heckenrosen

Als Christian am nächsten Morgen nach einem kleinen Spaziergang zurück ins Hotel kam, wartete Viktoria bereits im Foyer. Ihre Wangen hatten die Farbe der Heckenrosen angenommen, die überall auf der Insel blühten. Offensichtlich war sie aufgebracht. »Wo waren Sie? Wir waren verabredet, wenn ich Sie daran erinnern darf.«

Tatsächlich hatten sie gestern Abend ein Treffen heute Morgen um halb neun vereinbart, und jetzt war es bereits kurz nach neun, wie ihm ein Blick auf die schwere Standuhr neben der Rezeption verriet.

Viktoria stemmte die Arme in die Seite. »Ständig sind Sie verschwunden, Christian Hinrichs, und ich muss auf Sie warten.« Da war es wieder. Das reiche, wütende Mädchen. Und es gefiel Christian.

Er nahm seinen Bowler ab, strich darüber. »Ich war nicht verschwunden, ich habe bereits gearbeitet«, antwortete er leichthin. Im gleichen Moment fühlte er ihren aufmerksamen Blick auf sich.

Verdammt, diese Frau schien ein Gespür für jede noch so kleine Lüge zu haben. Aber er konnte ihr schlecht sagen, dass er in aller Frühe in Braams Leihbibliothek gewesen war und nervös auf das Eintreffen der Morgenzeitung gewartet hatte, die allerdings erst um kurz vor neun gekommen war. Nach der ersten Meldung über den Tod des Gendarmen vor zwei Wochen waren keine neuen Artikel zu dem Vorfall in Altona zu finden. Keine Suchmeldung, keine weiteren Informationen, nichts. Es war, als wäre all das nie passiert. Aber Christian machte sich nichts vor. Jederzeit konnte jemand die Verbindung zwischen dem toten Polizisten und ihm herstellen.

Viktoria verschränkte ihre Arme vor der Brust. »Sie haben gearbeitet?« Sie glaubte ihm offensichtlich kein Wort.

»Ist die Hotelbesitzerin in ihrer Schreibstube?«, fragte er, um das Thema zu beenden.

Viktoria musterte ihn sekundenlang und schien nur mit Mühe die Bemerkung hinunterzuschlucken, die ihr auf der Zunge lag. »Seit einer halben Stunde.« Sie schickte sich an loszugehen.

Er hielt sie auf. »Moment. Wir müssen uns absprechen, wie wir vorgehen. Wir sollten uns eine Taktik überlegen, von allein wird sie sicherlich nichts sagen.«

Sie drehte sich langsam zu ihm um. »Während Sie sich Gott weiß wo herumgetrieben haben und mich warten ließen, hatte ich ausreichend Zeit, mir etwas zu überlegen.« Sie machte sich von ihm los und ging schnurstracks zum Concierge.

Christian musste lächeln. Dieses Fräulein Berg war wirklich besonders. Er folgte ihr und betrachtete sie währenddessen. Sie war wie eine typische Dame des gehobenen Bürgertums gekleidet. Ihren weiten Hut und eine kleine Beuteltasche trug sie locker in der Hand. Das schmal geschnittene weiße Kleid fiel weich um ihre weiblichen Rundungen. Fast bedauerte Christian es, als sie die Rezeption des Hotels erreichten.

Der Concierge sah ihnen bereits entgegen, er hatte ihr Geplänkel offenbar verfolgt. In seiner militärisch wirkenden Livree mit den goldenen Knöpfen und der Schrift auf der Mütze wirkte er recht schneidig. Er lächelte Viktoria an. »Sie wünschen, Fräulein Berg?«

»Wir möchten die Hotelbesitzerin, Frau Luers, sprechen«, sagte Viktoria.

Der Blick des Concierge fiel auf Christian, blieb an den Knitterfalten seines dunklen Cutaways hängen. Er hatte ihn gestern nur aufgehängt und trocknen lassen. Eines der Zimmermädchen hatte ihn bügeln wollen, aber es war Christians einziger Anzug, was hätte er da heute anziehen sollen? Etwa den unbequemen Frack? Damit wäre der Blick des Concierge auch nicht milder ausgefallen. Der beschloss offenbar, Christian zu übersehen, und wandte sich nur an Viktoria.

»In welcher Angelegenheit möchten Sie Frau Luers sprechen, Fräulein Berg?«

Christian hatte genug davon, die zweite Geige zu spielen, weibliche Rundungen und gehobenes Bürgertum hin oder her. Er war nicht Journalist geworden, um sich von einem Concierge abkanzeln oder von einem reichen Mädchen herumkommandieren zu lassen. Bevor Viktoria dem Concierge antworten konnte, sagte er mit fester Stimme: »In der Angelegenheit Henny Petersen.«

Für einen Moment weiteten sich die Augen des Mannes überrascht. Doch er hatte sich schnell wieder gefangen. Der Concierge schüttelte bedauernd den Kopf. »Wir verstehen, dass der Tod des Mädchens insbesondere unsere weiblichen Gäste beunruhigt. Aber Sie müssen sich keine Sorgen machen. Das Mädchen hatte einen bedauerlichen Unfall, Sie sind nicht gefährdet.«

Offenbar hielt er Viktoria für eine überspannte Frau, die durch die Tote geängstigt worden war. Für einen Moment amüsierte Christian die Vorstellung. Viktoria Berg war vieles, aber bestimmt kein Fräulein mit neurasthenischen Anfällen.

»Ich mache mir keine Sorgen, guter Mann. Ich möchte Frau Luers sprechen.«

Viktorias Ton ließ keinen Widerspruch zu. Sie reckte das Kinn und sah den Concierge herausfordernd an.

Der Mann nickte plötzlich dienstbeflissen. »Ich werde sehen, was ich tun kann. Einen Moment, bitte.«

Keine fünf Minuten später standen sie in der Schreibstube der Hotelbesitzerin. Der Raum war enger, als Christian erwartet hatte, und wurde von einem riesigen Eichenschreibtisch beherrscht. Frau Luers legte den Füllfederhalter mit Perlmuttbesatz beiseite und stand auf. Sie hatte eine knochige Figur, und ihr schwarzes Kleid betonte dies noch. Doch sie hatte helle, lebhafte Augen, mit denen sie Christian und Viktoria aufmerksam musterte. Sie deutete auf die Stühle vor ihrem Schreibtisch. »Setzen Sie sich doch, bitte.«

Sie sah Christian mit einem wissenden Lächeln an. »Herr Hinrichs, nicht wahr? Von der *Frau von Welt*. Sie haben das verstorbene Zimmermädchen aus dem Wasser gezogen, wie ich gehört habe. Eine tapfere Tat, nicht jeder hätte so gehandelt.«

Christian machte eine abwehrende Handbewegung, ohne etwas zu sagen. Er betrachtete nur stumm die Frau. Ihre mit grauen Strähnen durchsetzten dunklen Haare waren zu einem strengen Dutt zusammengefasst. Er konnte auch die Kraft in dem Blick der Frau spüren. Bei ihr würde sich mit Sicherheit kein Lieferant trauen, erhöhte Preise abzurechnen, oder sich ein Bediensteter etwas herausnehmen.

Frau Luers hatte sich unterdessen wieder Viktoria zugewandt. »Wie kann ich Ihnen helfen?« Sie stützte die Ellenbogen vor sich auf den Schreibtisch und legte die Fingerkuppen aneinander.

»Es geht um Henny Petersen. Ihre Eltern haben früher für meinen Vater gearbeitet, Henny stand unserer Familie nahe. Gibt es schon ein Arrangement für die Beerdigung?«

Frau Luers' Blick blieb ausdruckslos. »Die Eltern bemühen sich um eine schnelle Überführung des Mädchens innerhalb der nächsten Tage. Allerdings bin ich mir nicht sicher, ob sie über die notwendigen Mittel verfügen.«

Viktoria nickte. »Ich habe bereits meinem Vater dazu geschrieben, ich denke, er wird das übernehmen. Henny soll zurück zu ihrer Familie, damit diese Abschied nehmen kann. Gibt es sonst jemanden vor Ort, der ihr nahestand und den wir benachrichtigen sollten? Ein Verlobter vielleicht?«

Christian musste sich bemühen, nicht überrascht zu Viktoria zu blicken. Geschickt! Sie hatte die Wartezeit wirklich genutzt.

Frau Luers' Fingerkuppen, die sie eben noch entspannt gegeneinander hatte tippen lassen, hielten inne. »Ein Verlobter?«

»Vielleicht jemand aus dem Hotel?« Viktoria lächelte unschuldig.

»Es gibt keinen Verlobten. Die Zimmermädchen wissen, dass ich untadeliges Verhalten erwarte.« Die Augen der Hotelbesitzerin huschten zu der schweren Tischuhr aus Marmor. »Wenn ich sonst noch etwas für Sie tun kann?« Es war offensichtlich, dass sie das Gespräch beenden wollte.

Christian lehnte sich zurück, schlug die Beine übereinander. »Wir haben von einem Vorfall vor einigen Tagen gehört, in den Henny Petersen verwickelt war. Wir fragen uns, ob das der Grund für ihren Tod gewesen sein könnte.«

Karen Luers hob verwundert die Augenbrauen. »Ein Vorfall? Welcher Art?«

»Wir hofften, dass Sie es uns sagen können. Es war an dem Tag, als die Frau eines Gastes ihren Geburtstag gefeiert hat. Wie wir erfahren haben, war Henny Petersen an diesem Tag wegen irgendetwas sehr aufgebracht und hat sich daraufhin an Sie gewandt.«

Die Frau musterte ihn abschätzend. »Ich weiß nicht,

wovon Sie sprechen. Mir ist nichts von einem Vorfall bekannt.«

»Das ist merkwürdig. Wir haben aus zuverlässiger Quelle erfahren, dass Henny bei Ihnen war und sehr wütend den Raum verlassen hat.«

Frau Luers lächelte säuerlich und lehnte sich nun ihrerseits zurück. »Aus zuverlässiger Quelle also. Nun, ich verstehe, dass Sie als Journalist hinter allem eine Geschichte vermuten, selbst wenn es Tratsch ist. Natürlich kommt es vor, dass sich das eine oder andere Zimmermädchen beklagt. Aber mit Henny Petersen war ich sehr zufrieden. Ich hatte vor, sie zur Hausdame zu machen. Sie war zwar noch jung, aber durchsetzungsfähig. Außerdem hatte sie einen Blick für Dinge, die getan werden müssen. Henny Petersens Tod ist ein bedauerlicher Verlust für das Hotel.« Damit erhob sie sich. »Wenn Sie mich nun entschuldigen würden. Morgen findet das jährliche Tennisturnier statt. Es gibt noch einiges vorzubereiten.« Sie deutete mit einem kühlen Lächeln zur Tür.

Viktoria stand auf. »Haben Sie vielen Dank für Ihre Zeit, Frau Luers. Sie verstehen sicherlich, dass es für mich nicht leicht ist zu begreifen, wie das passieren konnte. Ich suche einfach nach einem Hinweis, um mir Hennys Verhalten zu erklären. Auch mein Vater, der als Staatsanwalt doch schon so einiges erlebt hat, war schockiert von der Nachricht. Er möchte natürlich wissen, was genau zu Hennys Tod geführt hat.« Sie ließ die Worte einige Sekunden in der Luft hängen. Dann sagte sie: »Ach, Sie wissen nicht zufällig, wo es geschehen sein könnte? Die

Stelle, an der Henny – Fräulein Petersen – ins Wasser gestürzt sein mag? Ich würde gerne Blumen dort niederlegen. Auch um meinen Vater zu beruhigen. Ich möchte nicht, dass er selbst Nachforschungen aufnehmen muss.«

Frau Luers' Augen zogen sich sorgenvoll zusammen. Was das Wort *Staatsanwalt* doch bewirken konnte.

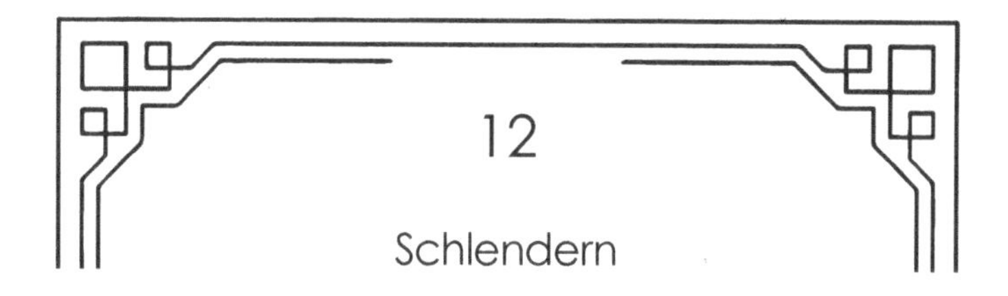

12

Schlendern

»Das war nicht schlecht«, sagte Christian, kaum dass sie die Schreibstube verlassen hatten. »Eine gute Einschüchterungstaktik. Wären Sie ein Mann, würde ich Ihnen nicht im Gerichtssaal begegnen wollen.«

Viktoria sah den Schalk in seinen Augen, aber auch die Anerkennung. »Das lassen Sie nicht meinen Vater hören. Der hat sich immer einen Sohn gewünscht, der in seine Fußstapfen tritt. Und jetzt können sogar Frauen Jura studieren.«

»Sie würden vermutlich einen guten weiblichen Anwalt abgeben.«

Er reichte ihr seinen Arm. Eigentlich eine viel zu vertraute Geste zwischen ihnen beiden, schließlich war sie eine unverheiratete Frau von Stand. Viktoria war sich sicher, dass Christian Hinrichs sich dessen sehr wohl bewusst war, aber dass er es darauf ankommen ließ.

Erwartungsvoll sah er sie an, und seine Augen blitzten amüsiert. »Wollen wir?«

Wie so oft, wenn sie sich herausgefordert fühlte, warf sie alle Bedenken beiseite. Sie spannte ihren weißen Sonnenschirm auf, dann hakte sie sich bei ihm unter.

Sie flanierten die Kaiserstraße entlang, vorbei an den

prachtvollen Bremer Häusern mit ihren hölzernen Veranden und den gestreiften Jalousien. Es war noch früh am Vormittag, aber überall auf den Straßen waren Sommergäste zu sehen, die auf dem Weg zum Strand oder in den Ort waren. Die Sonne schien, und nur wenige Wolken standen am Himmel, ein leichter Wind sorgte vom Meer her für Kühlung. Ein Stück die Straße hinunter hielt eine Pferdedroschke vor dem Hotel Germania. Der Portier kam herbeigeeilt und half den Gästen beim Aussteigen.

Je weiter Christian und Viktoria Richtung Strandpromenade schlenderten, desto belebter wurde es. Viktoria fiel ein junges Paar auf, der Kleidung nach waren es einfache Leute. Die beiden hatten sich an den Händen gefasst, gingen gemeinsam nebeneinanderher, niemand nahm Anstoß daran. Viktoria spürte, wie Neid in ihr aufstieg. Als Tochter aus gutem Hause hatte sie auf so viele Konventionen zu achten, ständig gab es diese unsichtbaren Hürden, die ihr Leben einschränkten. Wie schön wäre es, tun und lassen zu können, was man wollte. Einfach in aller Öffentlichkeit die Hand ihres Liebsten zu nehmen, ihn zu spüren. Das Paar bog zum Strand ab, wo sich hohe Sandburgen türmten, in deren Spitze kleine Flaggen flatterten. Dazwischen standen kreuz und quer die runden Strandkörbe und ließen das Gelände wie ein kleines Dorf wirken. Nicht umsonst wurde dieser Abschnitt »Strandkorbkolonie« genannt.

Christian war ihrem Blick gefolgt. »Die Promenade ist übrigens erst Mitte des letzten Jahrhunderts errichtet worden. Viele der Randdünen an der Westseite der Insel waren zuvor abgebrochen. Deswegen wurde hier und am Weststrand ein stabiles Deckwerk errichtet, das heute als Promenade dient.«

Sie sah ihn belustigt an. »Woher wissen Sie das denn?«

»Berufsgeheimnis. Ein Journalist gibt seine Quellen nie preis.«

Sie lachte. »Ich vermute, Sie haben einen Reiseführer gelesen. Sie waren nicht zufällig nach Ihrer Ankunft in der Königlichen Strandbibliothek?«

Christian grinste. »Ertappt.« Er war stehen geblieben und nahm seine Kamera aus der Umhängetasche. »Stellen Sie sich doch bitte einmal dorthin.« Er deutete auf die Seite. »Da haben wir das Meer im Rücken.«

Sie kam seiner Aufforderung nach, stellte sich mit ihrem Sonnenschirm in Position. Sie nutzte die Zeit, um ihn zu betrachten. Der Cutaway hätte von einem Zimmermädchen ordentlich aufgebügelt gehört, trotzdem machte Christian Hinrichs eine ganz passable Figur darin. Der dunkle Bowler, der deutlich mit seinem blonden Haar kontrastierte, war offensichtlich ganz neu. Christian blickte in seine Kamera, die er an den Bauch gepresst hielt, schaute zur Sonne, dann wieder zu ihr, um zu prüfen, ob er die Kamera richtig ausgerichtet hatte. Sie hatte den Eindruck, er würde niemals fertig werden. Unwillkürlich musste sie lächeln. Und genau in diesem Augenblick drückte er auf den Auslöser.

»Perfekt!«

»Schicken Sie mir einen Abzug?«, fragte Viktoria, während Christian zu ihr kam.

»Selbstverständlich.« Er sah die Straße entlang, Viktoria folgte seinem Blick. Ein kleiner Junge im Matrosenanzug lief an ihnen vorbei. Ein größeres Mädchen im weißen Kleid folgte ihm, sie spielten offenbar Fangen. Irgendwann erreichte sie ihn, hob ihn hoch, wirbelte ihn durch die Luft. Beide lachten ausgelassen. Christian hatte die Kamera auf sie gerichtet und fotografierte sie. Er schien mit seinen Bildern die Welt einfangen zu wollen – so, wie sie war. Ganz anders als die Fotografien, die Viktoria bisher kannte. Üblicherweise stand man stocksteif da und wartete mit angehaltenem Atem, dass die Belichtungszeit endlich vorbei war.

Beim Zeitungsstand bogen sie ab Richtung Strand. Auf der linken Seite erhob sich die Victoriahalle. Das hölzerne Gebäude mit den prachtvollen Fenstern zum See hin beherbergte ein exklusives Strandrestaurant. Plötzlich blieb Christian erneut stehen, deutete auf die Rückseite des Gebäudes. Dort stand Louise Gustloff mit einem Mann im eleganten schwarzen Cutaway und mit glänzendem Zylinder. Severin von Seyfarth. Irgendetwas an der Art, wie Seyfarth Louise Gustloff ansah, ließ Viktoria an den Jagdhund ihres Vaters denken, wenn er die Katze des Nachbarn im Blick hatte. Kurz bevor er losschlug.

»Kommen Sie.« Christian wollte Viktoria in die Richtung der beiden ziehen.

Viktoria blieb jedoch stehen. »Sie wollen Frau Gustloff und Herrn von Seyfarth belauschen?«

Er wandte sich um. Ein Lächeln spielte auf seinen Lippen. »Wie kommen Sie darauf? Ich will Ihnen lediglich den Ausblick zeigen. Von dort hat man einen herrlichen Blick auf den Sonnenuntergang.«

»Es ist noch nicht einmal Mittag«, bemerkte Viktoria.

»Dann sollten wir beide unbedingt einmal am Abend hierherkommen.« Er lachte, bot ihr wieder den Arm.

Unauffällig schlenderten sie zur Rückseite des Strandrestaurants, bis sie Louise Gustloff und Severin von Seyfarth gut im Blick hatten. Viktoria konnte nicht umhin, den Geschmack von Frau Gustloff zu bewundern. Sie hatte ihre Garderobe mit Bedacht zusammengestellt. Sie trug ein bordeauxfarbenes Kleid mit abgesetzter bronzener Brokatspitze. Dazu einen breiten Hut, der mit einem feinen Stoffband in der gleichen Farbe wie das Kleid verziert war. Cremefarbene Handschuhe führten bis hinauf zu den Ellenbogen. Und selbst die Tasche verfügte über dunkelrote Stickereien. Louise Gustloff wusste, wie sich eine Dame kleidete.

»Wir müssen noch ein Stück näher ran.« Christian zog Viktoria weiter an der Wand des Restaurants entlang. Er wandte sich ihr zu, als ob er sich mit ihr unterhalten wollte. Sie blickte erneut in seine Augen, dieses Meerblau, in das man sich verlieren konnte. Dann erst konnte sie zwischen dem Wellenrauschen, dem entfernten Lachen von Kindern und dem Stimmengewirr, das von der Strandpromenade herüberschallte, die Stimmen von Severin von Seyfarth und Louise Gustloff ausmachen.

»Frau Gustloff, Sie sind eine begehrenswerte Frau. Aber Sie sollten Ihre Macht nicht überschätzen.«

»Macht? Es geht doch nicht um Macht. Es geht um Respekt. Um Freundschaft. Aber was verstehen Sie schon davon?« Louise Gustloffs Haltung wirkte aufrecht wie immer, aber ihre sonst so beherrschte Stimme zitterte. Ob vor Wut, Angst oder Erregung konnte Viktoria nicht sagen.

Seyfarth trat näher an Louise Gustloff heran. Ein spöttisches Lächeln umspielte seine Lippen. »Vielleicht mehr, als Sie denken. Sie sollten sich auf kein Spiel einlassen, das Sie nicht beherrschen.«

Louise Gustloff wich einen Schritt zurück. »Sonst passiert was?«

»Muss ich Ihnen das wirklich sagen?« Er rückte ihr so nah, dass es kaum noch schicklich zu nennen war. »Sie verdrehen allen Männern den Kopf. Selbst mir.«

Louise Gustloff sah ihn fest an. »Sparen Sie sich Ihre Schmeicheleien. Sie vergessen, was ich über Sie weiß, Herr von Seyfarth.«

»Und? Reizt es Sie nicht? Sie sind doch eine Frau, die es liebt, mit dem Feuer zu spielen.«

Noch immer hatte Seyfarths Stimme diesen sanften Ton, der Viktoria einen Schauer über den Rücken jagte. War es zärtlich oder eine Drohung? Sie konnte es nicht sagen.

Louise Gustloff drückte ihn plötzlich mit überraschender Kraft beiseite. »Bei anderen Frauen mag das funktionieren. Aber bei mir nicht.«

Seyfarth trat zurück, musterte sie lächelnd. »Sie bestehen also auf dem Spiel? Sie werden es bekommen. Ich freue mich darauf. Aber ich warne Sie, Sie werden verlieren.«

Louise Gustloff starrte ihn einen Augenblick an. Dann ging sie davon.

13

Über dem Meer

Christian ging langsam neben Viktoria her. Er dachte daran, wie sie ihm vorhin gegenübergestanden hatte, konzentriert dem Gespräch zwischen Seyfarth und Gustloff gelauscht hatte. Er hatte die Sommersprossen bemerkt, die sich trotz des Schirms auf ihrer Nase gebildet hatten und die reizend aussahen. Die geschwungenen Lippen, die ihm für einen Moment so nah erschienen und jetzt so unendlich weit weg waren.

Christian war schon mit Frauen ausgegangen, hatte sie zum Essen oder zum Tanzen eingeladen. Doch es waren Mädchen seines Standes gewesen, Töchter von einfachen Handwerkern, Arbeitern. Bei ihnen hatte er sich sicher gefühlt, gewusst, wie weit er gehen durfte. Viktoria war anders. Und das nicht nur, weil sie einem anderen Stand angehörte. Sie hatte etwas an sich, das ihn beständig dazu herausforderte, die Grenzen zu übertreten.

Eine Silbermöwe segelte auf ihn zu, bewegte im Flug suchend den Kopf, schnellte an ihnen vorbei und entriss einem kleinen Mädchen in ihrer Nähe ein Plätzchen. Das Mädchen heulte auf, ihr Vater schlug mit seinem Gehstock nach der Möwe, doch die war längst mit ihrer Beute in den Himmel verschwunden.

Viktoria schien die Szene nicht bemerkt zu haben. Sie ging zielstrebig auf den Eingang des Seestegs zu, der mit einem weiß gestrichenen eisernen Gitter abgesperrt war. Ein Wärter in Uniform stand davor, ließ sich die Kurkarten zeigen und kassierte von den Besuchern den Eintritt.

»Was macht das?«, fragte Christian.

»Nen Groschen für jeden«, sagte der Mann und streckte die Hand aus.

Christian zog sein Portemonnaie aus der Hosentasche, zählte zweimal zehn Pfennige ab. Schon die Kurkarte hatte ihn gestern stolze zwei Mark gekostet. Zum Glück hatte er von Teubner einen Vorschuss erhalten, sodass es ihm nicht wehtat, die Münzen in die Hand des Mannes zu legen. »Kostet es immer etwas, auf den Seesteg zu gehen, auch abends?«, fragte Christian.

»Sie wollen wohl Geld sparen?«, sagte der Mann. Er wandte sich an Viktoria. »Wenn der nu schon so kniepig ist, dann warten Sie mal ab, Fräulein, bis Sie verheiratet sind.«

Viktoria lächelte. »Gott bewahre, verheiratet!«

Der Wärter grinste, und Christian war klar, dass dem Mann der Standesunterschied zwischen Christian und Viktoria sehr wohl bewusst war. Mit einem Mal schmerzte es ihn. War es denn wirklich so wichtig, welchem Stand man angehörte?

»Haben Sie hier in der letzten Zeit ein Dienstmädchen gesehen?«, fragte Viktoria. »Dunkle Haare, ein schwarzes Arbeitskleid, ein bisschen vorlaut. Henny heißt sie.«

Der Mann warf einen Blick auf Christian, lächelte nun mitleidig. »Deine Liebste? Isse dir durchgebrannt, und die Madame hilft dir suchen?«

Christian spürte den Ärger in sich hochsteigen, aber er ließ sich nichts anmerken und spielte das Spiel mit. »Henny muss hin und wieder hier gewesen sein. Vielleicht war sie auch allein. Haben Sie sie gesehen?«

»Was glaubst du, wie viele Mädchen hier langgehen. Meist kommen die Dienstleute mit ihrer Herrschaft, da ist der Entree für sie umsonst. Abends haben die Mädchen was Besseres zu tun. Was soll ein Dienstmädchen daran finden, auf das Wasser zu schauen. Die lassen sich von ihrem Liebsten zum Kuchen einladen. Das ist was Handfestes.«

Christian nickte. Genau das hatte er auch gedacht. Doch plötzlich hob der Wärter die Hand.

»Nee, warten Se mal. Da war doch ene. So 'ne kecke Dunkle, die wusste sich durchzusetzen. Die hat so lange geschnackt, bis ich sie umsonst reingelassen habe.«

»Ja, das klingt nach Henny«, sagte Viktoria.

»Die war hin und wieder hier. Ein paarmal auch mit 'nem schnieken Kerl.«

»Können Sie den Mann beschreiben?«, fragte Christian.

Der Wärter lachte. »Nee, beim besten Willen nicht. Mein Blick lag eher auf der Deern. Was interessiert mich ihre Begleitung?«

Er winkte den nächsten Gast heran, und Christian und Viktoria traten auf den Steg. Der führte weit hinaus auf das Meer, Christian schätzte, dass es an die zweihundert Meter waren. Ein durchaus beeindruckendes Bauwerk, wie Christian sich eingestehen musste. Er hatte gelesen, dass der Steg vor etwas mehr als fünfzehn Jahren für ungefähr 126 000 Goldmark gebaut worden war. Eine stolze Summe! Jeden Herbst wurde das Bauwerk demontiert und während des Winters in dem Schuppen an der Marienhöhe eingelagert. Der Wiederaufbau im Frühjahr dauerte mehr als sechs Wochen. Was für ein Aufwand, nur damit man dem Meer näher war. Und trotzdem …

»Glorios«, entfuhr es ihm.

Viktoria sah ihn an und nickte lächelnd, sie lehnte sich an das hölzerne Geländer, schaute hinab auf das Meer. Christian tat es ihr nach. Die Wellen klatschten an die gusseisernen Pfosten, die in den Meeresboden getrieben worden waren.

Viktoria runzelte die Stirn. »Wie soll jemand Henny über dieses Geländer ins Meer stoßen? Es ist viel zu hoch. Und wenn sie sich doch umgebracht hat? Auf die Brüstung gestiegen ist und sich hat fallen lassen? Frau Luers ist wohl genau davon ausgegangen, sonst hätte sie uns nicht hierhergeschickt.«

Christian strich über die stabile Brüstung. Viktoria hatte recht. Niemand konnte von hier aus einfach ins Meer gestoßen werden. Nachdenklich fuhr er mit der Hand weiter an der Brüstung entlang. Sollten sie sich getäuscht haben? Er schüttelte den Kopf. Die Wunde an Hennys Kopf war eindeutig gewesen, sie musste einen Schlag bekommen haben. Wenn es nicht hier gewesen war, dann woanders. Seine Finger glitten weiter über das Holz, blieben an einer kleinen Einkerbung hängen. Er sah sie sich genauer an. Es war ein Herz mit Initialen. Zwei Liebende mussten es eingeritzt haben. Christian hatte eine Idee.

»Der Wärter hat gesagt, Henny war mit einem Mann hier. Was ist, wenn er ihr ein Herz in die Brüstung geritzt hat? So wie er ihr eines aus Silber geschenkt hat? Aber hier vielleicht mit ihren Initialen.«

Viktoria sah ihn überrascht an. »Dann wüssten wir zumindest den Anfangsbuchstaben seines Namens.«

Sie untersuchten Stück für Stück das Geländer. Die Badegäste, die auf den Bänken saßen, warfen ihnen argwöhnische Blicke zu. Doch dann vertieften sich die meisten von ihnen wieder in die mitgebrachte Literatur, die sie vermutlich im Rundpavillon des Scherl-Verlags erstanden hatten.

Christian fuhr mit den Augen weiter über das Holz. Er entdeckte mehrere Herzen, manchmal auch nur Initialen. Doch nirgendwo ein »H«. Kurz bevor sie das Ende des Seestegs erreichten, gab Viktoria plötzlich einen Laut von sich. »Herr Hinrichs – hier!«

Sie deutete auf einen Pfahl. An der Seite hatte jemand ein Herz eingeritzt. Mit Initialen. »AV + HP«.

»HP. Henny Petersen. Aber wer ist AV?«

Christian zuckte mit den Schultern. Sie standen kurz vor der großen Plattform, in die der Steg mündete. Christian hatte das fast einhundert Meter breite T-förmige Ende des Stegs bisher noch gar nicht richtig wahrgenommen, zu sehr war er auf die Brüstung und ihre Suche konzentriert gewesen. Doch jetzt bemerkte er, dass an der rechten Seite ein Arbeiter damit beschäftigt war, das Geländer zu erneuern.

Viktoria war seinem Blick gefolgt. »O Gott«, entfuhr es ihr.

In wenigen Schritten waren sie dort. Ein Mann in einer derben Zimmermannshose hämmerte ein Brett an einem der Balken fest.

Christian trat zu ihm. »Ist der Seesteg schon lange kaputt?«

Ohne aufzublicken, brummte der Mann. »Haben Sie das Schild nicht gesehen? Hier ist gesperrt.«

Christian drehte sich um. Tatsächlich stand ein Schild auf der rechten Seite der Plattform. Die Sommergäste konzentrierten sich daher auf die linke Seite.

Der Mann nahm zwei Nägel aus seiner Hosentasche. »Irgendein Scherzbold hat die Bohlen gelockert, eine sogar entfernt. Hätte weiß Gott was passieren können. Kommt ja nachts immer mal wieder jemand her«, sagte der Zimmermann. Er klemmte sich einen Nagel zwischen die Lippen, den anderen trieb er mit festen Schlägen in das Holz.

»Wann war das?«, fragte Christian.

»Vorgestern Nacht. Sogar eine Latte haben sie mir versaut, diese Bengel. Jetzt muss ich sie streichen.« Er deutete mit dem Kopf auf ein Brett, das an der Seite lag.

Christian ging hinüber, betrachtete es. Im gleichen Augenblick war ihm klar, dass sie gefunden hatten, wonach sie suchten. Dies war der Ort, an dem Henny Petersen zu Tode gekommen war.

Viktoria trat zu ihm, blickte auf das Holz, das rot gefärbt war. »Ist das Farbe?« Ihre Stimme zitterte.

Christian schüttelte den Kopf. »Nein. Es ist Blut.« Er zupfte ein langes dunkles Haar von dem Brett. »Henny Petersens Blut.«

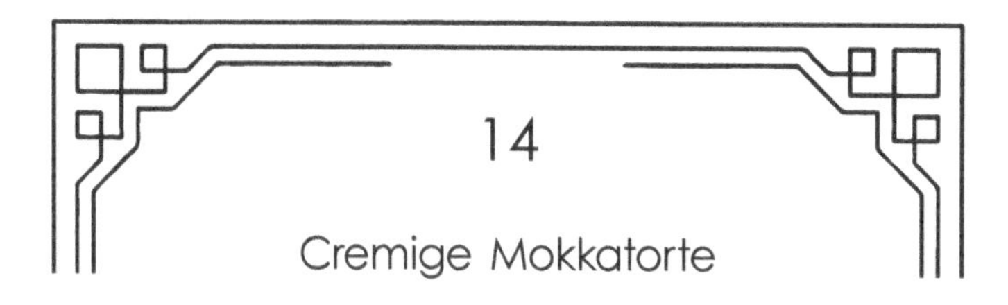

14

Cremige Mokkatorte

Viktoria fühlte sich noch immer schwach, doch der Tee mit Schuss, den Christian ihr bestellt hatte, begann langsam zu wirken. Allmählich nahm sie ihre Umgebung wieder wahr. Christian sah sie besorgt an. »Geht es Ihnen wieder besser?«

»Ich habe heute Morgen nicht gefrühstückt«, sagte sie. Sie verschwieg, dass sie auf die Mahlzeit verzichtet hatte, weil sie der Baroness, Clara und deren Tante aus dem Weg gehen wollte. Die hätten sie sicherlich gefragt, wie sie den Tag verbringen würde. Und Viktoria war sich sicher, dass die Baroness ein Treffen mit Christian Hinrichs nicht gutgeheißen hätte.

Sie hätte später etwas essen sollen. Herrgott, seit sie sich weigerte, ein Korsett zu tragen, war sie nicht mehr in Ohnmacht gefallen. Und jetzt ausgerechnet vor Christian Hinrichs. Der hatte sie aufgefangen. Jedenfalls glaubte sie das, denn sie war in seinen Armen aufgewacht. Er hatte ziemlich besorgt ausgesehen und sie trotz ihres Protestes mehr oder weniger zur Victoriahalle getragen. Dort hatte er einen starken Tee mit Schuss und eine Mokkatorte bestellt.

Viktoria sah sich in dem Strandrestaurant um. Von der

mit einer leichten Holzkonstruktion verzierten Decke hingen üppige Blumenbouquets. Auf den Tischen lagen weiße Damasttischdecken mit Spitzeneinsatz, darauf standen silberne Leuchter. Die Tische waren gut besetzt. Rechts neben ihnen tranken zwei Damen mit großen federbestückten Hüten Zitronenlimonade. Am Nebentisch war ein Herr in eine Zeitung vertieft und weiter hinten saß eine Familie. Der fünfjährige Junge im Matrosenanzug starrte mit großen Augen auf ein Eis, das ihm der Kellner gerade hinstellte. Durch das Fenster konnte Viktoria direkt auf das Meer sehen. Mit dem Blick auf den Seesteg kam die Erinnerung wieder.

»Sie glauben also, dass Henny mit der Latte geschlagen wurde und ins Meer gestürzt ist«, sagte sie. Viktoria fühlte die Wärme der Teetasse an ihren Fingern, doch der Rest ihres Körpers fühlte sich eisig an. So also war Henny gestorben. Ein grausamer Tod.

Christian blickte nachdenklich aus dem Fenster. »Der Täter muss die Bohlen gelockert haben. Wahrscheinlich hat er sich dort mit Henny verabredet. Sie steht ungeschützt an dem Geländer, hört nicht, wie er das Brett aufnimmt, er schlägt zu, sie stolpert an die Brüstung und dann …«

Viktoria dachte an das silberne Herz, das sie im Zimmer gefunden hatte. »Ob es ihr Verlobter war? Der, den sie angeblich nicht gehabt hat?«

»Möglich.« Er blickte sie ernst an. »Ist wirklich alles wieder in Ordnung?«

»Es ist alles bestens. Mir ist nicht mehr blümerant zumute.« Sie stellte die Tasse ab und nahm ein großes Stück von der Torte.

Sie sah Christian nachdenklich an, während der aus dem Fenster sah und die Menschen beobachtete. Was wusste sie eigentlich von diesem Mann? Nur, dass er Journalist mit einer deutlichen Abneigung gegen die Polizei war. Und dass er ein gutes Händchen bei der Auswahl der Torte gehabt hatte. Die war herrlich cremig, und mit jedem Bissen merkte Viktoria, wie ihre Lebensgeister zurückkehrten. »Warum sprechen Sie Plattdeutsch wie ein Hafenarbeiter, Herr Hinrichs?«

»Ich hab einige Zeit am Hafen gearbeitet.« In seinem Gesicht lag eine Mischung aus Trotz und Verlegenheit.

»Leichenschauhaus … Hafen … Klingt mir nicht nach den typischen Beschäftigungen für einen Journalisten.«

»Mein Vater ist Vorarbeiter im Central-Schlachthof auf der Schanze. Um mir das Volontariat leisten zu können, musste ich dazuverdienen.«

Viktoria hatte das Gefühl, dass mehr hinter seiner knappen Antwort steckte. Es war offenbar kein Thema, das ihm behagte. Trotzdem fragte sie nach. »Ihr Vater ist Arbeiter? Wie wurden Sie Journalist?«

»Wenn es nach meinem Vater gegangen wäre, gar nicht.« Er sagte es leichthin, doch sie spürte die Wut, die hinter diesem Satz lag. Dann zuckte er mit den Schultern und grinste. »Mit acht habe ich ein Stipendium für ein Gymnasium erhalten, mein Lehrer hat sich dafür eingesetzt. Er war ganz besessen von dem Gedanken, dass Arbeiterkinder mehr Bildung brauchten.«

»Womit er recht hatte«, sagte Viktoria.

»Das erklären Sie mal einem achtjährigen Arbeiterkind, das sich plötzlich als Außenseiter zwischen Bürgersöhnen auf einer Privatschule wiederfindet. Erst war ich eingeschüchtert, dann nur noch wütend. Ich sprach anders, sah anders aus. Das haben mich die Schüler und die Lehrer jeden Moment spüren lassen. Kaum einen Monat nachdem ich auf die Schule kam, stand ich vor dem Rauswurf.«

»Weil Sie anders waren als die anderen?«

Er schüttelte den Kopf, lachte. »Nein, weil ich mich gewehrt habe. Da, wo ich herkomme, da streitet man nicht mit Worten. Da werden Konflikte anders gelöst.«

»Sie haben sich geprügelt?«, fragte Viktoria mehr belustigt als entsetzt.

Er nickte. »Mit dem, der sich am lautesten über mich lustig gemacht hat. Ich habe ihm vor versammelter Mannschaft eins auf die Nase gegeben. Als Gegenleistung haben mich seine Kumpels in die Mangel genommen. Sie waren vielleicht nicht so erfahren im Kämpfen, aber sie waren deutlich mehr. Die Jungs haben mich ordentlich verdroschen. Wenn Gustav mir damals nicht beigestanden hätte, dann hätte es böse geendet. Er war mein Sitznachbar, und bis dahin hatten wir nicht mal drei Worte miteinander gewechselt. Aber als er gesehen hat, was los ist, hat er den Lehrer geholt. Der hat die Jungs vertrieben und mich für eine Woche in den Karzer gesteckt.«

»Warum nicht die anderen Jungs?«, fragte Viktoria empört.

»Weil ich angefangen habe. Es war schon in Ordnung.« Er strich sein Haar nach hinten, sah sie an und legte den Kopf schief. »Und was ist mit Ihnen, Fräulein Berg? Ein Mädchen aus gutem Hause, das allein auf Norderney seine Sommerfrische genießt und Mokkatorte liebt?«

Sie lachte. »Ich sehe schon, Christian Hinrichs, ich muss mich vor Ihnen in Acht nehmen, Ihnen scheint nichts zu entgehen.«

»Also – warum fahren Sie allein in die Sommerfrische?«

»Muss eine Frau immer in Begleitung sein? Ich komme gut klar.«

»Das glaube ich gerne. Trotzdem, es ist ungewöhnlich.«

»Meine Tante sollte eigentlich mit auf die Reise. Aber sie ist krank geworden. Nichts Ernstes, es war wohl eher die Angst vor der Überfahrt, sie verträgt Bootsfahrten nicht.«

»Und da haben Sie Ihre Eltern allein reisen lassen?«

Viktoria dachte an die lange Diskussion, die sie mit ihrem Vater deswegen geführt hatte. Zuerst hatte er sogar eine Gouvernante engagieren wollen. Sie war siebenundzwanzig Jahre, und eine Gouvernante sollte auf sie aufpassen! Sie hatte ihrem Vater ziemlich deutlich gemacht, dass das für sie nicht infrage kam und dass sie fahren würde. Allein. Schließlich hatte ihr Vater nachgegeben.
»Natürlich. Warum auch nicht.«

Christian sah sie an, ein Lächeln umspielte seine Lippen. »Kein Verlobter, der Einwände erheben könnte?«

Es war eine unverschämte Frage, und er wusste es zweifelsohne. Sie stellte die Teetasse scheppernd ab. »Gehen Sie die Dinge immer so direkt an, Herr Hinrichs?«

»Manchmal. Wenn sie mir wichtig sind. Aber Sie haben meine Frage noch nicht beantwortet.«

»Und ich denke auch nicht daran.« Sie nahm ihre Tasse und trank ungerührt ihren Tee. Sollte dieser Christian Hinrichs doch denken, was er wollte.

Der lächelte. »Sie sind die starrköpfigste Dame, die ich je kennengelernt habe.«

»Und wahrscheinlich die einzige Dame, die Sie je kennengelernt haben, denn bei Ihrem Verhalten würde mich alles andere wundern.«

Sein Grinsen wurde breiter. Er war ein attraktiver Mann, und vermutlich wusste er es. Sie sah betont gelangweilt aus dem Fenster. Dieser ungehobelte Kerl brauchte nicht zu glauben, dass sie sich von ihm beeindrucken ließe. Es war Zeit, das Thema zu wechseln. »Die Initialen ›AV‹ und ›HP‹. Möglicherweise Henny und ihre Liaison. Ich frage mich, warum Marie sagt, dass es keine gab.«

»Vielleicht wusste sie von nichts. Sie haben sich heimlich getroffen. Das soll vorkommen.«

»Mir ist noch etwas aufgefallen. Haben Sie bemerkt, wie schnell Marie diese Frage pariert hat? Bei allen anderen Dingen hat sie gezögert, aber als es darum ging, ob Henny einen Verehrer hatte, war sie plötzlich ganz schnell. Ich bin mir sicher, sie hat uns nicht die ganze Wahrheit gesagt.«

»Aber warum? Meinen Sie, sie wollte Henny schützen?«

Viktoria zuckte mit der Schulter. »Oder den Mann. Wir sollten herausfinden, wer dieser geheimnisvolle ›AV‹ ist. Dienstmädchen arbeiten den ganzen Tag, sie haben kaum Zeit und deswegen selten Kontakte nach draußen. Es ist also unwahrscheinlich, dass Henny jemanden aus dem Ort getroffen hat. Ich denke, es ist jemand aus dem Hotel. Wir sollten einen Blick in die Personallisten werfen.«

»Ich bin mir nicht sicher, ob Frau Luers für eine derartige Anfrage offen ist.«

»Da wird mir schon was einfallen.«

»Das glaube ich gerne.«

Christian winkte dem Kellner und bezahlte. Dann verließen sie das Restaurant.

Draußen spannte Viktoria ihren Sonnenschirm auf und hakte sich wie selbstverständlich bei Christian unter. An der Strandpromenade stand ein Esel und wartete stoisch darauf, dass sich Gäste auf seinen Rücken schwangen. Er hielt den Kopf in den Wind und blickte zum Meer, als sei er ein Badegast, der die Aussicht genießt.

Die Strandkörbe waren aus der Brise gedreht, die Damen darin hatten sich ihre Hüte mit einem Tuch fest um den Kopf gebunden. Drei junge Mädchen mit Matrosenkleidchen standen am Wasser und schlugen ein langes Seil. Lachen drang an Viktorias Ohr. *Hampelmann, Hampelmann, dreh dich um.* Eines der Mädchen hüpfte zum

Gesang der anderen ins Seil, drehte sich um sich selbst. Ein Badepolizist in grüner Uniform und schillernden Messingknöpfen kam dazu, schob sich die Mütze in den Nacken, sodass die goldenen Lettern *Königliche Badeverwaltung* in der Sonne leuchteten. Viktoria fürchtete schon, er würde den Mädchen ihr Spiel verbieten, aber er lachte nur. Kurz darauf ging er mit bedächtigen Schritten weiter, an den Badekarren vorbei, die wie der Tross einer Armee aufgereiht am Strand standen.

Viktoria und Christian verließen die Strandpromenade und kamen an dem runden Zeitungskiosk vorbei. Ein hübsches Gebäude, wie Viktoria fand. Weiße Säulen hielten das Dach, und die Fenster mit dem verzierten Glas reichten bis zum Boden. Einige Männer standen Zigarre rauchend davor, unterhielten sich darüber, dass die Robbenjagd nur etwas für Könner sei und sie an diesem Nachmittag mit einem Führer ihr Glück versuchen wollten.

Christian schaute in die Auslage des Kiosks und runzelte die Stirn. Die *Frau von Welt* lag ganz vorne.

»Plagt Sie ein schlechtes Gewissen?«, fragte Viktoria ihn.

»Wenn mein Verleger wüsste, dass ich hier mit Ihnen flaniere und nicht schwitzend in meinem kleinen Kämmerlein sitze, würde er persönlich herkommen, um mir die Meinung zu geigen.« Er wirkte nicht allzu bekümmert. Dabei sollte er sicherlich arbeiten, statt sie bei der Suche nach Hennys Mörder zu begleiten.

Mörder. Es war das erste Mal, dass sich in Viktorias

Kopf dieses Wort in Zusammenhang mit Henny manifestierte. Bisher hatte ein kleiner Teil in ihr immer noch gehofft, dass es womöglich ein Unfall war. Und nun nahm dieses Wort fast allen Platz in ihrem Kopf ein. *Mörder.*

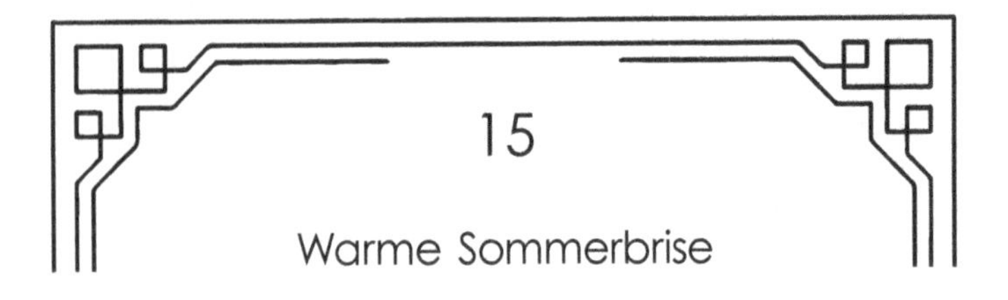

15

Warme Sommerbrise

Christian streckte sich. Dieses Tischchen in seinem Zimmer war ein Folterinstrument.

Er war heute Morgen in aller Frühe aufgestanden und hatte Zitate aus den Interviews herausgesucht, die er gestern noch mit einigen Sommergästen geführt hatte. Kaum war er mit Viktoria ins Hotel zurückgekommen, hatte ihn ein Telegramm seines Verlegers erreicht. Der ehemalige Reichskanzler Bernhard von Bülow erwarte Christian in der Villa Edda am Damenpfad. Christian hatte sich sofort auf den Weg gemacht. An dem Gebäude, das Bülow bereits seit 1908 als Sommerresidenz diente, war er schon einige Male vorbeigegangen. Ehrfürchtig stand Christian vor dem prachtvollen Gebäude mit den merkwürdigen kleinen Türmchen im Tudorstil. Auch wenn er versuchte, es zu verbergen, er war aufgeregt. Noch niemals hatte er eine derart hochgestellte Persönlichkeit interviewt. Auf sein Klopfen öffnete ein Dienstmädchen im schwarzen Kleid und weißen Häubchen. Sie begleitete ihn in einen Salon, wo Fürst von Bülow an einem Tisch saß und schrieb. Er begrüßte Christian mit einem Nicken. »August Keil hat Sie angekündigt. Sie schreiben also über die Sommerfrische.« Er bot Christian keinen Stuhl an, also blieb der unschlüssig bei der Tür stehen. Bevor Christian auch nur dazu kam, etwas zu sagen, geschweige denn, eine Frage zu stellen, legte der Fürst einen Zettel vor sich auf den Tisch. »Hier finden Sie das Zitat von mir, das ich mit August abgesprochen habe.« In diesem Moment kam die Frau des Fürsten hinein, Maria Principessa de Camporeale. Sie nickte Christian freundlich zu, dann erinnerte sie ihren Mann an einen Termin mit dem Fürsten von Schaumburg-Lippe am Abend. Keine Minute später war Christian auch schon mit den besten Wünschen an seinen Verleger August Keil entlassen worden und fand sich draußen vor der Villa im hellen Sonnenschein wieder. Es war wie ein Spuk gewesen.

Jetzt versuchte er, das Zitat und seine bisherigen Aufzeichnungen zu einem Artikel zusammenzufügen. In blumigen Worten beschrieb er die Pracht der Villa, das Kleid der Principessa. Dabei hatte er nur eine vage Vorstellung, welche Stoffe darin verarbeitet worden waren. Er hätte doch besser aufpassen sollen, als Julius Teubner ihm die Einführungsstunde gegeben hatte. Schade, dass Viktoria ihn nicht begleiten konnte, sie hätte sicherlich mehr dazu sagen können, ob das Kleid der Principessa nun aus Chiffonseide gewesen war oder nicht.

Nur ungern hatte er sich gestern Nachmittag von Viktoria verabschiedet, und seitdem geisterte sie durch seine Gedanken. Viktoria Berg, Dame aus gutem Hause, Tochter eines Oberstaatsanwalts. Selbstbewusst und mit einer gehörigen Portion Eigensinn und Mut versehen. Sie löste etwas in ihm aus. Ihre grauen Augen, die bis in sein

Innerstes zu sehen vermochten. Und die Lippen, die ihn magisch anzogen.

Verdammt. Jetzt hatte er schon wieder über sie nachgedacht. Der ganze Vormittag war so vergangen, und er war mit seinem Artikel noch kein Stück weitergekommen. Was war nur los? Normalerweise fiel ihm das Arbeiten nicht schwer, im Gegenteil, er mochte das Schreiben. Gewöhnlich hatte er noch vor dem ersten Satz eine grobe Vorstellung von der Struktur des Artikels, wusste, wo er welches Zitat unterbringen konnte, wie er anfangen und enden wollte. Und die Worte flossen förmlich nur so dahin. Aber heute war es anders. Es musste an der neuen Materie liegen.

Er überflog seine bisherigen Notizen. Alles Mist, er fand einfach keinen roten Faden. Christian sah zur Uhr, die auf dem Tischchen stand. Gleich zehn, das Tennisturnier würde bald beginnen. Er warf den Bleistift auf den Tisch. Genug für heute. Er konnte beim Turnier noch das eine oder andere Zitat einholen, und irgendwann würde die Eingebung schon kommen.

Er schnappte sich seine Tasche mit der Kamera und ging los. Vor dem Hotel wandte er sich nach links und ging die Kaiserstraße hinunter. Die Tennisplätze lagen auf der rechten Seite, Richtung Zeitungskiosk und Strandpromenade. Es hatten sich zahlreiche Gäste auf den Plätzen eingefunden, die weißen Holzbänke waren fast vollständig besetzt.

Christians Augen überflogen die Menschenmenge. Er fand Viktoria am Rande des letzten Tennisplatzes, der den Gästen der vornehmsten Hotels an der Kaiserstraße vorbehalten war. Sie stand mit den Balows zusammen und sah ihm entgegen. Irgendwie hatte Christian gehofft, sie allein anzutreffen. Dabei war es unwahrscheinlich, dass eine Dame wie Viktoria ohne Begleitung das Haus verließ. Aber ausgerechnet die Balows.

Christian seufzte. Frau von Czarnecki war zwar warmherzig und ließ ihn seine niedrige Herkunft nicht spüren, doch ihre Konversation war erschreckend flach. Die Baroness dagegen nötigte Christian Respekt ab. Sie sah zwar auf ihn herab, doch er konnte nicht umhin, ihren regen Verstand zu bewundern. Clara fehlte in dem Trio, aber vermutlich war sie nicht weit entfernt. Christian war schon aufgefallen, dass die junge Clara von Balow nicht die gleiche strenge Etikette an den Tag legte wie ihre Mutter. Es war die Art, wie sie ihn taxiert hatte, von oben bis unten. Zu einem anderen Zeitpunkt hätte es ihm vielleicht gefallen. Clara von Balow war hübsch anzusehen. Allerdings fehlte ihr der Witz einer Viktoria Berg. Die stand neben der Baroness, hatte ihren Kopf schief gelegt und betrachtete Christian.

Erst jetzt wurde er sich bewusst, dass er sie schon einige Zeit angesehen hatte. Sie trug ein weißes Spitzenkleid, das in der warmen Sommerbrise flatterte, sodass ihre Figur betont wurde. Christian atmete durch. Was war nur an dieser Frau, dass er kaum einen Blick von ihr lassen konnte?

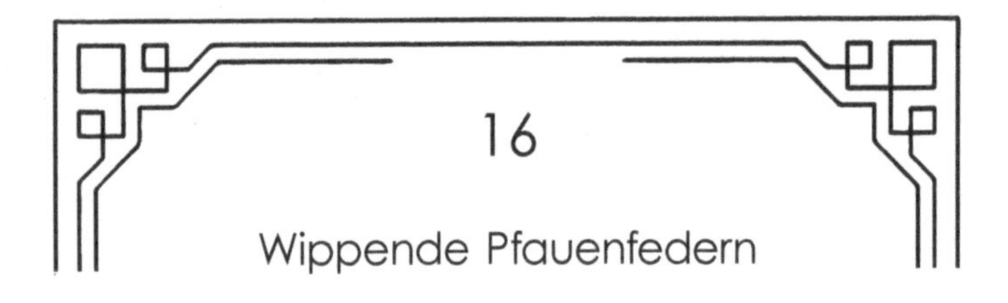

16

Wippende Pfauenfedern

»Herr Hinrichs, ich dachte schon, Sie würden gar nicht mehr herüberfinden«, sagte Viktoria belustigt, als Christian Hinrichs zu ihr und den Balows trat.

Viktoria fühlte wieder dieses Kribbeln in ihrer Magengegend, als sie ihn ansah. Sie war froh, dass die Baroness damit beschäftigt war, sich nach Clara umzusehen. Die war vor einer halben Stunde verschwunden, um eine Illustrierte am Kiosk zu kaufen. Viktoria vermutete, dass Clara die Gelegenheit für einen Abstecher an den Strand nutzte und jede Sekunde ihrer Freiheit genoss. Denn seit einigen Tagen legte sich ihre Mutter nachmittags nicht mehr hin. Offenbar sorgte die Seeluft für ausreichende Nachtruhe. Damit waren aber auch diese freien Stunden für Clara vorbei. Und wenn Clara nicht bald wiederkommen würde, wäre es das letzte Mal gewesen, dass ihre Mutter sie überhaupt aus den Augen ließ.

»Herr Hinrichs, wie schön, Sie zu sehen. Ich hoffe, Sie hatten gestern einen interessanten Tag.« Freifrau von Czarnecki sah ihn neugierig an.

»Ich war am Seesteg. Sehr imposant.«

Elsie von Czarnecki machte ein Gesicht, als hätte Christian Hinrichs soeben verkündet, auf dem Flügel eines fliegenden Doppeldeckers balanciert zu sein. »Herr Hinrichs, haben Sie denn nicht gehört, was vor ein paar Tagen in Binz passiert ist? Dort ist der Seesteg eingestürzt. Keine zehn Pferde würden mich auf dieses Gebilde bringen.«

Viktoria hatte von dem Unglück natürlich gelesen. Als der Ausflugsdampfer *Kronprinz Wilhelm* anlegen wollte, war der Steg unter der Last der Menschen zusammengebrochen. Fast einhundert Personen stürzten ins Meer, sechzehn von ihnen ertranken.

»Der Steg hier auf Norderney scheint mir recht stabil zu sein«, sagte Christian. »Auch wenn tatsächlich ein Teil der Brüstung gerade repariert wird.«

»Siehst du, ich habe dir doch gesagt, es ist lebensgefährlich«, sagte Elsie an ihre Schwester gerichtet. »Clara und du, ihr hättet ins Meer fallen können.«

»Unsinn, es war alles sicher«, sagte die Baroness. »Außerdem konnte ich Clara ja nicht allein gehen lassen. Auch wenn ich einen Seesteg für ein völlig unsinniges Unterfangen halte. Mir leuchtet nicht ein, warum man Geld dafür bezahlen soll, um auf das Meer hinauszugehen. Wenn ich das Wasser sehen will, stelle ich mich an den Strand.«

»Ich hatte den Eindruck, es hätte dir gefallen.« Clara war unbemerkt zu ihnen getreten. Sie wirkte erhitzt, ein Lächeln umspielte ihre Lippen. Offenbar hatte sie ihren kleinen Ausflug genossen.

»Da bist du ja endlich wieder.« Die Baroness zog die Augenbrauen hoch und betrachtete ihre Tochter aufmerksam.

Die lächelte unbekümmert. »Mir würde es großen Spaß machen, jeden Tag Einlass zum Steg zu haben und einfach nur dort zu sitzen, um die Leute zu beobachten. Ich habe gehört, es gibt Saisonkarten, sie kosten nur zwei Mark.«

»Unsinn, einmal hat vollkommen gereicht.« Die Baroness rückte ihren großen Hut gerade, sodass die Pfauenfeder darauf wedelte. Sie wandte sich wieder dem Spielfeld zu. »Diese Hitze heute ist unerträglich.«

»Vielleicht hättest du deinen Pelz im Hotel lassen sollen«, bemerkte Clara mit Blick auf den Zobel, der wie immer um den Hals ihrer Mutter lag.

Claras Augen wanderten mit einem Zwinkern zu Viktoria, die ebenfalls lächeln musste. Mehr als einmal hatte Clara sich heimlich über diese Marotte ihrer Mutter lustig gemacht. Egal, wie heiß die Sonne brannte, ohne ihren Pelz ging die Baroness nicht aus dem Haus.

Die Gräfin schaute ihre Tochter tadelnd an. »Damit der Zobel eines der Zimmermädchen in Verführung bringt? Mein liebes Kind, manchmal frage ich mich, wo du deine Gedanken hast.« Sie blickte auf die leeren Hände ihrer Tochter. »Wolltest du nicht eine Illustrierte kaufen?«

»Es gab keine *Frau von Welt* mehr an dem Zeitungskiosk. Ich werde es später woanders versuchen«, sagte Clara leichthin.

Viktoria musste ein Lachen unterdrücken. Sie war vorhin am Stand gewesen, und da hatten mehrere Exemplare der *Frau von Welt* gut sichtbar in der Auslage des Kiosks gelegen. Clara war offenbar überall gewesen, nur nicht auf der Suche nach einer Illustrierten.

»Wie gefällt dir das Spiel, Maman?«

Die Baroness sah ihre Tochter prüfend an, dann blickte sie wieder auf das Spielfeld. »Es ist annehmbar. Die Gäste des Europäischen Hofes liegen allerdings vorn.« Sie wandte sich an Viktoria. »Meiner Meinung ist dieses Tennis nur eine Mode. Ich mache jeden Morgen einen Ausritt, das hält Kopf und Geist zusammen. Aber Tennis? Clara hat darauf gedrängt, dass wir uns das Spiel ansehen. Und nun hat sie den halben Tag am Zeitungskiosk vertrödelt.« Wieder bedachte sie Clara mit einem nachdenklichen Blick.

Die sah zu Christian, der inzwischen seine Kamera aus der Tasche geholt hatte, um den Tenniscourt zu fotografieren. »Machen Sie eine Fotografie von uns, Herr Hinrichs? Maman – stell dir nur vor, wir würden in der *Frau von Welt* abgebildet! Meine Freundinnen würden vor Neid platzen.«

»Das ist nichts für unsereins«, sagte die Baroness bestimmt. »Was soll dein Verlobter denken?«

»Ich bin sicher, er wäre sehr stolz. Er würde sehen, wie gut es uns hier geht und welch großartiges Geschenk er uns gemacht hat. Und denk nur an die Gräfin von Redlow mit ihrem Kränzchen. Die Damen wären sprachlos.«

Ob es die Worte ihrer Tochter waren oder ob die Baroness heute milde gestimmt war, konnte Viktoria nicht abschätzen. Aber Claras Mutter nickte schließlich. »Also gut, in Herrgottsnamen, machen Sie Ihre Fotografie, junger Mann.«

»Gerne.« Christian lächelte, wenn auch ein wenig gequält.

Clara zog Viktoria heran. »Du musst natürlich auch mit auf das Bild.«

Christian dirigierte sie vor die Tennisplätze, bat Elsie von Czarnecki, näher an die Baroness heranzutreten, blickte sich zur Sonne um und drückte auf den Auslöser.

Clara klatschte in die Hände. »Formidabel! Ich bin sehr gespannt. Werden Sie uns einen Abzug schicken?«

Christian nickte. »Ich werde es durch die Redaktion veranlassen.«

Clara strahlte ihre Mutter an, die nachsichtig lächelte. »Du kannst deinem Verlobten das Bild später zeigen. Als kleinen Dank für die Reise. Hast du ihm heute schon geschrieben? Es war vereinbart, dass du ihm jeden Tag schreibst.«

»Ich schicke ihm nachher eine Nachricht.« Clara nickte lächelnd, wenn auch nicht mehr so strahlend wie eben. Ihre Augen glitten auf die andere Seite des Platzes. Dort war gerade Moritz Feuser aufgetaucht.

Elsie von Czarnecki war dem Blick ihrer Nichte gefolgt. »Ihr könnt sagen, was ihr wollt, aber dieser Dr. Feuser ist mir unheimlich. Ich würde keinen Fuß in seine Praxis setzen. Ich frage mich, wer da ein und aus geht.«

Clara sagte nichts, aber Viktoria bemerkte, wie aufmerksam sie die andere Seite des Spielfeldes beobachtete. Dr. Feuser ging eilig am Court vorbei und steuerte auf Severin von Seyfarth zu, der ebenfalls vor wenigen Minuten gekommen war. Seyfarth trug eine weiße Hose und ein weißes Hemd, die Krawatte hatte er abgelegt und den Hemdkragen geöffnet. Sein Schläger lag locker in der Hand. Selbst über die Entfernung des Tennisplatzes konnte Viktoria seinen selbstgefälligen Blick erkennen.

Kaum hatte Dr. Feuser ihn erreicht, begann der, auf ihn einzureden. Es war ganz offensichtlich kein Gespräch unter Freunden. Feuser war erregt, seine Hände gingen hin und her, und fast hatte Viktoria das Gefühl, als wollte er sich mit Seyfarth prügeln. Sie wäre gerne auf der anderen Seite gewesen und hätte gehört, worum es ging. Zuerst schien es, als würde Seyfarth Feusers Worte einfach an sich abprallen lassen. Doch dann wandte er plötzlich den Blick. Er zischte Feuser etwas zu, und der Doktor erstarrte. Seyfarth betrachtete ihn aus zusammengekniffenen Augen, dann ging er wortlos an Feuser vorbei auf das Spielfeld. Der Doktor blieb reglos stehen, blickte Seyfarth nach, der seinem Tennisgegner die Hand schüttelte und lächelte, als wäre nichts gewesen.

»Unheimlich, der Mann ist unheimlich«, wiederholte Elsie von Czarnecki, als Dr. Feuser sich umdrehte und ging. »Heute Morgen habe ich gesehen, wie er in aller Herrgottsfrühe das Hotel verlassen hat. Ständig schleicht er irgendwo herum. Vor ein paar Tagen ist er erst gegen Mitternacht ins Hotel zurückgekommen.« Ihrem Gesichtsausdruck nach zu urteilen eine Todsünde.

»Warum schaust du mitten in der Nacht aus dem Fenster?«, fragte die Baroness.

Elsie von Czarnecki zuckte mit den Schultern. »Ich konnte nicht schlafen. Diese fremden Betten. Ich stelle mir immer vor, wer vor mir schon alles darin gelegen hat.« Sie schüttelte sich.

Christian blickte Freifrau von Czarnecki interessiert an. »Wann war das?«

»Sie meinen, als ich den Doktor gesehen habe?« Elsie von Czarnecki dachte nach. »Sonntagnacht. Warum?«

Christian warf Viktoria einen Blick zu. Und mit einem Mal wurde ihr klar, warum er gefragt hatte: Sonntagnacht war Henny gestorben.

17

Unsichtbare Geister

Christian ging die Kaiserstraße entlang in Richtung Hotel. Es hatte eine halbe Ewigkeit gedauert, bis er sich endlich davonstehlen konnte. Aber als Clara begann, über Puder und Parfüms zu reden, hatte er die Arbeit an seinem Artikel vorgeschoben und sich verabschiedet. Viktoria hatte sich noch zu ihm vorgebeugt und ihm zugeflüstert, dass er vor dem Hotel auf sie warten solle, sie würde nachkommen.

Vor der Treppe zum Hotel stand Kommerzienrat Gustloff, starrte auf seine goldene Uhr und blickte sich ungeduldig um. Sein kahler Kopf glänzte in der Sonne. Als Christian näher kam, nickte Gustloff ihm zu.

»Herr Hinrichs! Sie haben nicht zufällig meine Frau gesehen? Sie ist die nächste Spielerin, und ich kann sie nicht finden.«

»Leider nein. Ihre Frau spielt beim Turnier mit? Das wusste ich gar nicht.« Tatsächlich würde sich eine Fotografie der Schauspielerin beim Tennismatch perfekt in der *Frau von Welt* machen. Dafür allerdings wieder die Balows in Kauf zu nehmen – nein danke.

Gustloff steckte die Uhr weg, zog stattdessen ein Taschentuch aus seiner Hosentasche und wischte sich über die Stirn. »Gott, ist das eine Hitze heute.« Er lachte dröhnend, als hätte er einen Witz gemacht. »Selbstverständlich nimmt meine Frau am Turnier teil. Louise betreibt diesen Sport seit Jahren, sie spielt exzellent. Tennis wird bei den Damen immer beliebter. Ich habe vor Kurzem Bekleidung für Sport in unser Programm aufgenommen, Sie würden staunen. Es ist ein Markt mit Zukunft, da bin ich mir sicher.«

Im gleichen Moment entdeckte er seine Frau, die mit dem Tennisschläger in der Hand die Treppen zum Hotel hinunterstieg. Sie trug einen langen weißen Rock mit heller Bluse. Ihre Haare hatte sie zu einem festen Knoten aufgesteckt, ein kleiner Hut hielt jede Strähne an ihrem Platz. Wieder spürte Christian diese einzigartige Aura, die Louise Gustloff umgab. Als würde sie noch immer auf der Bühne stehen vor ihrem Publikum.

»Wo warst du nur so lange?«, fragte Gustloff sie. »Du bist gleich dran.« Er gab ihr einen flüchtigen Kuss auf die Wange.

Louise löste sich von ihm. »Ich habe mein Skizzenbuch gesucht. Hast du es gesehen?« Sie betrachtete ihren Mann aufmerksam.

»Das hast du bestimmt irgendwo liegen lassen. Nun komm, Liebes, wir sollten losgehen.«

»Ich habe noch eine halbe Stunde Zeit. Du willst nur, dass ich vorher schon auf dem Platz bin, damit du für deine neue Sportkollektion werben kannst.«

Gustloff lachte dröhnend. »Meine Frau durchschaut mich immer. Tatsächlich ist Georg Wertheim vor Ort, vom Kaufhaus Wertheim in Berlin. Ich denke, ich werde mit ihm ins Geschäft kommen.« Er musterte seine Frau. »Du siehst bezaubernd aus. Du wirst jeden überzeugen, die neue Kollektion zu kaufen.«

»Ich bin keine Schaufensterpuppe«, antwortete sie gereizt.

Gustloff ging nicht darauf ein, sondern zog ihre Hand zu sich, um sie zu küssen. »Wirst du gewinnen?«

»Natürlich.«

Ihr Mann lachte. »Meine Frau hat einen Schlag wie ein Mann. Sie wird ihre Gegnerin vom Platz fegen.« Er küsste sie erneut auf die Hand, eine Geste, die sie mit kühler Miene über sich ergehen ließ.

Christian wusste nicht woher, aber er spürte, dass dies ein guter Moment war, Louise Gustloff um ein Interview zu bitten. »Frau Gustloff, hätten Sie vielleicht noch Zeit für die eine oder andere Frage? Und für eine Fotografie?«

Sie betrachtete ihn nachdenklich, die Spur eines Lächelns lag auf ihren Lippen. Ohne Zweifel war sie sich vollends bewusst, wie ungeduldig ihr Mann darauf wartete, dass sie zu den Tennisplätzen ging. »Sehr gerne. Was möchten Sie wissen?«

Ihr Mann atmete empört ein. »Liebes, das Turnier.«

Louise Gustloff ließ sich nicht aus der Ruhe bringen. »Du wolltest doch die neue Sportkleidung präsentieren, nun wird sie präsentiert.« Sie wandte sich an Christian. »Ich stehe Ihnen für eine Fotografie zur Verfügung.«

Ihr Mann schien einige Sekunden nachzudenken, dann nickte er gequält. Diese Art der Aufmerksamkeit hatte er für seine Frau offenbar nicht vorgesehen. Aber Christian hatte nicht vor, auf Gustloffs Befindlichkeiten Rücksicht zu nehmen. Er holte die Kamera aus seiner Tasche. Sein Redakteur würde begeistert sein. Die Schauspielerin war zwar nicht mehr beruflich aktiv, aber genoss immer noch einen guten Ruf. Tennis war ungemein en vogue bei den Damen, das wusste selbst Christian.

Louise Gustloff ging zurück auf die Treppe und wandte sich dann um, den Tennisschläger leicht erhoben. Sie wusste genau, welche Pose sich gut machen würde. Christian schoss drei Bilder, er war sich sicher, dass alle drei hervorragend geworden waren.

»Unsere Sportbekleidung ist in allen führenden Kaufhäusern des Landes zu erstehen«, sagte Gustloff ungefragt. »Rissfest, robust und elegant.« Er unterstrich seine Worte mit einer Handbewegung.

Christian machte sich eine kurze Notiz, auch wenn er nicht daran dachte, diese Information in seinen Artikel aufzunehmen. Sollte Gustloff doch eine Anzeige in der *Frau von Welt* buchen.

»Führt es Sie jedes Jahr nach Norderney in die Sommerfrische, Frau Gustloff?«, fragte Christian.

»Es ist das erste Mal. Mein Mann hat darauf bestanden.«

Die Information überraschte Christian. Bisher hatte er vermutet, dass Frau Gustloff die treibende Kraft gewesen war.

»Ich wollte meiner Frau etwas Gutes tun«, sagte Gustloff.

»Wenn du es sagst, mein Lieber«, entgegnete Louise Gustloff mit unverhohlenem Spott. »Ich hatte allerdings den Eindruck, es ginge dir um jemand anderen.«

Der Kommerzienrat wirkte verärgert, ging jedoch nicht auf ihre Bemerkung ein. »Wir sollten los, Liebes, sonst verpasst du dein Spiel.«

Seine Frau bedachte ihn mit einem kühlen Blick und wandte sich wieder an Christian. »Haben Sie sonst noch eine Frage, Herr Hinrichs?«

»Wenn Sie Ihren Aufenthalt auf Norderney in einem Satz zusammenfassen sollten, wie würden Sie es tun?«

»Nun, ich würde sagen, dass die Insel mir einen neuen Blick auf die Dinge geboten hat.«

»Wir müssen gehen, Louise.« Gustloffs Stimme hatte einen fast bedrohlichen Klang angenommen. Der Kommerzienrat nahm seine Frau am Arm und nickte Christian zu. »Sie entschuldigen.«

»Nun haben Sie doch noch Ihr Zitat bekommen, Herr Hinrichs«, sagte Louise Gustloff. »Das kostet mich eine Flasche Gin, die ich bei der Wette mit Julius Teubner verloren habe. Ich hoffe, Sie wissen es zu schätzen.« Dann ging sie mit ihrem Mann davon, den Tennisschläger elegant unter ihren Arm geklemmt.

Christian sah ihnen nach und dachte daran, was Gustloff über seine Frau gesagt hatte. *Sie hat einen Schlag wie ein Mann.* Was, wenn es gar nicht ein Mann gewesen war, der sich in jener Nacht an Henny herangeschlichen hatte, sondern eine Frau?

Noch während er darüber nachdachte, sah er, wie das

Dienstmädchen Marie aus dem Souterrain des Hotels trat. Sie trug einen Emaille-Eimer, ging damit bis an die Straße, wo sie ihn im Rinnstein mit Schwung entleerte. Ein Paar wich ihr aus, ohne sie wirklich wahrzunehmen. Sie war nur eines der vielen Dienstmädchen, die ihrer Arbeit nachgingen. Unsichtbar, wie die meisten Bediensteten.

Christian dachte an seine jüngere Schwester Rieke. Die hatte vor ihrer Hochzeit als Dienstmädchen bei einem Arzt gearbeitet. Abends hatte sie häufig erzählt, welche Streitigkeiten die Herrschaften gehabt hatten. Einmal hatte sie sogar fremde Damenwäsche im Bett des Hausherrn gefunden. Damals hatten sie darüber gelacht. Heute fragte Christian sich, wie viele Geheimnisse Henny wohl von den Hotelgästen gekannt hatte, ohne dass diese es ahnten.

Marie schrak zusammen, als er auf sie zutrat. »Fräulein Marie, haben Sie kurz Zeit?«

Sie sah ihn an. »Herr Hinrichs.« Sie lächelte schüchtern. »Ich muss den Boden im Foyer schrubben, solange die Gäste auf dem Tennisplatz sind.«

»Es dauert nicht lange.«

Sie warf einen Blick zurück zum Bediensteteneingang, blieb aber stehen. »Einen kleinen Augenblick habe ich Zeit.«

»Großartig«, sagte Christian. »Wissen Sie, ich kann nicht glauben, was Sie über Henny gesagt haben. Dass sie keinen Verehrer hatte. Henny war ein attraktives Mädchen, genau wie Sie.«

Gut, das war plump. Aber es verfehlte seine Wirkung nicht. Marie wurde rot.

»Ich frage mich«, fuhr Christian fort, »ob Henny nicht hin und wieder auf dem Seesteg war. Vielleicht mit einem Angestellten aus dem Hotel?«

Maries Augen weiteten sich. »Wer hat das gesagt?«

Christian war sich sicher, ins Schwarze getroffen zu haben. »Mit wem war sie dort?«, fragte er sanft.

Marie presste ihren Putzeimer an sich, als müsste sie eine Barriere zwischen sich und Christian errichten. »Sie hatte keinen Verehrer.«

»Es geht nicht darum, dass die Hotelleitung davon erfährt. Es bleibt unter uns.«

Doch wieder schüttelte Marie den Kopf. »Da war niemand.«

»Oder war es vielleicht ein Gast?«

Marie presste die Lippen zusammen, als dürfte ihr kein unbedachtes Wort entschlüpfen. Ihr Blick ging die Straße entlang. Dann sagte sie: »Ich habe gesehen, wie sie sich mit *ihm* getroffen hat.«

»Wen meinen Sie?«, fragte Christian.

Marie deutete die Straße hinunter, wo Gustloff gerade mit seiner Frau bei den Tennisplätzen ankam. »Dem Herrn Kommerzienrat. Ich hatte die silbernen Kerzenleuchter poliert und wollte sie in den Speisesaal stellen. Da habe ich gesehen, wie die beiden in dem Korridor standen, der vom Foyer abgeht. In einer dunklen Ecke.«

»Und?«

»Ich wollte nicht lauschen, ehrlich nicht. Aber ich musste dort vorbei.«

»Und was hast du gehört?«

Marie sah ihn mit großen Augen an. Mit einem Mal wurde ihm klar, wie jung sie war. Ein halbes Kind.

Sie blickte noch einmal die Straße hinunter, schließlich sagte sie leise: »Er meinte, er könne ihr helfen, wenn sie tun würde, was er sagt. Ich glaube, er hat ihr Geld angeboten.«

»Damit sie was tut?«

Marie zuckte die Schultern. »Keine Ahnung. In dem Moment ist Frau Gustloff um die Ecke gekommen, und ich bin schnell weitergegangen.«

Ihrem Blick zufolge hatte sie jedoch eine ziemlich genaue Vorstellung davon, was der Kommerzienrat von Henny wollte. Wenn Marie wie er in einer kleinen Wohnung aufgewachsen war, wusste sie, was nachts zwischen Mann und Frau vor sich ging. Vielleicht gab es im Hotel das eine oder andere Zimmermädchen, das einem Gast gegen die entsprechende Bezahlung einen Gefallen erwies. Aber es passte nicht in das Bild, das er bisher von Henny gewonnen hatte.

»Hat sie das Geld genommen?«

»Ich weiß nicht, ich bin ja weitergegangen.«

Christian war sich nicht sicher, ob er ihr glauben konnte. Warum kam sie erst jetzt mit dieser Geschichte? Das hätte sie doch auch schon vorgestern erzählen können, als sie bei ihr in der Kammer waren. »Marie, kennst du einen Dienstboten im Hotel, der die Initialen A und V hat?«

Marie zuckte zusammen, als hätte Christian sie geschlagen. »Ich muss jetzt wieder an die Arbeit.«

Noch bevor er eine weitere Frage stellen konnte, war sie verschwunden.

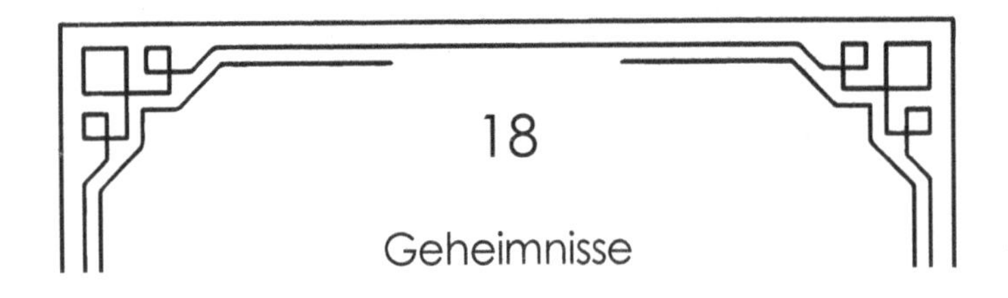

18

Geheimnisse

Viktoria eilte über die Kaiserstraße zurück zum Hotel. Sie hoffte, dass Christian tatsächlich vor dem Hotel wartete, und beschleunigte ihren Schritt.

Er stand an der Treppe und blickte ihr entgegen. Ein Lächeln umspielte seine Lippen, als er sie begrüßte. »Fräulein Berg. Wie ist der Stand beim Turnier?«

»Severin von Seyfarth hat die ersten beiden Sätze überlegen gewonnen. Und Clara hat davon berichtet, dass eine Schminkschule in Berlin eröffnet wurde. Sie sagt, am liebsten würde sie selbst eine aufmachen. Deutschland bräuchte dringend Nachhilfeunterricht in diesen Dingen.«

»Ich werde es mir für die *Frau von Welt* merken.« Er lachte. »Und während Sie sich über Schminkschulen unterhalten haben, hatte ich ein Gespräch mit Marie.« Christian wurde wieder ernst. »Marie behauptet, dass Gustloff Henny Geld angeboten hätte.«

»Wofür?«, fragte Viktoria. Als sie seinen Blick sah, schüttelte sie den Kopf. »Das meinen Sie nicht ernst.«

»Ich bin mir nicht sicher, ob es stimmt. Ich habe Marie nach Hennys Verehrer gefragt, und da hat sie mir diese Geschichte aufgetischt. Ich glaube, sie wollte vor allem ablenken. Ich bin mir sicher, sie kennt Hennys Verehrer. Aber sie will uns nicht verraten, wer es ist.«

»Wir sollten uns die Personallisten des Hotels ansehen, dann wissen wir mehr«, sagte Viktoria bestimmt.

Christian legte den Kopf schief. »Und wie wollen Sie Frau Luers dazu bringen, uns die Liste zu zeigen?«

Viktoria zögerte einen Moment. Jetzt kam der schwierige Teil ihres Plans. Wäre Christian Hinrichs bereit, ihr dabei zu helfen? »Frau Luers ist beim Turnier, ich habe sie gerade dort gesehen. Das heißt, ihre Schreibstube ist leer. Wir müssen nur hineingehen und nachsehen.«

Er sah sie erstaunt an. »Viktoria Berg, fragen Sie mich gerade, ob ich mit Ihnen ins Allerheiligste der Hotelbesitzerin einbreche?«

»Und – helfen Sie mir?«

Für einen Moment glaubte sie, er würde ablehnen. Doch dann nickte er zögernd.

»Es wird aber nicht leicht werden«, sagte er schließlich. »Der Concierge ist drinnen an der Rezeption. An ihm kommen wir nicht ungesehen vorbei.«

»Dann müssen wir ihn eben herauslocken. Und ich habe auch schon eine Idee, wie.«

Kurze Zeit später dirigierte Christian Viktoria lautstark zur imposanten Eingangstreppe des Hotels. »Stellen Sie sich dorthin, Fräulein, nicht so schüchtern. Lächeln Sie, oder wollen Sie in einer Illustrierten mit verkniffener Miene abgebildet werden?« Es machte ihm ganz offensichtlich Spaß, sie so herumzukommandieren. »Vielleicht sollten Sie Ihren Rock leicht anheben, damit man Ihre schönen Knöchel sieht.«

»Übertreiben Sie es nicht, mein Bester«, sagte sie so leise wie möglich.

Er grinste. »Ich weiß nicht, was Sie meinen, wertes Fräulein. Nun schauen Sie mich an. Dieses Gesicht muss man für die Nachwelt festhalten.«

Sie unterdrückte ein Lachen, stellte sich auf die Treppe und sah in die Kamera. Christian presste den Apparat an seinen Bauch, warf einen Blick zum wolkenlosen Himmel und drückte den Auslöser.

»Sie müssen mir einen Abzug geben. Ich werde ihn meinem Vater schicken«, sagte Viktoria leise.

»Selbstverständlich.« Er stellte etwas an seiner Kamera ein. »Hat der Concierge uns schon bemerkt?«

»Allerdings.«

»Gut, dann kommt jetzt der ernste Teil. Halten Sie noch immer an Ihrem Plan fest?«

»Selbstverständlich.« Sie würde vor Christian Hinrichs sicher nicht zugeben, wie nervös sie war. Vielleicht hätte sie doch etwas länger über die Sache nachdenken sollen. Ihr Vater hatte es ihr schon oft gesagt, sie solle nicht immer ihrem ersten Impuls nachgeben. Sein Rat lautete stets: Schlaf eine Nacht drüber, bevor du eine Entscheidung fällst. Aber dazu hatten sie nun wirklich keine Zeit.

»Gut, dann fangen wir an.« Christian trat einen Schritt zurück und sagte laut: »Was haben Sie denn gedacht, Fräulein? Dass ich das umsonst mache? Sie haben sich fotografieren lassen, das kostet zwei Mark!«

»Sie wollen Geld? Das ist ja unerhört!« Sie stemmte die Arme in die Seite. Dann wandte sie sich schwungvoll um, betrat das Hotelfoyer und ging mit schnellen Schritten auf den Mann hinter dem Empfangstresen zu. »Ich brauche Ihre Hilfe«, rief sie schon von Weitem.

»Worum geht es, Fräulein Berg?« Er sah nach draußen zu Christian. Er hatte also etwas von ihrem Schauspiel mitbekommen.

»Da ist dieser Journalist«, sagte Viktoria und deutete hinter sich. Es überraschte sie, wie fest ihre Stimme klang. »Bisher fand ich ihn recht freundlich. Aber das geht zu weit.«

»Was denn, Fräulein Berg?«, fragte der Concierge. Sein Gesichtsausdruck war zuvorkommend.

Viktoria schnappte empört nach Luft. »Er spricht die Damen an, damit sie sich vor das Hotel stellen und er sie fotografieren kann. Und anschließend verlangt er Geld von ihnen. Ich finde es ungehörig.«

Der Concierge runzelte die Stirn. »Er spricht die Damen an?«, wiederholte er. »Ich kümmere mich darum.« Er griff zum Hausapparat.

O nein, so hatte sie sich das nicht gedacht. »Können Sie das nicht selbst erledigen? Ich glaube kaum, dass er sich von einem Kammerdiener oder dem Zimmerjungen vertreiben lässt. Er erscheint mir ein wenig … impertinent.«

Der Concierge ließ die Hand sinken. »Selbstverständlich, ich kümmere mich darum.«

Und mit einem Mal wirkte er nicht mehr wie der freundliche Concierge, sondern wie jemand, der wusste, wie man das Gesindel vom Hotel fernhielt. Erst jetzt fiel ihr auf, wie muskulös der Mann war. Hoffentlich reizte Christian ihn nicht zu sehr. Aber nun war keine Zeit mehr, darüber nachzudenken. Sie wartete, bis der Concierge nach draußen verschwunden war, dann atmete sie tief durch und ging auf direktem Weg in die Schreibstube der Hotelbesitzerin.

Sie wusste, dass ihr nur wenig Zeit blieb, Christian würde den Concierge nicht ewig aufhalten können. Schnell sah sie sich um. An der rechten Seite stand ein dunkles Eichenvertiko mit geschliffenen Fensterscheiben. Darüber hing ein Ölgemälde von der Hotelbesitzerin. Der Maler hatte Frau Luers' blassen Augen einen milden Ausdruck verliehen, und auf dem Bild waren ihre jetzt von grauen Strähnen durchzogenen Haare noch dunkelbraun. Elsie von Czarnecki, die ein Quell für jedweden Klatsch und Tratsch war, hatte erzählt, dass die Hotelbesitzerin in jungen Jahren ihren Mann verloren hatte. Statt sich neu zu vermählen, hatte sie die Leitung des Hotels selbst übernommen, gegen alle Widerstände. Und nun galt das Hotel als eines der ersten Häuser am Platz. Frau Luers wusste, was sie wollte, ohne Frage.

Viktoria blickte durch die mit einem Blumenrelief verzierte Scheibe in der Tür zurück zum Foyer. Noch war die Luft rein. Was würde sie tun, wenn der Concierge vorzeitig zurückkäme? Sie verscheuchte den Gedanken, ging auf das Vertiko zu, das hinter dem Schreibtisch stand. Sie zog die Schublade auf. Eingangsrechnungen, Ausgangsrechnungen. Keine Unterlagen des Personals. Sie öffnete die Tür, doch auch hier fand sie nichts Interessantes. Sie wandte sich dem Schreibtisch zu. Dort lag eine Mappe. Viktoria schlug sie auf, es war die Gästeliste, die jeden Tag an die Badepolizei übermittelt werden musste. Viktoria machte sich nicht die Mühe, sie zu überprüfen. Die Namen jedes Anreisenden wurden täglich in der Bäderzeitung veröffentlicht. Viktoria hatte bereits heute Morgen die Namen abgeglichen. Niemand mit den Initialen »A« und »V« war im Hotel abgestiegen.

Sie hörte aufgeregte Stimmen von draußen. Offenbar nahm Christian seine Rolle sehr ernst. Sie musste sich beeilen. Hastig öffnete sie die Tür des Schreibtisches. Ein Hängeregister, wie sie es von ihrem Vater kannte. Sie kniete sich hin, überflog die Beschriftung. Dann fand sie etwas, womit sie nicht gerechnet hatte.

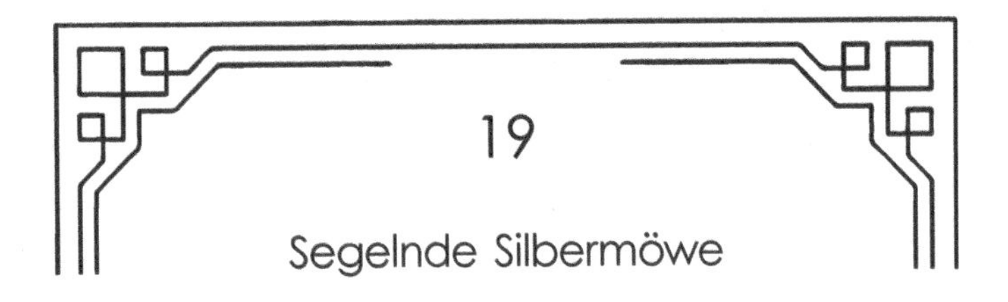

19

Segelnde Silbermöwe

Christian spürte den Schweiß auf der Stirn. Der kam nicht von der Hitze, die sich über die Insel gelegt hatte, sondern weil er seit zehn Minuten damit beschäftigt war, auf den Concierge einzureden.

Eine Traube von Menschen hatte sich um sie gebildet und verfolgte amüsiert das Streitgespräch. Der Concierge war immer wütender geworden, die anfänglich überhebliche Gelassenheit war gewichen. Jetzt ballte er sogar die Fäuste. Doch noch hielt er sich zurück.

Christian hoffte, dass dies auch eine Weile so bleiben würde, denn an der Art, wie der Mann seine Beine in den Boden stemmte und sich bewegte, hatte er längst erkannt, dass der Concierge dem Boxsport frönte. Christian war schon als Kind Mitglied im Ringerverein gewesen, er würde sich gegen den Mann eine Weile zur Wehr setzen können, auch wenn der wohl zehn Jahre älter war als er. Aber wenn es hart auf hart käme, würde der Concierge ihn garantiert zu Boden schicken. Wo blieb nur Viktoria?

»Ich habe das Mädchen gebeten, kurz stehen zu bleiben. Was ist dabei?«, sagte er und versuchte so gelassen wie möglich zu klingen. Seine Kamera hatte er längst sicher in seiner Tasche verstaut, die er vorsichtshalber an die Seite gelegt hatte.

»Die *Dame* ist Gast unseres Hauses und wünscht nicht von Ihnen fotografiert zu werden. Ich fordere Sie ein letztes Mal auf, unsere Gäste nicht weiter zu belästigen. Sollten Sie es dennoch tun, werde ich die Gendarmen rufen.«

Obwohl der Concierge noch immer versuchte, Hochdeutsch zu reden, kam mehr und mehr sein norddeutscher Akzent durch. Das machte den Mann in Christians Augen allerdings nur noch bedrohlicher. Ein Mann von der Straße wusste sich zu schlagen. Es war höchste Zeit, das hier zu beenden. Seine Augen glitten an den Menschen vorbei, die Treppe hinauf zum Hotel.

»Was ist hier los?« Die Hotelbesitzerin, Karen Luers, trat durch die Menge. Sie hatte wütend die Stirn gerunzelt, und Christian war klar, dass jetzt der Ärger erst richtig losgehen würde.

Der Concierge wandte sich der Hotelbesitzerin zu. Die Messingknöpfe seiner Uniform glänzten in der Sonne. »Dieser Mann belästigt unsere Gäste«, erklärte er mit bemüht ruhiger Stimme.

Christian setzte ein entschuldigendes Lächeln auf. »Ich habe schon gesagt, ich habe das Mädchen lediglich um eine Fotografie gebeten. Es schien einverstanden zu sein. Es tut mir leid, wenn ich das missverstanden habe, es war nicht meine Absicht.«

Karen Luers blickte auf den Menschenauflauf, dann zu Christian. »Wir klären das drinnen. Wenn Sie mir bitte folgen würden.« Ihre Worte waren schneidend.

Ohne eine Antwort abzuwarten, ging sie die Stufen zum Hotel hinauf. Der Concierge trat zur Seite, wartete, bis Christian seine Tasche mit der Kamera wieder an sich genommen hatte und der Hotelbesitzerin folgte. Karen Luers ging schnurgerade auf ihre Schreibstube zu. Christian hoffte inständig, dass Viktoria bereits fertig war. Er hielt die Luft an, als Karen Luers die Tür öffnete. Und atmete erleichtert aus. Die Schreibstube war leer.

Etwa zwanzig Minuten später verließ er die Schreibstube wieder. Er fühlte sich wie zuletzt mit zwölf Jahren, als seine Mutter ihn beim Schwänzen der Sonntagsmesse erwischt hatte. Nur dass es hier um mehr ging.

Christian hatte seinen ganzen Charme spielen lassen müssen, damit die Hotelchefin sich nicht bei seinem Redakteur beschwerte oder die Polizei rief. Dennoch hatte sie ihm unmissverständlich klargemacht, dass er nur ein geduldeter Besucher in ihrem Hause war, niemand, der zu den illustren Gästen passte. Erst als Christian beiläufig einfließen ließ, wie sehr ihn das Hotel beeindruckt habe und dass er sich sehr positiv darüber in seinem Artikel äußern würde, schien die Frau etwas milder gestimmt, und nachdem er sich mehrfach entschuldigt hatte, war er schließlich gnädig entlassen worden. Der Concierge verfolgte dabei jeden seiner Schritte mehr als aufmerksam, und Christian war sich sicher, dass ihn der Mann in Zukunft gut im Auge behalten würde. Er hoffte nur, dass Viktoria etwas gefunden hatte, was den Ärger wert gewesen war.

Viktoria wartete an der Ecke zur Bismarckstraße auf ihn. »Warum hat das so lange gedauert? Ich dachte schon, Sie würden Frau Luers zum Kaffee einladen.«

Erst jetzt wich die Anspannung der letzten halben Stunde von ihm. Christian atmete tief durch. »Zum Kaffee werde ich Frau Luers mit Sicherheit nie mehr einladen dürfen. Ich fürchte, ich habe mich ziemlich unbeliebt gemacht.« Er strich seine Haare nach hinten. »Wenn ich gewusst hätte, was für eine Standpauke von Frau Luers mich erwartet, hätte ich mich ohnehin zurückgehalten. So zusammengefaltet hat mich zuletzt meine Mutter. Bitte sagen Sie mir, dass es sich gelohnt hat.«

Viktoria strahlte ihn an. »Allerdings.« Sie hielt etwas hoch.

Er pfiff anerkennend durch die Zähne. Es war Hennys Dienstbuch.

Viktoria warf einen Blick zurück zum Hotel, als erwartete sie, dass jede Minute jemand von dort kommen würde. »Wir sollten uns eine andere Stelle suchen, um es uns in Ruhe anzusehen.«

Sie beschlossen, in ein Café im Dorf zu gehen. Da Christian ohnehin seinen Film in einem Fotoatelier zur Entwicklung abgeben wollte, war es ihm gerade recht. Er erzählte Viktoria ausführlich von seiner Unterredung mit der Hoteldirektorin und wie sie ihn abgekanzelt hatte. Vielleicht übertrieb er an der einen oder anderen Stelle, aber Viktorias Lachen war es wert.

»Famos, auch wenn ich Ihnen nur die Hälfte glaube!

Was wäre ich gerne dabei gewesen. Und wie Sie dem Concierge getrotzt haben – großartig. Obwohl Ihnen von dem kleinen Mann ja keine ernste Gefahr drohte, oder?«

»Keine Gefahr? Der Mann ist Boxer, da gehe ich jede Wette ein. Und Sie glauben nicht, wie wütend er war.«

Viktorias perlendes Lachen war eine Wohltat in seinen Ohren. Sie hakte sich bei ihm unter. Also hatte sich das alles nicht nur in einer Hinsicht gelohnt. Viktoria schien nach dem erlebten Abenteuer gelöst, fast ein wenig aufgekratzt. Christian konnte es ihr nicht verdenken, ihm ging es nicht anders. Es fühlte sich gerade alles verdammt gut an, und die dunklen Stunden in Altona schienen weit weg.

Gemeinsam schlenderten sie die belebte Straße hinunter. Sie gingen die Bismarckstraße entlang bis zu dem Kaiser-Denkmal, wo ihnen die bronzene Büste Wilhelms I. entgegenstarrte. Christian schaute hinauf zu dem preußischen Adler an der Spitze des Denkmals, der seine Schwingen erhoben hatte und jeden Augenblick abzuheben schien, als wollte er nicht für immer auf diesem Platz bleiben. Das Denkmal selbst war ein hoher Obelisk, zusammengesetzt aus Steinquadern, die aus allen Teilen des Deutschen Reiches zusammengetragen worden waren. In einen Stein war der Herkunftsort *Osnabrück* gemeißelt – die Geburtsstadt seiner Mutter.

Sie bogen in die Friedrichstraße mit ihren belebten Geschäften ein. Bunte Werbeschilder warben für Delikatessen, Südfrüchte und Schokolade. Christian steuerte auf ein Fotoatelier zu, denn vorhin hatte er sein letztes Bild verschossen, er brauchte einen neuen Film. Im Schaufenster warb ein Schild für *Fotografien auf Muscheln.* Der Besitzer des Geschäfts, ein Mann in einem weißen Kittel mit einem imposanten Spitzbart, stand hinter der hölzernen Ladentheke und nahm Christian seine Kamera ab. Anschließend ging er nach hinten und tauschte den Film.

»Ist in ein paar Tagen fertig, ich entwickele selbst. Schneller als bei mir erhalten Sie die Fotografien nicht einmal auf dem Festland«, erklärte der Ladenbesitzer stolz.

Danach ließen sie sich weiter durch die Straßen treiben, plauderten über Bücher, die sie gelesen hatten, und Musikstücke, die sie mochten. Vor dem prunkvollen Theater blieben sie stehen. Derzeit stand das Lustspiel *Im weißen Rössl* auf dem Spielplan. Neben der Ankündigung für das Stück hing ein Auszug aus der Bäderzeitung, demzufolge sich das Publikum bei der ersten Aufführung köstlich amüsiert habe. Außerdem wurde der Auftritt der bekannten Nackttänzerin Adorée Villany besprochen, der am Vortag stattgefunden hatte. Trotz der erhöhten Preise war das Haus ausverkauft gewesen. Der Kritiker lobte den künstlerisch hochwertigen Tanz und die Farbharmonie der Kostüme, monierte allerdings, dass die Frau zu wenig Haut gezeigt hätte.

»Waren Sie schon im Kurtheater? Es ist wirklich beeindruckend«, sagte Viktoria. »Drinnen ist es noch glamouröser als draußen. Sie sollten einen Blick hineinwerfen und sich eine Aufführung ansehen.«

»Verraten Sie es niemandem, aber ich war erst einmal

in meinem Leben im Theater. Im Flora-Theater an der Schanze. Louise Gustloff ist dort aufgetreten. Damals hieß sie allerdings noch Louise Lassour. Ihre Darstellung war sehr faszinierend.«

»Aber offenbar nicht faszinierend genug, um Sie zu einem weiteren Besuch zu ermutigen.«

Er zuckte mit den Schultern. Tatsächlich wäre er gern wieder in ein Schauspiel gegangen, wenn da nicht die Besucher wären: gehobenes Bürgertum und alle, die dafür gehalten werden wollten. »Ich bevorzuge das Lichtspieltheater.«

»Ich habe noch nie einen Film gesehen. Mein Vater hält Kintopp für Volksverdummung.«

Natürlich, das Großbürgertum schaute auf diese Unterhaltung für Arbeiter und kleine Leute herab. »Ihr Vater sollte nicht urteilen, ohne sich selbst einen Eindruck verschafft zu haben«, sagte Christian schärfer, als er wollte. Es tat ihm sofort leid, denn er hatte nicht beabsichtigt, die gelöste Stimmung zwischen ihnen zu gefährden. Und schon gar nicht wegen so einer Lappalie. »*Arsène Lupin contra Sherlock Holmes* könnte Ihrem Vater gefallen. Es geht darum, wie die Logik die Dreistigkeit besiegt, oder eben auch nicht.«

Viktoria schien ihm seine vorherige Bemerkung nicht übel zu nehmen, sie lachte. »Ich werde ihm davon erzählen. Vielleicht bekomme ich ihn so einmal dazu, mit mir ins Kintopp zu gehen.«

Sie schlenderten weiter, und Viktoria sprach über ihre Theaterbesuche. Er hörte ihr gerne zu, sie erzählte die

Geschichten in groben Zügen nach, und schon allein ihr Tonfall zeigte, ob die Aufführung in ihren Augen bestanden hatte oder nicht.

Sie gingen am Conversationshaus vorbei und warfen einen Blick in die Leseräume mit ihrer aufwendigen Dekormalerei. Schließlich betraten sie den nebenan gelegenen Bazar. Ursprünglich hatten hier einmal Bretterbuden gestanden, in denen Händler vom Festland allerlei Schnickschnack anboten. Der Schnickschnack war geblieben, jedoch waren die Bretterbuden 1858 einem hübschen Gebäude gewichen. Gemeinsam stöberten Christian und Viktoria durch die kleinen Lädchen, in denen Andenkenartikel aus Perlmutt, Muscheln und Seehundsfell angeboten wurden. Christian kaufte einen Porzellankrug mit Messingdeckel und goldener Aufschrift *In Erinnerung an Norderney.*

»Das gefällt Ihnen?«, fragte Viktoria und machte große Augen.

Er konnte sich ein Grinsen nicht verkneifen. »Das ist für meinen Freund Gustav. Er hat mir letztes Jahr von seiner Wanderung eine Vase mit einem Schwarzwaldmädel darauf mitgebracht. Er soll eine würdige Antwort bekommen.«

Sie lachte. »Na, da bin ich aber froh, dass Sie mir keine Geschenke kaufen.«

Sie erstand Postkarten für ihre Freundinnen und eine für ihren Vater, die sie beschriftete, als sie kurz darauf im Großen Logierhaus einen Kaffee tranken. Anschließend gingen sie weiter an Schuchardts Hotel vorbei durch die

Straßen des Ortes. Überall standen imposante, neu errichtete Häuser. Bauprämien und Zuschüsse für die Inselbewohner hatten in den Jahren des Aufschwungs nach der Reichsgründung dazu geführt, dass überall moderne Logierhäuser und Hotels mit den typischen Veranden entstanden waren. Das Fischerdorf hatte sich dadurch zu einem der mondänsten Badeorte des Deutschen Kaiserreichs gewandelt.

Sie gingen weiter bis zum Kaiserlichen Postamt, wo Viktoria die Karten aufgab. Christian wartete draußen auf sie. Er fotografierte das prächtige Gebäude und hoffte, dass die Ziegelverzierung und die Bemalung auf der Fotografie gut zu sehen sein würden.

Als Viktoria wieder draußen war, machte Christian noch eine Aufnahme von ihr, wie sie in der Poststraße stand. Den weißen Sonnenschirm über die Schulter gelegt, auf den Lippen ein spöttisches Lächeln.

Damen mit ausladenden Hüten flanierten an ihnen vorbei, ein Mann in einem hellen Straßenanzug drehte sich nach Viktoria um, und Christian war ein wenig stolz, als sie danach wieder seinen Arm nahm und sie gemeinsam weitergingen. Anschließend betrachteten sie die Auslage im Kaufhaus Koppe & Weinberg. Das Angebot war vielseitig, auch wenn sie sich einig waren, dass es nicht mit dem Warenhaus Tietz mithalten konnte, das im April am Jungfernstieg eröffnet hatte. Christian sah Viktoria von der Seite an, als sie ein Kleid im Schaufenster betrachtete. Es war so einfach, mit ihr zu sprechen, ihre Unterhaltung war angenehm wie eine leichte Sommerbrise. Er musste bei dem Gedanken grinsen. Gut, dass Gustav nicht hier war. Der würde seinen Freund aufziehen, Romantik war Gustavs Gebiet, nicht Christians.

Sie schlenderten weiter, und er genoss es, mit ihr am Arm die Straßen auf und ab zu gehen. Hin und wieder bemerkte er Blicke von anderen Gästen, aber sie galten nicht dem Klassenunterschied zwischen den beiden, sondern lagen wohlwollend auf einem jungen Paar, das an diesem sonnigen Tag durch die Gassen der Insel flanierte. Es fühlte sich gut an, Viktoria so nah zu sein. Er konnte ihr Parfüm riechen, ein dezenter Hauch von Rosen.

In der Strandstraße bot Giuseppe Barone aus Neapel feinste Schildpattwaren an. Viktoria erstand einen Füllfederhalter für ihren Vater. Ein Stück weiter warb Jacob B. Raß damit, dass seine Kolonialwarenhandlung das älteste Geschäft seiner Art am Ort sei. Vor dem Laden war ein Stand aufgebaut, an dem Viktoria stehen blieb. Eine Locke kringelte sich an ihrem Hals. Zu gerne hätte Christian seine Finger dorthin gelegt, wo die Haare ihre Haut berührten, um mit den Fingerkuppen ihren Hals entlangzustreichen.

»Was halten Sie von diesem Tuch?«, riss ihn Viktoria aus seinen Gedanken. Sie legte sich ein fein gewebtes Seidentuch um die Schultern. Das Blau passte perfekt zu dem Grau ihrer Augen. »Und?« Sie schaute ihn erwartungsvoll an.

»Wunderschön«, antwortete Christian mit heiserer Stimme. Er trat vor, zupfte das Tuch gerade. Sah in diese Augen, die ihn von Anfang an in ihren Bann gezogen hatten. In diesem Moment vergaß er alles um sich herum. Die Badegäste, die an ihnen vorbeigingen. Die Pferdekutsche, die die Strandstraße entlangfuhr. Er sah nur noch das Schimmern in ihren Pupillen. Für einen Moment fühlte es sich an, als gebe es eine tiefe Vertrautheit zwischen ihnen.

Dann trat sie einen Schritt zurück und räusperte sich. »Wir sollten weitergehen.«

Sie nahm das Tuch von den Schultern und legte es zusammengefaltet zurück in die Auslage. Als sie weiterging, hakte sie sich nicht wieder bei ihm unter.

Eine Weile gingen sie so schweigend dahin. Als sich eine Wolke vor die Sonne schob, sah Christian zum Himmel auf. »Vielleicht gibt es ein Gewitter«, sagte er, um die Konversation wieder in Gang zu bringen. Das Wetter war ihm in diesem Augenblick herzlich egal. Aber er konnte die Stille, die sich zwischen ihnen ausgebreitet hatte, nicht ertragen. Sie sah ihn an, nickte, sagte aber nichts. Und Christian hatte das Gefühl, als drohte nicht nur das Wetter umzuschlagen.

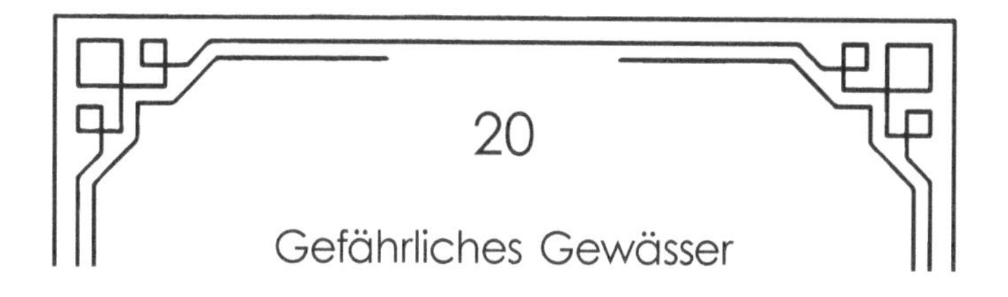

20

Gefährliches Gewässer

Viktoria war froh, als sie von der Bismarckstraße in das Café Matz traten. Sie versuchte, den Blick zu vergessen, den Christian ihr vorhin beim Kolonialwarenladen zugeworfen hatte. Für einen Moment hatte sie geglaubt, er wollte sie küssen, vor allen Leuten. Aber das war es nicht, was sie beunruhigte. Vielmehr, dass sie sich gewünscht hatte, er würde es tun. Ihr Vater hatte recht gehabt. Die Leichtigkeit der Sommerfrische war verführerisch. Aber Viktoria konnte ihr nicht nachgeben. Zu lange hatte sie dafür gekämpft, frei zu sein, selbstständig. Auch wenn es wehtat, sie musste die Begegnung mit Christian Hinrichs wieder in ungefährliches Gewässer lenken.

Obwohl das Café gut besucht war, ergatterten sie einen Tisch am Fenster, an dem sie ungestört sitzen konnten. Während Christian etwas ratlos vor dem reichhaltigen Kuchenbuffet stand, ließ Viktoria den Blick durch den Raum schweifen. Das Café war gemütlich eingerichtet. Fein bestickte Gardinen hingen vor den Fenstern, und an einer Empore rankte Wein hoch.

»Ich habe einmal Friesentorte und einmal Knüppelkuchen bestellt«, sagte Christian, als er zurück an den Tisch kam. »Sie können nicht immer nur Mokkatorte essen.«

Er strich seine Haare zurück. Eine Geste, die sie schon öfter an ihm gesehen hatte und die ihr gefiel. Viel zu gut gefiel. Das ist gefährliches Gewässer, rief sie sich innerlich zur Ordnung. Sie lächelte ihn an und hoffte, dass das Lächeln zurückhaltender war, als es sich anfühlte. »Sehr gern, vielen Dank.« Tatsächlich mochte sie Friesentorte neben Mokkakuchen am liebsten. Sie mochte den Geschmack des Pflaumenmuses, der sich mit der Schlagsahne und dem Teig verband.

Kurz darauf brachte die Bedienung die Kuchen sowie zwei Porzellantassen und stellte eine silberne Teekanne auf den Tisch.

Sie aßen schweigend. Hin und wieder fühlte sie Christians Blick auf sich ruhen, aber sie starrte auf ihre Friesentorte, als benötigte sie ihre Konzentration, um die Gabel zum Mund zu führen. Sie musste sich zusammenreißen, sie durfte ihn nicht noch einmal so nah an sich heranlassen.

Irgendwann legte Viktoria die Gabel beiseite und zog aus ihrer Tasche, was sie aus der Schreibstube der Hotelbesitzerin mitgenommen hatte: Hennys Dienstbuch. Viktoria klappte es auf, ihre Augen glitten über den Stempel der örtlichen Polizeibehörde, den jedes Dienstbuch trug. Denn die Dienstmädchen hatten ihr Heft bei der Polizei vorzulegen, wenn sie eine neue Stelle antraten. Außerdem wurden der Name des Mädchens, ihr Heimatort, ihr Alter und äußere Kennzeichen vermerkt. Und die Gründe, warum der Dienst beendet worden war.

Nach den Vermerken im Heft war Henny vier Jahre im Wilhelm-Augusta-Heim beschäftigt gewesen. Die Leiterin des Heims hatte ihr bescheinigt, dass sie äußerst fleißig gewesen war und viel gelernt hatte. Offenbar war Hennys Dienstherrin, Elfriede Stuhr, die in dem Heim gewohnt hatte, gestorben, weswegen Henny die Stelle wechseln musste. Seit einem Jahr hatte sie im Palais-Hotel gearbeitet. Viktorias Augen blieben an dem letzten Eintrag hängen. »Das gibt es doch nicht!«

»Was ist?« Christian stellte seine Teetasse ab.

Sie schob ihm das Dienstbuch hinüber und tippte mit dem Finger auf die letzte Eintragung.

Christian überflog die Zeilen und blickte überrascht auf. »Henny ist gekündigt worden?«

Viktoria nickte. »Am 30. Juli. Das war vor einer Woche. Sie hätte Ende August gehen müssen.« Sie zog das Dienstbuch wieder zu sich her. »Als Grund steht hier nichts Aussagekräftiges. ›Veränderungshalber‹! Das kann heißen, sie hatte eine neue Stelle oder dass man sie hinausgeworfen hat, weil etwas vorgefallen ist. Allerdings wird ihr bescheinigt, ehrlich und fleißig zu sein. Das ist gut, damit hätte sie schnell wieder etwas gefunden.«

Viktoria hatte genug Dienstboten eingestellt, um die üblichen Floskeln zu kennen. Die Eintragungen im Dienstbuch konnten über Wohl und Wehe eines Menschen entscheiden. Nicht selten schrieben Dienstherren harsche Urteile ins Zeugnis, wenn das Mädchen sich über unzumutbare Arbeitsverhältnisse beschwert hatte. Damit eine neue Stelle zu finden war kaum möglich. Hin und wieder verloren Dienstmädchen daher ihr Dienstbuch, aber natürlich war allen klar, was das bedeutete.

»Henny sollte jedenfalls nicht Hausdame werden, wie Karen Luers gesagt hat. Sie hat uns belogen. Es scheint doch mehr hinter dem Disput zwischen Karen Luers und Henny zu stecken. Vielleicht hat es aber etwas mit Hennys ominösem Verehrer zu tun …«

Sie verstummte, als das Serviermädchen kam und die leeren Teller abräumte. Dann nahm sie ein Blatt aus ihrem Beutel. »Wir sollten uns das hier genauer ansehen.«

»Die Personalliste! Die haben Sie auch gestohlen?« Er schüttelte den Kopf, doch an seinen Augen zeigten sich kleine Lachfalten.

Viktoria zuckte mit der Schulter. »Ich konnte sie ja schlecht abschreiben.«

Sie legte die Liste auf den Tisch, sodass sie beide darauf schauen konnten. Langsam fuhr sie mit dem Finger die Namen entlang. Bei einem blieb sie stehen. »Da! Albert … Albert Vink.«

»Mein lieber Herr Gesangsverein. Der Concierge! Wer hätte das gedacht?« Christian stieß einen überraschten Pfiff aus. Eine alte Dame mit einem mit Strohblumen überladenen Hut warf ihm einen empörten Blick zu, bevor sie sich wieder ihrer Begleitung zuwandte.

»Entschuldigung«, sagte Christian ohne große Überzeugungskraft. Er beugte sich vor. »Vink – ich habe gehört, wie die Hotelbesitzerin ihn so genannt hat. Aber ich dachte, er schreibt sich mit F.« Er sann einen Moment nach. »Albert Vink hat vor Kurzem einen Tadel erhalten, weil er abends unerlaubt seine Arbeit verlassen hat.«

»Woher wissen Sie das denn?«

»Von Frau Luers. Sie hat es erwähnt, als er mich auf dem Weg in ihre Schreibstube geschubst hat.«

»Er hat sie angefasst?«

»Nicht der Rede wert. Aber da hat sie es gesagt. *Herr Vink, halten Sie sich im Zaum. Ich habe nicht vergessen, dass Sie am Sonntagabend Ihren Platz vorzeitig verlassen haben. Treiben Sie es also nicht auf die Spitze.* Genauso hat sie es gesagt.«

Er ahmte die Stimme der Hotelbesitzerin erstaunlich gut nach. Unter anderen Umständen hätte sie wohl laut gelacht, doch Viktoria war mit den Gedanken bereits woanders. »Am Sonntag?«

Christian nickte. »Der Tag, an dem Henny starb.«

»Wir sollten uns diesen Albert Vink genauer ansehen. Und mit seinem Zimmer fangen wir an.«

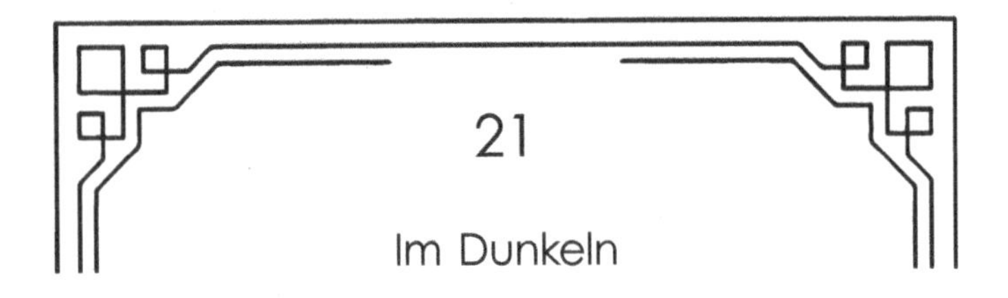

21

Im Dunkeln

»Hier sind wir richtig.«

»Woher wollen Sie das wissen?« Viktoria drängte an seine Seite, schaute in den Raum.

Christian musste über ihre unverhohlene Neugier lächeln. Er deutete auf den Schrank, an dem eine Livree mit Messingknöpfen hing. »Vermutlich Vinks Zweituniform.«

Er trat ein und ließ seinen Blick durch den Raum schweifen. Das Zimmer war deutlich größer als die anderen Räume, in die sie hineingesehen hatten. Es gab nicht nur ein Bett, sondern auch einen Schreibtisch und einen Lesesessel. Auf einem Vertiko an der Seite stand ein bunter Porzellanpapagei, daneben weiterer Nippes, Kerzenleuchter und eine Tischuhr. Auf dem Boden lag ein Orientteppich, etwas ausgeblichen, aber immerhin. Zu Hause bei Christians Vater hatte es nur für einen Binsenteppich gereicht. Christian warf einen Seitenblick auf Viktoria. Sie war vermutlich anderes gewohnt. Ein Oberstaatsanwalt hatte sicherlich keinen ausgeblichenen Orientteppich herumliegen. Und schon gar keinen aus Binsen.

Christian ging zum Schreibtisch, setzte sich auf den Holzstuhl und öffnete die oberste Schublade. Briefe kamen zum Vorschein. Christian nahm sie heraus, blätterte sie durch. »Von seinen Eltern.« Er legte sie wieder zurück.

Viktoria hatte kurz bei ihm gestanden, nun schaute sie sich um. Zielstrebig ging sie auf das Bett des Concierge zu und sah sich den Nachttisch an.

Christian wandte sich unterdessen wieder dem Schreibtisch zu. In der nächsten Schublade lagen ebenfalls nur nichtssagende Unterlagen. Er schloss die Schublade. Sein Blick glitt über die Gegenstände auf dem Schreibtisch. Ein in Leder gebundenes Buch fiel ihm auf. Er nahm es, blätterte darin. Ein Tagebuch. Er legte es behutsam zurück. Nein, ein fremdes Tagebuch zu lesen, so tief würde er nicht sinken.

Wenn Christian in seinem Leben etwas vermisst hatte, dann Privatsphäre. Zu Hause war immer jemand gewesen. Sein Bett hatte er mit seinem Bruder teilen müssen. Kurz nach dem Tod der Mutter hatte tagsüber sogar ein Schlafgänger darin übernachtet. Der war am frühen Morgen von seiner Arbeit in der Fabrik gekommen und hatte in dem Bett von Christian und seinem Bruder geschlafen, während die beiden in der Schule waren. Damals war Christian so bald wie möglich nach draußen verschwunden und allein durch die Straßen gegangen, nur um ein wenig für sich zu sein. Und nun stöberte er im Privatleben eines fremden Menschen herum und fühlte sich mehr als unwohl dabei.

»Was machen Sie hier?«

Christian sprang auf.

Der Concierge stand in der Tür und starrte sie drohend an.

Christian überlegte fieberhaft, wie er die Situation entschärfen könnte. Doch bevor er auch nur einen Satz sagen konnte, kam Viktoria mit großen Schritten um das Bett herum und baute sich vor dem Concierge auf. Sie hatte ein gerahmtes Bild vom Nachtschränkchen genommen, hielt es dem Mann vor die Nase.

»Was haben Sie mit Henny gemacht?« Tränen der Wut glitzerten in ihren Augen.

»Stellen Sie das wieder hin«, sagte der Concierge mit heiserer Stimme. »Und dann raus mit Ihnen. Ich werde Ihr Verhalten Frau Luers melden.«

Doch Viktoria ließ sich nicht einschüchtern, im Gegenteil, sie ging noch einen Schritt auf den Mann zu. »Sie haben sich heimlich mit Henny getroffen, ihr ein silbernes Herz geschenkt. Hier trägt sie es um den Hals.« Sie deutete auf die Fotografie. »Warum hat Henny es nicht mehr getragen, als sie starb?«

Der Concierge riss ihr das Bild aus der Hand. »Was wollen Sie? Macht es Ihnen Spaß, Ihre Nase in Angelegenheiten zu stecken, die Sie nichts angehen?«

Christian trat jetzt neben Viktoria. Wenn Vink auch nur einen weiteren Schritt auf Viktoria zukommen würde, dann würde er ihn kennenlernen, Boxer hin oder her.

Der Concierge schien Christians Gedanken erraten zu haben. Er lachte auf. »Das würde ich Ihnen nicht empfehlen.« Er wandte sich wieder an Viktoria. »Warum sind Sie hier?«

»Wir wollen wissen, was mit Henny passiert ist.«

»Sie hat sich ins Meer gestürzt, was gibt es da nicht zu verstehen?«

Viktoria schüttelte den Kopf. »Henny hat sich nicht selbst getötet. Sie wurde umgebracht.«

Albert Vink sah sie mit aufrichtiger Verwunderung an. »Aber die Polizei …«

»… will vor allem für Ruhe im Ort und unter den Badegästen sorgen«, unterbrach Christian ihn. »Ich habe Henny aus dem Wasser gezogen. Ich habe sehr genau gesehen, dass sie eine Wunde am Kopf hatte, und die stammte mit Sicherheit nicht vom Meer.«

»Sie meinen, jemand hat sie erschlagen wie einen Seehund?« Vink blickte einen Moment starr vor sich hin. Plötzlich sah er überrascht auf. »Und Sie denken, ich war es?«

Er stieß ein bitteres Lachen aus, und jede Körperspannung fiel von ihm ab, was Christian mit Erleichterung registrierte. Er hatte sich oft genug in seinem Leben geprügelt, um zu wissen, wann man einer Schlägerei besser aus dem Weg ging.

Vink wandte sich erneut an Viktoria, sah sie ernst an. »Ich hätte Henny nie etwas getan.«

»Sie hat sich von Ihnen getrennt, nicht wahr?«, fragte Viktoria.

Zu Christians Überraschung ging Vink nun an ihnen vorbei ins Zimmer und ließ sich auf das Bett sinken. Er starrte auf Hennys Bild in seinen Händen.

»Vor zwei Monaten habe ich sie gefragt, ob sie mich

heiraten wolle. Ich habe gedacht, sie würde mir um den Hals fallen. Aber ich hatte mich getäuscht. Ich werde nie den Ausdruck in ihren Augen vergessen. Sie hat sich noch nicht einmal Bedenkzeit ausgebeten, sondern es direkt abgelehnt.«

»Warum?«, fragte Christian. Für ein Dienstmädchen war Vink eine gute Partie. Er hatte ein gesichertes Auskommen, die beiden hätten sich wahrscheinlich sogar eine kleine Wohnung leisten können. Und so schlecht sah Vink nicht aus, für einen Mann seines Alters. Vermutlich hatte mehr als ein Dienstmädchen sein Herz an Vink verloren. Lag es an dem impulsiven Charakter des Mannes, dass Henny das Angebot ausgeschlagen hatte?

»Ich habe es auch nicht verstanden. Ich konnte ihr alles bieten. Nun, keine Reichtümer. Aber sie hätte nicht mehr als Dienstmädchen arbeiten müssen. Ich wollte eine Familie mit ihr gründen. Ist es nicht das, was sich jede Frau wünscht?«

Viktorias Miene hatte sich verfinstert. »Um mit der Hochzeit alle Rechte aufzugeben? Nicht mehr selbst entscheiden zu können, ob sie arbeiten geht, über keinerlei eigenen Besitz zu verfügen? Ich weiß nicht, wovon Sie träumen, aber ich wüsste nicht, was daran erstrebenswert sein soll.« Ihre Wangen waren gerötet.

Vink sah sie verwundert an. »Und was ist mit Liebe? Zählt das nichts? Henny hätte bei mir alle Freiheiten gehabt.« Er schüttelte den Kopf. »Sie sind wie Henny. Sie hat mir von Ihnen erzählt. Sie haben ihr Lesen und Schreiben beigebracht, haben sie wie eine Gleichwertige behandelt.

Vielleicht hätten Sie das lieber sein gelassen. Henny hatte den Kopf voller Flausen.« Er zögerte einen Moment, lächelte dann traurig. »Doch ohne diese Flausen wäre Henny nicht Henny gewesen. Ich habe nie verstanden, was sie sich von ihrer Zukunft erhofft hat.« Er strich über die Fotografie und stellte sie vorsichtig zurück auf das Nachtschränkchen.

»Stimmt es, dass Henny gekündigt worden war?«, fragte Christian.

Vink nickte. »Ein Gast hat sie des Diebstahls bezichtigt. Es war lächerlich, und Frau Luers wusste es. Aber es ist ein einflussreicher Gast, der damit gedroht hat, es öffentlich zu machen. Ihr blieb nichts anderes übrig. Aber immerhin sollte Henny noch bis Ende August bleiben. Wo hätte Frau Luers mitten in der Saison Ersatz finden sollen? Henny hat die Kündigung mir gegenüber mit keinem Wort erwähnt, aber natürlich habe ich davon erfahren. Ich bin sofort zu ihr und habe ihr gesagt, dass ich zu meinem Wort stehe, dass ich sie heiraten würde. Aber sie hat wieder abgelehnt und gemeint, sie wäre versorgt. Ich verstehe es nicht. Ende August wird allen Saisonkräften gekündigt, in der Zeit hätte sie niemals etwas Neues gefunden. Und mein Lohn reicht für uns beide!« Er schüttelte resigniert den Kopf.

»Wann haben Sie mit ihr gesprochen? Am Sonntagabend? Als Sie Ihren Arbeitsplatz unerlaubt verlassen haben?«, fragte Christian.

Vink blickte auf. »Sie denken ernsthaft, ich hätte Henny etwas angetan?«

»Sie sind ihr an dem Abend gefolgt, oder?«

Vink atmete heftig aus. »Und wenn?«

»Was genau ist passiert?«, warf Viktoria ein.

Vink zögerte einen Augenblick, sah misstrauisch zu Christian, dann zu Viktoria. »Ich stand in der Eingangstür an dem Abend. Das mache ich manchmal, wenn nicht viel los ist. Seit Stunden schon hatte sich kein Gast mehr gezeigt. Also habe ich draußen eine Pfeife geraucht.«

»Und da haben Sie Henny gesehen.«

»Sie kam über die Dienstbotentreppe. Sie hat mich nicht bemerkt, ich stand hinter dem Pfeiler. Sie ist die Kaiserstraße hinuntergegangen, Richtung Seesteg. Ich hätte nur noch zehn Minuten arbeiten müssen, also habe ich gedacht, was soll's, und bin ihr gefolgt.« Er schüttelte den Kopf. »Ich habe kein Talent als Detektiv. Sie hat mich schon nach wenigen Schritten bemerkt. Es war ein ziemlich kalter Tag, der Wind pfiff, und es war außer uns niemand unterwegs. Sie hat sich einfach umgedreht und auf mich gewartet. Wir haben uns am Zeitungskiosk untergestellt, und sie hat gesagt, sie würde weggehen. Für immer. Ich solle sie vergessen, jemand anderen finden.« Er atmete tief durch.

»Und dann?«, fragte Christian.

»Nichts und dann. Ich stand da wie ein begossener Pudel. Sie hat mich in den Arm genommen, gesagt, ich würde darüber hinwegkommen, jemand wie ich würde immer auf die Füße fallen. Dann ist sie gegangen.«

»Und Sie sind ihr nicht weiter gefolgt?«, fragte Christian misstrauisch. Er fragte sich, wie er reagiert hätte, wenn eine Frau ihn so abserviert hätte. Eine Frau, die ihm wirklich etwas bedeutete.

»Ich wollte es, aber ich hatte Angst, dass sie mich wieder bemerkte. Also bin ich in die ›Klause‹ hinten in der Luisenstraße gegangen und habe mich betrunken.« Er nahm die Fotografie wieder zur Hand, strich sanft darüber. »Ich sehe sie noch immer vor mir. Wie sie in der Dunkelheit verschwindet. Ich hätte ihr folgen sollen, dann wäre es vielleicht nicht passiert. Aber ich hab gedacht, dass sie sich mit *ihm* trifft. Mich hat der Mut verlassen, ich wollte mir nicht ansehen, wie die beiden zusammenstehen.«

»Mit *ihm*?«, fragte Viktoria.

»Ihrem neuen Liebsten. Henny hat zur Uhr an der Promenade geschaut, zweimal. Sie hat gedacht, ich merke es nicht. Aber mir war klar, dass sie verabredet war. Und ich denke, er war der wirkliche Grund, warum sie sich von mir getrennt hat. Sie hat sich mit ihm getroffen in der Nacht.«

»Sind Sie sicher?«, fragte Viktoria.

»Nie hatte sie Zeit, immer war sie verschwunden. Wo war sie denn nach Dienstende? In ihrem Bett war sie nicht. Marie hat mir erzählt, dass Henny immer erst spät in der Nacht zurückkam.«

So, so, Marie. Plötzlich hatte Christian eine Ahnung, warum Marie sich so seltsam verhalten und den Namen des Mannes nicht hatte preisgeben wollen. Vink war ein durchaus attraktiver Mann, vielleicht war das Mädchen in ihn verliebt. Deswegen hatte sie ihm auch verraten, dass Henny oft verschwand.

Christian sah Vink an. »Sie waren an dem Abend nicht *zufällig* draußen zum Rauchen, habe ich recht? Sie wollten sehen, ob Henny das Hotel verlässt. Wahrscheinlich haben Sie jeden Abend dort gestanden.«

»Ich bin auch nur ein Mann, ich wollte wissen, was los ist. Aber es war das erste Mal, dass ich sie aus dem Hotel habe gehen sehen. An den Abenden davor hat sie ihren Dienst beendet, und dann war es, als hätte das Hotel sie verschluckt. Ich habe keine Ahnung, wo sie geblieben ist, jedenfalls nicht in ihrem Zimmer. Sie muss sich heimlich fortgeschlichen haben, um sich mit diesem Mann zu treffen.« Vink zog seine Augenbrauen zusammen. »Er war es. Er hat sie getötet. Und wenn ich ihn finde, dann gnade ihm Gott.«

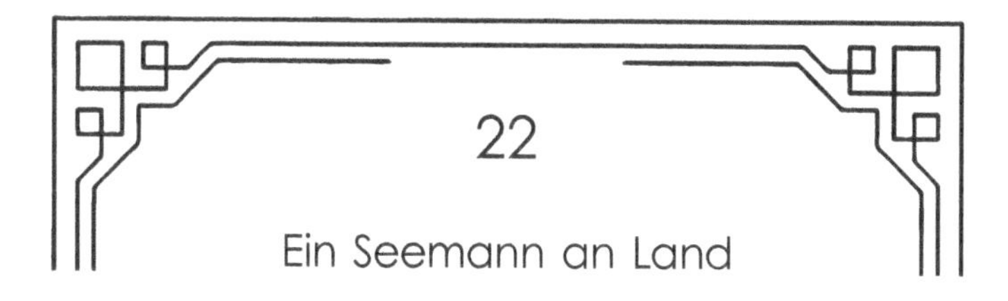

22

Ein Seemann an Land

»Sie haben *Die arme Jenny* bereits gesehen?« Louise Gustloff beugte sich interessiert vor. Es war das erste Mal an diesem Abend, dass sie sich an der Unterhaltung beteiligte. Bisher hatte die Konversation aus einem langen Monolog Gustloffs bestanden, der Christian an den Rand seiner Leidensfähigkeit gebracht hatte. Es war ja schon schlimm genug, in diesem steifen Umfeld zu Abend zu essen und bei jedem Blick zu spüren, dass man nicht dazugehörte. Aber dann auch noch Gustloffs Ausschweifungen folgen zu müssen war schlimmer als Pastor Friedrichs endlose Predigten in der Sonntagsmesse.

Kaum hatten sie sich vor anderthalb Stunden zum Abendessen gesetzt, hatte Gustloff nach Christians Auseinandersetzung mit dem Concierge vor dem Hotel gefragt. Es war klar gewesen, dass die Geschichte die Runde im Hotel machen würde. Trotzdem hatte Christian nicht gedacht, dass es derart schnell gehen würde. Fast genüsslich hatte Gustloff ihn nach Details gefragt und störte sich nicht an Christians einsilbigen Antworten. Der war dankbar, als sich Gustloff irgendwann wieder seinem Lieblingsthema zugewandt hatte: Die Wirtschaftsmacht Deutschlands. Seitdem schwadronierte Gustloff darüber, dass erfolgreiche Unternehmer die neue Elite des Landes bildeten und stärker in die Regierung einbezogen werden müssten. Obwohl kaum jemand auf seine Äußerungen reagierte, redete der Kommerzienrat weiter. Er schien – im Gegensatz zu allen anderen am Tisch – bester Laune. Seyfarth bedachte ihn einige Male mit entnervten Blicken, sagte aber nichts. Louise Gustloff hatte den ganzen Abend vor sich hingestarrt und eine Zigarette geraucht. Dr. Feuser war wie immer – er rutschte auf seinem Stuhl unruhig hin und her und machte Christian allein durch seine Anwesenheit nervös. Christian versuchte, ihn ebenso wie das Geschwafel Gustloffs auszublenden, und hing seinen eigenen Gedanken nach.

Im Geist ließ er noch einmal den Tag Revue passieren. Die müßigen Stunden, als er mit Viktoria durch den Ort geschlendert war. Der Vorfall in Altona war weit weg gewesen, und selbst die Frage nach Henny Petersens gewaltsamem Tod war in den Hintergrund gerückt. Wäre Viktoria ein ganz normales Mädchen gewesen, Christian hätte sie heute Abend ausgeführt. Sie in eine Lokalität eingeladen, später zum Tanzen. Und danach … wer weiß? Aber Viktoria war nicht irgendjemand, sondern die Tochter von Konrad Berg, Oberstaatsanwalt in Hamburg. Einem Liberalen, der sich einen Ruf als kluger Stratege in Gerichtsverfahren erarbeitet hatte. Und mit Sicherheit würde Konrad Berg es nicht gutheißen, dass seine einzige Tochter mit dem Sohn eines Vorarbeiters ausging, so liberal Berg auch sein mochte. In diesen Kreisen blieb man unter sich.

Nachdem sie beim Concierge gewesen waren, hatten sie sich getrennt. Viktoria wollte sich für das Abendessen umziehen, Christian war auf sein Zimmer gegangen, um an seinem Artikel zu arbeiten. Und plötzlich waren die Worte einfach so aus seiner Feder geflossen. Er war zwar noch nicht fertig, aber ein gutes Stück war geschafft. Christian hatte das mondäne Leben im Seebad Norderney beschrieben, und viel von seinem Gefühl am Nachmittag, als er mit Viktoria unterwegs gewesen war, war in den Artikel eingeflossen. Die Leichtigkeit der Sommerfrische. Das bunte Treiben am Strand, Kinder in Matrosenanzügen, die Burgen bauten, das Gefühl von Sonne auf der Haut, von Freiheit.

Sein Blick ging hinüber zum Nachbartisch, wo Viktoria sich angeregt mit Clara von Balow unterhielt. Die lachte über eine Bemerkung Viktorias, was die Baroness zu einem tadelnden Blick veranlasste. Viktoria sah hinreißend aus. Sie trug ein schwarz-silbernes Seidenkleid mit passendem filigranem Haarreif, die Wangen waren leicht gerötet, und selbst von hier sah er die hübschen Sommersprossen auf ihrer Nase. Zu gerne wäre er jetzt mit ihr allein gewesen, hätte sie durch den nächtlichen Ort geführt, vielleicht in die Dünen hinein, wo sie ungestört wären.

»Unsereins gehört ins Theater, nicht in diese vulgären Stätten der Möchtegernkunst. Filme sind etwas für das gemeine Volk«, grunzte Gustloff in diesem Moment.

Christians Tagträumereien brachen jäh ab. Als der Hummer serviert worden war, hatte Gustloff für einen andächtigen Augenblick geschwiegen, und Christian hatte die Gelegenheit genutzt, um das Gespräch auf die neuesten Lichtspielfilme zu lenken, in der Hoffnung, damit Gustloffs Monolog unterbrechen zu können. Eine Fehleinschätzung. Gustloff legte seine Serviette auf den Teller und lehnte sich zurück. Inzwischen hatte er seinen Hummer vertilgt. Er streckte seinen Schmerbauch vor, offenbar höchst zufrieden mit seiner Bemerkung.

Umso mehr reizte er Christian zu Widerspruch. »*Die arme Jenny* ist ein sehr guter Film. Ich habe ihn in ›Knopf's Lichtspielhaus‹ gesehen. Asta Nielsen ist eine begnadete Schauspielerin, und die Geschichte ging zu Herzen. Sie handelte von einem Mädchen, das sich unglücklich in einen Lebemann verliebt und von der Gesellschaft verstoßen wird.«

»Ach Gott, das ist doch keine Geschichte, dass ist Alltag«, bemerkte Seyfarth.

Feuser hatte während des Abendessens kaum etwas angerührt. Seit zehn Minuten spielte er mit seinem Löffel, drehte ihn um und um. Jetzt hielt er damit inne. »Das musst gerade du sagen«, murmelte er.

Seyfarth sah feindselig zu ihm hinüber. »Kümmere dich lieber um deine eigenen Angelegenheiten, bevor du dir die Finger verbrennst.«

Feuser entgegnete nichts darauf. Er legte den Löffel vor sich auf den Tisch, und jetzt sah man, dass seine Hände zitterten. Schließlich verbarg er sie unter dem Tisch.

»Haben Sie nie erwägt, zum Film zu wechseln, Frau Gustloff?«, versuchte Christian, das Thema wiederaufzunehmen. Er hatte genug von dem zynischen Gehabe Seyfarths, Feusers neurasthenischen Anfällen und Gustloffs zum Gotterbarmen langweiligen Reden. Er sehnte das Ende des Abendessens herbei.

Das erste Mal an diesem Abend wirkte Louise Gustloff interessiert. »Der Film stellt eine andere Herausforderung dar als die Theaterbühne. Kein direkter Kontakt zum Publikum, die Geschichte wird in viele Sequenzen zerteilt. Ich könnte mir vorstellen, dass es mir liegt. Schade nur, dass die Geschichten doch meist recht einfach gehalten sind.«

»Ich habe gehört, in Italien soll eine Geschichte verfilmt werden von einem jungen Mann in der römischen Antike, der zum Christentum übertritt. Der Film wird mehrere Stunden dauern, es soll eine neue Art des Erzählens werden.«

Louise Gustloff nickte. »Vor einigen Wochen habe ich einen meiner Theaterfreunde getroffen, der zum Film gewechselt ist. Er glaubt, dass über kurz oder lang sogar Tonfilm möglich ist.«

»Sie sind eine wunderbare Schauspielerin, es wäre ein Jammer, wenn Sie Ihr Talent nicht nutzten. Sie könnten gewiss Asta Nielsen das Wasser reichen«, sagte Christian, und er meinte es ehrlich.

Der Kommerzienrat setzte sich ächzend auf. »Genug von diesem Thema. Meine Frau wird nicht wieder arbeiten, das hat sie nicht nötig.« Er wandte sich an Christian. »Sie sagten vorhin, Sie hätten ›Knopf's Lichtspielhaus‹ besucht? Ist das nicht auf der Reeperbahn? Das scheint mir nicht die richtige Gegend für einen jungen Mann zu sein.« Seine kleinen Wieselaugen musterten Christian durchdringend. So langweilig Gustloff als Geschichtenerzähler sein mochte, so aufmerksam war er als Zuhörer.

»Ich war zufällig dort«, erklärte Christian und trank einen Schluck Wein.

Natürlich war er nicht zufällig dort gewesen, sondern er hatte sich mit seinem Freund Willy getroffen, wie so oft. Willy war in derselben Straße wie Christian aufgewachsen, und die beiden hatten früh festgestellt, dass außerhalb des eigenen Viertels die interessantesten Abenteuer lockten. Immer wieder hatten sie sich am Hafen oder in St. Georg herumgetrieben, und eines Nachts waren sie in Hagenbecks Tierpark eingebrochen, um sich die Tiere anzusehen. Christian hatte vor Willy so getan, als ob ihm die unheimlichen Rufe der Tiere in der Dunkelheit nichts ausmachen würde. Dabei war ihm das Kreischen der Affen durch Mark und Bein gegangen. Willy hatte großspurig gemeint, er könne ja mal einen der Käfige öffnen und schauen, was passiert. Er war an das Löwengehege herangetreten und hatte dem Tier, das nah bei den Stangen schlief, über das Fell gestrichen. Im gleichen Moment wachte der Löwe auf und brüllte. Wie der Blitz waren Willy und Christian zurück über die Mauer in die Augustenpassage geklettert. Das Herz schlug ihnen bis zum Hals.

Christians Schwester Herta sprach immer von dem »unheiligen Paar«, wenn Christian und Willy zusammen unterwegs waren. Sie sah es nicht gern, wenn er sich mit Willy herumtrieb, denn dessen Verhältnis zu Recht und

Ordnung war im besten Fall lax zu nennen. Sie hatte oft gesagt, dass das noch einmal ein böses Ende nehmen würde, und wie immer hatte sie recht behalten. Denn vor zwei Wochen war Willy ebenfalls dabei gewesen. Nun war ein Polizist tot, und Christian war schuld.

Gustloff ließ sich mit der kurzen Bemerkung nicht abspeisen. »Sie haben früher beim *Hamburger Fremdenblatt* gearbeitet, nicht wahr? Es erscheint mir seltsam, dass Sie zur *Frau von Welt* gewechselt sind. Sie wirken nicht gerade, als würden Sie sich für Klatsch und Mode interessieren.«

Woher wusste Gustloff, wo er gearbeitet hatte? Und warum interessierte es ihn? Gustloff war kein Mann, den man unterschätzen durfte. Schon gar nicht, wenn man ein Geheimnis hatte, das nicht an die Öffentlichkeit dringen durfte.

Christian musste sich konzentrieren. Er trank einen weiteren Schluck Wein, setzte ein Lächeln auf. »Die *Frau von Welt* hatte das bessere Angebot.«

Gustloff lachte. »Sie sind richtig, Herr Hinrichs. Dabei hätte ich gedacht, Sie sind jemand, der nicht aufs Geld setzt, sondern irgendwelchen Idealen hinterherrennt.«

Christian hatte genug. Genug von dem steifen Gerede und genug von den bohrenden Nachfragen. Das Abendessen war ohnehin vorüber. Einige Gäste versammelten sich bereits im Salon, wo später ein Konzert stattfinden sollte. Klaviermusik von Schubert. Christian verspürte keinen Wunsch, an der Veranstaltung teilzunehmen.

Er erhob sich. »Wenn Sie mich entschuldigen, ich habe noch zu arbeiten.«

Gustloff zog seine Uhr aus der Westentasche. »Nun, ich werde mich auch verabschieden. Ich habe noch einige dringende Telegramme zu bearbeiten.«

Christian verließ den Speisesaal, ging mit großen Schritten durch den Salon. Er wollte nur weg. Die Damasttischdecken und die schweren Vorhänge drohten, ihn zu ersticken. Doch Clara von Balow, die bereits aufgestanden war, um sich einen guten Platz im Salon zu sichern, hatte ihn entdeckt und winkte ihn heran.

»Herr Hinrichs, Sie kommen gerade recht. Wir brauchen Ihren fachlichen Rat. Denken Sie, dass ein Tangokleid vulgär ist? Meine Tante sieht es so. Ich finde dagegen, dass Paul Poirets Entwürfe atemberaubend sind.« Sie sah ihn an wie ein Welpe, der spielen wollte.

Tangokleider! Als würde ihn das interessieren. Aber immerhin war er in der Nähe Viktorias, auch wenn er gar nicht dazu kam, mit ihr zu sprechen. Denn bevor er sich versah, hatte Clara ihn in ein Gespräch über Mode verwickelt, bei dem er sich so fehl am Platze fühlte wie ein Seemann an Land. Was hätte er jetzt für ein kühles Bier in einer der Kneipen des Ortes gegeben. Sicher gab es irgendwo die eine oder andere nette Lokalität, die es noch zu entdecken galt. Doch jetzt kam ein livrierter Diener auf ihn zu.

»Was möchten der Herr trinken?«

Der Blick des Mannes ging über Christians Anzug. Noch immer der Gehrock ... Christian hatte keine Lust gehabt, sich in den engen Frack mit dem Vatermörderkragen zu zwängen. Und er hatte nicht vor, sich deswegen zu schämen, schon gar nicht vor einem verkleideten Diener. »Ein Bier.«

Der Mann zuckte nicht mit der Wimper. »Kommt sofort.«

Na, wenigstens das.

Er bemerkte Viktorias amüsierten Blick. Am liebsten würde er einfach ihre Hand nehmen und sie mit sich ziehen, fort von dieser Gesellschaft. Er hatte es so satt – all diese Förmlichkeiten und das belanglose Geplauder. Clara von Balow konnte es in dieser Disziplin problemlos mit Gustloff aufnehmen.

»Das Tennisturnier heute war wirklich formidabel. Darüber müssen Sie in Ihrem Artikel berichten, Herr Hinrichs. Unser Hotel hat gewonnen, obwohl es knapp war. Ich war überrascht, wie interessant dieser Sport ist.«

Baroness von Balow zupfte ihren Zobel zurecht und wedelte sich mit ihrem Fächer Luft zu. »Vielleicht lehrt dich das, unseren morgendlichen Turnübungen am Reck aufgeschlossener zu begegnen. Du kennst meine Meinung: Nur ein starker Frauenkörper bringt gesunde Kinder zur Welt.«

Christian wechselte einen Blick mit Viktoria, die offenbar nur mit Mühe ein Lachen unterdrücken konnte.

Der Kellner kam und brachte Christian sein Bier. Endlich! Er ignorierte den konsternierten Blick der Baroness und nahm einen tiefen Schluck. Selten hatte ihm etwas so gut geschmeckt.

In diesem Moment trat Louise Gustloff vom Speisesaal

in den Salon. Clara von Balow betrachtete Louise Gustloff in ihrem schmal geschnittenen Seidenkleid mit den goldenen Stickereien, und der Neid stand ihr ins Gesicht geschrieben. Dennoch winkte sie Frau Gustloff zu.

»Frau Gustloff, Sie hatten ein wunderbares Match heute Nachmittag. Ich hätte niemals gedacht, dass eine Frau für diese Art von Sport geschaffen ist.«

Als Louise Gustloff näher trat, betrachtete sie Clara wie ein Forscher ein ihm unbekanntes Insekt. »Warum sollte eine Frau dafür nicht geschaffen sein?«

Severin von Seyfarth tauchte hinter ihr auf. »Weil es Kampfgeist erfordert, und das ist Männersache. Sie, Frau Gustloff, scheinen eine Ausnahme zu sein.«

Louise Gustloff wandte sich zu Severin von Seyfarth um. »Und Sie scheinen sich keine Vorstellung darüber zu machen, wozu eine Frau in der Lage ist.«

Es klang wie eine Kampfansage und ließ Christian aufhorchen. Eben am Tisch hatte Louise Gustloff Seyfarth ignoriert. Nun durchbohrten ihre Augen ihn.

»Sie haben ebenfalls großartig gespielt, Herr Seyfarth. Ich überlege, das Spiel zu erlernen«, warf Clara ein. »Glauben Sie, das würde mir liegen?«

Louise Gustloff kam Seyfarth mit einer Antwort zuvor. »Es kommt auf Ihren Willen an. Wenn Sie gewinnen wollen und Sie bereit sind, dafür Ihre Grenzen zu überschreiten. Manchmal muss es schmerzen, wenn man zum Erfolg gelangen will.« Christian hatte das Gefühl, dass ihre Antwort nicht an Clara, sondern an Severin von Seyfarth gerichtet war.

»Ich dachte, das Spiel macht Spaß.« Clara sah Frau Gustloff mit großen Augen an.

»Ohne eine gewisse Härte gegen sich selbst kann man nun einmal nicht gewinnen.« Louise Gustloff funkelte Seyfarth an, und jetzt war sich Christian sicher, dass sie eigentlich ihn meinte. Was war da zwischen den beiden? Denn dass es hier nicht um das Tennisspiel ging, war ihm völlig klar.

Der Fächer der Baroness hielt inne. »Ich stimme Ihnen zu, Frau Gustloff. Wie oft habe ich Clara gesagt, dass man bereit sein muss, Opfer zu bringen, um sein Ziel zu erreichen.«

»Vielleicht will ich ja ein Opfer bringen, aber nicht das, welches du im Sinn hast«, bemerkte Clara mit einer unerwarteten Schärfe.

Christian merkte auf. Die junge Clara von Balow war vielleicht doch nicht so naiv, wie sie bislang auf ihn gewirkt hatte.

Clara wandte sich an Severin von Seyfarth. »Sie haben heute sehr gut gespielt. Bewundernswert, diese Körperbeherrschung.«

»Vielen Dank. Wenn Sie möchten, zeige ich Ihnen den einen oder anderen Schlag. Ich bin mir sicher, das Spiel gefällt Ihnen.«

Die Baroness räusperte sich vernehmlich. »Haben Sie vielen Dank für Ihr Angebot, Herr von Seyfarth. Sehr freundlich. Wir werden schauen, ob wir einen Termin finden.« Sie faltete langsam ihren Fächer zusammen, während sie Seyfarth taxierte. »Wie geht es Ihrem werten

Herrn Vater? Ich höre, der Kaiser hat ihn in seinen innersten Beraterkreis aufgenommen. Eine verantwortungsvolle Position. Ich überlege, Ihren Vater in einer Angelegenheit zu kontaktierten, die seiner Aufmerksamkeit bedarf.«

»Das sollten Sie tun. Ich bin sicher, er wird ein offenes Ohr für Sie haben. Er ist sehr daran interessiert, was in den Familien von Rang vor sich geht. Gerade in den heutigen Zeiten, wo Industrielle immer mehr an Einfluss gewinnen und ein Landgut nach dem anderen verschwindet. Mein Vater hat sehr genaue Vorstellungen von der Zukunft. Er glaubt, dass wir eine neue Elite schaffen müssen, finanziell unabhängig und von untadeligem Ruf. Oder wie er so gern zu sagen pflegt: Es müssen die guten von den faulen Äpfeln geschieden werden. Er wird Ihrer Angelegenheit sicher gerne seine Aufmerksamkeit schenken.«

Die Baroness nickte wohlgefällig. Dann schlug sie ihren Fächer wieder auf. »Nun, wir werden sehen.«

Seyfarth verbeugte sich leicht. »Ich möchte die Damen jetzt nicht weiter stören. Sie wollen sicherlich dem Konzert lauschen. Ich werde mich derweil ins Herrenzimmer zurückziehen.« Seyfarth wandte sich zum Gehen, hielt dann aber inne. »Ach, das hier habe ich für Sie, Frau Gustloff. Ein Geschenk als kleine Anerkennung für Ihren Sieg in der Damenrunde heute Nachmittag. Sie sollten einen Blick hineinwerfen. Ich denke, es wird Sie interessieren.« Er reichte ihr ein schmales Buch.

»Ich muss mich auch verabschieden. Mein Artikel wartet«, beeilte sich Christian zu sagen. Wenn Seyfarth gehen konnte, dann konnte er das auch.

Er fing Viktorias Blick auf, ein feines Lächeln lag auf ihren Lippen. Keine Frage, sie wusste, wie froh er war, der Gesellschaft zu entkommen. Aber nicht einmal sie würde ihn hier heute halten können. Noch mehr Fragen zu Tangokleidern oder ein weiteres Gespräch über die Lage der Nation konnte er nicht ertragen. Christian nickte ihr zu und hoffte, sie würde ihm seinen Abgang nicht übel nehmen. Dann verließ er fast fluchtartig den Raum.

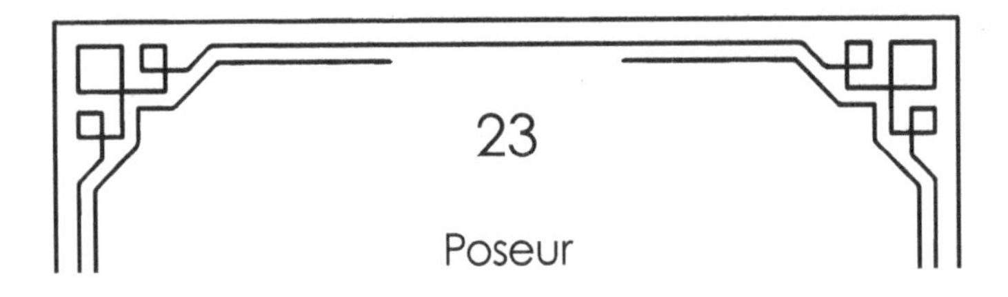

23

Poseur

»Impertinent«, sagte die Baroness, kaum dass sich Seyfarth verabschiedet hatte. »Dieser Mann ist eine Schande für den Adelsstand. Dabei gehört sein Vater zum engsten Kreis des Kaisers. Eine angesehene Familie. Und dann so ein missratener Spross.«

Viktoria sah dagegen Christian hinterher, der in großen Schritten den Raum verließ. Sein Gesichtsausdruck, als Clara von Balow ihn nach dem Tangokleid gefragt hatte, war unbezahlbar gewesen. Der Tag mit ihm war so unbeschwert gewesen, so leicht. Christian war ein aufmerksamer Zuhörer, Viktoria hatte es genossen, mit ihm durch den Ort zu flanieren. Bis zu diesem Moment am Kolonialwarenladen …

»Er ist ein Poseur, er versteht es nur zu gut, sich in Szene zu setzen«, fuhr die Baroness fort. »Aber er bringt mit seinem Verhalten den gesamten Adelsstand in Verruf. Jemand sollte ihm Einhalt gebieten.«

Louise Gustloff besah das Buch, das Seyfarth ihr gegeben hatte, als wisse sie nicht, was sie von dem Geschenk halten sollte. Es war eine Ausgabe von Henrik Ibsens *Nora oder ein Puppenheim*. Sie blätterte darin, zog dann überrascht die Augenbrauen hoch und klappte es mit einer schnellen Bewegung wieder zu. »Ich gebe Ihnen recht, Baroness. Herr von Seyfarth nimmt sich zu viel heraus. Eindeutig.« Ärger schwang in ihrer Stimme mit. Ärger und noch etwas anderes. Viktoria brauchte einen Moment, um es zu erkennen. Es war Angst.

Doch bevor sie ihre Vermutung bestätigen konnte, verabschiedete sich Louise Gustloff. Sie wirkte kühl wie immer, und doch war sich Viktoria sicher, dass irgendetwas die Frau beunruhigt hatte. Sie sah, wie Louise Gustloff durch den Raum ging und auf Seyfarth zusteuerte, der es sich in einem Clubsessel im Herrenzimmer bequem gemacht hatte. Ohne auf die konsternierten Blicke der anderen Herren zu achten, baute sich Louise Gustloff vor ihm auf, warf ihm das Buch in den Schoß und zischte ihm etwas zu. Dann drehte sie sich um und ging hinaus. Seyfarth sah ihr hinterher und wirkte dabei überaus zufrieden.

Was für ein seltsamer Mensch, er schien es zu genießen, andere zu provozieren. Viktoria fragte sich, was der Mann im Schilde führte. Schon einige Male hatte sie den Eindruck gehabt, dass er nur eine Rolle spielte. Kurz nach dem Tennisspiel hatte sie ihn gesehen, wie er allein an der Seite des Platzes stand. Er hatte sich unbeobachtet geglaubt, und etwas Verletzliches hatte auf seinem Gesicht gelegen. Viktoria hatte diesen Blick schon einmal bei einem jungen Assessor ihres Vaters gesehen. Der war immer großspurig aufgetreten, hatte sich selbstsicher gegeben und andere durch seine Arroganz brüskiert. Und dann hatte man ihn eines Tages tot in seinem Arbeitszimmer gefunden. Er hatte sich an der Deckenlampe aufgehängt. All der Hochmut nur, um von der eigenen Verletzlichkeit abzulenken. War Severin von Seyfarth ebenso? Eine arme Seele? War sein Zynismus nur ein Ausdruck von Unsicherheit? Wie auch immer, er hatte sich in den letzten Tagen keine Freunde gemacht.

Das Konzert begann mit einer Verzögerung. Die Bediensteten mussten noch mehr Stühle herbeiholen, der Andrang war größer als erwartet. Viktoria hatte einem Impuls folgend einen Stuhl am Rand gewählt. Obwohl sie Schuberts Musik über alles liebte, glitten ihre Gedanken immer wieder ab. Irgendetwas hatte vorhin ihre Wahrnehmung gestreift und sie an etwas erinnert. Doch je mehr sie darüber nachdachte, desto mehr kam ihr die Überlegung abhanden. Es hatte etwas mit Frau Gustloff zu tun gehabt. Doch erst als ihr Blick auf das Bücherregal an der Seite des Salons fiel, wurde ihr bewusst, was sie beschäftigt hatte. Natürlich! Warum war sie nicht schon eher darauf gekommen? Mit einem Mal war ihr klar, wohin Henny abends verschwunden war.

Ohne auf Claras überraschtes Gesicht zu achten, stand sie auf und ging hinaus. Im Foyer sah sie sich um, aber von Christian Hinrichs war nichts zu sehen.

»Kann ich Ihnen weiterhelfen?«, fragte Albert Vink, der sie von seinem Posten an der Rezeption beobachtet hatte. Durch keine Regung ließ er erkennen, dass Viktoria noch vor wenigen Stunden in seinem Zimmer gestanden hatte. Er wirkte höflich distanziert, wie man es von einem Concierge erwartete.

»Ich suche Herrn Hinrichs, es ist wichtig.« Viktoria wollte mit Christian den Ort erkunden, an dem Henny sich aufgehalten hatte. Sicher, sie könnte auch allein gehen, aber irgendwie fühlte es sich falsch an.

Vinks Miene veränderte sich schlagartig. Er sah sich besorgt um, vergewisserte sich, ob niemand ihnen zuhörte. Leise fragte er: »Haben Sie etwas herausgefunden?« Hoffnung und Angst schimmerten in seinen Augen.

»Möglicherweise. Aber ich muss es zuerst überprüfen. Haben Sie eine Ahnung, wo Herr Hinrichs sein könnte?«

»Er hat sich vorhin nach einer Kneipe in der Nähe erkundigt. Ich habe ihm die ›Blühende Schifffahrt‹ empfohlen. Ein angenehmes Ambiente.«

»Wie komme ich da hin?«

Vink sah sie überrascht an. »Das ist nichts für eine Dame, schon gar nicht ohne Begleitung.«

Wie oft hatte sie diesen Satz schon gehört. Das ist nichts für eine Dame. Eine Dame tut dies nicht, eine Dame tut das nicht. Sie hatte es so satt.

»Sagen Sie es mir, oder muss ich erst jemanden auf der Straße ansprechen?« Sie hatte es schärfer gesagt als beabsichtigt. Doch mit einem Mal fühlte sie die Wut in sich, die sich in den letzten Jahren angestaut hatte. Sie war einfach nicht länger bereit, sich in alles zu fügen.

»Die ›Blühende Schifffahrt‹ ist in der Strandstraße, an der Ecke zum Damenpfad. Sie gehen die Kaiserstraße links hinunter, dann immer geradeaus. Sie können es nicht verfehlen.«

Na also. Das hörte sich doch gar nicht so schwer an. Viktoria bedankte sich, und schon war sie draußen.

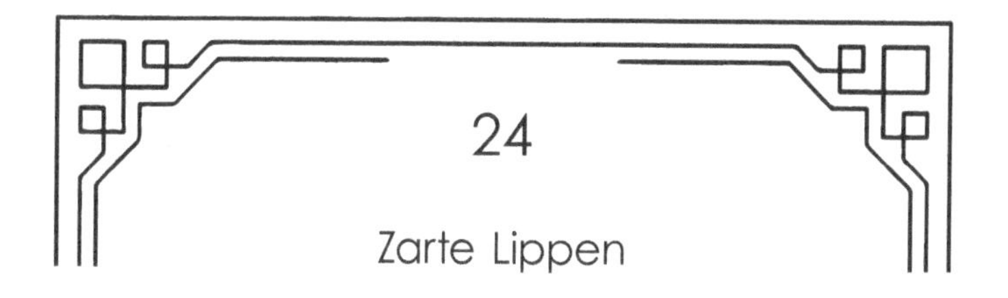

24

Zarte Lippen

Christian bestellte sich ein neues Bier. Inzwischen hatte er einen angenehmen Schwips. In dieser Kneipe fühlte er sich endlich wieder wie ein normaler Mensch. Auch wenn ihn die Einheimischen, die hier ihr Bier und den dazugehörigen Korn tranken, zunächst misstrauisch angesehen hatten. Doch nachdem er an der Theke seine Bestellung aufgegeben hatte, war das Interesse abgeklungen. Die Männer hatten etwas anderes zu tun, als einen Badegast zu beobachten.

Der Gastwirt stellte ihm ein neues Glas auf den dunklen Holztresen. Christian bedankte sich. Von seinem Platz an der Theke ließ er den Blick über die Schenke gleiten. Hier lagen keine weißen Damasttischdecken auf den Tischen, es gab kein Blumenbouquet, und es stolzierte auch niemand im Frack herum. Stattdessen trugen die Männer einfache schwarze Hosen, ein grobleinenes Hemd, manche eine dunkle Weste. Die Luft war rauchverhangen, an jeder Ecke zog jemand an einer Pfeife, hin und wieder spuckte ein Mann Priem in einen Spucknapf. Es wurde laut gelacht, und Bier schwappte über die Gläser. Der Laden war ganz nach Christians Geschmack, nicht so eine Gaststätte für Badegäste wie die, die Vink ihm empfohlen hatte. Allein schon der Name: »Blühende Schifffahrt«. Dann doch lieber hier, wo das Bier nur fünfundzwanzig Pfennig kostete.

Außerdem hatte er überprüfen wollen, ob Vink ihnen die Wahrheit gesagt hatte. Christian hatte die Kneipe nicht zufällig gewählt. Es war die »Klause«, die Bierstube, in der Vink gewesen sein wollte, als Henny starb. Christian hatte den Wirt gefragt, ob Vink am Sonntagabend hier gewesen war. Der Wirt hatte sich weggedreht, und erst als Christian ihm eine Mark über den Tisch geschoben hatte, war er gesprächig geworden. Vink war hier gewesen, er war um kurz nach zehn Uhr abends gekommen und als einer der Letzten gegen zwei Uhr gegangen. Der Teil von Vinks Geschichte stimmte also. Trotzdem – wer sagte, dass er Henny nicht vor zehn Uhr vom Seesteg gestoßen hatte und danach trinken gegangen war? Denkbar wäre es.

Christian nippte an seinem Bier und beobachtete eine Gruppe Männer beim Skatspiel, verlor sich in Gedanken. Bis es mit einem Mal sonderbar ruhig im Raum wurde. Die Skatspieler hielten inne, wandten die Köpfe. Christian folgte ihrem Blick. Und traute seinen Augen nicht. In der Tür stand Viktoria Berg – und sie sah verdammt wütend aus.

»Ich musste in fünf Kneipen gehen, bevor ich Sie gefunden habe. Warum um Himmels willen waren Sie nicht in dem Laden, den Vink Ihnen genannt hat?«

Verärgert lief sie neben ihm auf der Straße her. Sie

hatte ihn bisher kaum zu Wort kommen lassen. Kein Vergleich zu der freundlichen Viktoria, mit der er den Nachmittag verbracht hatte.

»Ich konnte doch nicht ahnen, dass Sie mich suchen.«

Sie folgten der Kaiserstraße, die durch einige Gaslaternen beleuchtet war.

Sein Einwand rauschte an ihr vorbei. »Sie hätten erleben sollen, wie die mich angesehen haben. Als wäre ich auf der Suche nach meinem Liebsten, der mit Freunden versackt ist. Sie hätten mich niemals in eine solche Situation bringen dürfen.«

»Moment mal, ich habe doch gar nicht gesagt, dass Sie mich suchen sollen. Ich wollte nur einfach mal unter normalen Menschen sein.«

Kaum waren seine Worte heraus, blieb sie abrupt stehen. »Normale Menschen? Das sind für Sie normale Menschen? Der Mann am Eingang hat mich *Liebchen* genannt!«

»So ist das nun einmal. Was tauchen Sie als Frau auch in einer Kneipe auf!«

»Weil ich auf der Suche nach Ihnen war! Sie hätten ja im Hotel bleiben können. Im Herrenzimmer hätten Sie sicherlich den einen oder anderen Gesprächspartner gefunden. Aber nein, da passte Ihnen offenbar die Gesellschaft nicht. Sie mussten durch die Spelunken des Ortes ziehen.«

Christian spürte, wie das Blut in seinen Schläfen pochte. Was war nur los mit dieser Viktoria Berg? Warum musste sie sich mitten in der Nacht auf die Suche nach ihm machen, nur um ihn dann mit Vorwürfen zu überhäufen?

Er blieb stehen.

Sie war einige Schritte vorgegangen, drehte sich schließlich zu ihm um. Das Licht der Gaslaterne fiel auf sie. Ihre Wangen waren gerötet vor Zorn, ihre Augen blitzten. »Was?«, fragte sie und stemmte ihre Arme in die Seite.

Christian trat zu ihr. Er wollte ihr sagen, dass sie ihn nicht herumzukommandieren habe und dass er jetzt zurück in die Bierstube gehen würde. Doch dann blickte er auf sie hinab, und für einen Moment wünschte er sich nichts mehr, als sie zu küssen. Es mochte am Alkohol liegen. Und wenn schon. Er sah nur noch ihre Augen, die feinen Linien ihres Mundes. Im nächsten Moment beugte er sich zu ihr hinunter, presste seine Lippen auf ihre. Er zog sie an sich, fühlte ihre Überraschung. Doch sie erwiderte seinen Kuss.

Wie durch dichten Nebel drangen Stimmen zu ihm. »Sie drohen *mir*?« Es war unverkennbar die spöttische Stimme Seyfarths.

»Ich würde es eher so sehen, dass ich Sie auf die Konsequenzen Ihres Handelns aufmerksam mache.«

Viktoria löste sich von ihm. Deutete mit dem Kopf auf das offene Fenster. Christian hatte gar nicht bemerkt, wie nah sie schon am Hotel waren. Er hatte sich vergessen. Der verdammte Alkohol. Er bemerkte, dass er ihre Hand noch immer umfasste. Es fühlte sich verdammt gut an.

»Wie auch immer Sie es nennen, Seyfarth, ich warne Sie – Sie spielen mit dem Feuer.«

»Das ist Kommerzienrat Gustloff«, flüsterte Viktoria. Sie ließ seine Hand los, drehte sich um, stellte sich auf die Zehenspitzen und schaute zu dem Fenster hoch.

Christian trat hinter sie. Jetzt erkannte er die Konturen des Kommerzienrats. Der stand im Herrenzimmer mit dem Rücken zum Fenster. Christian war überrascht, Gustloffs Stimme hätte er fast nicht erkannt. Sie war schneidend, hatte nichts mehr von der einschläfernden Monotonie seiner Reden.

»Sie möchten doch sicher nicht, dass die Details der Geschichte mit dem Zimmermädchen in allen Gazetten auftauchen? Dieser Herr Hinrichs scheint mir ein findiger Mensch zu sein. Er wäre sicher für den einen oder anderen Tipp dankbar.«

Jetzt trat Seyfarth zu Gustloff. Er hatte ein Cognacglas in der Hand und nahm einen Schluck. »Und was wollen Sie erzählen? Sie haben keinerlei Beweise.«

»Die brauche ich auch nicht. Ein paar Hinweise dürften reichen. Vor allen Dingen jetzt, da das Zimmermädchen tot ist.«

»Sie wissen rein gar nichts. Fantasiegeschichten eines jungen Dings, damit kommen Sie nicht weit. Und welche Journaille interessiert sich schon für ein totes Dienstmädchen.«

Gustloff holte seine Uhr aus der Westentasche. »Für ein totes Dienstmädchen möglicherweise nicht. Aber für die dazugehörige Geschichte. Doch vielleicht haben Sie recht. Wahrscheinlich ist es besser, ich wende mich zuerst an Ihren Vater. Den dürften die Einzelheiten sicher interessieren.« Er zog seine Uhr auf. »Ich könnte natürlich darauf verzichten. Unter bestimmten Umständen.« Er sah auf und steckte dann die Uhr wieder weg.

Seyfarth wirkte für einen Moment überrascht. Dann umspielte ein süffisantes Lächeln seine Lippen. »Ich habe Sie unterschätzt, lieber Herr Kommerzienrat. Ich dachte, Sie haben eine Krämerseele, aber in Wirklichkeit haben Sie die Seele eines Erpressers.« Seyfarth schenkte sich aus einer Karaffe Cognac nach. Dann wandte er sich wieder an Gustloff. »Sprechen Sie eigentlich mit Ihrer Frau über Ihre Geschäfte?«

»Geschäfte sind Männersache. Louise interessiert sich nicht dafür.«

Gustloff gab sich gelassen, doch Christian spürte die plötzliche Anspannung in seiner Stimme.

Seyfarth lächelte. »Da wäre ich mir nicht so sicher. Es kommt auf die Details an, und bei Ihnen sind die Details – wie soll ich es sagen – doch unübersehbar deutlich. Ich fände es nur fair, Ihre Frau über die eine oder andere Sache zu informieren.«

Gustloff machte einen Schritt auf Seyfarth zu. »Lassen Sie Louise aus dem Spiel.«

»Das kommt ganz auf Ihr Verhalten an.«

Gustloff starrte Seyfarth an. »Sie wagen es, mir zu drohen? Nach alldem? Das werden Sie noch bereuen.« Seine Stimme hatte wieder diesen schneidenden Klang. Dann verließ er ohne ein weiteres Wort den Raum.

25

Brechende Wellen

Das Foyer des Hotels empfing sie mit seinem warmen Licht. Viktoria atmete auf, als sie eintrat. Die bedrohlichen Worte Gustloffs hatten ihr einen Schauer über den Rücken gejagt. Was für ein Abend!

Sie war von einer Gaststätte zur anderen gegangen, um Christian Hinrichs zu finden. Noch nie hatte sie sich so verletzlich gefühlt. Die Blicke der Männer, als sie den Raum betrat, schienen sie zu durchbohren. Und als sie Christian Hinrichs endlich gefunden hatte, trank der in aller Seelenruhe Bier. Er schien so vertraut mit dieser Umgebung, diesen Männern, als wäre dort sein Platz, wo er hingehörte. *Normale Leute* – genau das hatte er gesagt. Er gehörte tatsächlich nicht hierher, nicht in dieses Hotel. Es hatte ihr einen Stich versetzt, die Wahrheit zu erkennen. So entspannt würde er sich in der Nähe der Balows, Seyfarths oder Gustloffs nie fühlen. Oder in ihrer.

Und dann hatte er sie auf dem Rückweg geküsst. Einfach so, mitten auf der Straße. Noch immer spürte sie seine Nähe, den fremden Geruch nach Rauch und Bier, seine Hand, die über ihren Körper strich. Sie hatte es geschehen lassen. Mehr noch, sie hatte es genossen. Dabei hatte sie sich geschworen, ein ungebundenes, eigenständiges Leben zu führen. Sie spürte den Aufruhr in ihrem Inneren, ihre Gedanken überschlugen sich, sie fühlte noch immer seine Lippen auf ihren, seine Nähe, seine Wärme. Und sie wusste nur eins: Sie wollte mehr davon, viel mehr.

Sie atmete tief durch.

Ihr Blick ging zum Salon. Das Konzert war längst zu Ende, Bedienstete räumten die letzten Stühle zur Seite, löschten die Lampen. Die Tür zum Herrenzimmer nebenan stand offen. Viktoria sah Seyfarth, der noch immer am Fenster stand. Jetzt drehte er sich um, offenbar hatte er sie und Christian bemerkt.

»Herr Hinrichs – wie sieht es aus? Leisten Sie mir bei einem Cognac Gesellschaft?«

»Ist es dafür nicht etwas spät?«

Seyfarth lachte. »Dafür ist es nie zu spät. Außerdem erwarte ich noch jemanden. Sie könnten mir helfen, die Wartezeit zu überbrücken.«

Viktoria war überrascht. Seyfarth wirkte völlig entspannt, keineswegs aufgebracht oder beunruhigt. Er nippte an seinem Cognacglas, sah an Christian vorbei.

»Aber ich sehe schon, Sie haben etwas anderes vor.« Er trat zu Christian, beugte sich vertraulich vor. »Sie Schwerenöter. Das hätte ich Ihnen gar nicht zugetraut. Die Tochter eines Staatsanwalts. Sie wollen hoch hinaus.«

Er sagte es laut genug, dass Viktoria die Worte hören konnte. Sie fühlte augenblicklich die Zornesröte in ihr Gesicht steigen. Was bildete sich dieser Mensch ein? Und sie hatte noch vor wenigen Stunden Mitleid mit ihm gehabt. *Arme Seele.* Von wegen! Seyfarth liebte es, andere Menschen zu verletzen.

Christian spannte merklich seinen Körper an. »Ich denke, das geht Sie nichts an, Seyfarth.«

Ohne ein weiteres Wort drehte er sich um. Seyfarth lachte noch einmal, schüttelte den Kopf wie über einen guten Witz.

Viktoria fühlte plötzlich eine unbändige Wut in sich.

Christian bemerkte ihren Gesichtsausdruck. »Lassen Sie es, es lohnt nicht. Offenbar sucht er nur Streit«, zischte er.

Viktoria blickte zurück zu Seyfarth. Doch der hatte sich bereits abgewandt. Er setzte sich in einen der braunen Clubsessel, sah aus dem Fenster in die dunkle Nacht und trank seinen Cognac.

Kaum waren sie im Foyer, als jemand von hinten auf sie zutrat. Viktoria fuhr herum, doch dann erkannte sie Albert Vink, den Concierge. Offenbar hatte er sie vom Eingangstresen aus beobachtet und im Schutz der Säule auf sie gewartet. Seine Augen wirkten müde. Im gleichen Moment schlug die schwere Standuhr neben der Rezeption zweimal. Bereits halb zwölf! Vink hatte seit anderthalb Stunden Feierabend.

»Haben Sie etwas herausgefunden?« Vink sah sie an.

Sie konnte ihn nicht einweihen. Erst musste sie sich überzeugen, dass ihre Vermutung richtig war. Was, wenn sie sich bei Hennys Versteck irrte? Es war nur eine Idee, vielleicht lag sie falsch. »Sobald ich mehr weiß, werde ich es Sie wissen lassen.«

Vink sah aus, als ob er ihr nicht glauben würde. Trotzdem nickte er. »Verzeihen Sie die Störung. Ich wünsche Ihnen eine gute Nacht.«

Viktoria ging mit Christian bis in den vierten Stock. Inzwischen war sie es gewohnt, auf die Geräusche im Dienstbotenbereich zu achten. Sie hörte Schritte, das Knarzen der Holzdielen in den kleinen Kammern, leise Stimmen, Lachen.

»Die Treppe zum Dachboden geht da an der Seite ab«, erklärte sie Christian.

Der nickte, ging weiter den Gang entlang und öffnete schließlich die kleine Holztür, durch die man zu einer schmalen Stiege gelangte.

Oben war es dunkel. Natürlich war der Raum nicht elektrifiziert, daran hätten sie denken müssen. Doch Christian entdeckte eine Petroleumlampe an einem Haken. Er entflammte ein Zündholz und steckte sie an. Flackerndes Licht erfüllte den Raum.

Viktoria spürte die schwüle Hitze, die sich unter den Ziegeln des Dachbodens gesammelt hatte. An der Seite schien durch ein kleines Fenster der Mond herein, in der Ferne war das Brechen der Wellen zu hören. Sollte Henny diesen unwirtlichen großen Raum als Rückzugsort gewählt haben? Der Gedanke war Viktoria vorhin beim Betrachten der Bücher gekommen. Auf den Dachboden hatte sie sich mit Henny immer zurückgezogen, um einen ruhigen Platz zum Lernen zu haben. Selbst später, als Henny längst flüssig lesen konnte, war sie immer wieder auf den Dachboden gestiegen. Er war ihr geheimes Refugium. Was, wenn sie diese Angewohnheit im Hotel beibehalten hatte?

Die Petroleumlampe leuchtete längst nicht so hell wie das elektrische Licht, aber mit der Zeit gewöhnten sich Viktorias Augen an das Zwielicht. Sie konnte nun einige schwere Eichentruhen linkerhand unter der Dachschräge ausmachen, weiter hinten stand eine grob gezimmerte Kiste. Christian hatte sie ebenfalls gesehen. Er ging hin, öffnete sie, blickte hinein und nahm einige Holzformen heraus, runzelte die Stirn, als er die fein ausgeschnittenen Figuren sah.

»Für Spekulatiusgebäck«, erläuterte Viktoria.

Christian nickte, dann legte er das Holz wieder zurück. Viktoria ging an den schweren Eichentruhen entlang, sie wusste, was darin war. Leinen, Wäsche, Geschirr. Die Aussteuer der Dame des Hauses. Auf dem Dachboden der Bergs stand genauso eine Truhe, darin waren feine Spitzentischdecken, die Viktorias Mutter als junge Frau geklöppelt hatte. Viktoria war als Kind oft mit den Fingern an der Spitze entlanggefahren, hatte sich gefragt, wie sie gewesen war, ihre Mutter, die zwei Jahre nach ihrer Geburt gestorben war. Jetzt hatte Viktoria eine eigene Truhe auf dem Flur stehen. Ein schweres Stück aus dunkler Eiche, das sie jedes Mal zu mahnen schien, wenn sie über den Flur ging: *Du musst heiraten, das ist es, was von dir erwartet wird.* Viktoria verabscheute das Möbelstück.

Christian war weiter durch den Raum gegangen, öffnete einen Schrank, in dem Kleidungsstücke aufbewahrt wurden. Er rückte Wintermäntel zur Seite, schaute auf den Boden. Dann schloss er die Tür wieder. Er ging weiter, blickte in die Ecken, öffnete eine Tür in der Wand, hinter der aber nichts war als eine kleine Räucherkammer, in der ein Schinken hing. Wieder sah er sich um. Sie wusste, was er dachte. Hier war nichts. Kein Hinweis auf Henny. Kein Buch, nicht einmal ein Sessel oder sonst irgendein Möbelstück, das einen längeren Aufenthalt gestattete. Warum sollte es auch? Es war eine verrückte Idee gewesen.

»Wir sollten wieder hinuntergehen«, sagte Viktoria.

Doch Christian blieb stehen. »Was ist das?« Er deutete auf ein Möbelstück neben der Truhe, das mit einem Tuch abgedeckt worden war.

Viktoria seufzte. Was hatte das alles für einen Zweck? Sie würden nie erfahren, was mit Henny geschehen war. Und vielleicht war das auch gut so. Sie dachte daran, wie sie auf dem Dachboden versucht hatte, sich ein Bild von ihrer verstorbenen Mutter zu machen. Es war ihr nie gelungen. Zurückgeblieben war immer nur ein Gefühl der Leere, genauso wie jetzt. Es wäre das Beste, Hennys Tod einfach zu akzeptieren.

Christian zog das Tuch herunter. Es war ein alter Tisch. Doch da war noch etwas, und der Anblick ließ Viktorias Atem stocken. Eine Schreibmaschine.

26

Heimliche Träume

Christian zog den Schemel hervor, der unter dem Tisch stand, setzte sich darauf, betrachtete die Schreibmaschine. Es war eine Remington Nr. 7, ein schweres schwarzes Gerät. Ähnliche standen im Schreibsaal der Redaktion. Normalerweise hielt sich Christian dort nicht länger als nötig auf, denn das Klappern der Typen und das Klingeln der Glocken, wenn die Walzen zurückgefahren wurden, vereinigten sich zu einem unbeschreiblichen Getöse. Ein Wunder, dass die Schreibdamen den Lärm aushielten.

Viktoria war hinter ihn getreten. Ob sie merkte, wie ihre Nähe ihn jedes Mal aus der Spur warf? Vorhin, der Kuss. Er könnte es sich leicht machen und sein Verhalten auf den Alkohol schieben. Aber er wusste, dass das nicht stimmte. Auch wenn er stocknüchtern gewesen wäre, hätte er sich nicht beherrschen können. Wie ihre Augen vor Wut gefunkelt hatten. Viktoria Berg hatte etwas an sich, das ihn unwiderstehlich anzog. Wo war er hin, der Christian Hinrichs, der locker mit den Mädchen plauderte, der sich keine Gedanken über das Morgen machte, der unbesorgt im Hier und Jetzt lebte? Und jetzt stand sie so nah hinter ihm, dass er sich nur umzudrehen bräuchte, um ihre Taille zu umfassen und sie an sich zu ziehen …

»Was steht auf dem Blatt?«

Viktoria riss ihn aus seinen Gedanken. Tatsächlich war ein kleinformatiges Blatt Papier in die Schreibmaschine eingespannt. Christian drehte an der Walze, bis das Blatt mehr zum Vorschein kam. Doch da fanden sich nur sinnlose Zeichenfolgen … 4rfv!QAY7ujn?ÜÄ-!

Viktoria blickte über seine Schulter, runzelte die Stirn. »Eine Schreibübung?«

Sie war so nah, dass er wieder ihren Duft wahrnahm. Diese feine Rosennote, die ihm so gefiel.

Viktoria nahm einen Block auf, der neben der Schreibmaschine lag, blätterte darin. »Ich glaube, das ist Stenografie.« Es war randvoll gefüllt mit der rätselhaften Schrift. »Können Sie das lesen?«, fragte sie ihn.

»Nein, so etwas übernehmen bei uns die Schreibdamen.« Er stand auf, warf einen Blick auf den Block. »Stammt das da vielleicht von Henny?« Er deutete auf einige Notizen am Rand.

Viktoria erkannte sofort Hennys energische Handschrift. Sie nickte.

Christian sah sie fragend an. »Wie kommt ein Zimmermädchen dazu, Schreibmaschine zu lernen und sogar Stenografie? Das ist etwas für höhere Töchter. Und eine Schreibmaschine kostet ein kleines Vermögen.« Er wusste, wie sehr sich seine Schwester Herta gewünscht hatte, eine Ausbildung als Schreibdame machen zu können. Aber es war unerschwinglich gewesen, und der Vater hatte gesagt, dass es sich für ein Mädchen nicht lohnen würde. Herta hatte es hingenommen, was war ihr auch übrig geblieben. Zum ersten Mal fragte er sich, was er überhaupt von den wirklichen Wünschen seiner Schwester wusste.

Viktoria deutete auf einen kleinen Aufkleber an der Seite der Schreibmaschine. »Wilhelm-Augusta-Heim für Lehrerinnen. Dort hat Henny gearbeitet, bevor sie ins Hotel gewechselt ist.« Sie strich eine Strähne zurück, die ihr ins Gesicht gefallen war. »In Hennys Dienstbuch stand, dass Henny sehr fleißig gewesen sei und viel lernen würde. Vielleicht hat jemand in dem Heim sie unterrichtet.«

»Marie hat gesagt, dass Henny ein enges Verhältnis zu ihrer Dienstherrin hatte.«

Viktoria nickte, setzte sich auf den Schemel, drehte an der Walze der Schreibmaschine, als könnte sie so mehr erfahren. Plötzlich senkte sie den Kopf. »Da ist etwas unter der Schreibmaschine. Heben Sie die mal an.«

Er nahm das schwere Gerät hoch, und Viktoria zog einen Zettel hervor, der völlig zerknittert war.

»Ein Brief.« Sie strich ihn glatt und stellte sich neben Christian, damit sie beide lesen konnten. Es war ein Liebesbrief.

Meine Liebste,
wie wunderschön war die Zeit mit dir. Ich möchte auf ewig in deine Augen sehen, deine Haut an meiner fühlen, das Beben deines Körpers spüren. Wie ich dich schon jetzt vermisse. Dein Lachen, deine Haare, deine Haut.

Du bist das Wunderbarste, was mir je begegnet ist.
Du vertreibst die dunklen Gedanken, bist wie ein Licht in der Nacht. Ohne dich wäre ich nicht mehr am Leben.
Ich zähle die Stunden, bis wir uns wiedersehen. Bald sind wir auf immer vereint, es ist nur noch eine Frage der Zeit.
Ich küsse deine Lippen, deine Hände und vieles mehr (du wirst wissen, was ich meine) und kann es nicht erwarten, dich wieder in meine Arme zu schließen.

»Oh, das ist hübsch … wenn auch ein wenig anzüglich«, sagte Viktoria. Christian glaubte, eine leichte Röte auf ihren Wangen zu sehen. »Der Brief ist nicht unterschrieben. Was glauben Sie, von wem er ist?«

Christian sah sich das Blatt genauer an. Er deutete auf ein Zeichen oben in der Ecke. »Sehen Sie das?«

»Ein Wappen«

»Ich habe es schon einmal gesehen …« Christian stutzte. »Auf Seyfarths Siegelring.«

Viktoria sah ihn überrascht an. »Sie meinen, der Brief ist von Severin von Seyfarth?«

»Es scheint so.«

Viktoria nahm ihm das Blatt wieder ab, überflog erneut die Zeilen. »*Bald sind wir auf immer vereint.* Glauben Sie, er hatte vor, sie zu heiraten?«

»Die Liebe geht manchmal seltsame Wege«, sagte Christian und kam sich im gleichen Moment dumm vor. Gustav hätte über ihn gelacht. Romantik war nun einmal nicht sein Gebiet. Aber er hatte nur ausgesprochen, was er gedacht hatte.

Viktoria schüttelte den Kopf. »Ich kann es mir nicht vorstellen. Als ich Henny getroffen habe, hat sie gesagt, dass sich alles für sie ändern wird. Aber sie wird doch nicht so naiv gewesen sein zu glauben, dass jemand wie Seyfarth es ernst meint.«

»Warum, wegen des Standesunterschiedes?«

»Nein, weil er eine zwielichtige Gestalt ist. Ein Poseur, der genau weiß, wie er junge Mädchen herumbekommt. So jemand heiratet nicht.« Sie deutete auf den Brief. »Sehen Sie, wie zerknittert der Brief ist? Was, wenn Henny ihn vor Wut zusammengeknüllt hat? Sie könnte herausgefunden haben, dass er es nicht ernst meint, und ihn zur Rede gestellt haben.« Viktoria schüttelte den Kopf. »Irgendwas stimmt da nicht. Warum sollte sie sich auf Seyfarth einlassen?«

»Vielleicht hat er ihr Hoffnung auf ein besseres Leben gemacht. Und als sie auf sein Versprechen bestand, sie ihm gedroht hat, alles öffentlich zu machen …«

»… da hat er sie vom Seesteg gestoßen.«

Viktoria sah einen Moment in die Ferne. Dann fuhr sie herum, eilte mit großen Schritten zu der Stiege.

Christian lief hinter ihr her. Kurzentschlossen ergriff er ihre Hand, hielt sie zurück. »Wo wollen Sie hin?«

Sie drehte sich um. »Was glauben Sie! Ich werde ihn zur Rede stellen! Ich weiß nicht, ob dieser Brief wirklich für Henny war und ob Severin von Seyfarth schuld an ihrem Tod ist. Aber ich will wissen, was er dazu zu sagen hat.« Tränen der Wut glänzten in ihren Augen. Und noch etwas anderes. Trauer.

Christian zog Viktoria an sich. Für einen Moment glaubte er, sie würde sich ihm entwinden, doch zu seiner Überraschung ließ sie es geschehen. Er sah die Strähne, die sich immer so vorwitzig an ihrem Ohr kringelte. Sie berührte mit der Spitze den Korallenohrring. Er strich sie behutsam zurück, berührte Viktorias Hals, fuhr mit der Fingerkuppe daran entlang. Sie sah ihn an. Es war wie eine Aufforderung. Er beugte sich zu ihr hinunter, küsste sie. Nicht wild und stürmisch wie beim ersten Mal, sondern sanft. Er fühlte ihre Lippen, die Spitze ihrer Zunge. Sie ließ den Brief sinken, erwiderte seinen Kuss, erst vorsichtig, dann drängend. Ihre Hände glitten über seinen Körper. Christian glaubte zu hören, wie die Tür zur Stiege zufiel. Doch es war ihm egal. Er spürte nur noch ihr Verlangen.

Doch plötzlich trat sie zurück, atmete tief durch, als habe sie soeben eine Entscheidung getroffen. »Nein, es geht nicht. Wir können das nicht tun.« Ihre Wangen waren gerötet.

»Viktoria …«, setzte er an. Doch was sollte er sagen? Dass sie ihn verrückt machte? Dass er sie begehrte wie noch nie einen Menschen zuvor? Dass er alles tun würde, um in ihrer Nähe zu sein?

Sie sah ihm fest in die Augen. »Wir müssen damit aufhören. Es hat keine Zukunft.«

Er wollte ihr so vieles sagen. Er pfiff auf die Moralvorstellungen der Bürgerschicht. Die Klassengrenzen waren ihm egal. Er konnte sich nicht vorstellen, jemals wieder ohne sie zu sein. Doch dann drangen aufgeregte Stimmen von unten zu ihnen herauf. Ein Poltern, als wäre ein Stuhl umgestürzt. Und dann ein Ruf: »Mörder!«

27

Dunkle Schatten

Viktoria eilte die Treppe hinunter, ihr Herz schlug bis zum Hals. Christian war ein ganzes Stück vor ihr, mit ihrem ausladenden Kleid musste sie viel vorsichtiger laufen als er. Doch endlich war sie unten. Nur noch wenige Lampen beleuchteten das Foyer. Umso heller schien es aus dem Herrenzimmer, zu dem die Tür offen stand. Clara von Balow stand da, an den Türrahmen gelehnt, und zitterte am ganzen Leib. Doch es war nicht ihre Stimme, die Viktoria gehört hatte. Es war die eines Mannes gewesen.

Christian drängte sich an Clara vorbei. Viktoria folgte ihm ins Zimmer und blieb dann abrupt stehen.

Neben dem Clubledersessel am Fenster stand der Concierge. Er hielt eine Bronzestatue in der Hand und blickte auf die Gestalt vor sich im Sessel. Viktoria ging einen Schritt weiter und erkannte Seyfarth. Sein Blick war seltsam verändert, und es dauerte eine Weile, bis Viktoria verstand, warum. Das spöttische Lächeln fehlte. Sie sah das Blut, das aus einer klaffenden Wunde am Kopf auf das blütenweiße Hemd tropfte. Und ihr wurde klar, dass Severin von Seyfarth tot war.

»Was haben Sie getan, Mann!« Christian war mit

einem Schritt beim Concierge, entriss ihm die Statue. Es war ein Nemesis-Bildnis, die geflügelte Frauenfigur hielt einen Zweig in der Hand.

»Er ist tot.« Das war Clara, die hinter ihnen im Flüsterton gesprochen hatte.

Viktoria wandte sich zu ihr um. Die junge Frau war kreidebleich. Viktoria ging zu ihr hin, wollte sie sanft hinausschieben. »Komm, Clara. Wir setzen uns in das Foyer.«

Aber Clara blieb stehen, blickte zum Concierge. »Warum haben Sie das getan?«

»Das fragen Sie mich? Fragen Sie lieber, was er getan hat. Dieser Mann hat Henny auf dem Gewissen!« Sein Blick war eine wutverzerrte Grimasse. »Erst hat er ihr Versprechungen gemacht, dann hat er sie abserviert, und als sie ihn zur Rede gestellt hat, hat er sie umgebracht.« Der Concierge ging einige Schritte auf die jungen Frauen zu.

Clara wich zurück. Doch Viktoria blieb stehen. Empörung hatte sie erfasst. »Sind Sie Herrn Hinrichs und mir gefolgt? Sie haben uns belauscht!«

Vink sah sie an. Er ballte drohend die Fäuste. »Glauben Sie, ich bleibe hier sitzen und warte darauf, dass Sie mir Brotkrumen hinwerfen? Natürlich bin ich Ihnen gefolgt. Von sich aus hätten Sie mir ja doch nichts gesagt. Mit uns einfachen Leuten redet man ja nicht, man gibt uns nur Anweisungen.«

Christian trat hinter Vink, fasste ihn bei der Schulter und zog ihn von Viktoria weg. »Reden Sie keinen Unsinn!«

»Unsinn? Dieser Mann hat Henny umgebracht!«

Vink riss sich von Christian los, der überrascht die Bronzestatue fallen ließ. Mit lautem Poltern schlug sie auf den Marmorboden auf.

»Aber wenn es Sie beruhigt: Ich habe ihn nicht getötet. Auch wenn er es verdient hätte, dieser *Mörder.*« Im gleichen Moment wurde Viktoria klar, dass es Vinks Stimme gewesen war, die »Mörder« gerufen hatte.

Clara schüttelte den Kopf. »Der Mann lügt. Er lügt!«

»Was ist hier los?«

Karen Luers, die Hotelbesitzerin, betrat den Raum. Sie trug einen Hausmantel, und in ihre Haare hatte sie kleine Stoffstreifen eingedreht. Offenbar hatte sie sich gerade schlafen legen wollen. Sie sah von Christian zu Vink und schließlich zu Clara. Dann bemerkte sie Seyfarth, und ihre Augen wurden groß. »O Gott!« Für eine Weile stand sie wie erstarrt da.

»Ich denke, Sie sollten die Polizei rufen«, sagte Christian.

Karen Luers ging mit großen Schritten auf den Concierge zu. »Wissen Sie, was Sie mir angetan haben? Ein Verbrechen, in meinem Hotel! Das gibt einen Skandal, der mich ruinieren wird.« Sie schlug Vink mit der flachen Hand ins Gesicht. Dann drehte sie sich abrupt um und ging hinaus.

»Clara, hast du gesehen, was passiert ist?«, fragte Viktoria.

»Der Concierge hat Severin von Seyfarth erschlagen.« Claras Flüstern war kaum zu hören.

»Von wegen«, protestierte Vink. »Ich habe gar nichts getan.«

»Und warum hatten Sie die Statue in der Hand?«, fragte Christian.

»Sie lag auf dem Boden. Ich hab sie aufgehoben. Mehr nicht!«

Vink wollte einen Schritt auf Clara zumachen. Doch Christian hielt ihn mit fester Hand zurück.

»Hiergeblieben. Wir klären jetzt erst einmal, was passiert ist.« Er deutete auf einen weiteren Sessel am Fenster. »Sie setzen sich da hin.«

Vink zögerte. Er blickte Christian wütend an, doch er gehorchte.

Viktoria sah zu Clara, die aussah, als würde sie jeden Moment zusammenbrechen. Sie nahm sie beim Arm, führte sie hinaus und zog sie auf einen Stuhl im Foyer. Sie setzte sich daneben. Von der Treppe kamen eilige Schritte. Baroness von Balow und Freifrau von Czarnecki betraten das Foyer. Elsie von Czarneckis Haare waren unter einer weiten Schlafhaube verschwunden, und auch die Baroness hatte sich offenbar schon zu Bett begeben, sie trug einen hochgeschlossenen Hausmantel. Als sie Clara auf dem Stuhl sitzen sah, beschleunigte sie ihre Schritte.

»Kind, was machst du hier?« Besorgnis und Ärger schwangen gleichermaßen in ihrer Stimme mit. »Um diese Zeit? Ich dachte, du liegst im Bett!«

»Es ist etwas geschehen.« Viktoria stand auf. »Severin von Seyfarth ist tot. Er ist ermordet worden.«

Elsie von Czarnecki wechselte einen konsternierten Blick mit ihrer Schwester, dann setzte sie sich neben Clara auf den Stuhl, nahm deren Hand. »Ach, Kind!« Sie umarmte sie, und im gleichen Augenblick fing Clara an zu weinen. Ihre Tante presste sie an sich, als müsste sie sie vor dem Rest der Welt beschützen.

Die Baroness wandte sich an Viktoria. »Was soll das bedeuten?«

»Herr von Seyfarth ist erschlagen worden. Offenbar kam Clara dazu, als es passiert ist«, erläuterte Viktoria.

Die Baroness sah sie einen Moment schweigend an, und Viktoria konnte sehen, wie die sonst so beherrschte Frau mit ihrer Fassung rang.

»Was hattest du um diese Zeit hier zu suchen, Kind?« Ihre Stimme klang heiser.

Clara schien sie gar nicht zu hören. Sie weinte schluchzend. »Er hat ihn getötet. Der Concierge hat Severin von Seyfarth getötet.« Sie blickte ihre Tante an, als könne sie selbst nicht fassen, was sie gerade sagte.

»Ich lasse mir das nicht anhängen! Ich hab das Schwein nicht umgebracht!«, hörte Viktoria in diesem Moment den Concierge rufen. Er musste aufgesprungen sein, denn im nächsten Moment vernahm sie Christians erregte Stimme: »Bleiben Sie sitzen, dunners och!«

Elsie von Czarnecki stand auf. »Ich denke, wir sollten Clara auf ihr Zimmer bringen.«

Die Baroness schloss für einen Moment die Augen. Dann atmete sie tief durch und nickte. »Du hast recht. Komm, Clara.«

Sie reichte ihrer Tochter die Hand, zog sie hoch. Gemeinsam mit ihrer Schwester führte sie sie Richtung Treppe. Clara bewegte sich zwischen ihnen wie eine willenlose Puppe.

Karen Luers kam aus ihrer Schreibstube. »Die Polizei ist verständigt. Sie wird in Kürze hier sein.« Sie bemerkte Clara, die Baroness und Freifrau von Czarnecki. »Ich denke, der Gendarm wird Ihre Aussage benötigen, Fräulein von Balow.«

Die Baroness ließ Clara los. »Geht schon einmal vor, Elsie.«

Clara hatte wieder begonnen zu weinen. Elsie stützte sie und redete leise auf sie ein. Als sie im oberen Stockwerk verschwunden waren, wandte sich Baroness von Balow an die Hotelbesitzerin.

»Ich erwarte, dass meine Tochter aus dieser unschönen Angelegenheit herausgehalten wird. Ich bin entsetzt, dass so etwas überhaupt passieren konnte.«

»Die nächsten Schritte liegen leider nicht in meiner Hand. Die Polizei wird wissen wollen, was sie gesehen hat.«

Die Baroness blickte Karen Luers an, und mit einem Mal wirkte ihr Gesicht furchterregend hart.

»In Ihrem Hotel wurde ein Gast von Ihrem Angestellten ermordet. Ich werde nicht zulassen, dass meine Tochter in diesen Skandal verwickelt und ihr Ruf beschädigt wird.«

Natürlich. Der Ruf. Was war wichtiger für eine junge Dame? Oft genügte ein bloßes Gerücht, um einer jungen

Frau die Zukunft zu verbauen. Eine Zukunft, in der es nur darum ging, gut verheiratet zu werden und Kinder zu bekommen. Aber hier ging es schließlich um ein Verbrechen.

Viktoria, die den Wortwechsel aufmerksam verfolgt hatte, wandte sich an die Baroness. »Clara ist eine wichtige Zeugin. Sie muss der Polizei sagen, was sie gesehen hat.«

Baroness von Balow bedachte Viktoria mit einem Blick, als wäre sie ein vorlautes Kind. »Der Fall liegt ja wohl klar auf der Hand. Dieses Subjekt hat Severin von Seyfarth erschlagen, und meine Tochter musste diese abscheuliche Tat auch noch mit ansehen.« Sie wandte sich wieder an Karen Luers. »Ich erwarte Diskretion in jeglicher Hinsicht.«

Damit wandte sie sich um und eilte ihrer Tochter und ihrer Schwester hinterher.

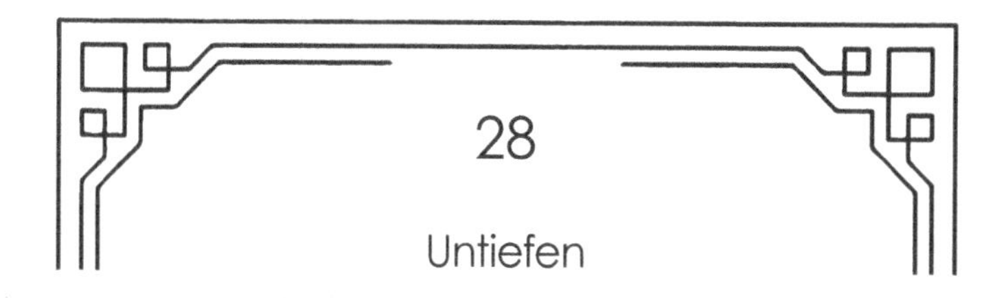

28

Untiefen

Der Polizist, der eine halbe Stunde später kam, war ein Musterbeispiel an Disziplin. Obwohl er schon im Bett gelegen haben musste, hatte er sich die Zeit genommen, die blaue Uniform ordentlich anzulegen, die Haare nach hinten zu kämmen und den Säbel umzuschnallen. Er salutierte zackig und stellte sich als Wachtmeister Kurt Müller vor.

Als Christian ihn sah, versuchte er das unbändige Verlangen nach Flucht zu unterdrücken. Seit dem Ereignis mit Willy in Altona war er der Polizei aus dem Weg gegangen, hatte ständig erwartet, dass man ihn aufspüren und festnehmen würde. Hier auf Norderney hatte sich das Gefühl gelegt. Doch jetzt kam es mit aller Macht zurück. Christian sah Viktoria, die hinter dem Mann in der Tür stand. Ihre finstere Miene sprach Bände. Sie hatte Christian erzählt, wie herablassend man sie auf der Wache behandelt hatte, wie ihre Argumente an dem Diensthabenden abgeperlt waren wie Seewasser von Ölzeug. Vermutlich war es derselbe Mann.

Der Polizist legte seine Ledertasche beiseite und ließ sich von Karen Luers erklären, was geschehen war. Die Hotelbesitzerin schilderte in knappen Worten die wichtigsten Fakten. Anschließend begutachtete der Wachtmeister die Leiche. Stirnrunzelnd stand er davor und schien zu überlegen, was um alles in der Welt er nun machen sollte. Müller war ein einfacher Gendarm, der vor einigen Jahren noch Soldat gewesen sein dürfte. Wichtigste Voraussetzung für die Besetzung der Posten waren eine einwandfreie Lebensführung, Gesundheit und ein kräftiger Körperbau. Vermutlich hatte Müller es bisher noch nie mit einem Mord zu tun gehabt. Norderney war schließlich nicht Berlin oder Hamburg. Dort gab es fortschrittliche Ansätze zur Polizeiarbeit, in Berlin sogar eine eigene Mordermittlungstruppe. Aber auf dem Land wurde alles geregelt wie eh und je.

»Ist Ihr Vorgesetzter nicht da?«, fragte Viktoria, der die Ratlosigkeit des Wachtmeisters ebenfalls nicht entgangen war.

Der Polizist sah sie an, als sei er überrascht, dass eine Frau ihm eine Frage stellte. »Der ist zurzeit in Hannover. Eine dienstliche Angelegenheit. Ich werde ihn selbstredend sofort informieren. Allerdings erwarten wir ihn frühestens Anfang nächster Woche zurück.«

Was bedeutete, dass Müller für die Ermittlung zuständig sein würde. Der zupfte jetzt gedankenverloren an seinem Schnurrbart und wandte sich schließlich an Vink. »Sie geben zu, den Mann erschlagen zu haben?«

Christian hatte geglaubt, Vink habe sich inzwischen beruhigt, aber er hatte sich getäuscht.

Der Concierge sprang auf. »Ich gebe gar nichts zu. Der Mann war schon tot, als ich in den Raum kam. Aber wenn Sie mich fragen, um den ist es nicht schade!«

Der Mann redete sich um Kopf und Kragen. Christian packte ihn beim Arm. »Reißen Sie sich doch zusammen!«, zischte er ihn an. »Sie machen alles nur noch schlimmer, als es schon ist.«

Doch Vink machte sich von ihm los. »Was? Soll jetzt wieder alles unter den Teppich gekehrt werden? So wie bei Henny?« Er warf einen Blick auf Karen Luers. »Sie haben die ganze Zeit gewusst, dass da etwas nicht stimmt. Wenn Sie anders gehandelt hätten, wäre Henny jetzt vielleicht noch am Leben.«

»Papperlapapp. Ich wusste von gar nichts.« Karen Luers sah ihn mit kühlem Blick an, doch Christian war sich sicher, dass Vinks Worte sie getroffen hatten.

Der Polizist war hellhörig geworden. »Sie sprechen von Henny Petersen? Das tot aufgefundene Zimmermädchen?« Er umfasste den Knauf seines Säbels und streckte die Brust raus. »Das Mädchen war vor ungefähr einer Woche auf der Wache. Hat uns wilde Geschichten erzählt, von einem angeblichen Heiratsschwindler hier auf der Insel.«

»Und Sie sind dem nicht nachgegangen?« Christian konnte sich nicht mehr zurückhalten. Ganz gleich, ob er damit die Aufmerksamkeit des Polizisten auf sich lenkte.

Der sah ihn an, runzelte unwillig die Stirn. »Natürlich bin ich dem nachgegangen. Es war schließlich eine Anzeige, die preußische Polizei kann so etwas nicht einfach zu den Akten legen. Aber bei näherer Untersuchung hat sich herausgestellt, dass das Mädchen gelogen hat.«

»Wie meinen Sie das?« Viktoria trat einen Schritt auf den Gendarm zu.

»Ich kann selbstverständlich keine Einzelheiten preisgeben. Aber es war offensichtlich, dass das Mädchen versucht hat, Herrn von Seyfarth mit einer Geschichte zu erpressen.«

»Erpressen? Niemals!« Viktoria hatte die Hände zu Fäusten geballt. Wütend funkelte sie den Polizisten an.

Der bedachte sie mit einem nachsichtigen Blick. »Junges Fräulein, diese Situation ist zweifelsohne etwas zu viel für Sie. Sie sollten sich auf Ihr Zimmer zurückziehen.«

»Das werde ich bestimmt nicht. Ich sage Ihnen, was passiert ist. Henny hat Hilfe gesucht, und Sie haben sie ihr verweigert!« Viktoria ließ sich von dem Polizisten nicht abkanzeln.

»Sie sprechen mit einem Beamten der königlich-preußischen Landpolizei. Mäßigen Sie sich, mein Fräulein. Es gab keinerlei Veranlassung, den Erzählungen von Fräulein Petersen Glauben zu schenken. Sie hatte außer einem Liebesbrief keinerlei Beweise. Herr von Seyfarth ist ein angesehener Bürger, sein Wort genügte. Zumal Frau Luers bestätigt hat, dass das Mädchen unzuverlässig ist. Sie hat es zum Ende der Saison entlassen.«

»Dieser Seyfarth hat sich an meine Henny herangemacht, ihr weiß Gott was versprochen. Und dann hat er sie sitzen lassen, dieses Schwein!«, platzte es aus Vink heraus.

Christian bemerkte, wie Karen Luers überrascht aufschaute und einen kurzen Blick mit dem Polizisten wechselte.

Der nickte bedächtig. »Ich verstehe«, sagte er an den Concierge gewandt. »Sie hatten also ein Verhältnis mit der kürzlich verstorbenen Henny Petersen? Nun, das macht die Sache eindeutig. Sie sind davon ausgegangen, dass Fräulein Petersen Sie mit Herrn von Seyfarth betrogen hat, dass sie ein Liebesverhältnis mit ihm hatte. Eifersucht also.«

Er schien mit seiner Schlussfolgerung sehr zufrieden. Vink hatte dem Polizisten gerade ein Motiv auf dem Silbertablett serviert. Aber Christian war aufgefallen, dass sowohl Karen Luers als auch der Polizist bei Vinks Bemerkung gestutzt hatten. Irgendetwas stimmte nicht, aber was?

Vink war blass geworden. »Ich habe diesen Mörder nicht erschlagen. Ja, ich wollte zu Seyfarth. Ich hätte ihm gerne seine blasierte Visage poliert. Aber dazu hatte ich keine Gelegenheit mehr. Er war schon tot, als ich kam. Die Statue lag neben ihm. Ich habe sie aufgehoben.«

Christian sah den Concierge eindringlich an. »Haben Sie jemanden gesehen, als Sie die Treppe hinuntergekommen sind?«

»Ich habe eilige Schritte gehört, aber da war niemand. Wahrscheinlich hat mich der Kerl gehört und ist verschwunden. Ich war ja nicht gerade leise, als ich die Treppe hinunterging. Als ich reinkam, saß Seyfarth im Sessel. Ich habe auf ihn eingeredet, habe ihn angebrüllt, und erst dann habe ich gesehen, dass er tot war. In dem Moment ist Fräulein von Balow hereingekommen.«

Christian war immer mehr gewillt, Vink zu glauben.

Der Concierge mochte aufbrausend sein, sicherlich hätte er Seyfarth verprügelt. Aber ihn feige im Sessel zu erschlagen, das passte nicht zu ihm.

Der Wachtmeister ging auf Vink zu. »Sie kommen erst einmal mit. Ich werde die Kriminalpolizei in Oldenburg verständigen und Sie aufs Festland bringen lassen. Die Kollegen werden die Wahrheit schon ans Licht bringen.«

Der Wachtmeister holte Handschellen aus seiner Ledertasche. Er streckte die Hand nach Vink aus, doch der Concierge schlug sie mit einer energischen Bewegung zur Seite und setzte zum Sprint an. Offensichtlich wollte er zum offenen Fenster fliehen. Doch da stand Christian. Reflexartig trat er ihm in den Weg, hielt ihn fest. Der Wachtmeister kam von hinten heran, riss den Arm des Concierge auf den Rücken, legte ihm die Fesseln an. Christian sah die Panik in Vinks Augen und sofort verfluchte er sich, weil er dem Polizisten geholfen hatte, Vink festzunehmen. Denn Christian war klar, was der Wachtmeister gegenüber der Kriminalpolizei berichten würde: Albert Vink war am Tatort beobachtet worden. Mit der Tatwaffe. Und er hatte ein Motiv. Mehr brauchte es nicht. Der Täter war gefunden.

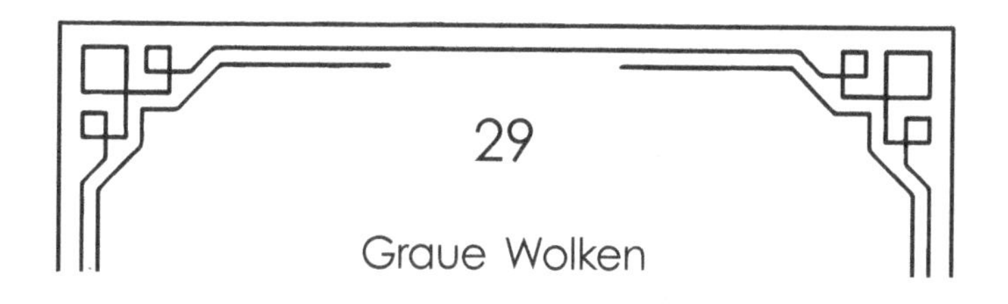

29

Graue Wolken

Eine dichte graue Wolkendecke hing über der Insel, und es fiel ein leichter Nieselregen. Viktoria, die sich eine leichte Pelerine umgelegt hatte, war der einzige Spaziergänger an diesem Morgen am Strand. Ihre Haare waren schon jetzt feucht. Doch das war ihr egal. Sie brauchte die Bewegung, um nachzudenken. Über Henny, Albert Vink, Seyfarth. Letztlich kehrten ihre Gedanken immer wieder zu der einen Frage zurück: Wäre Seyfarth noch am Leben, wenn sie nicht versucht hätte, Hennys Tod aufzuklären? Die Vorstellung bedrückte sie.

Gestern Nacht war sie noch voller Wut gewesen. Wut auf den dummen Wachtmeister. Wut auf die Hotelbesitzerin, die nur darauf aus war, einen Skandal zu vermeiden. Wut auf sich selbst, weil sie nicht vehementer eingeschritten war.

Konnte sie Vinks Aussage glauben? Er hatte sie und Christian belauscht dort oben auf dem Dachboden. Was war danach geschehen? Vink war ein impulsiver Mensch. Es wäre durchaus möglich, dass er Seyfarth getötet hatte. Die Statue hatte immer direkt bei der Tür des Herrenzimmers gestanden, Viktoria hatte sie in den letzten Tagen oft genug gesehen. War Vink in das Herrenzimmer gestürmt, hatte sich die Statue gegriffen und damit auf Seyfarth eingeschlagen?

Und wenn nicht – wer war es dann gewesen?

Seyfarth hatte sich in den fünf Wochen, die er auf der Insel war, ohne Frage viele Feinde gemacht. Sie konnte immer noch nicht glauben, dass er ein Verhältnis mit Henny gehabt haben sollte. Es passte einfach nicht zu der Vorstellung, die sie von Henny hatte. Aber was wusste sie schon wirklich von ihr? Jahrelang hatten sie sich nicht gesehen. Was, wenn Henny einfach verliebt gewesen war? Was, wenn sie ihm einfach um jeden Preis nahe sein wollte und dafür alle Bedenken beiseitegeschoben hatte? Aber hatte Henny auch nur eine Sekunde ernsthaft geglaubt, dass Seyfarth sie heiraten würde? Ein Adelsspross ein Dienstmädchen. Sie hatte gehört, dass Seyfarth Probleme mit seinem Vater hatte. Was, wenn seine Liaison mit Henny seine Art gewesen war, an seiner Familie Rache zu nehmen? Und dann hatte er kalte Füße bekommen und versucht, alles ungeschehen zu machen.

Viktoria schüttelte den Kopf. Es passte nicht. Wie sie es auch drehte und wendete, sie war sich sicher, dass ihr etwas Entscheidendes entgangen war.

Viktoria verließ den Strand, ging hinauf zur Kaiserstraße, an den schmucken Logierhäusern vorbei. Doch selbst die machten im Regen einen trübsinnigen Eindruck. Eine Brauhauskutsche zog polternd an ihr vorbei, schwer schlugen die Hufe der großen Kaltblüter auf das Pflaster. Atemwolken stiegen aus den Nüstern der Tiere. Regentropfen hingen wie feine Perlen in ihrer Mähne.

Der Kutscher hielt vor einer Gastwirtschaft, stieg ächzend vom Kutschbock herunter. Ein Mann kam aus der Gaststätte. Gemeinsam luden sie ein großes Bierfass ab und rollten es in den Keller des Lokals.

In einem ähnlichen Etablissement hatte sie Christian gestern gefunden. Sie verstand sich selbst nicht, was ihn betraf. Sie hatte sich geschworen, niemals eine ernsthafte Bindung einzugehen. Sie wollte ein selbstbestimmtes Leben führen. Dabei genoss sie ohnehin schon mehr Freiheiten als die meisten Frauen ihres Alters. So streng ihr Vater im Gerichtssaal sein mochte, gegenüber seiner einzigen Tochter hatte er ein weiches Herz. Ihr war klar, wie viel Überwindung es ihn gekostet haben musste, sie allein auf Reisen gehen zu lassen.

Normalerweise begleitete eine Tante oder zumindest eine Gouvernante unverheiratete Frauen. Und wenn sie dann verheiratet waren, bestimmte der Mann über ihr Leben. Der Mann ging arbeiten, während die Frau sich zu Hause langweilte und allenfalls zu entscheiden hatte, was gekocht wurde. Nein, das war nicht das Leben, das sie sich vorstellte. Sie wollte etwas bewirken im Leben, deshalb hatte sie die Ausbildung zur Lehrerin gemacht. Und nun hatte sie eine Stelle in Aussicht, und sie war perfekt: eine Reformschule für Mädchen.

Was auch immer sie für Christian fühlen mochte, wie sehr sie eine Trennung schmerzen würde, irgendwann würde sie darüber hinwegkommen. Sie bereute nicht, ihn geküsst zu haben. Noch immer glaubte sie, seine Hand zu fühlen, die über ihren Körper glitt. Sie hatte sich gewünscht, es würde nie aufhören. Aber es ging nicht. Sie wollte nicht das Leben einer Ehefrau führen, unmündig und abhängig. Vor einigen Monaten hatte sie eine Rede der Frauenrechtlerin Lida Heymann vom Verband für Frauenstimmrecht gehört. Sie hatte davon gesprochen, dass keine Frau ihre persönliche Freiheit durch Männer beeinträchtigen lassen sollte. Viktoria wollte frei sein. Und wenn das bedeutete, auf Christian zu verzichten, würde sie es tun. Sie blickte in den grauen Himmel, fühlte den Nieselregen auf ihrem Gesicht. Dann ging sie entschlossen weiter.

Im Hotel begrüßte sie ein neuer Concierge. Sie erinnerte sich, ihn schon einmal als Kellner gesehen zu haben. Er war noch jung, und man sah ihm an, wie stolz er über den unverhofften Aufstieg war. Ansonsten erinnerte nichts an die nächtlichen Vorkommnisse. Am frühen Morgen war das Herrenzimmer geputzt worden, der Sessel, auf dem Seyfarth gestorben war, war verschwunden. Viktoria fragte sich, ob die anderen Gäste auch nur ahnten, was geschehen war. Vermutlich nicht. Karen Luers würde versuchen, es so lange wie möglich geheim zu halten.

Von der überdachten Veranda drang lebhaftes Stimmengewirr zu ihr her. Die meisten Gäste hatten sich nach dem Frühstück dorthin zurückgezogen, lasen, spielten Karten oder Schach. Das Grammophon war vom Salon auf die Terrasse gebracht worden. Für gewöhnlich stand ein Diener daneben, drehte in regelmäßigen Abständen die Kurbel und legte mit weißen Glaceehandschuhen neue Schellackplatten auf. Gerade jetzt lief ein Melodienreigen aus *La Bohème.* Aber Viktoria stand nicht der Sinn nach Gesellschaft. Sie ging in den Salon, wo sie auf die Balows traf. Die saßen in Sesseln um einen der kleinen Tische gruppiert. Die Gläser mit Selterswasser, die vor ihnen standen, schien keine von ihnen bislang angerührt zu haben.

Clara war blass, tiefe Ringe lagen unter ihren Augen.

»Wie geht es dir?«, fragte Viktoria, die zu ihr getreten war.

Claras Augen füllten sich mit Tränen. »Ich kann es immer noch nicht glauben. Warum hat dieser Mann das getan?«

»Er muss von Sinnen gewesen sein«, sagte Freifrau von Czarnecki sanft. »Er war offenbar mit dem Zimmermädchen liiert, ein Eifersuchtsdrama. Menschen machen aus Liebe die seltsamsten Sachen.«

Auch sie war blass und sah aus, als habe sie kaum geschlafen. Vermutlich hatte sie die Nacht an Claras Bett verbracht.

Selbst die Baroness wirkte angegriffen. Mit schmalen Lippen blickte sie besorgt auf ihre Tochter. »Dass du das mit ansehen musstest. Ich verstehe immer noch nicht, was du um diese Uhrzeit dort zu suchen hattest.«

Clara wandte sich ab, schaute durch das große Fenster nach draußen in den Nieselregen. Eine Träne rann ihr über die Wange.

»Contenance, Clara«, ermahnte ihre Mutter sie, wenn auch bei Weitem nicht so harsch wie üblich.

»Vielleicht gehen wir lieber zurück auf dein Zimmer«, warf Elsie von Czarnecki ein. »Du hast doch Stickarbeiten mitgenommen. Du könntest die Taschentücher mit dem Monogramm deines Verlobten besticken, dann hast du sie zur Hochzeit fertig.« Sie nahm Claras Hand.

Doch die schüttelte den Kopf. »Nein, ich will nicht aufs Zimmer. Das ist wie lebendig begraben sein. Wenn ich noch eine Stunde länger dort verbringen muss, werde ich wahnsinnig.« Sie atmete tief durch. »Wir können uns in ein Café setzen und Tee trinken.« Sie bemühte sich um ein Lächeln.

Ihre Mutter wollte etwas entgegnen, doch Elsie von Czarnecki warf ihr einen warnenden Blick zu. Zu Viktorias großem Erstaunen hielt sich die Baroness in der Tat zurück.

»Das ist eine gute Idee, Clara«, sagte ihre Tante. »Wie wäre es mit der Marienhöhe? Dort servieren sie von der Konditorei nebenan einen ausgezeichneten Königskuchen.«

Clara sah schon gar nicht mehr so unglücklich aus. »Ja, das wäre wunderbar!«

Die Baroness machte keinen erfreuten Eindruck. Trotzdem nickte sie. »Ich werde den Concierge bitten, uns Regenschirme zu geben«, sagte sie und fügte an: »Das hätten Sie auch tun sollen vor Ihrem Spaziergang, Fräulein Berg.« Wobei ihr Blick auf Viktorias Haaren lag.

Erst jetzt wurde Viktoria bewusst, dass ihre Haare von dem Regen nass waren. Sie musste in der Tat aussehen wie ein begossener Pudel. Dennoch ärgerte sie sich über die Bemerkung der Baroness.

Noch mehr ärgerte sie sich allerdings über sich selbst. Denn im gleichen Moment fragte sie sich, was Christian wohl zu ihrer ruinierten Frisur sagen würde.

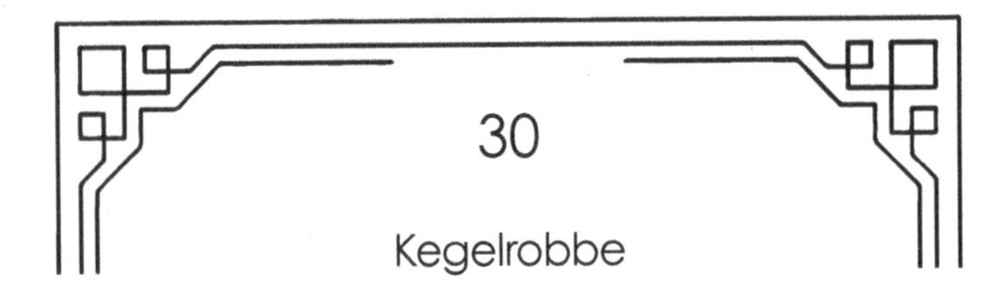

30

Kegelrobbe

Christian stand in der Tür zum Salon und betrachtete Viktoria von Weitem. Ihre Haare waren regennass und hingen strähnig herab. Er musste lächeln. Plötzlich wirkte sie nicht mehr wie eine feine Dame, sondern wie ein normaler Mensch.

»Beschatten Sie jemanden?«, fragte plötzlich eine dröhnende Stimme hinter ihm.

Christian drehte sich um und erkannte die Glatze und den mächtigen Backenbart. Kommerzienrat Gustloff. Ausgerechnet.

Der erwartete offenbar keine Antwort, sondern fuhr gleich fort. »Haben Sie gehört, was passiert ist? Es ist unfassbar. Ein Mord in diesem Hotel. Und ich habe noch am Abend mit Seyfarth geredet.«

Geredet? Wohl eher angeschrien, dachte Christian. Aber er sparte sich einen Kommentar.

Gustloff führte Christian mit einer ausladenden Geste in den hinteren Teil des Foyers, ohne dabei in seiner Rede innezuhalten.

»Feuser hat es heute Morgen erzählt, war ganz schön mitgenommen, der gute Mann. Der Concierge soll es gewesen sein. Ich sage Ihnen, als unbescholtener Bürger ist man in diesem Land nicht mehr sicher. Die Arbeiter werden immer dreister, und am Ende kommt es dann zu solchen Auswüchsen. Seit den Wahlen im Januar geht es beständig bergab. Ich frage mich noch immer, wie die Sozialdemokraten stärkste Fraktion werden konnten. Diese Leute werden unser Land zugrunde richten …«

Gustloff war bei seinem Lieblingsthema. Christian hörte kaum hin. Das Gerede des Kommerzienrats interessierte ihn ebenso wenig wie die Frage, ob das Tangokleid mit Sitte und Anstand zu vereinbaren war.

Doch überraschend schnell kam Gustloff auf den gestrigen Abend zurück. »Gibt es schon Informationen, was gestern Abend genau passiert ist?«

Christian war sich sicher, dass Gustloff längst wusste, dass Christian an dem Abend dabei gewesen war. Der Kommerzienrat hatte ihn gewiss nicht zufällig abgefangen. Der Mann war nicht dumm. Schon einige Male hatte sich Christian gefragt, ob Gustloff seine Gegenüber bewusst mit seinem Geschwafel ermüdete, sodass diese unachtsam wurden und mehr von sich preisgaben, als sie wollten.

»Die Polizei hat den Concierge festgenommen, ja.« Christian fixierte den Kommerzienrat. »Ich bin mir allerdings sicher, dass der Mann es nicht war. Er schwört, dass Seyfarth schon tot war, als er dazukam.«

Gustloff machte eine abwehrende Handbewegung. »Eine Schutzbehauptung natürlich. Ich hörte, der Mann hatte das Tatwerkzeug noch in der Hand. Für mich klingt das sehr eindeutig.«

Wieder fiel Christian Gustloffs lauernder Blick auf. Der Mann war nicht zu unterschätzen. Er beschloss, den Spieß umzudrehen. Es war Zeit, dass er mehr über Gustloff herausbekam. »Sie hatten an dem Abend ein Streitgespräch mit Seyfarth. Worum ging es da?«

Gustloff grunzte überrascht. »Wer hat Ihnen das denn erzählt?« Als Christian nicht antwortete, zuckte Gustloff mit den Schultern. »Da muss mich jemand verwechselt haben. Vielleicht fragen Sie mal Seyfarths Freund Feuser, vermutlich waren es die beiden, die gestritten haben. Es wäre jedenfalls nicht das erste Mal. Gestern Abend hatten die beiden eine lautstarke Auseinandersetzung.«

»Und worum ging es in dem Streit?«

»Das kann ich Ihnen leider nicht sagen. Es gehört nicht zu meinen Angewohnheiten, fremde Leute zu belauschen.« Gustloff lächelte süffisant, dann nahm er seine Uhr heraus und zog sie auf. »Es ist tragisch, was geschehen ist. Es verursacht Unruhe. Und Unruhe ist schlecht für das Geschäft.«

»Sie hatten geschäftlich mit Seyfarth zu tun?«, hakte Christian ein.

»Nicht doch.« Gustloff wirkte so harmlos wie eine Kegelrobbe auf einer Sandbank. »Ich hatte bisher nicht das Vergnügen, mit einem der von Seyfarths Geschäfte zu machen.« Er steckte die Uhr wieder in seine Westentasche und blickte sich um. »Da kommt meine Frau, pünktlich auf die Minute.«

Louise Gustloff kam langsam die Treppe herunter. Sie trug ein schmal geschnittenes goldenes Tageskleid mit schwarzem Überwurf. Sie sah umwerfend aus. Alle Blicke der Menschen im Foyer wandten sich nach ihr um. Dieses Kleid hatte etwas, das die Leserinnen der *Frau von Welt* ins Träumen bringen dürfte. Was Christian an seinen noch ausstehenden Artikel erinnerte. Mit dem war er seit dem ersten großen Schwung, den er nach dem Nachmittag mit Viktoria geschrieben hatte, noch nicht weitergekommen. So lange hatte er bisher noch nie an einem Artikel gearbeitet, normalerweise ging alles wie von selbst. Doch jedes Mal, wenn er über Kleider und Frisuren schreiben wollte, schien in seinem Kopf Leere zu herrschen. Vielleicht sollte er den Bericht beiseitelegen und stattdessen etwas zu Seyfarths Tod schreiben. Keine bloße Meldung, das konnten andere übernehmen. Er könnte mehr liefern, Hintergründe über Seyfarths letzte Tage und warum er umgebracht wurde.

Gustloff riss ihn aus seinen Gedanken. »Das Kleid hat meine Frau selbst entworfen. Sie können es in Kürze in allen führenden Kaufhäusern erstehen. Es ist aus goldfarbenem Seidenatlas, im Oberteil sind handgestickte schwarze Perlenstränge verarbeitet. Die Tunika ist aus Seidenorganza. Exquisit, nicht wahr?« Seine Stimme klang routiniert wie die eines Vertreters. »Ich kann Ihnen die Details gerne aufschreiben, falls Sie das Kleid in Ihrem Artikel erwähnen möchten.«

»Bist du schon wieder bei deinen Verkaufsgesprächen?« Louise Gustloff bedachte ihren Mann mit einem finsteren Blick. »Ich hatte gedacht, an einem Tag wie diesem lässt selbst du einmal die Geschäfte ruhen.«

Ihr Mann gab ihr einen Handkuss. »Liebes, du hast mich ertappt, und du hast recht. Aber es ändert nichts an Severin von Seyfarths Tod, wenn ich meine Arbeit vernachlässige.«

»Ich hörte, Sie waren gestern Nacht anwesend, Herr Hinrichs?« Louise Gustloffs kühler Blick schien sein Innerstes zu durchleuchten.

Christian nickte und beschrieb in kurzen Sätzen die Situation des gestrigen Abends. »Haben Sie denn von dem Aufruhr nichts gehört?«, fragte er, nachdem er geendet hatte. »Sie wohnen doch auf der gleichen Etage wie die von Balows. Die sind durch den Lärm geweckt worden.«

»Meine Frau und ich haben fest geschlafen, vermutlich hätte das Hotel einstürzen können, ohne dass ich wach geworden wäre.« Carl Gustloff lachte.

Louise Gustloff zog überrascht die Augenbrauen hoch. Offensichtlich wollte sie etwas erwidern. Doch ihr Mann ließ sie nicht zu Wort kommen.

»Ich hielte es ja für besser, wenn wir direkt nach Münster zurückkehren würden, der Tod eines Mannes aus einer bedeutenden Familie bringt immer Unruhe in die Aktienkurse. Aber meine Frau besteht darauf, die gebuchte Zeit bis zum Ende auszunutzen. Also bleiben wir bis Samstag. Ich hoffe, die Tageszeitungen kommen heute pünktlich. Man ist ja hier sonst völlig abgeschnitten von der Welt.« Er zögerte, offenbar war ihm ein Gedanke gekommen. »Sie glauben also nicht, dass es der Concierge war, Herr Hinrichs?«

»Nur weil der Mann am Tatort war, heißt es nicht, dass er Seyfarth erschlagen hat. Es könnte jeder gewesen sein. Ich habe Seyfarth an dem Abend noch gesehen, und ich hatte den Eindruck, dass er auf jemanden gewartet hat. Was, wenn seine Verabredung ihn hinterrücks erschlagen hat, davonlief, und der Concierge kam im falschen Moment?«

Er spürte Louise Gustloffs nachdenklichen Blick auf sich, doch sie sagte nichts zu seinen Überlegungen.

Stattdessen antwortete ihr Mann. »Wollen Sie damit etwa andeuten, dass ein Gast des Hotels der Täter ist?« Carl Gustloff schüttelte den Kopf. »Sie verrennen sich da in etwas, junger Mann. Zumal der Concierge ganz offensichtlich auch für den Tod des Zimmermädchens verantwortlich ist. So habe ich es jedenfalls von Frau Luers gehört. Offenbar war er mit dem Mädchen liiert, und es hatte sich von ihm getrennt. Für mich ist die Sache klar und für die Polizei auch.«

Womit Gustloff den Finger in die Wunde legte. Wenn die Polizei keinen anderen Täter ermittelte, würde Vink verurteilt werden und auf dem Schafott sterben. Egal, ob er schuldig war oder nicht.

31

Geistergeschichten

Viktoria hatte die Balows vor die Tür begleitet. Die Aussicht, das Café zu besuchen, hatte Clara deutlich aufgeheitert, während die Baroness ein Gesicht machte, als fürchtete sie, jeden Moment von einer Sturmbö fortgerissen zu werden. Viktoria sah ihnen hinterher, wie sie die Kaiserstraße entlanggingen, die kleinen Pfützen auf dem Kopfsteinpflaster meidend. Der Regen hatte zwar aufgehört, doch noch immer war der Himmel grau. Weiter hinten hatten sich drei junge Frauen hinausgewagt, die Röcke gerafft sprangen sie über eine Pfütze. Lachend verschwanden sie in Richtung Promenade.

»Fräulein Berg!«

Viktoria drehte sich um. Am seitlichen Dienstboteneingang entdeckte sie Marie, die ihr zuwinkte.

»Fräulein Berg, ich muss Sie sprechen, es ist dringend. Es geht um Herrn Vink.«

Viktoria ging zu ihr. Marie sah zurück zur Tür, als ob sie sicherstellen wollte, dass niemand sie beobachtete. Dann zog sie Viktoria mit sich fort bis zum Ende des Gebäudes.

»Frau Luers sagt, dass Herr Vink verhaftet wurde, weil er Severin von Seyfarth umgebracht haben soll. Stimmt das?«

»Das ist leider richtig.« Wieder dachte Viktoria an diesen überheblichen Wachtmeister. Er hatte sich überhaupt nicht dafür interessiert, was genau passiert war. Hauptsache, er konnte den Fall schnell übergeben und einen Täter mit dazu.

Maries Griff um Viktorias Arm verstärkte sich. »Er war es nicht, ganz sicher. Herr Albert würde so etwas nie tun, er ist ein feiner Mensch. Die Polizei muss sich irren.«

»Du kennst ihn näher?«

Röte schoss in Maries Wangen. »Herr Albert hat sich immer für mich eingesetzt, wenn die Köchin mich abends nicht gehen ließ. Er hat niemanden getötet, ganz sicher nicht. Die Polizei muss etwas falsch verstanden haben.«

Womit Marie nach Viktorias Meinung völlig richtiglag. Die Polizei hatte alles falsch verstanden. Das hieß aber noch lange nicht, dass Vink unschuldig war. Ein Teil von Viktoria wollte glauben, dass der Concierge nicht heruntergestürmt war und Seyfarth erschlagen hatte. Doch wenn sie den Vorfall rational betrachtete, deutete alles darauf hin. Viktoria fielen die roten Wangen des Dienstmädchens auf. »Sie mögen Albert Vink wohl sehr?«

Das Mädchen nickte. »Er ist immer sehr hilfsbereit.« Es war offensichtlich, dass sie für ihn schwärmte.

»Wusste Henny, dass du Herrn Vink magst?«

Maries Miene verriet Trotz. »Henny konnte man nichts vormachen. Sie hat es durchschaut, von Anfang an. Zuerst hat sie dazu nichts gesagt, aber später meinte sie, ein Mädchen wie ich könnte Albert glücklicher machen als sie selbst.«

»Hat sie sich deswegen von Vink getrennt?«

»Ich glaube, am Anfang hat es ihr geschmeichelt, dass Herr Albert sie mochte. Er hat sie ins Café eingeladen, sogar auf den Seesteg. Aber dann hat sie immer wieder davon gesprochen, dass das nicht alles sein könnte. Eine Heirat, Kinder. Vor zwei Monaten hat sie sich von ihm getrennt. Sie wollte ihm den silbernen Anhänger zurückgeben, aber er hat darauf bestanden, dass sie ihn behält. Er hat immer noch geglaubt, dass sie zu ihm zurückkommt.«

»Aber du hast das nicht gedacht.«

Marie sah in die Ferne. »Henny war regelrecht erleichtert, als es vorbei war. Sie hat mich ermuntert, mit ihm auszugehen. Er war mit mir ein paarmal im Café. Er war sehr nett, aber er wollte nur über Henny reden. Sie war wie ein Spuk in seinem Kopf, saß immer unsichtbar zwischen uns.« Sie lächelte traurig. »Meine Mutter hat mich vor der Liebe gewarnt. Es geht meist nicht gut aus.« Sie nahm Viktorias Hand. »Bitte, können Sie etwas für Herrn Albert tun? Ihr Vater ist doch Anwalt. Vielleicht kann er mit der Polizei sprechen.«

Viktorias Vater hatte strikte Vorstellungen von seinem Beruf, ein Oberstaatsanwalt hatte nicht für die Verteidigung zu sorgen. In beruflichen Dingen hatte er sich von Viktoria noch nie reinreden lassen. Aber sie sah die Angst in Maries Gesicht, und ihr war klar, dass sie es nicht auf sich beruhen lassen konnte. Es würde nicht einfach werden, aber es wäre nicht das erste Mal, dass ihr Vater ihren Wünschen nachgab. Doch Viktoria wollte nicht, dass sich das Mädchen zu große Hoffnungen machte. »Ich werde mit ihm telefonieren. Aber versprechen kann ich nichts.«

Marie strahlte, als würde allein das schon helfen. »Vielen Dank!« Sie sah zu dem Fenster im Souterrain. Offenbar fürchtete sie, die Köchin würde ihren Kopf herausstecken. »Ich muss zurück, die Kartoffeln schälen.«

Viktoria nickte. Aber eine Frage drängte sich ihr auf. »Marie, wo warst du gestern kurz vor Mitternacht?«

»Ich habe gearbeitet. Erst war ja das Konzert. Die Kellner haben die Stühle weggeräumt, und wir haben das Frühstück für den nächsten Tag vorbereitet. Ich bin erst kurz vor Mitternacht ins Bett gekommen. Als ich gerade hochgehen wollte, hat noch eine Dame geklingelt. Sie konnte nicht schlafen und hat um ein Glas heiße Milch mit Honig gebeten. Ich habe es fertig gemacht und zu ihr raufgebracht.«

»Aber dann musst du doch an dem Herrenzimmer vorbeigekommen sein. Hast du nichts gesehen?«

Marie sah Viktoria mit großen Augen an. »Sie meinen, zu der Zeit ist es passiert? Aber ich habe nichts gesehen. Ich bin ja nicht durch das Foyer, sondern über die Dienstbotentreppe direkt von der Küche in den ersten Stock.«

Natürlich, daran hatte Viktoria nicht gedacht. »Ist dir vielleicht oben etwas aufgefallen? War jemand im Flur?«

»Nein, aber ich habe wieder diese Geräusche gehört.«

»Welche Geräusche?«

»Die von dem Geist. Es klingt wie Schritte, sie sind immer über mir und doch weit weg. Was, wenn das Gespenst …«

»Ein Gespenst hat Herrn von Seyfarth sicher nicht umgebracht«, unterbrach Viktoria sie unwirsch. Geistergeschichten hatte sie zu Hause von Trude oft genug gehört. Aber Maries Bemerkung hatte sie auf eine Idee gebracht. »Kann es sein, dass Henny dir diese Geistergeschichte erzählt hat?«

Marie nickte. »Sie hat gesagt, ich solle besser nachts im Bett bleiben, weil ein Geist umgeht. Sie meinte, es ist der verstorbene Geist ihrer früheren Dienstherrin. Die war in einen Mann verliebt, der hier im Hotel zu Gast war, und als er sie verlassen hat, ist sie ins Wasser gegangen. Nun kommt sie jede Nacht ins Hotel und sucht nach ihm.«

»Das hat Henny erzählt?«, fragte Viktoria und musste schmunzeln. Henny hatte Geistergeschichten schon immer gemocht, schon damals hatte sie Trude wilde Dinge erzählt, über eine Frau, die sich auf dem Dachboden umgebracht hatte. Seitdem hatte sich Trude geweigert, den Dachboden zu betreten, was ganz in Hennys Sinn gewesen war. Und vermutlich hatte sie hier die gleiche Taktik angewandt. »Henny hat den Dachboden als Versteck genutzt. Sie hatte dort oben eine Schreibmaschine, mit der sie geübt hat. Die Geräusche, die du gehört hast, das war Henny. Und gestern Nacht war ich dort oben.«

Marie sah Viktoria mit großen Augen an. »Sie waren auf dem Dachboden? Und wenn der Geist gekommen wäre?«

»Es gibt keinen Geist. Henny hat sich die Geschichte ausgedacht, damit niemand auf die Idee kommt, den Dachboden zu betreten.«

Marie brauchte eine Weile, um diese Informationen zu verarbeiten. »Henny war oben auf dem Dachboden?«, sagte sie schließlich. »Und sie hatte eine Schreibmaschine? Woher soll sie die denn gehabt haben?«

»Wahrscheinlich aus dem Wilhelm-Augusta-Heim.«

Marie nickte. »Sie hat erzählt, wie nett ihre frühere Dienstherrin gewesen ist, sie hätte ihr viel beigebracht. Und sie hat ihr etwas vermacht. Das hat zumindest die Köchin gesagt. Ich habe immer gedacht, es wäre Geld gewesen.«

»Sie hat gelernt, Schreibmaschine zu schreiben. Und sogar Stenografie.«

Plötzlich machte Marie große Augen. »Letzte Woche ist ein Brief aus Hamburg für Henny gekommen. Sie war ganz aus dem Häuschen deswegen. Ich habe sie selten so glücklich gesehen. Meinen Sie, sie hat sich als Bürofräulein beworben und eine Zusage bekommen?«

Viktoria sah Marie überrascht an. Genau das war es. *Alles wird sich ändern.* Das muss Henny gemeint haben. Sie wollte ihre Arbeit als Dienstmädchen aufgeben und in einem Büro arbeiten. Keine Betten mehr machen, nicht mehr von morgens bis spät in die Nacht schuften, sondern halbwegs geregelte Arbeitszeiten haben. Sie würde kein Vermögen verdienen. Aber verglichen mit den Arbeitsbedingungen als Dienstmädchen wäre es ein enormer Aufstieg. Viktoria erinnerte sich, wie stolz Henny gewirkt hatte, als sie bei ihr im Zimmer gestanden hatte. Sie hatte sich das alles selbst erarbeitet. Durch Fleiß und ihren unbedingten Willen, etwas zu ändern. Und dann war sie ermordet worden.

Das Fenster im Souterrain öffnete sich, und eine rotgesichtige Frau schaute heraus. »Marie! Da sall mie doch de Düvel holen. Koom rinn und pell die Tuffels!«

Marie zuckte zusammen. »Ich komme!«, rief sie.

Sie wollte loslaufen, doch Viktoria hielt sie auf. »Marie, hast du gestern Abend nicht doch etwas gesehen? Jemanden, der über den Flur ging, oder bei dem die Zimmertür offen stand?«

Marie schüttelte den Kopf. »Ich war so müde, ich habe nicht darauf geachtet. Den ganzen Tag bin ich hin und her gelaufen, und das Konzert hat so lange gedauert. Ich wollte nur noch ins Bett. Deswegen habe ich mich ja auch so geärgert, dass Freifrau von Czarnecki nicht geöffnet hat, als ich ihr die heiße Milch gebracht habe.«

»Elsie von Czarnecki?«, fragte Viktoria überrascht.

»Sie hatte geklingelt, weil sie nicht schlafen konnte. Aber sie muss dann doch eingeschlafen sein.« Marie blickte nach unten. »Ich war wütend deswegen. Die Herrschaften liegen im Bett, und ich war immer noch auf den Beinen. Ich habe gedacht, wenn ich jetzt wieder runter in die Küche gehe, um die Milch wegzubringen, dann bekomme ich wieder etwas zu tun. Also habe ich die Milch selbst ausgetrunken und bin nach oben in mein Zimmer.« Sie hatte die letzten Worte geflüstert, als fürchtete sie, dass die Köchin sie hörte.

»Und du hast niemanden gesehen? Vielleicht vorher, als du über den Flur gegangen bist?«

Marie schüttelte den Kopf. »Nein, da war niemand.« Sie sah Viktoria an. »Sie telefonieren also mit Ihrem Vater?«

Als Viktoria nickte, ergriff Marie noch einmal ihre Hand und knickste. »Vielen Dank!« Im nächsten Moment ging sie mit schnellen Schritten zur Treppe, die hinunter in die Küche führte. Doch an der Tür schien ihr etwas einzufallen, sie stoppte abrupt. »Ich habe doch jemanden gestern Abend gesehen. Nicht oben auf dem Flur, aber vorher, als ich die Milch warm gemacht habe. Da habe ich durch das Fenster im Vorratsraum geschaut und einen Gast draußen im Garten bemerkt. Ich hab mich noch gewundert, um die Uhrzeit. Aber dann war die Milch heiß, und ich war froh, endlich fertig zu sein.«

»Wer war es?«

»Frau Kommerzienrat Gustloff, sie stand beim Rosenpavillon.«

»Marie, nun gift dat futt wat achter die Ohren!«, rief die Köchin.

Marie zuckte zusammen, dann rannte sie die Treppe hinab. Viktoria sah ihr nach. Frau Gustloff. Was hatte die mitten in der Nacht im Garten zu suchen gehabt?

32

Verlangen

Der neue Concierge sah Viktoria ratlos an, als diese ihn bat, eine Telefonverbindung für sie herzustellen. Sie erlöste ihn aus seiner Verlegenheit, als sie ihm sagte, dass sie sich sehr gut mit dem Apparat auskenne. Erleichtert deutete der Concierge auf den Fernsprecher an der Wand seitlich vom Tresen. Viktoria hätte sich etwas mehr Privatsphäre gewünscht, aber zum Glück wurde der Concierge von neuen Gästen abgelenkt. Sie nahm den schweren Hörer aus Mahagoniholz ab und wartete auf das Fräulein vom Amt, dem sie die Nummer durchgab. Es dauerte nicht lange, dann hörte sie die Stimme ihres Vaters.

»Viktoria, wie schön, dich zu hören.«

Bei dem Klang seiner dunklen Stimme durchflutete sie ein warmes Gefühl der Geborgenheit und des Trostes. Ihr Vater war immer für sie da. Wenn es Schwierigkeiten gab, konnte sie sich auf ihn verlassen. So auch jetzt.

»Ich habe deinen Brief heute Morgen erhalten«, hörte sie ihn. »Die Sache mit Henny ist schrecklich. Ich habe sofort den Eltern eine Nachricht zukommen lassen, und ich habe auch bereits die Überführung des Mädchens veranlasst.«

Tränen traten Viktoria in die Augen. Sie war froh und

erleichtert, dass Hennys Eltern ihre Tochter zu Hause beerdigen konnten. »Ich danke dir, Papa, du bist der Beste!«

»Das ist doch selbstverständlich. Aber du hast doch noch anderes auf dem Herzen. Oder täusche ich mich?« Er gab sich Mühe, streng zu klingen, doch es wollte ihm nicht gelingen. Sie sah sein gütiges Gesicht praktisch vor sich.

»Du hast recht, Papa, wie immer«, sagte sie und holte tief Luft. Dann berichtete sie von den Ereignissen der vergangenen Nacht. Sie wählte ihre Worte mit Bedacht, um ihrem Vater deutlich zu machen, dass für sie zu keiner Zeit eine Gefahr bestanden hatte und dass er sich um sie keinerlei Sorgen machen müsse.

Konrad Berg hörte ihr ruhig zu, fragte lediglich an einigen Stellen nach. Viktoria war ihrem Vater dankbar, dass er ihr keine Vorwürfe machte, weil sie diese Reise allein angetreten hatte. Als sie ihm davon erzählte, dass sie auf dem Dachboden gewesen war, erlaubte er sich sogar eine scherzhafte Bemerkung. »Und du bist ganz allein dort hochgestiegen?«, fragte er. »Viktoria, aus dir wird nie eine Dame werden.«

»Kannst du Albert Vink helfen?«, fragte Viktoria, ohne auf seine Bemerkung einzugehen. »Er braucht einen Anwalt.«

Eine Weile hörte sie nichts durch den Fernsprecher, und Viktoria fürchtete schon, die Leitung sei unterbrochen worden. Sie begriff ohnehin nicht, wie sie von einer Insel aus telefonieren konnte. Waren denn die Kabel durch die Nordsee verlegt worden? Ein Räuspern am Ende der Leitung riss sie aus ihren Gedanken.

»Ich selbst kann da nichts machen. Ein Staatsanwalt kann schließlich keine Anwaltschaft übernehmen. Aber ich habe einen jungen Assessor, der könnte ein wenig Nachhilfe im Strafrecht gebrauchen. Ich werde ihn auf den Fall ansetzen und mit ihm die Einzelheiten besprechen.«

»Vielen Dank, Papa. Du weißt immer eine Lösung.«

Konrad Berg seufzte. »Du hast mich mal wieder um den Finger gewickelt, junges Fräulein. Aber nun sage mir doch eins – kannst du denn überhaupt noch die Sommerfrische genießen? Erst das mit Henny und jetzt gar ein Mord?«

Viktoria dachte keine Sekunde nach. »Papa, es ist formidabel, trotz allem. Das Meer ist wunderschön, und wir sind oft an der Promenade …«

»Wir?«, unterbrach ihr Vater sie. »Du hast also Bekanntschaften gemacht?«

Viktoria seufzte. Ihr Vater würde vermutlich zu gerne hören, dass sie einen jungen Mann kennengelernt hatte. Einen von Stand, der ihr eine gesicherte Zukunft bieten konnte.

»Papa, ich muss dich enttäuschen. Mein Entschluss steht fest, ich übernehme im August die Stelle an der Schule.« Viktoria war seiner Frage bewusst ausgewichen. Sie wollte ihn nicht belügen. Allerdings hatte sie auch nicht vor, ihm die Wahrheit zu sagen. Und die Wahrheit war, dass sie jemanden kennengelernt hatte. Dass sie ein Kribbeln im Bauch verspürte, wenn sie an ihn dachte.

»Als Lehrerin verdienst du doch kaum etwas. Du brauchst einen Mann, der dich versorgt.«

Ihr Vater konnte es sich nicht verkneifen, den Finger in die Wunde zu legen. Viktorias Lohn war tatsächlich kaum der Rede wert. Im Gegensatz zu den männlichen Lehrern würde sie schwerlich davon leben können. Doch davon wollte sie sich nicht abschrecken lassen. Es würde schon gehen, irgendwie.

Ihr Vater interpretierte ihr Schweigen offenbar als Zugeständnis. »Vorige Woche war Theo Breidenbach hier, er hat sich nach dir erkundigt. Er nimmt dir nicht übel, dass du ihn abgewiesen hast. Er ist ein außergewöhnlicher Mann. Du solltest dir die Sache wirklich noch einmal überlegen.«

»Papa!«

»Als seine Ehefrau könntest du viel bewirken. Viel mehr jedenfalls, als du es als Lehrerin jemals kannst. Ich bin mir sicher, er würde dich dabei unterstützen, eine Armenküche aufzubauen. Er hat eine soziale Ader.«

Theo Breidenbach. Für einen Moment sah Viktoria ihn vor sich, wie er in seiner Offiziersuniform vor ihr kniete, sie um ihre Hand bat. Die Hoffnung in seinen Augen … Die Entscheidung war ihr nicht leichtgefallen, sie mochte den jungen Offizier.

»Lass Herrn Breidenbach aus dem Spiel«, sagte Viktoria schärfer, als sie es beabsichtigt hatte.

Ihr Vater schwieg, und sie wusste, sie hatte ihn verärgert. »Es tut mir leid«, sagte sie, und sie meinte es auch so. Er machte sich Sorgen. In seiner Welt heiratete man nun einmal. Wie oft hatte er Viktoria von ihrer Mutter erzählt, an die sie keine Erinnerung hatte. Er vermisste sie noch immer. Es ging ihm nicht nur darum, dass Viktoria versorgt war. Er wollte, dass sie glücklich war in ihrem Leben, und dazu gehörte für ihn die Ehe.

War es wirklich die richtige Entscheidung? Wegen eines Berufes sich alles andere zu versagen? Partnerschaft, Liebe, Verlangen. Dieses Gefühl, als sie Christian gestern geküsst hatte … Bislang hatte sie nicht gewusst, worauf sie Verzicht leisten wollte. Sie hatte immer Scherze darüber gemacht, dass sie einmal als alte Jungfer sterben würde. Nun ließ der Gedanke sie nachdenklich werden. Wollte sie das wirklich?

Ihrem Vater gegenüber äußerte sie nichts von diesen Gedanken. »Papa, deine Bemühungen in allen Ehren, aber ich werde meine Meinung nicht ändern. Weder hier in der Sommerfrische noch zu Hause. Ich werde als Lehrerin arbeiten.«

»Dein zukünftiger Mann hätte bestimmt nichts dagegen, du würdest ihn schon überzeugen.« Ihr Vater war nicht ohne Grund Staatsanwalt geworden. Er war hartnäckig.

Aber seine Worte führten Viktoria nur noch deutlicher vor Augen, wie wichtig es war, bei ihrem Entschluss zu bleiben. *Er hätte nichts dagegen.* Genau das war der Punkt. Wenn sie erst einmal verheiratet war, hatte sie ihre Rechte aufgegeben. Ihr Mann durfte über alles entscheiden, was sie betraf. Auch wenn er ihr zu Anfang ihrer Ehe vielleicht einiges erlauben würde; wenn erst Kinder da waren, würde er sie an das Haus binden – wohltätige Zwecke hin oder her.

Im Frauenverein hatte Viktoria mehr als eine Frau ihr Leid klagen hören. Nein, sie wollte nicht auf die Erlaubnis anderer angewiesen sein. Sie wollte selbst entscheiden. Auch wenn sie dafür einen hohen Preis zahlen musste. Doch zugegeben: Es war leicht gewesen, sich vorzustellen, allein durchs Leben zu gehen, als es noch niemanden gab, der ein Verlangen nach Zweisamkeit in ihr geweckt hatte – nach Nähe, nach mehr als nur Küssen. Christian hatte Viktoria vor Augen geführt, dass der Preis für die Freiheit viel höher war, als sie bisher angenommen hatte. Trotzdem würde sie ihn bezahlen.

»Du wirst mich nicht davon abbringen, Papa. Ich weiß, dass du dir Sorgen machst. Aber diese Sorgen sind unnötig.«

Sie bemerkte das Ehepaar, das beim Tresen stand und zu ihr herübersah, und auch der Concierge schien zu lauschen. »Papa, ich muss jetzt aufhören. Es war schön, deine Stimme zu hören. Vielen Dank, dass du dich um alles kümmerst.«

»Versprich mir, auf dich aufzupassen, junges Fräulein.«

Sie lächelte. »Ich passe auf mich auf, Papa, versprochen.«

Nachdem sie aufgelegt hatte, ging sie zurück zum Concierge. Der las die Kosten des Telefonats vom Gebührenzähler ab – fast drei Mark. Eine stolze Summe.

»Soll ich es auf Ihre Rechnung schreiben, Fräulein Berg?«

Viktoria nickte. Sie war in Gedanken ganz woanders. Die Zeiten veränderten sich. Einige Studiengänge standen inzwischen auch Frauen offen, irgendwann würde es normal sein, dass Frauen arbeiteten. Aber so weit war es noch lange nicht. Sie straffte die Schultern. Nein, ihr Weg war der einzig mögliche. Wenn es bedeutete, dass sie allein sein musste, dann war es so. Sie würde ihren Plan nicht aufgeben.

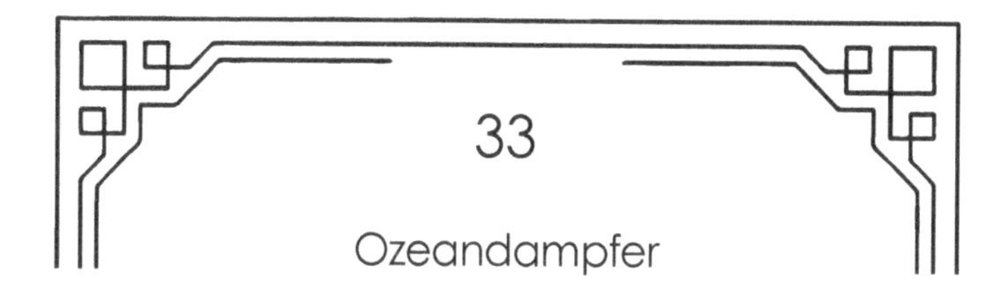

33

Ozeandampfer

Christian stand im Herrenzimmer und betrachtete die Sessel, die in der Nähe des Fensters platziert waren. Er versuchte sich ein Bild von den Abläufen gestern Abend zu machen.

Seyfarth hatte mit dem Rücken zur offenen Tür in einem niedrigen Clubsessel gesessen. Er musste völlig arglos gewesen sein, als sich sein Mörder von hinten näherte. Der Schlag ging seitlich gegen die Schläfe, also hatte Seyfarth sich nicht umgewandt, sondern nach draußen aus dem Fenster gesehen. Der Mörder musste sich also angeschlichen haben. Christian dachte an Vink. Der Mann mochte aufbrausend sein und hatte Seyfarth den Tod gewünscht, aber hätte er ihn wirklich feige hinterrücks erschlagen? Christian bezweifelte es.

Er ließ den Blick durch den Raum schweifen. Es war gründlich sauber gemacht worden, der Boden glänzte heller denn je. Christian ging an das Bücherregal, vor dem der Sessel gestanden hatte, und fuhr mit dem Finger die Buchrücken entlang. Und da entdeckte er es. Ein kleiner Spritzer Blut. Jetzt, da er einen gefunden hatte, bemerkte er weitere. Und mit einem Mal wurde ihm klar, was das zu bedeuten hatte.

Viktoria stand im Foyer und schaute aus einem der Fenster mit den leuchtend grünen Gläsern nach draußen. Auf ihrer Stirn hatte sich eine tiefe Falte gebildet, als würde sie über etwas Schwerwiegendes nachdenken. Als Christian sie begrüßte, wandte sie sich um.

»Herr Hinrichs.«

Die förmliche Anrede ärgerte ihn. Himmelherrgott, warum war alles so schwierig? Wenn sie ein Dienstmädchen wäre, wüsste er besser mit ihr umzugehen. Er sah sich im Foyer um. Niemand war in ihrer Nähe, trotzdem wollte er hier nicht mit ihr über seine Entdeckung reden. »Lassen Sie uns spazieren gehen, Viktoria.«

Sie nickte, und er glaubte eine Spur von Traurigkeit in ihren Augen zu erkennen.

Draußen hatte der Nieselregen aufgehört. Die Sonne drängte sich bereits durch die Wolken, es würde ein warmer Tag werden. Als Christian in Richtung Strandpromenade gehen wollte, schüttelte sie den Kopf.

»Die Balows sind gerade dort langgegangen, sie wollten zur Marienhöhe«, erklärte sie. »Lassen Sie uns in die andere Richtung gehen. Da sind wir ungestört.«

Christian nickte, auch wenn die Marienhöhe auf der Liste der Orte stand, denen er irgendwann noch einen Besuch abstatten wollte. Angeblich hatte Heinrich Heine auf der Düne mehrere seiner Nordsee-Reisebilder geschrieben. Königin Marie von Hannover hatte ihm zu Ehren einen Holzpavillon errichten lassen. Von einer Konditorei ein Stück oberhalb des Pavillons brachten Kellner Kaffee und Kuchen. Gerne hätte Christian sich das Treiben angesehen. Allerdings wollte er den Balows lieber nicht über den Weg laufen. Die Marienhöhe konnte er sich ein anderes Mal ansehen.

Sie folgten der Promenade nach rechts, am Herrenbad vorbei bis zur Georgshöhe. Viktoria sagte die ganze Zeit kaum ein Wort. Sie schien noch immer in Gedanken versunken. Christian fühlte sich verunsichert. Er hatte sich auf einen Spaziergang mit Viktoria gefreut. Er hatte sich vorgestellt, sie würden erst ein wenig plaudern, und dann würde er ihr erzählen, was er herausgefunden hatte. Er war ein wenig stolz auf seine Entdeckung, und wenn er ehrlich war, hatte er gehofft, dass Viktoria ihn dafür bewundern würde. Aber im Moment schien sie ihn gar nicht wahrzunehmen.

Auf der abgeflachten Düne der Georgshöhe schauten einige Männer durch das lange Fernrohr. Vermutlich beobachteten sie einen der mächtigen Ozeandampfer, die Richtung New York unterwegs waren.

»Wollen wir hinaufgehen?«, fragte Christian und kannte die Antwort schon, bevor Viktoria den Kopf schüttelte. Was war nur los mit ihr? Hatte sie der gestrige Abend mitgenommen? Verwunderlich wäre es nicht. Auch ihn hatte der Anblick des toten Seyfarth schockiert.

Oder gab es einen anderen Grund? Lag es womöglich an ihm? Nahm sie ihm sein Verhalten übel? Gestern Abend hatte er noch gedacht, der Kuss hätte ihr gefallen. Er hatte das Gefühl, sie suche sogar seine Nähe. Und jetzt war es, als hätte Viktoria eine unsichtbare Barriere zwischen ihnen errichtet.

Als sie die Weiße Düne fast erreicht hatten, sah Viktoria ihn zum ersten Mal richtig an. »Sie wollten mir etwas erzählen?«

Er war froh, dass sie ihm endlich das Stichwort lieferte. »Ich war eben im Herrenzimmer und habe versucht, mir ein Bild von gestern Abend zu machen. Mir ist aufgefallen, dass die Buchrücken feucht waren.« Jetzt, wo er es aussprach, hörte es sich ein wenig lächerlich an.

Viktoria hob eine Augenbraue. »Und?«

»Die Zimmermädchen haben sie abgewischt. Mit einem feuchten Tuch. Weil Blut daran war. Überall war Blut. Auf dem Boden, auf dem Sessel, auf Seyfarths Hemd. Das heißt: Auch der Mörder muss mit Blut besudelt gewesen sein.«

»Und?«

»Wir haben den Concierge doch in seiner Livree gesehen. Sie war makellos sauber wie immer. Er kann nicht der Mörder gewesen sein.«

Viktoria sah ihn überrascht an. »Aber wer dann?«

»Jemand, dem Seyfarth auf die Füße getreten ist. Und der den gleichen Weg gewählt hat wie bei Henny. Henny hat auch von hinten einen Schlag an den Kopf erhalten.«

»Sie glauben, jemand hat beide ermordet?«

»Zumindest gehe ich davon aus, dass Hennys und Seyfarths Tod zusammenhängen. Beide wurden auf die gleiche Art getötet. Jemand hat sie erschlagen. Dazu braucht man Kraft – oder Wut. Wir suchen also jemanden, den irgendetwas sehr aufgebracht hat. Der vielleicht seinen Ärger und seine Angst immer verstecken musste und der nun nicht mehr in der Lage ist, sie im Zaum zu halten. Die Frage ist, warum es jetzt geschieht. Irgendetwas muss es ausgelöst haben.«

Viktoria sah ihn mit großen Augen an. »Sie klingen wie ein Kriminaler.«

Christian zuckte mit der Schulter. »Ich war immer für die Polizeigeschichten zuständig. Da schnappt man einiges auf.«

»Wir sollten mit der Polizei reden. Vielleicht überzeugt sie Ihre Beobachtung mit den Blutspritzern, Vink wieder freizulassen.«

Christian glaubte nicht, dass der Gendarm sich dazu bewegen lassen würde. Und er verspürte keine Lust, einen Fuß in das Polizeigebäude zu setzen. Aber es war das erste Mal an diesem Tag, dass so etwas wie ein Lächeln auf Viktorias Lippen lag. Und für dieses Lächeln hätte er alles gemacht.

34

Krischan

Als sie vor der Wache standen, schaute Christian mit Unbehagen auf das Steinschild mit dem Schriftzug »Polizeiverwaltung«. Die verschnörkelte Umrandung wirkte viel zu freundlich für seinen Geschmack. Er bemerkte Viktorias aufmerksamen Blick, aber sie fragte auch jetzt nicht, warum er die Polizei derart scheute. Christian war froh, dass sie es nicht tat. Er war ein schlechter Lügner, und die Wahrheit konnte er ihr nicht sagen. Dass er sich an einem Verbrechen beteiligt hatte.

Das Stadtviertel, in dem Christian aufgewachsen war, hatte nicht gerade einen guten Ruf. Wenn Christian mit seinem Freund Willy als Kind Räuber und Gendarm spielte, hatte Willy immer die Rolle des Räubers übernommen. Willy hatte es mit Vorschriften und Gesetzen noch nie so genau genommen. Christian erinnerte sich bis heute, wie Willy mit zwölf Jahren in einer fremden Wohnung erwischt wurde, als er eine Kommode durchwühlte. Noch Tage später konnte er nicht laufen, weil er von seinem Vater zur Strafe verprügelt worden war. Die Eltern waren heilfroh, als Willy endlich eine Schlosserlehre begann.

Schlosser – ausgerechnet Willy! Christian war von Anfang an klar gewesen, warum Willy Interesse am Schlosserhandwerk hatte. Schon nach wenigen Monaten setzte Willy seine neu erworbenen Kenntnisse gewinnbringend ein. Christian hingegen war weiter zur Schule gegangen, hatte später mit dem Zeitungsvolontariat begonnen und die Kriminalreportagen geschrieben. Er hatte Polizeiberichte gelesen, war zu den Tatorten gefahren und hatte über die Arbeit der Polizei berichtet. Und immer, wenn er von einem Einbruch erfuhr, fragte er sich unwillkürlich, ob womöglich Willy dahintersteckte.

Irgendwann war Christian auf die Idee gekommen, einmal von der anderen Seite zu berichten. Eine Reportage aus Sicht der Verbrecher. Er wollte schreiben, warum sie ihre Taten begingen. Wollte über die Armut berichten, die sie dazu trieb. Keine Schwerverbrechen, sondern kleinere Einbrüche, wie Willy sie beging.

Der war zunächst dagegen gewesen, als Christian ihm die Idee antrug. Doch wenige Tage später sagte Willy plötzlich zu – unter der Bedingung, dass Christian ihn auf eine Tour begleitete.

Es regnete, als sie losgingen. Christian hatte sich vollständig schwarz angezogen, was Willy mit einem Kopfschütteln quittierte. Der trug normale Straßenkleidung. »Du siehst aus, als würdest du zu einer Beerdigung fahren, Krischan«, sagte er lachend. Er nannte ihn Krischan, so wie er es immer gemacht hatte. Seit seiner Geburt war Christian so gerufen worden und erst, als er auf das Gymnasium wechselte, änderte sich das. Noch immer fühlte er sich nicht recht wohl mit dem Namen Christian.

Sie gingen etwa eine halbe Stunde, wobei Willy ihm von seinen bisherigen Taten berichtete. Tatsächlich hatte Christian mit seiner Vermutung richtiggelegen. Einige der Einbrüche, über die Christian berichtet hatte, waren von Willy verübt worden.

»Warum tust du es?«, fragte Christian.

Willy sah ihn fragend an. »Warum wohl? Meinst du, ich will mir ewig den Rücken krumm arbeiten? Immer auf der Schanze wohnen?«

Er deutete auf ein schönes mehrstöckiges Wohnhaus. Es war offensichtlich erst in den letzten Jahren erbaut worden. Hübsche Blumenkacheln glänzten im Schein der Gaslaternen. Es war ein Bau ganz im Sinne der neuen Zeit, das Dekor verspielt und leicht. Kein Vergleich mit dem überladenen Schwulst der Häuser aus den Gründerjahren.

»So müsste man leben«, sagte Willy. »Wer hier wohnt, hat keine Sorgen. Jedenfalls bis jetzt nicht.«

Er grinste und stellte seine Tasche ab, sah sich kurz um. Dann holte er ein Stemmeisen hervor, mit dem er ungerührt der Eingangstür zu Leibe rückte. Es knackte laut, und die Tür schwang auf. Willy packte sein Stemmeisen wieder ein.

Unten in dem Gebäude war ein Kontor, in den nächsten Stockwerken befanden sich Wohnungen.

Willy wies auf die Treppe. »Wir gehen ganz nach oben. Der Schnösel, dem das Kontor gehört, hat im obersten Stockwerk einen Tresor einbauen lassen. Er glaubt, da ist er sicher vor Einbrechern.« Er lachte.

»Woher weißt du, dass dort ein Tresor ist?«

»Ich habe ihn selbst raufgeschafft, zusammen mit meinem Meister. War eine ganz schöne Plackerei.«

»Hast du keine Angst, dass sie dir draufkommen? Sie werden sich doch fragen, wer von dem Tresor wusste.«

»Das ist schon Jahre her. Wer fragt da noch nach dem Lehrling, der das Ding eingebaut hat. Also ruhig jetzt, ich habe keine Lust, jemanden zu wecken.«

Er betrat den Flur und schlich leise die Treppe hinauf. Christian zögerte, dann folgte er ihm. Sein Herz schlug bis zum Hals, und mit einem Mal war er sich nicht mehr sicher, ob es so eine gute Idee gewesen war, Willy zu begleiten. Wie sollte er erklären, dass er mit alldem nichts zu tun hatte, wenn sie erwischt werden würden?

Im obersten Stockwerk blieb Willy stehen, betrachtete die Wohnungstür. »Der Besitzer des Tresors ist ausgegangen. Er ist im Theater.«

»Bist du sicher?«

»Na klar, das Dienstmädchen hat es erzählt. Ich habe sie auf ein Stück Kuchen eingeladen.« Er zwinkerte Christian zu. »Aber davon kein Wort in deiner Zeitung. Ich will nicht, dass sie Schwierigkeiten bekommt.«

»Ich zeige dir den Artikel, bevor ich ihn abgebe. Wie besprochen.«

Willy nickte, dann nahm er ein Schlüsselbund mit Dietrichen heraus. Es dauerte nicht lange, und die Tür sprang auf. Willy nahm seine Tasche. »Du bleibst hier draußen und schiebst Wache. Wenn jemand kommt, gibst du Bescheid.« Als er Christians Gesichtsausdruck bemerkte, grinste er. »Mein zweiter Mann fehlt. Was meinst du, warum ich dich mitgenommen habe? Du stellst dich hierher und passt auf. Oder willst du, dass wir erwischt werden?«

Christian war froh, im Flur bleiben zu können. Er verfluchte sich innerlich dafür, dass er die Idee zu diesem Artikel gehabt hatte. Eigentlich hatte er Willy nur interviewen wollen. Aber der hatte darauf bestanden, dass er mitkam, wollte sonst nichts erzählen. Jetzt war ihm auch klar, warum. Willy war schon immer ein Meister darin gewesen, anderen etwas aufzuschwatzen.

Willy schien eine Ewigkeit zu brauchen. Christian starrte ins Dunkel und wurde immer nervöser.

Doch plötzlich hörte er ein Geräusch unten im Haus. Christian schaute die Treppe hinunter. Alles war dunkel, und doch war er sich sicher, die Haustür gehört zu haben. Und plötzlich sah er im Zwielicht des Treppenhauses den Ärmel einer blauen Uniform auf dem Geländer. Der Anblick traf ihn wie ein Schlag in die Magengrube.

Christian wich zurück bis zur Tür. Er trat leise in die Wohnung, schloss die Tür hinter sich.

Er fand Willy am Ende des langen Hausflurs in dem Zimmer zur Linken. Der hockte vor dem Tresor, hatte sein Werkzeug um sich herum auf dem Boden verteilt.

»Willy, wir müssen weg! Die Polizei!«

Willy warf ihm einen raschen Blick zu, dann klaubte er das Werkzeug zusammen, warf es in seine Tasche. Im gleichen Moment klopfte es an der Tür, die Christian wohlweislich hinter sich geschlossen hatte.

»Polizei, aufmachen!«

Sie kletterten über das Fenster nach draußen aufs Dach. Dann balancierten sie auf den Dachpfannen entlang. Christian wagte nicht hinabzusehen, setzte Schritt für Schritt und hoffte, dass die Dunkelheit sie bald vor den Blicken etwaiger Verfolger verbergen würde. Aber er hatte sich zu früh gefreut. Plötzlich zerriss der Klang einer Trillerpfeife die nächtliche Stille. Offensichtlich war der Polizist in die Wohnung gelangt und inzwischen ebenfalls durch das Fenster gestiegen.

Willy begann zu laufen. Eine Dachpfanne riss aus der Verankerung, und fast wäre er gestürzt. Doch er fing sich, rappelte sich auf und hastete weiter.

Bislang war der Himmel wolkenverhangen gewesen. Doch jetzt trieb der Wind die Wolken auseinander, und ein fast voller Mond kam zum Vorschein. Flüchtig glaubte Christian, an einem der Fenster im gegenüberliegenden Haus eine Bewegung wahrgenommen zu haben. Er warf einen Blick über seine Schulter. Was er sah, ließ ihm das Blut in den Adern gefrieren. Der Polizist war nur wenige Schritte hinter ihnen. Christian beschleunigte seine Schritte, doch dann rutschte er aus. Er geriet ins Straucheln, verlor den Halt und schlug der Länge nach hin. Schnell wollte er wieder aufspringen, doch in diesem Moment fühlte er die Hand auf seiner Schulter. »Hiergeblieben, Bürschchen! Das hast du dir wohl so gedacht.«

Christian sprang voller Panik auf, schüttelte sich, um sich aus dem Griff des Polizisten zu befreien. Die plötzliche Bewegung brachte seinen Verfolger aus der Balance.

Der Polizist strauchelte, fiel auf die Dachpfannen, schlitterte ein Stück hinunter. Christian zögerte keinen Augenblick, rannte weiter. Doch dann hörte er den Angstschrei des Polizisten. Christian drehte sich um, sah, dass der Polizist Richtung Dachkante rutschte, unfähig, irgendwo Halt zu finden. Weitere Dachziegel lösten sich, flogen über die Kante und zerbarsten auf dem Bürgersteig.

Unten ertönten Trillerpfeifen, Rufe. Christian blickte sich nach Willy um, aber der war in der Dunkelheit nicht mehr zu sehen. Christian entschied sich zu handeln.

Die Dachpfannen waren locker, er musste vorsichtig sein. Er legte sich flach auf den Bauch, robbte Stück für Stück auf den Mann zu. Christian umklammerte mit der linken Hand eine Holzlatte, die durch das Abrutschen der Dachpfannen freigelegt worden war. Die Latte gab ihm einigermaßen Halt. Er rutschte noch ein Stück weiter nach unten, machte sich so lang er konnte, streckte seine Rechte aus. »Nehmen Sie meine Hand!«, rief er.

Der Polizist sah auf. Christian konnte die Panik in seinen Augen sehen. Mit einer raschen Bewegung wollte der Mann nach Christians Hand greifen, aber es fehlten wenige Zentimeter. Der Mann versuchte, sich aufzurichten – und im gleichen Moment gaben die Dachpfannen unter ihm nach. Plötzlich war der Polizist weg. Nur Bruchteile von Sekunden später hörte Christian das schreckliche Geräusch, als der Körper auf dem Straßenpflaster aufschlug.

Christian brauchte eine Weile, bis er sich wieder einigermaßen gefasst hatte. Erst als er die Trillerpfeifen immer näher kommen hörte, robbte er langsam wieder das Dach hinauf bis zum First. Dann rannte er davon.

Aus der Zeitung erfuhr er am nächsten Tag, dass der Polizist sich beim Sturz das Genick gebrochen hatte. Er war noch am Unfallort gestorben. Er war einunddreißig gewesen, verheiratet, drei Kinder. Offenbar hatte er bei seinem Rundgang die aufgebrochene Eingangstür bemerkt, hatte seine Kollegen informiert und war dann in das Haus gegangen. Christian stellte sich vor, wie die Ehefrau die Nachricht vom Tod ihres Mannes erhalten hatte. Wie sie vielleicht zusammengebrochen war, wie Verzweiflung sie ergriffen hatte. Was sollte nun aus ihr werden?

Willy kam in der nächsten Nacht zu ihm, sagte, Christian solle abhauen, sich unsichtbar machen – zumindest für eine Weile. Christian dachte an das Angebot der *Frau von Welt*, das er kurz zuvor erhalten hatte. Die Entscheidung war gefallen …

Jetzt hier vor der Polizeiwache versuchte Christian, die bedrückenden Gedanken zu verscheuchen. Er sah Viktoria an, zwang sich zu einem Lächeln. Er nickte, zum Zeichen, dass er bereit war. Viktoria ging voran, und Christian folgte ihr, versuchte der zu sein, der er vor der Sache in Altona gewesen war: ein neugieriger Journalist, der über Polizeiarbeit schrieb.

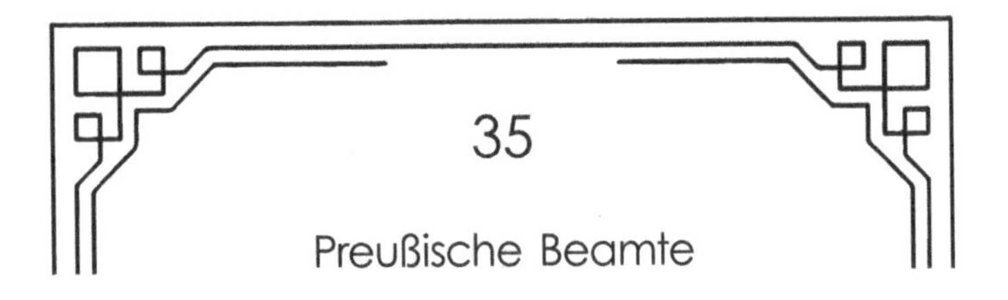

35

Preußische Beamte

Der Polizist am Schreibtisch machte ein Gesicht wie sieben Tage Regenwetter, als er Viktoria und Christian erkannte. »Sie schon wieder?«, entfuhr es ihm.

Als Kriminalreporter des *Hamburger Fremdenblatts* hatte Christian sich oft genug mit störrischen Polizeibeamten herumgeplagt. Plötzlich fühlte sich alles an wie immer. Gewohnt. Sicher. Er zog seinen Block heraus, räusperte sich.

»Ich hätte da noch einige Fragen bezüglich des Todesfalls Seyfarth. Aufgrund welchen Verdachts genau haben Sie Vink verhaftet?« Er hoffte, wenn er möglichst offiziell auftrat, hätte das seine Wirkung auf den Mann.

Tatsächlich erhob der sich jetzt von seinem Platz und kam schwerfällig zu ihnen an den Tresen. »Sie sind dieser Schreiberling, nicht wahr? Eines von diesen Frauenmagazinen.« Er lachte, als hätte er einen Witz gemacht. »Hier gibt es nichts zu schreiben. Der Verdächtige Vink wurde mit dem Schiff aufs Festland gebracht und anschließend der Kriminalpolizei übergeben. Die werden ihn schon zum Reden bringen.«

»Hat sich die Kriminalpolizei den Tatort angesehen?«, fragte Christian.

Der Polizist sah ihn an, als sei er ein lästiges Insekt. »Wozu sollte sie? Ich habe ihnen alles beschrieben. Die Lage war eindeutig. Der Mann wurde quasi auf frischer Tat ertappt.«

»Aber eben nur quasi. Wenn Sie sich den Tatort genauer angesehen hätten, wäre Ihnen vielleicht aufgefallen, dass Vink nicht der Täter sein kann.«

»Sie haben eine blühende Fantasie, junger Mann. Aber das ist man von Leuten wie Ihnen ja gewohnt.«

Christian wollte etwas erwidern, aber Viktoria kam ihm zuvor.

»Es geht nicht um Fantasie, sondern um Fakten. Wir möchten eine Aussage machen, und ich rate Ihnen, die Sache ernst zu nehmen. Zumindest den Anwalt von Herrn Vink wird unsere Beobachtung sehr interessieren.«

»So, ein Anwalt?« Die Miene des Polizisten veränderte sich unmerklich, als er Viktoria betrachtete. »Ich habe schon von Ihnen gehört. Sie sind die Tochter von einem Oberstaatsanwalt. Weiß Ihr Vater, dass Sie sich in polizeiliche Ermittlungen einmischen? Sie sollten sich nicht mit derartigen Dingen beschäftigen, Fräulein Berg. Denken ist schädlich für die weibliche Gesundheit.« Offenbar war der Polizist ein Anhänger des Mediziners Paul Julius Möbius, der in seiner vielbeachteten Schrift *Über den physiologischen Schwachsinn des Weibes* argumentierte, dass Frauen von Natur aus geistig minderbemittelt seien und jegliche übermäßige Gehirntätigkeit Frauen krank mache.

Viktoria richtete sich kerzengerade auf. Ihre Miene hatte sich verfinstert. »Ich weiß nicht, was Sie über Frauen wissen. Aber es wundert mich, dass ein preußischer Beamter sich nicht für Hinweise zur Lösung eines Falles interessiert.« Sie durchbohrte den Polizisten mit Blicken. »Also, wie ist es nun, Mann?«, fragte Viktoria harsch.

Der Beamte hatte unter Viktorias Worten unwillkürlich Haltung angenommen. Nicht wenig hätte gefehlt, und er hätte salutiert. Jetzt nahm er ein Formular aus einer Schublade heraus und befeuchtete einen Bleistift.

»Hier geht es immer korrekt zu, Fräulein. Also, Sie wollen etwas zu Protokoll geben?«

Ihre Miene blieb eiskalt und streng, als sie jetzt auf Christian wies.

»Nicht ich habe etwas zu sagen, sondern Herr Hinrichs«, sagte sie.

Der Polizist blickte Christian mit unverhohlener Verachtung an. Er ließ sich vielleicht von Viktoria einschüchtern, aber sicher nicht von einem Journalisten. »Also, was soll ich aufnehmen?«

Christian verspürte keinerlei Lust, dem Mann seine Beobachtung zu schildern. Es war ja doch nur Zeitverschwendung. Doch jetzt gab es kein Zurück, er sagte, was er entdeckt hatte und was er daraus folgerte.

Wie erwartet machten seine Worte wenig Eindruck auf den Polizisten. »Und Sie glauben, weil da kein Blut an Vinks Kleidung war, kann er es nicht gewesen sein? Sie haben zu viele Kriminalromane gelesen.«

»Es ist zumindest ein Hinweis, dem nachgegangen werden sollte. Haben Sie sich Vinks Livree angesehen?«, fragte Christian.

Der Polizist überhörte seine Frage geflissentlich. Stattdessen widmete er sich der Aufgabe, Christians Aussage in schönsten Lettern umständlich auf das Papier zu schreiben. Schließlich deutete er auf das Formular. »Sie müssen da unterschreiben.«

Christian überflog das Geschriebene. Der Polizist hatte seine Aussage ordentlich protokolliert. Es fragte sich bloß, was damit passieren würde.

Den gleichen Gedanken schien auch Viktoria zu haben, denn sie fixierte den Polizisten. »Ich gehe davon aus, dass Sie unsere Informationen unverzüglich an die Kriminalpolizei weiterleiten.«

»Hier kommt nichts weg. Das hat alles seine Ordnung.« Der Polizist blickte auf, und für einen Moment glaubte Christian darin den Anflug eines spöttischen Lächelns zu sehen. Dann lochte der Polizist das Blatt mit einem lauten Knall und heftete es in einen Ordner, den er anschließend zuklappte und wegstellte.

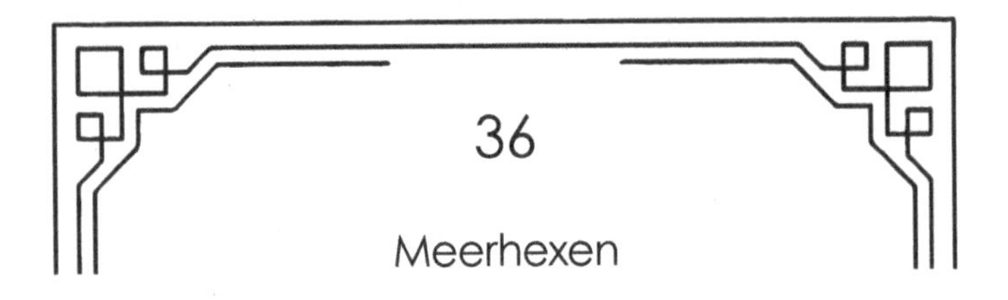

36
Meerhexen

Viktoria trat aus der Polizeiwache. »Denken ist schädlich für die weibliche Gesundheit ...«, ahmte sie den Polizisten nach. »Ja, natürlich, genau wie atmen. Dieser Kerl kann mir mal den Buckel runterrutschen! Haben Sie gesehen, was er mit Ihrer Aussage gemacht hat?«

»Weggeheftet. Wie zu erwarten.« Christian trat neben sie.

Viktorias Wangen waren vor Empörung gerötet. Dann atmete sie durch. »Gut. Wenn dieser Wachtmeister nicht ermitteln will, dann eben nicht. Aber es sollte uns nicht abhalten, der Sache weiter nachzugehen.«

Christian war schon auf der Wache eine Idee gekommen, die jetzt Formen annahm. »Haben Sie Lust auf ein Abenteuer, Fräulein Berg?«

Sofort trat ein neugieriges Funkeln in Viktorias Augen. »Was haben Sie vor?«

Viktoria ging ohne zu zögern auf den jungen Concierge zu. Christian hatte keine Ahnung, was sie ihm erzählte, aber der Mann folgte ihr zum Fenster. Während Viktoria den Concierge in ein Gespräch verwickelte, ging Christian zum Tresen. Er war selbst erstaunt, wie ruhig er dabei war. Die großen Messingschlüssel hingen fein säuberlich aufgereiht an einem Bord aus Mahagoniholz. Christian warf einen kurzen Blick zu Viktoria, die den Ausführungen des Concierge interessiert folgte. Immer wieder wies er nach draußen zum Himmel. Christian wartete nicht, bis der Mann sich wieder an seine Pflichten erinnerte. Gezielt nahm er einen Schlüssel vom Bord, ging dann gelassen die Treppe hinauf.

Viktoria kam eine Viertelstunde später. »Du lieber Gott, es hat ewig gedauert. Tut mir leid.«

»Womit haben Sie den Concierge abgelenkt? Er war ja ganz aus dem Häuschen.«

»Ich habe ihn nach dem Namen eines Vogels gefragt. Ich konnte ja nicht ahnen, dass der Mann passionierter Vogelkundler ist. Jetzt weiß ich, dass der Austernfischer ein sehr typisches schwarz-weißes Gefieder hat und wegen seinem langen Schnabel auch als Halligstorch bezeichnet wird. Und das war erst der Anfang. Danach hat er mir nahezu jeden Vogel erläutert, der vorbeigeflogen ist. Erst als ein Ehepaar mehrfach die Klingel am Tresen betätigte, hat er aufgehört.« Sie lachte, wurde aber gleich wieder ernst. »Haben Sie bekommen, was Sie wollten?«

»Selbstverständlich.« Nicht ohne Stolz zeigte er ihr den Schlüssel zu Seyfarths Suite.

Gemeinsam gingen sie in den Flur im ersten Stock. Christian erzählte Viktoria von seiner Begegnung mit dem Kommerzienrat am Morgen. Als sie an den Zimmern im ersten Stock vorbeigingen, blieb Viktoria stehen.

»Die Gustloffs waren auf ihrem Zimmer, als die Sache mit Seyfarth passierte?«, sagte sie stirnrunzelnd.

Christian nickte. »Zumindest hat der Kommerzienrat heute Morgen gesagt, dass es so gewesen sei.«

»Dann hat er gelogen. Denn Marie hat Frau Gustloff gestern Nacht draußen gesehen, vor dem Hotel. Sie war also mit Sicherheit nicht hier oben. Und ihr Mann? Der hätte sich nach dem Streit mit Seyfarth sofort hinlegen müssen. Unwahrscheinlich, wenn Sie mich fragen. Wer geht denn nach so einem Streit zu Bett? Und warum ist er von dem Lärm nicht alarmiert worden? Die Zimmer der Balows sind dort hinten. Die sind nach unten gekommen, weil sie bemerkt haben, dass etwas nicht stimmt. Ich denke …«

Sie brach ab, als jemand auf den Flur trat. Dr. Feuser. In der Rechten hielt er seinen silbernen Spazierstock, mit der Linken drückte er zwei Bücher an sich. Als er an ihnen vorbeihinkte, nickte er Viktoria und Christian geistesabwesend zu. Dann ging er die Treppe hinunter.

Sie warteten, bis Feuser verschwunden war, dann setzten sie ihren Weg fort – bis zu Seyfarths Suite. Nummer 12. Golden leuchtete die Zahl an der dunklen Eichentür. Christian öffnete die Tür mit dem Schlüssel, und sie gingen hinein.

Christian betrachtete den Raum erstaunt. Das war wirklich etwas ganz anderes als die Dachbude, die sein Verleger für ihn angemietet hatte. Der Raum war mindestens zehnmal so groß. Vor einem Sofa lag ein weicher Orientteppich, linkerhand befand sich ein großes Bett.

Christians Blick fiel auf den Eichenschrank mit geschnitzten Blattverzierungen. Die Tür stand offen, einige Hemden lagen davor. Sofort war ihm klar, was das bedeutete.

»Jemand war vor uns hier.«

Er ging zu dem Schrank, schaute hinein. Seine Vermutung bestätigte sich. Die Wäsche im Schrank war durchwühlt worden, so als hätte jemand etwas gesucht.

Viktoria sah ihn an. »Glauben Sie, es war sein Mörder?«

Er zuckte mit den Schultern. »Es kann jeder gewesen sein. Seit gestern Abend ist viel geschehen. Und der Polizist hat es ja offenbar nicht für nötig befunden, den Raum ordentlich verschließen zu lassen.«

Viktoria ließ den Blick schweifen. »Ich denke, wir sollten uns trotzdem umsehen.«

Sie ging zum Schreibtisch, nahm einige Papiere hoch, überflog deren Inhalt.

Christian trat zu ihr. »Ist etwas Interessantes dabei?«

»Ein Brief seiner Bank.« Sie runzelte die Stirn. »Offenbar hatte Seyfarth Schulden.«

Christian pfiff erstaunt. »Aber sich so ein Zimmer leisten können.«

»Vermutlich zahlt es sein Vater. Ist wohl nicht das erste Mal, dass er seinem Sohn unter die Arme greift. Der Bankdirektor fragt, ob der Herr Graf nochmals aushelfen könne.«

Christian dachte an seinen Vater. Niemals wäre der für Christians Schulden aufgekommen, selbst wenn er es sich hätte leisten können. Sein Vater hatte sein Leben lang hart gearbeitet, und er erwartete von allen, dass sie das ebenso taten. Und wenn sein Vater von Arbeit sprach, dann meinte er richtige Arbeit, nicht diese Schreibtischtätigkeit, für die Christian bezahlt wurde. Seine Verachtung hatte er Christian in den letzten Jahren zur Genüge spüren lassen.

»Muss schön sein, so einen Vater zu haben, der alles für einen zahlt«, sagte er mit Verbitterung in der Stimme, und er war überrascht, wie sehr sein Tonfall dem seines eigenen Vaters glich. Na herrlich, jetzt schaffte es der Alte doch noch, dass er so wurde wie er.

Er schüttelte den Gedanken ab, holte tief Luft. »Gibt es sonst noch etwas?«, fragte er.

»Nur diese Zeitung.« Viktoria reichte sie ihm.

Es war eine Ausgabe des *Münsterschen Tageblatts*. Die Schlagzeile auf der Titelseite berichtete davon, dass eine amtliche Untersuchung zum Untergang der *Titanic* eingerichtet werden solle. »Die ist ja von April. Hatte Seyfarth Verwandte, die bei dem Unglück gestorben sind?«

»Warum sollte man die Zeitung mit in die Sommerfrische nehmen? Als Erinnerung doch wohl nicht. Was steht denn sonst noch drin?«

Er überflog die Überschriften. In Zagreb waren Stimmen laut geworden, die die Unabhängigkeit des Landes von Österreich-Ungarn forderten, in der Musterkolonie Togo war eine widerstandsfähige Baumwollpflanze entwickelt worden, und Harriet Quimby hatte als erste Frau den Ärmelkanal überflogen. Außerdem war in Charlottenburg eine Fernsprechzelle in Betrieb genommen worden, von der aus jedermann telefonieren konnte.

»Nichts von Interesse«, sagte Christian, als er auch die übrigen Seiten überflogen hatte. Er steckte die Zeitung in die Tasche seines Sakkos. Anschließend durchsuchten sie weiter den Raum. Aber sie konnten nichts Auffälliges entdecken. Christian sah sogar unter dem Bett nach. Er streckte seinen Rücken durch, als er wieder hochkam. »Ich glaube, wir finden hier nichts.«

Viktoria sah ihn an und lachte. Sie kam zu ihm herüber und zupfte eine große Fluse aus seinen Haaren. »Unter dem Bett wird offenbar nicht oft genug gereinigt.«

Draußen waren Schritte zu hören. Jemand ging über den Flur, blieb vor der Tür stehen. Ein Schlüssel wurde in die Tür gesteckt, sie schwang auf. Ein Zimmermädchen trat herein und schrak zurück, als sie Christian und Viktoria entdeckte. »Was machen Sie denn hier?«

Christian nahm Viktorias Hand. »Genau dasselbe fragen wir uns auch! Der Concierge muss uns den falschen Schlüssel gegeben haben. Na, der kann etwas erleben.«

Er zog Viktoria an dem verdutzten Zimmermädchen vorbei, die Treppe hinunter.

Viktoria lachte, als sie draußen vor dem Hotel standen. Jetzt erst ließ Christian ihre Hand los.

»Herr Hinrichs, Sie sind wirklich unfassbar. Glauben Sie wirklich, das Zimmermädchen hat uns das abgenommen?« In ihren Augen standen Lachtränen.

»Und wenn. Sie wird es wahrscheinlich nicht melden.« Er spürte die warme Sonne auf seiner Haut. »Ich für meinen Teil habe jedenfalls genug davon, unter fremde Betten zu kriechen. Wie wäre es mit einem Spaziergang?«

Eigentlich musste er sich endlich an seinen Artikel setzen, den er sträflich vernachlässigt hatte. Aber war es nicht wichtig, das Gefühl der Sommerfrische zu transportieren? Und wie konnte er dieses Gefühl besser studieren als bei einem Spaziergang mit Viktoria?

Sie nickte. »Ich hole rasch meinen Hut, dann können wir los.«

Sie lief die Treppe hinauf. Keine fünf Minuten später war sie wieder da, in der Hand einen großen Strohhut mit getrockneten Blumen. Atemlos blieb sie vor ihm stehen, setzte das Ungetüm geschickt auf und steckte es mit zwei Hutnadeln fest. »Fertig!«

Es wurde ein schöner Nachmittag. Viktoria war in ausgelassener Stimmung, offenbar hatte sie der Besuch in Seyfarths Zimmer beflügelt. Von der Zurückhaltung des Vormittags war nichts mehr zu spüren. Christian ging es ähnlich, so frei hatte er sich schon lange nicht mehr gefühlt.

Beim kleinen Logierhaus machte er eine Fotografie von dem Treiben in der Königlichen Hof-Konditorei von Nicola Hoegel. Zu seinem Entsetzen entdeckte er die Balows und Elsie von Czarnecki dort. Die Freifrau hatte einen riesigen Knüppelkuchen vor sich auf dem Teller, Clara Gefrorenes, und die Baroness begnügte sich mit einem Selterswasser. Auf den Zobel, der sonst immer um ihre Schultern lag, hatte die Baroness verzichtet. Offensichtlich war selbst sie inzwischen gewillt, den Sommer zu genießen. Trotzdem wollte Christian vermeiden, dass die drei Damen ihn zusammen mit Viktoria entdeckten.

Schnell zog er Viktoria weiter. Die hatte sein Manöver durchschaut und lachte, folgte ihm aber bereitwillig.

Sie ließen den Trubel der Straßen hinter sich und gingen weiter in Richtung der Mühle, deren Flügel sich gemächlich im Wind drehten. Danach wanderten sie durch den Park zur Napoleonschanze. Die war bereits vor hundert Jahren von den französischen Besatzern errichtet worden, um ein freies Schussfeld auf vorüberfahrende britische Schiffe zu haben. Die Franzosen wollten damit die gegen England verhängte Handelssperre durchsetzen. Und obwohl Norderneys Flotte von den napoleonischen Truppen konfisziert worden war, schafften es die Besatzer nicht, den Handel mit Kaffee, Tee, Tabak, Baumwolle und Zucker vollends zu unterbinden. Heimlich landeten Boote aus dem Schmugglernest Helgoland auf Norderney, von wo die Waren weiter zum Festland verschifft wurden. Heute war nichts mehr von den unheiligen Zeiten zu spüren. Seit diesem Jahr wurden sogar jeden Sonntag auf der Schanze Waldgottesdienste abgehalten.

»Ist es nicht erstaunlich, dass das Meer noch vor hundert Jahren nur fünfzig Meter von hier entfernt war?«, fragte Viktoria. »Ich frage mich, wie es hier wohl in hundert Jahren aussieht.«

»Vielleicht ist die Insel dann vom Meer verschlungen. Oder hier steht ein schönes Café, wo es leckeren Kuchen gibt. Ich könnte jetzt allerdings was Herzhaftes vertragen. Wie sieht es mit Ihnen aus?«

Sie lachte. »Also gut, wohin wollen wir?«

Sie entschieden sich für das Strandlokal Wilhelmshöhe, weil Viktoria auf dem Weg dorthin noch einen Blick auf den Belüftungsturm und die Bake werfen wollte. Schon von Weitem waren die beiden Bauwerke auf der Düne zu erkennen. Die Bake war ein seltsam anmutendes Bauwerk. Der untere Teil des Seezeichens war aus roten Ziegeln sechseckig gemauert, mit runden Bögen wie eine Kirche. Obendrauf standen zwei hölzerne Dreiecke, die ineinanderflossen. Sie dienten als wichtige Landmarke und zur Orientierung auf See. Aus nördlicher und südlicher Richtung sahen die Schiffer das Dreieck mit der Spitze nach unten stehen, aus westlicher und östlicher Richtung zeigte es nach oben. Neben der Bake ragte der Belüftungsturm in die Höhe. Von hier aus wurde das Süßwasser auf die Georgshöhe gepumpt und weiter auf die Häuser des Ortes verteilt.

Christian schaute auf das Meer hinaus. »Wussten Sie, dass nachts die Meerhexe aus dem Wasser steigt und nach jungen, unvorsichtigen Männern sucht?«, fragte er.

»Die Meerhexe?« Viktoria wandte sich zu ihm.

»Als meine Geschwister und ich noch klein waren, hat unsere Mutter uns immer erzählt, dass am Grunde des Meeres, da, wo es ganz dunkel ist, seit Hunderten von Jahren eine Meerhexe in ihrem Königreich lebt. Umgeben von Fischen und Quallen, mit einem hübsch angelegten Korallengarten. Aber die Hexe ist einsam, sie vermisst

Gesellschaft. Eines Tages tobt ein Sturm über ihrem Königreich. Ein junger Mann wird durch eine Welle von seinem Schiff gerissen und sinkt zu ihr hinab auf den Meeresgrund. Die Meerhexe haucht ihm mit ihrem kalten Atem wieder Leben ein. Nacht für Nacht tanzt sie mit ihm über den Meeresboden, Nacht für Nacht zieht sie ihn zu ihrem Schlafgemach. So vergeht Jahr um Jahr, bis er eines Tages an der Oberfläche des Wassers den hölzernen Bug eines Schiffes sieht. Eine unbeschreibliche Sehnsucht nach dem Leben dort oben erfasst ihn. Er möchte den Wind in den Haaren spüren und auf seiner Haut. So lässt er seine schlafende Geliebte zurück, schleicht sich aus dem Palast und bindet sich an zwei vorbeikommende Fische. Sie ziehen ihn hinauf, nach oben ans Licht. Als er die Wasseroberfläche zum ersten Mal seit Jahren durchbricht, zieht er voller Gier die Luft in seine Lunge. Doch im gleichen Moment durchfährt ihn ein scharfer Schmerz. Die Hexe hat ihn verzaubert, er ist kein Mensch mehr, sondern eine Kreatur des Meeres. Der junge Mann sieht hinab zu der dunklen Tiefe, dort, wo die Meerhexe ihren Palast hat. Sie ist aufgewacht und sieht hinauf zu ihm. Ihre Haare schweben im Meer um sie her, sie ruft ihn, voller Angst, dass er sie verlässt. Er taucht noch einmal auf, sieht die Sonne, spürt den Wind. Und in diesem Moment weiß er, dass er nicht wieder hinunterkann, sosehr er sie auch liebt. Ein Teil von ihm würde immer dieses Gefühl der Freiheit vermissen. Und so überlässt er seinen Körper den Wellen. Sie tragen ihn schließlich an den Strand. In dem Moment, als er seinen Fuß auf die

Erde setzt, bricht er zusammen und stirbt. Seitdem sucht die Meerhexe nach ihm, und wann immer jemand in einer Vollmondnacht dem Wasser zu nahe kommt, zieht sie ihn mit zu sich hinab in die Tiefe.«

»Und diese Geschichte hat Ihre Mutter Ihnen abends zum Einschlafen erzählt?«

»Ich vermute, sie wollte uns vor allem vom Hafen fernhalten. Der hat nämlich auf mich eine magische Anziehungskraft ausgeübt.«

Christian dachte an Willy, mit dem er oft am Hafen gewesen war. Aber er verdrängte den Gedanken schnell wieder. Dieser Nachmittag sollte einzig und allein Viktoria gehören.

Sie gingen weiter. Das große Werbeschild des Strandlokals warb für Schwalbennester, Kartoffelpuffer und Eis. Christian bat Viktoria, sich davor zu postieren, damit er eine Fotografie von ihr machen konnte. Sie stellte sich auf, hielt ihren Hut fest, der trotz der Nadeln drohte, davongeweht zu werden.

Im Restaurant war es recht voll, aber sie hatten Glück, sie bekamen sogar noch einen Platz am Fenster. Viktoria bestellte sich eine Zitronenlimonade, Christian ein Bier und für sie beide Seezunge. Der Fisch war ausgezeichnet, auch wenn die Preise Christians Geldbeutel arg strapazierten. Aber der spektakuläre Blick auf das Meer machte es wett.

Später gingen sie am Strand spazieren, bis sie an die Stelle kamen, an der Christian Henny aus dem Wasser gezogen hatte. Viktoria legte einen kleinen Strauß mit

Dünen-Stiefmütterchen, die sie unterwegs gepflückt hatte, in eine kleine Sandmulde. Für einen Moment schwiegen sie, und Christian befürchtete schon, die Stimmung könnte kippen. Doch als sie ihren Weg fortsetzten, lächelte sie ihn bereits wieder an.

Sie gingen langsam zurück, plauderten über dieses und jenes, betrachteten die Wellen, die an den Strand schlugen. Christian dachte daran, dass er übermorgen abreisen musste. Er hätte alles dafür gegeben, noch länger bleiben zu können, doch das war ausgeschlossen.

Als sie wenig später vor dem Hotel ankamen, blieb Viktoria stehen. »Vielen Dank für den schönen Nachmittag, Herr Hinrichs. Ich werde ihn immer in Erinnerung behalten.«

Sie sah ihn an, und Trauer spiegelte sich in ihrem Blick. Er wollte etwas sagen, doch da hatte sie ihm schon zum Abschied zugenickt und war durch die Eingangstür verschwunden.

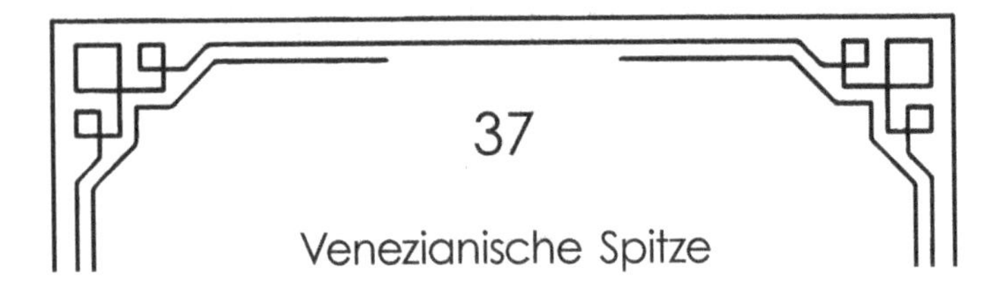

37

Venezianische Spitze

Viktoria schloss die Zimmertür hinter sich und nahm ihren Hut ab. Sie war die Treppen hinaufgelaufen wie ein zwölfjähriges Mädchen. Sie fühlte sich nach diesem Ausflug voller Energie.

Sie zog sich um, wählte das grüne Kleid aus Organza mit den floralen Stickereien, das sie vor ihrer Abreise im Warenhaus Tietz am Jungfernstieg erstanden hatte. Das Kaufhaus war erst in diesem Frühjahr neu eröffnet worden, und Viktoria war aus dem Staunen über die Pracht gar nicht herausgekommen. Vor allem der imposante Lichthof hatte sie begeistert. Dazu die Ausstattung mit feinstem Marmor und Kristalllüstern. Sie zog die langen Seidenhandschuhe über, die sie ebenfalls dort erstanden hatte, dann war sie fertig.

Schon von Weitem hörte sie die gedämpften Gespräche der Gäste, die sich im Salon versammelt hatten. Gläser klirrten leise. Nebenan im Speisesaal legten die Kellner letzte Hand an die Tischdekoration. Christian war noch nicht da. Wahrscheinlich hatte er keine Lust auf die Gespräche vor dem Abendessen und ließ sich extra Zeit.

Viktoria sah sich im Salon um. Die Baroness von Balow stand mit ihrer Schwester in der Nähe des Grammophons und fächerte sich Luft zu. Sie betrachtete die Menschen um sich her mit unverhohlener Geringschätzung. Die meisten Gäste entstammten dem gehobenen Bürgertum. Während der Adel, insbesondere der Landadel, immer mehr an Bedeutung verlor, übernahm das gehobene Bürgertum zunehmend deren Position. Viktoria wusste, dass die Baroness es mit Sorge sah. Wie sollte sie auch anders? Aber die Welt änderte sich, wurde schneller, freier, alte Strukturen lösten sich auf. Frauen durften inzwischen studieren, noch vor wenigen Jahren war das undenkbar gewesen.

Clara sprach gerade mit einem Diener, als sie Viktoria bemerkte. Sie winkte sie zu sich. »Ich dachte schon, du wärst verschollen.«

Sie wirkte angespannt. Kein Wunder, nach den Ereignissen der gestrigen Nacht.

»Wie geht es dir?«, fragte Viktoria.

Clara zuckte mit den Schultern. »Maman und Tante Elsie haben alles getan, um mich abzulenken. Wir waren sogar in der Königlichen Hof-Konditorei Nicola Hoegel. Bisher konnte ich Maman nie dazu überreden. Das Gefrorene war ein Gedicht! Aber Maman hat sich nur darüber beklagt, dass die Preise astronomisch seien.«

Während sie sprach, drehte Clara beständig ihren Verlobungsring. Der Diener, an den Clara sich eben gewandt hatte, legte am Grammophon eine neue Schellackplatte auf. Kurz darauf erfüllte die Stimme Carusos den Raum. Für einen Moment hielten alle Gäste inne, lauschten. Dann setzten die Gespräche wieder ein.

Clara wandte sich zu ihrer Tante um. »Gefällt dir das Stück? Ich habe extra um Caruso gebeten.«

Elsie von Czarnecki brauchte einen Augenblick, um zu merken, dass sie gemeint war. »Doch, es gefällt mir. Vielen Dank, Clara.« Sie lächelte bemüht. »Ich bin nur müde. Die viele Sonne heute.«

Baroness Balow klappte ihren Fächer zusammen. »Wir hätten im Hotel bleiben und nicht den ganzen Tag in einem Café verbringen sollen. Das war völlig unnötig.«

»Ach Maman, dir hat es doch auch gefallen. Und ich habe meinem Verlobten eine Karte geschrieben. Ich denke, er wird sich freuen.«

Die Baroness Balow nickte bedächtig. »Sicher.« Sie wandte sich an Viktoria. »Wie haben Sie den Tag verbracht?« Sie hatte es leichthin gesagt, aber Viktoria war der aufmerksame Blick der Baroness nicht entgangen. So viel zur Freiheit. Jemand wie die Baroness würde niemals billigen, dass Viktoria allein mit einem fremden Mann spazieren gegangen war.

»Ich war im Ort«, antwortete Viktoria knapp. Zu ihrem Ärger spürte sie ein schlechtes Gewissen. Warum war es falsch, mit jemandem, den man mochte, seine Zeit zu verbringen? Wäre sie ein Mann, würde niemand danach fragen. Männer konnten hingehen, wohin sie wollten und mit wem sie wollten. »Ich war bei der Polizeiwache«, ergänzte sie, und sie hörte den Trotz in ihrer Stimme.

Die Baroness sah sie überrascht an. »Auf der Polizeiwache? Was um Himmels willen hatten Sie dort zu suchen?«

»Ich glaube nicht, dass der Concierge Herrn von Seyfarth getötet hat, deswegen wollte ich noch einmal mit dem Polizisten sprechen.«

»Ach Kind, es ist manchmal schwer zu begreifen, aber die einfachste Lösung ist oftmals die richtige. Ich hörte, dieser Vink habe ein Verhältnis mit dem toten Zimmermädchen gehabt. Und offenbar hat er herausgefunden, dass Herr von Seyfarth und das Mädchen eine Liaison hatten. Ich verstehe, dass es einfacher ist zu glauben, ein Fremder wäre für Seyfarths Tod verantwortlich. Schließlich sind wir alle dem Concierge jeden Tag begegnet. Wie oft hat er mir den Schlüssel für das Zimmer gegeben. Er erschien mir immer überaus freundlich. So kann man sich täuschen. Menschen tun oft Dinge, die andere nicht begreifen können.« Die Baroness betrachtete Viktoria nachdenklich. »Sie sollten sich mit solchen Dingen nicht befassen. Es schickt sich nicht für eine junge Dame.«

Es schickt sich nicht. Natürlich nicht, nichts schickte sich für eine Dame. Doch Viktoria hatte nicht vor, das Thema fallen zu lassen.

Sie wandte sich an Clara. »Hast du nicht doch noch jemanden gesehen? Oder vielleicht etwas gehört? Schritte, oder Türenschlagen?«

Bevor Clara antworten konnte, fauchte Elsie von Czarnecki Viktoria an. »Fräulein Berg! Unterstehen Sie sich, Clara mit diesen Dingen zu behelligen!« Jede Sanftheit hatte sich verloren, und ihre Augen blitzten gefährlich.

»Tante Elsie, es ist schon gut.« Clara wandte sich an Viktoria. Sie war blass geworden, doch sie sagte mit fester Stimme: »Ich habe niemanden gesehen und auch nichts gehört. Da war niemand, nur der Concierge.«

Freifrau von Czarnecki nahm Claras Hand. »Es ist vielleicht besser, wenn wir uns das Essen aufs Zimmer bringen lassen. Hier kommst du nie zur Ruhe.«

Clara entzog sich ihr. »Aber ich will hierbleiben, nicht wieder zurück auf das Zimmer. Das ist wie eingesperrt sein.«

Die Baroness betrachtete Viktoria nachdenklich. »Wie kommen Sie darauf, dass es nicht Vink war?«

»Vink hatte kein Blut von Seyfarth auf seiner Livree. Wenn er der Mörder gewesen wäre, hätte er zumindest Spritzer darauf haben müssen.«

Die Baroness zuckte mit den Schultern. »Er stand vermutlich hinter dem Sessel, war dadurch geschützt.« Sie schüttelte den Kopf. »Fräulein Berg, Sie verrennen sich da in etwas. Für einen Moment habe ich heute übrigens geglaubt, Sie mit Herrn Hinrichs im Ort gesehen zu haben.« Sie fächerte sich erneut Luft zu.

»Du warst mit Herrn Hinrichs unterwegs?« Clara sah Viktoria mit großen Augen an. Die Aussicht auf pikante Details belebte sie augenblicklich.

Viktoria fühlte, wie ihr die Röte ins Gesicht stieg. »Sie müssen mich verwechselt haben.«

Der Fächer der Baroness wurde wieder zugeklappt. »Wenn Sie es sagen. Die Sommerfrische hat schon manch eine verführt, nicht wahr, Elsie?«

Die so angesprochene Freifrau von Czarnecki tauchte aus ihren Träumen auf, doch sie antwortete nicht, sondern sah nur betreten zu Boden.

»Maman! Nun lass deine schlechte Laune nicht an Tante Elsie aus. Seitdem du deinen Mittagsschlaf nicht mehr hältst, bist du unerträglich.«

Clara sah ihre Tante aufmunternd an, deren Lippen leicht zu zittern begonnen hatten.

Caruso ließ sich mit einem neuen Stück vernehmen, diesmal war es keine Opernarie, sondern das volkstümliche »O sole mio«.

Clara nahm die Hand ihrer Tante, drückte sie. Dann wandte sie sich an Viktoria. »Ich habe überlegt, mir für meine Hochzeit ein Kleid schneidern zu lassen, das ich selbst entwerfen werde.«

»Du entwirfst Kleider?«, fragte Viktoria überrascht.

»Nun ja, bisher noch nicht. Aber ich möchte gern, und ich habe auch schon eine Idee. Was hältst du von venezianischer Spitze? Hermann Grothekort hat gesagt, Geld spiele keine Rolle. Er will im Europäischen Hof in Kiel feiern.«

Bisher hatte Clara wenig von ihrem Verlobten gesprochen, Viktoria hatte sogar das Gefühl gehabt, dass sie dieses Thema mied. Vielleicht gab ihr das Gefühl, bald zu heiraten, nun Sicherheit. Viktoria beschloss, Clara zuliebe auf das Thema einzugehen. Sie sah aus, als könne sie Aufmunterung gebrauchen. »Ich habe gehört, dass die Kleider kürzer werden sollen. Angeblich tragen die Damen in Paris knöchelfrei«, sagte sie.

»Unfassbar!« Clara strahlte. »Für meine Hochzeit ist das natürlich nichts. Ich möchte ein klassisches Kleid, mit weitem Volant. Oder denkst du, das ist altbacken? *Sie* würde so etwas bestimmt nicht tragen.«

Mit *sie* war Louise Gustloff gemeint, die gerade den Raum betreten hatte. Sie trug ein geschlitztes Abendkleid aus weißem Brokat mit bronzefarbenem Überwurf. Der Saum war mit Fuchspelz besetzt. Die dunkelblonden Haare hatte sie mit silbernen Klammern nach oben gesteckt. Wie üblich wirkte der Kommerzienrat neben ihr so glanzlos wie ein Hauskater neben einer Persianerkatze. Louise Gustloff warf einen Blick durch den Raum und ging dann mit ihrem Mann zum Fenster. Sie schaute gelangweilt hinaus, während sie eine Zigarette an einer langen Zigarettenspitze rauchte. Der Geruch von Tabak drang bis zu Viktoria herüber. Der Kommerzienrat zog seine Uhr heraus, machte eine Bemerkung über das Wetter zu seiner Frau und lachte dröhnend. Sie beachtete ihn nicht, sondern starrte weiter aus dem Fenster, durch das man das Meer sehen konnte.

Die Baroness zog beim Blick auf den Kommerzienrat ihre Brauen zusammen. »Was für ein Parvenü. Er ist nur ein einfacher Kaufmann. Wenn er die Tuchfabrik seines Schwiegervaters nicht geerbt hätte, wäre er heute nicht hier.«

»Louise Gustloffs Vater war Fabrikbesitzer?«, fragte Viktoria überrascht. Bisher hatte sie angenommen, Frau Gustloff entstamme einer Künstlerfamilie.

Elsie von Czarnecki mischte sich ein. »Louise ist seine

zweite Frau. Seine erste Frau Elisabeth war die Tochter des Fabrikbesitzers, für den er als Buchhalter gearbeitet hat. Sie ist an Schwindsucht gestorben, mit kaum fünfunddreißig Jahren. Die Kinder soll es hart getroffen haben. Gustloff war lange allein. Man sagt, er habe seine Frau sehr geliebt. Umso überraschter waren alle, als er vor zwei Jahren Louise Lassour geheiratet hat. Ich habe gehört, er hat sie in einem Theaterstück gesehen und ihr vom Fleck weg einen Antrag gemacht.«

»Es war wohl eine Verbindung, die beiden Seiten Vorteile gebracht hat«, bemerkte die Baroness kühl. »Ich hörte, Frau Gustloffs Stern als Schauspielerin war am Sinken. Aber sie ist mit einigen der wichtigsten Honoratioren des Landes bekannt. Was glauben Sie, wie Gustloff an seinen Titel als Kommerzienrat gekommen ist? Seine Frau wird ihre Bekanntschaften genutzt haben.«

Clara sah Viktoria an. »Frau Gustloff entwirft nun Kleider für die Fabrik ihres Mannes. Ich habe sie einige Male auf der Veranda gesehen, wie sie etwas in ihr Skizzenbuch gezeichnet und geschrieben hat.«

Viktoria wurde schlagartig klar, wieso Clara plötzlich auf die Idee kam, ihre Kleider selbst entwerfen zu wollen.

Die war wieder bei ihrem Lieblingsthema. »Die Hüte sollen auch wieder kleiner werden, prophezeit *Die Dame* in ihrer letzten Ausgabe.«

Viktoria hörte nur mit halbem Ohr zu. Ihr war aufgefallen, wie Feuser seit Louise Gustloffs Ankunft nervös in der Ecke des Salons auf und ab ging und dabei beständig seinen silbernen Spazierstock aufstieß. Als Carl Gustloff sich von seiner Frau entfernte, um beim Kellner ein Getränk zu ordern, nutzte Feuser sofort die Gelegenheit. In großen Schritten ging er zu Louise Gustloff.

Viktoria nickte den Damen zu. »Ich wollte noch ein Buch für die Nacht heraussuchen«, sagte sie eilig. »Sie entschuldigen mich einen Moment.«

Ohne eine Antwort abzuwarten, ging sie zu dem Regal am hinteren Ende des Salons, nahm ein Buch heraus und blätterte darin. Die Balows waren wieder in ihr Gespräch vertieft. Offenbar hatte Viktorias Ausrede keinen Verdacht erregt.

Viktoria war inzwischen weiter zu den Fenstern vorgerückt und stand nur noch wenige Meter von Louise Gustloff entfernt. Die wandte sich nicht um, als Feuser zu ihr trat. Er legte seine Hand auf ihren Arm, doch sie zog ihn weg, rauchte schweigend, während sie durch das Fenster auf die Wellen schaute.

Viktoria hörte jedes Wort, als Feuser zu sprechen begann. »Louise, ich muss mit Ihnen sprechen.«

Frau Gustloff wandte sich zu ihm um. »Ist es dafür jetzt nicht zu spät? Nachdem, was passiert ist?«

Feuser sah mit gehetztem Blick durch den Raum, wo Kommerzienrat Gustloff sich durch die Menge schlängelte, in der Hand zwei Cognacgläser. »Lassen Sie uns später reden. Aber das möchte ich Ihnen vorher zurückgeben.«

Er hielt ihr ein schmales Buch hin, dessen Ledereinband mit Mosaikperlen geschmückt war.

Louise Gustloff starrte für einen Moment Feuser an. Dann nahm sie das Buch, blätterte es hastig durch. Auf einer Seite hielt sie inne. Entsetzen zeichnete sich auf ihrem Gesicht ab. Dann klappte sie das Buch energisch zu.

In diesem Moment war der Kommerzienrat bei ihr. Er wollte ihr ein Cognacglas reichen, zögerte aber, als er sah, dass seine Frau bereits etwas in der Hand hatte. »Oh, du hast dein Skizzenbuch zurück?«

»Dr. Feuser hat es gefunden. Ich muss es auf der Veranda liegen gelassen haben.« Sie nickte dem Arzt mit einem gezwungenen Lächeln zu.

»Du solltest besser auf deine Sachen aufpassen«, sagte der Kommerzienrat und zwinkerte Feuser verschwörerisch zu.

»Du hast recht, Liebling.« Sie ließ das Buch in ihre silberfarbene Handtasche sinken.

»Cognac, Louise?« Der Kommerzienrat reichte ihr das Glas und wandte sich an Feuser. »Wie ich höre, soll Seyfarth übermorgen in der Familiengruft begraben werden. Seyfarth senior hat seinen Einfluss spielen lassen, damit die Leiche sofort überführt wird.«

Feuser lächelte gequält. »Das stimmt. Ich darf mich jetzt entschuldigen, ich fühle mich nicht ganz wohl.« Er nickte Louise zu, deutete eine Verbeugung vor dem Kommerzienrat an, dann eilte er in Richtung Tür, als sei er auf der Flucht.

»Komischer Kauz«, bemerkte Gustloff. Er sah dem Doktor hinterher, schüttelte den Kopf und zog seine Uhr heraus. »Fünf vor sieben. Ich werde noch einmal nachfragen, ob Telegramme eingegangen sind. Ich warte auf die neuesten Zahlen aus dem Verkauf.«

Während ihr Mann ins Foyer ging, zog Louise nervös an ihrer Zigarette. Den Cognac hatte sie beiseitegestellt. Für einen Moment dachte Viktoria, dass sie ihr Skizzenbuch herausnehmen würde, jetzt, wo sie allein war. Doch die Schauspielerin starrte nur aus dem Fenster. Bedauerlich, Viktoria hätte gern versucht, einen Blick in das Buch zu werfen. Denn so beherrscht Louise Gustloff normalerweise war – als sie ihr Skizzenbuch in Feusers Hand erkannt hatte, war sie für einem Moment fassungslos gewesen.

Viktoria ging zurück zu den Balows, die inzwischen darüber sprachen, dass der Kaiser die Kruppschen Werke in Essen zu deren einhundertjährigem Bestehen besuchen wollte.

»Früher hätte es so was nicht gegeben«, sagte Elsie von Czarnecki empört. »Diese von Bohlen und Halbachs sind doch keine echte Familie von Rang, nur Industrielle, die in den Adelsstand erhoben wurden.«

Die Baroness nickte. »Ich bin ganz deiner Meinung, Elsie. Sie nehmen sich entschieden zu viel heraus. Ich verstehe nicht, dass der Kaiser sich darauf einlässt. Sicher, sie sind eine der reichsten Familien des Landes. Aber trotzdem, wo kommen wir hin, wenn die vorgegebene Ordnung verlassen wird.«

Viktoria hörte nur mit halbem Ohr zu. Ihre Gedanken kreisten um etwas ganz anderes. Was hatte es mit dem

Skizzenbuch auf sich, dass sein Verlust Louise Gustloff derart in Angst versetzte?

Als kurz darauf die Glocke zum Abendessen läutete, stand Viktorias Entschluss fest: Sie musste dieses Buch an sich bringen.

38

Schwankende Fischerboote

Christian hatte sich Zeit gelassen mit dem Umziehen. Schon allein der Gedanke an die steife Gesellschaft am Abendtisch ließ ihn erschauern. Diese nichtssagenden Gespräche, diese steife Etikette! Zu Anfang war es ihm interessant erschienen – eine fremde Welt. Aber mehr und mehr schnürte ihm diese Förmlichkeit die Luft ab. Dieses Leben war so anders als das, das er gewohnt war. In seiner Welt sagte jeder seine Meinung frei heraus – wie ihm der Schnabel gewachsen war.

Er ging langsam die Treppe hinunter. Der Oberkellner läutete die Glocke. Noch so etwas, das er nicht verstand. Warum machten sie nicht einfach die Türen auf und ließen die Leute Platz nehmen? Kurz stellte er sich seine Schwester Herta vor, die am Tisch stand und mit dem Kochlöffel gegen einen Topf schlug. Er musste lächeln. Die kleine Wohnung war immer überfüllt, und wenn es ums Essen gegangen war, hatte niemand lange gewartet.

Dr. Feuser kam aus dem Salon, eilte mit seinem Spazierstock die Treppe hinauf, wobei er Christian abwesend grüßte. Der blieb im Foyer stehen. Bis das Essen aufgetragen wurde, dauerte es ohnehin noch. Qualvoll lange Zeit, die Gustloff vermutlich wie jeden Abend mit einem

Monolog füllte. Gestern hatte er sich darüber aufgeregt, dass Deutschland seiner Meinung nach bei den Kolonien zu kurz gekommen sei. Es werde Zeit, dass das Deutsche Reich dem ihm zustehenden Platz einnehme. Er fand, in den Kolonien müssten verlässliche Strukturen geschaffen werden, damit sich eine prosperierende Wirtschaft entwickeln könne. Was interessierten Christian die Kolonien. Es gab genug drängende Probleme im eigenen Land. Allerdings hatte er keine Lust gehabt, mit Gustloff darüber zu diskutieren.

Christian nahm die Badezeitung vom Regal. Auf der ersten Seite war die amtliche Liste der Badegäste und Fremden abgedruckt. Ganz oben war zu lesen, dass »Seine Hochfürstliche Durchlaucht der regierende Prinz Adolf zu Schaumburg-Lippe und seine Ehefrau, ihre Königliche Hoheit, Prinzessin von Preußen« mitsamt Hofdame und Kammerherrn im Großen Logierhaus untergekommen waren. Danach folgten in alphabetischer Reihenfolge alle übrigen Sommergäste. Auf einer der hinteren Seiten sah Christian eine Anzeige, nach der das Luftschiff *Viktoria Luise* gegen Ende des Monats auf der Insel landen sollte. Schade, dass er dann nicht mehr da war, er hätte den Zeppelin zu gerne gesehen.

Der Ober läutete zum zweiten Mal. Dr. Feuser kam eilig die Treppen hinab, doch zu Christians Überraschung ging er nicht in den Speisesaal, sondern durchquerte das Foyer und strebte Richtung Ausgang. Bei der Tür angekommen setzte er einen Chapeau Claque auf. Anschließend rannte er nahezu die Treppe hinunter nach draußen.

Christian beschloss, ihm zu folgen.

Feuser eilte, so schnell er es mit seinem steifen Bein vermochte, die Kaiserstraße entlang, bog dann in die Bismarckstraße ein. Christian hatte Mühe, ihn nicht aus den Augen zu verlieren. Der Arzt war nicht der einzige Mann mit Chapeau Claque, und trotz seiner Gehbehinderung war er erstaunlich schnell. Feuser wechselte die Straßenseite und wäre dabei fast von einer Droschke angefahren worden. Der Kutscher konnte die Pferde gerade noch zur Seite lenken. Er rief Feuser ein Schimpfwort hinterher. Ohne seinen Schritt zu verlangsamen, hob der entschuldigend seinen Stock. Mit der anderen Hand presste er etwas an sich.

Jetzt bog er in den Herrenpfad ein. Wo um alles in der Welt wollte er hin? Mit der Zeit wurde Feuser langsamer, offenbar ging ihm die Puste aus. Christian war es nur recht. Er ließ sich ein Stück zurückfallen. Inzwischen war ihm auch klar, wohin Feuser wollte. Zum Hafen.

Dort angekommen ging Feuser um die Wartehalle am Schiffsanleger herum. Das erste der Gebäude war vor etwas mehr als zwanzig Jahren errichtet worden. Bis dahin hatten die Menschen ungeschützt bei Wind und Wetter im Freien auf die Dampfschiffe warten müssen. Etwas weiter hinten saßen einige Fischer am Kai und flickten ihre Netze. Berufsfischer waren vermutlich nur die wenigsten von ihnen. Christian hatte gehört, dass es gerade noch zwölf Boote auf der Insel gab, die regelmäßig hinausfuhren. Längst hatte das Geschäft mit den Sommerfrischlern die mühsame Fischerei als Haupteinnahmequelle abgelöst.

Feuser trat zu den Fischern an den Kai, wo er stehen blieb. Er schaute hinaus auf das Meer. Niemand würdigte ihn eines Blickes, die Männer waren auf ihre Netze konzentriert. Feuser stand beim Lloyd-Anleger, an dem die Salonschnelldampfer aus Hamburg und Bremerhaven anlegten. Doch der nächste Schnelldampfer wurde erst am nächsten Morgen erwartet. Bis auf die Fischer war der Anleger verwaist. Christian schlich sich näher und verbarg sich hinter einer Boje, die in der Nähe an Land lag. Eine Weile geschah gar nichts. Dann hörte Christian ein leises Platschen. Es hätten die Wellen sein können, die an den Kai schwappten. Aber Christian war Feusers Bewegung aufgefallen. Unzweifelhaft. Feuser hatte etwas in das Hafenbecken geworfen.

Feuser schaute noch eine Weile nach unten. Prüfte offenbar, ob das, was er ins Wasser geworfen hatte, wirklich unterging. Schließlich wandte er sich ab und hinkte davon. Er wirkte erleichtert.

Christian wartete, bis Feuser verschwunden war. Dann ging er zum Kai, schaute hinab. Doch da war nichts zu sehen, außer den Wellen, die gegen rote Ziegel schwappten.

Christian ging hinüber zu einem der Fischer. »Entschuldigung, mir ist was ins Wasser gefallen. Können Sie mir vielleicht helfen, es rauszuholen?«

Der Mann blickte auf. Blaue Augen in einem wettergegerbten Gesicht blickten Christian an. »Wo denn?«

»Am Lloyd-Anleger.« Christian deutete auf die Stelle, wo Feuser gestanden hatte.

»So.« Der Mann wandte sich wieder seinem Netz zu. »Und wie soll ich da helfen?«

Der Mann sah in ihm nur den Sommerfrischler, der so dumm gewesen war, etwas fallen zu lassen. Doch Christian war nicht bereit, so schnell aufzugeben. »Sie könnten mit dem Boot dorthin fahren und schauen, ob Sie es mit dem Riemen erwischen können. Ich bezahle auch.« Im Kopf überschlug er, was er dem Mann geben konnte. Die Zeit auf der Insel hatte ein großes Loch in seine ohnehin klamme Kasse gerissen. Ohne den großzügigen Vorschuss von Julius Teubner wäre er längst pleite.

Die Antwort des Mannes unterbrach seine Überlegungen. »Ist zu tief da vorne. Und gleich wird es dunkel. Was auch immer Sie verloren haben, es ist weg.« Er beugte sich wieder über sein Flickzeug und beachtete Christian nicht mehr.

Christian ging zurück zum Anleger, schaute ins Wasser, aber in dem schlammigen Wasser war nichts zu erkennen. Jetzt war es tatsächlich zu spät, um etwas zu unternehmen, die Sonne würde bald untergehen. Aber das hieß noch lange nicht, dass er nicht morgen zurückkommen könnte.

Er ging noch einmal zurück zu dem Fischer. »Wie tief ist es da hinten?«

»Drei Meter. Scheint ja was Besonderes zu sein, dass Ihnen hineingefallen ist.«

Der Fischer sah ihn jetzt aufmerksamer an. Christian überlegte. Drei Meter. Das sollte zu schaffen sein.

»Kann ich Ihnen vielleicht ein Stück von Ihrem Netzfaden abkaufen?«

Der Mann zuckte mit den Schultern, wickelte dann jedoch wortlos etwas Faden von der Spule.

»Das reicht«, sagte Christian, als das Band ungefähr dreißig Zentimeter hatte.

Der Mann nahm ein Messer aus seiner Tasche, schnitt den Faden ab und reichte ihn Christian. »Angeln werden Sie damit aber nicht können.«

Christian nahm den Faden entgegen. Angeln hatte er auch nicht vor.

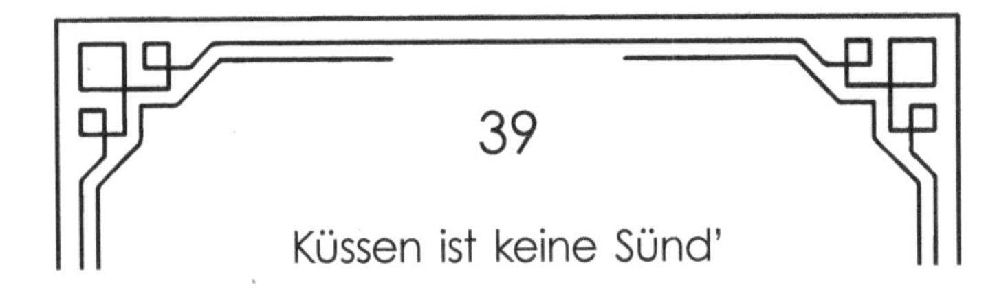

39

Küssen ist keine Sünd'

Louise Gustloff rührte sich nicht vom Fleck, als die Glocke das erste Mal läutete, sie schaute weiter aus dem Fenster. Erst, als der Ober die Glocke ein zweites Mal schlug, ging sie mit langsamen Schritten zu ihrem Platz. Ihr Mann eilte herein. Er kam gerade rechtzeitig, um den Stuhl für sie zurückzuziehen. Louise Gustloff setzte sich und legte ihre silberne Handtasche neben sich auf den Tisch.

Viktoria war absichtlich zurückgeblieben. Ungeduldig schaute sie ins Foyer. Wo blieb nur Christian? Er saß normalerweise mit den Gustloffs an einem Tisch, und für ihn wäre es so viel einfacher, unauffällig an die Tasche mit dem Buch heranzukommen. Aber er war nicht zu sehen. Gut, dann würde sie es eben selbst machen.

Sie ging langsam auf den Tisch der Gustloffs zu, überlegte fieberhaft, wie sie vorgehen sollte. Bis kurz vor dem Tisch war ihr noch keine Lösung eingefallen. Dann entschied sie sich für eine einfache Version. »Entschuldigung, dass ich Sie störe. Aber ich muss Ihr hinreißendes Kleid einmal aus der Nähe bewundern.«

Louise Gustloffs Miene verfinsterte sich, sie musterte Viktoria wie einen aufdringlichen Hausierer. Ihr Mann war jedoch aufgesprungen. »Dieses Kleid habe ich in meine Kollektion übernommen. Das Kaufhaus Wertheim ist sehr daran interessiert, und auch in Hamburg werden Sie es in wenigen Monaten bei Tietz erstehen können. Louise, nun steh doch einmal auf, damit Fräulein Berg das Kleid genauer betrachten kann.«

Louise Gustloff funkelte ihren Mann böse an und bewegte sich nicht.

»Ich bitte Sie, bleiben Sie sitzen«, beeilte sich Viktoria zu sagen. »Ich wollte Ihnen nur sagen, wie sehr ich es bewundere. Haben Sie es selbst entworfen?«

Louise Gustloff nickte. »Mein Mann bat mich um einige Skizzen, die Näherinnen in seiner Fabrik haben es angefertigt.«

»Sie haben einen exklusiven Geschmack. Selbst die Tasche passt dazu. Ist das auch ein eigener Entwurf?«

Viktoria deutete auf sie, tat, als wolle sie nur einmal das kostbare Gewebe berühren, aber ein Blick der Besitzerin ließ sie zurückzucken.

Als Louise Gustloff nicht antwortete, wechselte sie das Thema: »Sie besuchen auch die Tanzreunion im Anschluss an das Abendessen?« Sie versuchte ein unschuldiges Lächeln.

Louise Gustloff schüttelte den Kopf. »Ich empfinde es als pietätlos, dass ein Ball stattfindet, nach dem, was gesehen ist. Mir scheint, die Leute wollen einfach vergessen, was gestern Nacht passiert ist.«

Der Kommerzienrat nahm seine Serviette vom Teller, befestigte sie an seinem Vatermörderkragen. »Ich kann gut verstehen, dass Frau Luers nicht abgesagt hat. Das wäre eine Enttäuschung für die Gäste. Wir nehmen selbstverständlich teil, ich habe es Frau Luers versprochen.« Damit schien das Thema für ihn erledigt.

Viktoria nickte, wünschte einen guten Appetit und begab sich zurück zu den Balows. Während des Abendessens warf sie immer wieder einen Blick zu dem Tisch von Louise Gustloff. Dr. Feuser tauchte nicht mehr auf, und zu Viktorias Enttäuschung ließ auch Christian sich nicht blicken. Viktoria vermutete, dass er genug von der feinen Gesellschaft hatte und sich in einer Schankwirtschaft herumtrieb. Sie versuchte, sich nicht über sein Verhalten zu ärgern. Christian konnte tun und lassen, was er wollte. Und trotzdem. In zwei Tagen würde er abreisen, und er hatte nichts Besseres zu tun, als vor dem Geplauder zu fliehen.

Nach dem Abendessen gingen die Gäste in den Garten. Dort stand ein rosenumrankter Holzpavillon, in dem die Musiker saßen. Der Boden vor dem Holzgebäude war mit Parkett ausgelegt worden, sodass die Gäste tanzen konnten. Der Garten zeugte wie der Rest des Hotels von exklusivem Geschmack. Frau Luers hatte Geschick darin, aus allem etwas Besonderes zu machen. Opulente Rosensträucher und Lavendelbüsche säumten einen gepflegten Rasen. An der Seite stand ein kleiner Springbrunnen mit einer steinernen Meerjungfrau. Viktoria musste an Christians Geschichte von der Meerhexe denken und lächelte.

Kurz darauf begann die Kapelle zu spielen. Viktoria, die sich zu den Balows gesetzt hatte, sah, wie Claras Augen zu leuchten begannen. Kurz darauf wurde sie von einem Gast aufgefordert. Sie blickte zur Mutter, doch die schüttelte den Kopf. »Das würde dein Verlobter sicherlich nicht gutheißen.«

Claras Blick ging hilfesuchend zur Tante, aber auch die verneinte. »Deine Mutter hat recht.«

Ihr Galan entschuldigte sich und zog sich zurück. Clara schaute ihm hinterher, die Enttäuschung stand ihr ins Gesicht geschrieben. Sie wandte sich an die Tante. »Es würde mich ablenken. Meinst du nicht, dass es guttun würde?«

Doch Elsie von Czarnecki starrte weiterhin auf die Tanzfläche, die Lippen zu einem schmalen Strich zusammengepresst. Nicht einmal die Musik schien sie zu berühren. Dabei hatte Viktoria bisher immer den Eindruck gehabt, dass Claras Tante für Musik empfänglich sei.

Ein neuer Gast tauchte auf, ein junger Mann mit einem gewaltigen Backenbart. Er verbeugte sich vor Viktoria, hielt ihr die weiß behandschuhte Hand hin. »Darf ich bitten?«

Sie schüttelte den Kopf. Normalerweise tanzte sie gerne. Aber heute verspürte sie keine Lust dazu. Die Kapelle spielte »Küssen ist keine Sünd'«, ein populärer Walzer aus der Operette *Bruder Straubinger*, der gerade überall zu hören war. Sofort füllte sich die Tanzfläche, einige Gäste kamen einander näher, als Viktoria es für möglich gehalten hätte. Viktoria nahm es mit Genugtuung zur

Kenntnis: Die Zeiten änderten sich. Langsam, aber sicher.

Danach kam die Tritsch-Tratsch-Polka von Johann Strauss. Kommerzienrat Gustloff ging mit seiner Frau auf die Tanzfläche. Einmal mehr fiel auf, wie wenig sie von der Statur her zueinander passten. Sie groß und schlank, er klein und untersetzt. Trotzdem führte er sie mit einer Leichtigkeit über das Parkett, die Viktoria ihm nicht zugetraut hätte. Zum ersten Mal wirkten die beiden wie eine Einheit, gut auf einander abgestimmt. Sie hüpften zu den Klängen der Polka im Kreis mit den anderen Tänzern.

Doch Viktoria hielt sich nicht lange damit auf, das Ehepaar zu beobachten. Denn dies war genau die Gelegenheit, auf die sie gewartet hatte. Louise Gustloff hatte ihre Tasche am Tisch zurückgelassen.

Viktoria warf einen Blick zu Clara. Die beobachtete die Tänzer, wippte im Takt der Musik mit dem Fuß, im Gesicht einen verträumten Ausdruck. Die Baroness beobachtete das Treiben mit gewohnt mürrischer Miene. Es war klar, dass sie Tanzen für reine Zeitverschwendung hielt. Und Elsie von Czarnecki blickte starr vor sich hin, als wäre sie in Gedanken ganz woanders. Keine von ihnen achtete auf Viktoria, die langsam zurücktrat und schließlich in großen Schritten zu dem Tisch der Gustloffs hinüberging.

Die Tasche lag auf der weißen Damasttischdecke. Viktoria wandte sich zur Tanzfläche und tat, als beobachte sie die Paare, die über das Parkett wirbelten. Sie legte die Hände hinter den Rücken, tastete auf der Tischdecke, bis sie die Tasche fühlte. Sie zog sie zu sich heran, fingerte hinter sich an dem Verschluss herum. In diesem Moment kam ein junger Offizier auf sie zu, blieb vor ihr stehen. Viktoria ließ sofort die Tasche los. Ihr Herz pochte wild. Hatte er sie beobachtet?

Der Mann schlug die Hacken leicht zusammen. »Darf ich bitten?«

»Tut mir leid, ich tanze nicht.« Sie sagte es so scharf wie möglich, damit der Offizier sich nicht bemüßigt fühlte, sie in ein Gespräch zu verwickeln. Er wirkte ein wenig brüskiert, doch er hatte die Botschaft verstanden. Er ging davon.

Die Polka nahm unterdessen immer mehr an Tempo zu. Noch wirbelte der Kommerzienrat mit seiner Frau über die Tanzfläche. Aber es würde nicht mehr lange dauern. Jetzt oder nie. Viktoria drehte sich um, öffnete die Tasche. Sie sah Puder, einen Lippenstift. Und das Skizzenbuch.

Sie griff zu.

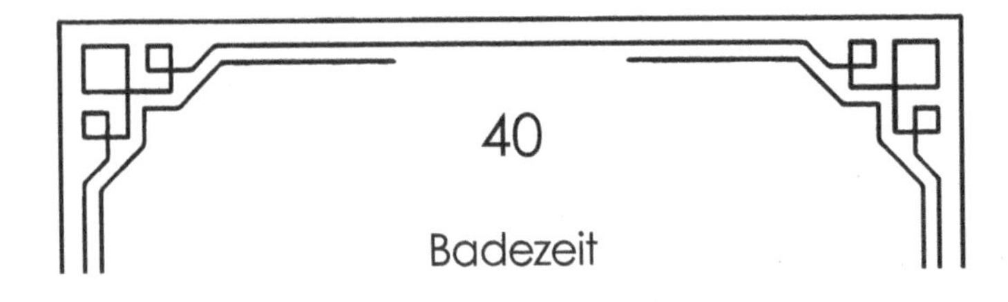

40

Badezeit

Der Himmel war dunstverhangen, als Christian am nächsten Morgen aus dem Hotel trat. Trotz der frühen Stunde war es bereits schwülwarm. Ein Gewitter lag in der Luft, keine Frage.

Die Straßen waren menschenleer. Christian hoffte inständig, dass es am Hafen ähnlich ruhig sein würde. Aber seine Hoffnung wurde enttäuscht. Zwar hatte der erste Schnelldampfer schon vor einer Stunde abgelegt, und der nächste wurde erst um acht Uhr erwartet, aber der Hafen war voll mit Fischerbooten. Die Fischer löschten ihren Fang. Hauptsächlich Schellfisch, außerdem Schollen und Krebse, wie Christian feststellte. Händler standen am Kai und feilschten. Einige Marktfrauen hatten weiße Tücher auf dem Boden ausgebreitet, auf denen Fische lagen. Überall herrschte hektisches Treiben.

Christian bereute, dass er nicht gestern bereits in Aktion getreten war. Aber daran war nun nichts mehr zu ändern. Als er sich auszog, hoffte er, dass niemand die Bäderpolizei rufen würde. In seinem gestreiften Schwimmtrikot den Grünröcken gegenübertreten zu müssen, das hätte ihm gerade noch gefehlt.

Als Christian seine Kleider fein säuberlich zusammengelegt hatte, hörte er, wie hinter ihm gekichert wurde. Einige Marktfrauen standen zusammen, stemmten ihre Hände in die Hüften und lachten. »Na, min Jung, biste auf der Suche nach einem Fischweib?«

Christian versuchte, sie zu ignorieren, spürte aber, wie ihm die Röte ins Gesicht schoss. Selten war er sich so dämlich vorgekommen.

Der Fischer von gestern hatte ebenfalls an der Kaimauer festgemacht. Er unterbrach seine Tätigkeit und schaute verwundert zu Christian. Wenigstens gab er nicht auch noch einen Kommentar ab. Die Frauen hinter Christian tuschelten unterdessen miteinander und lachten.

Christian sah vor sich in das graue Wasser. Je schneller er es hinter sich brachte, desto besser. Er hielt die Luft an und sprang vom Kai.

Das Wasser war viel kälter, als er gedacht hatte. Als er wieder auftauchte, japste er eine Weile, versuchte sich zu orientieren. Mit seinen Augen fuhr er die Steine an der Kaimauer entlang, bis er ein Stück seines hellen Taschentuchs entdeckte, das er gestern mit dem Netzfaden als Markierung dorthin gehängt hatte.

Er schwamm darauf zu. Oben am Kai hatte sich inzwischen eine Menschentraube gebildet. Christian atmete noch einmal tief ein und tauchte unter.

Das Wasser war trüb, und je tiefer er kam, desto trüber wurde es. Christian stieß sich mühsam mit den Beinen nach unten, bis er mit den Händen den schlammigen Boden berührte. Schlick wirbelte auf und nahm Christian auch noch das letzte bisschen Licht, das von oben herabdrang. Christian fühlte die Panik in sich aufsteigen, ohne nachzudenken stieß er sich ab, schoss nach oben und atmete prustend durch.

Verdammt, er musste vorsichtiger vorgehen. »Haben Sie vielleicht einen Stock?«, fragte er eine der Marktfrauen, die zu ihm hinunterschauten.

Die lachte, wandte sich ab und kam kurz darauf mit einem großen Rührlöffel zurück. »Den brauche ich aber zurück!«, mahnte sie.

Christian nickte, dann tauchte er wieder ab. Diesmal versuchte er, so wenig Schlick wie möglich aufzuwirbeln. Vorsichtig fuhr er mit dem Stiel des Löffels über den Boden, achtete auf Widerstände. Einmal glaubte er etwas gefunden zu haben, aber es war nur ein altes Paddel, das halb vermodert war. Christian spürte, wie ihm die Luft ausging. Er zwang sich weiterzusuchen, doch dann wurde das Ziehen in seinen Lungen stärker. Er richtete sich auf und tauchte langsam an die Oberfläche, bemüht, mit seinen Füßen keinen Schlamm aufzuwirbeln. Oben hielt er sich eine Weile an der Mauer fest, um wieder zu Atem zu kommen.

Auch beim nächsten Tauchgang konnte er nichts entdecken. Natürlich war ihm klar gewesen, dass es schwer sein würde, auf dem Boden des Hafenbeckens etwas zu finden. Aber so schwer hatte er es sich denn doch nicht vorgestellt. Immer wieder tauchte er hinunter. Allmählich verließen ihn die Kräfte. Er fuhr mit dem Löffelstiel immer nachlässiger durch den Schlamm, tauchte schließlich wieder auf.

Die Marktfrauen hatten inzwischen das Interesse an ihm verloren. Sie gingen wieder ihrer Arbeit nach. Zumindest ging er davon aus, denn sie waren nicht mehr an der Kaimauer zu sehen. Der Fischer von gestern hatte seine Ware abgeladen und saß im Heck seiner Schaluppe, wo er sich eine Pfeife stopfte, während er Christian zusah. Den verließ langsam der Mut. Was auch immer es gewesen war, was Feuser ins Wasser geworfen hatte, es war in dem weichen Schlick verschwunden.

Christians Atem ging schnell, er spürte die Stiche in der Lunge, und die Muskeln an seinem Arm zitterten. Trotzdem – einmal noch.

Abermals stieß er sich hinab. Diesmal fuhr er mit dem Holzstiel direkt an der Kaimauer entlang. Seine Arme brannten. Das war eindeutig das letzte Mal, noch einmal würde er es nicht schaffen. Er stach achtlos in den Boden, war in Gedanken bereits wieder an der Oberfläche, überlegte, wie er auf den Kai kommen sollte. Er hatte keine Treppe oder Leiter gesehen. Ob er sich am Fischerboot hochziehen konnte? Und noch während er darüber nachdachte, stieß der Löffelstiel gegen etwas. Christian fühlte mit der Hand, er spürte Schlick, Muscheln – und ein kleiner Kasten. Er griff danach, dann tauchte er auf.

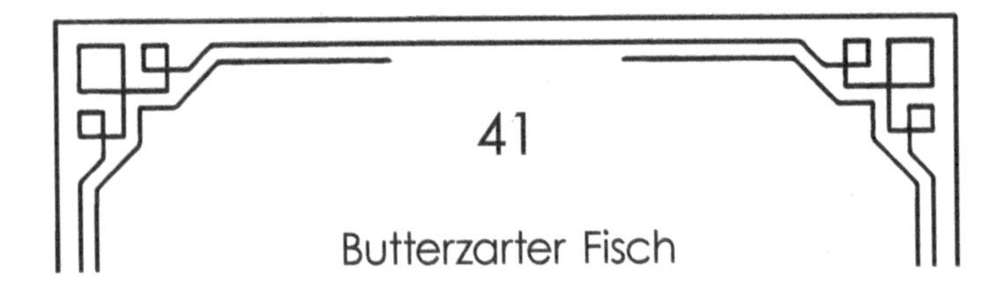

41

Butterzarter Fisch

Der Fischer in der Schaluppe legte einen Riemen aus, an dem Christian sich festhalten konnte. Christian warf den Löffel und seinen Fund ins Boot, dann stemmte er sich mit letzter Kraft nach oben. Dort blieb er liegen wie ein Fisch auf dem Trockenen und schnappte nach Luft. Rauschwalben schossen dicht über dem Boot hinweg und zwitscherten laut.

»Gibt noch 'n Gewitter heute«, brummte der Fischer, der die Vögel ebenfalls beobachtete.

Er reichte Christian die Hand, half ihm, sich aufzusetzen.

Dann deutete er mit der Pfeife auf Christians Fund. »Und dafür haben Sie sich so angestrengt? Na, Sie sind schon ein seltsamer junger Mann.«

Christian folgte seinem Blick. Neben ihm lag das Kästchen, das er gefunden hatte. Auf den ersten Blick hätte man es für ein kleines, in Leder gebundenes Taschenbuch halten können. Doch Christian war sofort klar, dass dieses *Buch* keine Seiten enthielt. Das kleine Kästchen war eine Detektivkamera. Dafür gedacht, heimlich Aufnahmen zu machen.

Christian war froh, als er wieder festen Boden unter den Füßen spürte. Sein Magen knurrte, und der Geruch von geräuchertem Fisch drang in seine Nase. Er ging hinüber zu der Marktfrau, die ihm den Kochlöffel gegeben hatte, reichte ihn zurück und orderte einen Bückling. Sie packte den Fisch in ein Stück Zeitungspapier und nannte den Preis. Christian bezahlte und setzte sich in der Hafenstraße auf eine Mauer. Er legte seinen Fund neben sich und widmete sich erst einmal dem Fisch. Das rosafarbene Fleisch war butterzart, das Aroma von Rauch, Salz und Rogen unbeschreiblich. Selten hatte ihm etwas derart gut geschmeckt.

Als er fertig gegessen hatte, wischte sich Christian die Hände an dem Zeitungspapier ab, dann wandte er sich seinem Fund zu. Vorsichtig fuhr er mit den Fingern an dem mit Leder bezogenen Holz entlang. Er hatte von diesen Detektivkameras bislang nur gelesen, aber noch nie eine in der Hand gehabt. Die Kamera war viel kleiner als seine Kodak Brownie und geformt wie ein regelrechtes Buch, mit einem gerundeten Rücken und leicht überstehenden Kanten. Die Linse befand sich in dem Rücken und die Aufnahmeplatten dort, wo bei einem Buch die Seiten waren, und Christian war sich ziemlich sicher, dass sich die Platten noch an Ort und Stelle befanden.

Christian machte sich auf den Weg zur Friedrichstraße. Das Fotoatelier hatte bereits geöffnet. Als die Türglocke ertönte, kam der Fotograf aus seinem Hinterzimmer hervor. Er trug einen weißen Kittel und rieb sich die Hände an einem Tuch trocken.

»Ach, der Herr Hinrichs. Ihre Fotos sind sofort fertig.« Er deutete mit dem Kopf Richtung Atelier. »Ich könnte in der Zwischenzeit von Ihnen eine Porträtaufnahme machen. Ich mache Ihnen einen guten Preis.« Der Fotograf lächelte Christian geschäftstüchtig an.

»Vielen Dank, das ist nicht nötig. Ich habe ein anderes Anliegen.« Er legte die Buchkamera auf den Tisch. »Einem Bekannten von mir ist seine Kamera ins Wasser gefallen. Ich nehme an, die Platten sind noch drin. Meinen Sie, man kann da etwas retten?«

Als der Mann die Kamera sah, erstarb das Lächeln auf seinen Lippen. »Sie kommen von Dr. Feuser?«, fragte er mit ernster Miene.

Christian hatte also richtig getippt. Feuser war mit der Kamera schon einmal hier gewesen. »Nur flüchtig, wir sind Gast im selben Hotel. Ich erzählte ihm, dass ich bei Ihnen vorbeigehen wollte, und er bat mich, die Kamera mitzunehmen. Auf den Platten sind Urlaubserinnerungen.«

Der Fotograf zuckte mit den Schultern. »Ich kann es mir einmal ansehen.« Er verschwand nach hinten.

Während er wartete, betrachtete Christian die Auslage. Ein Schild warb für die neuesten Agfa-Filme, und daneben lagen Kameras in einem Schaukasten. Christian hatte gehört, dass an der Königlichen Akademie in Leipzig seit Neuestem das Studium der künstlerischen Fotografie möglich war. Natürlich würde er sich das Studium nie leisten können, aber trotzdem geriet er bei der Auslage ins Schwärmen. Zu gerne würde er mit einer Profikamera arbeiten. Aber das würde wohl für immer ein Traum bleiben.

Der Fotograf kam zurück und legte die Buchkamera auf den Tresen. »Es tut mir leid, die Platten sind zerstört«, sagte er ohne großes Bedauern in der Stimme.

Christian betrachtete die Kamera, deren Rettung ihn so viel Mühe gekostet hatte. Er musste sich anstrengen, seine Enttäuschung zu verbergen. Möglichst beiläufig sagte er: »Es macht nichts, wenn die Aufnahmen nicht mehr gut sind, aber Dr. Feuser hängt wohl sehr daran.«

Der Fotograf schob die Kamera weiter in Christians Richtung. »Da ist nichts zu machen. Und selbst wenn – ich hätte die Platten nicht entwickelt. Ich habe einen Ruf zu wahren. Schließlich bin ich Hof-Fotograf. Sagen Sie also Herrn Dr. Feuser, er möge seine Aufnahmen woanders entwickeln lassen. In meinem Atelier dulde ich Derartiges nicht.«

»Was meinen Sie?«, fragte Christian nun ehrlich überrascht.

Der Fotograf betrachtete Christian mit gerunzelter Stirn. »Muss ich erst deutlicher werden?«

»Ich habe keine Ahnung, wovon Sie sprechen.«

»Nun, es wundert mich nicht, dass er jemand anderen schickt. Ich habe ihm schon beim letzten Mal gesagt, dass dies ein anständiges Atelier ist. Dr. Feuser sprach von ›Freikörperkultur‹. Aber er kann es nennen wie er will. Diese Art von Fotografien entwickle ich nicht.« Der Spitzbart des Mannes zitterte vor Aufregung.

»Freikörperkultur?« Christian tat entsetzt. »Es tut mir

leid, Dr. Feuser hat mir nicht gesagt, dass es sich um so etwas handelt. Ich muss sagen, ich bin empört.«

Der Fotograf musterte Christian misstrauisch. »Sie wussten nichts davon?«

»Gott bewahre. Sonst wäre ich niemals zu Ihnen gekommen. Dr. Feuser sagte, es handele sich um Aufnahmen vom Strand.«

Der Ladenbesitzer nickte, offenbar hatte Christians Entrüstung überzeugend geklungen. »Ich habe mich ebenfalls von Dr. Feuser täuschen lassen. Er wirkte so kultiviert, ein wirklich vornehmer Herr. Ich vermutete, dass er aus einer angesehenen Familie stammt. Aber es ist offensichtlich, dass er die Kamera für pikante Aufnahmen nutzt.«

Christian stutzte. Kultiviert? Das wäre nicht das erste Adjektiv, das ihm zu Feuser einfallen würde. »Ich war davon ausgegangen, Dr. Feuser nutzt diese Art von Kamera wegen seiner Gehbehinderung. Immerhin hat Dr. Krügener diese Kamera erfunden, weil er selbst eine Prothese trug und einen leicht zu tragenden fotografischen Apparat benötigte.«

Der Ladenbesitzer sah ihn erstaunt an. »Aber Dr. Feuser trug doch keinen Gehstock. Das wäre mir aufgefallen. Nein, er wirkte äußerst sportlich, ich habe gedacht, er spielt Tennis. Ich bilde mir etwas darauf ein, die Menschen zu kennen. Immerhin fotografiere ich sie jeden Tag.«

Tennis. Christian wusste sofort, was das bedeutete. Das hier war nicht Feusers Kamera, sondern die von Severin von Seyfarth. Die Frage war nur, wozu er sie benutzt hatte.

»Und Sie sagen, er hat pikante Fotos damit gemacht?« Als er den abwehrenden Blick des Fotografen bemerkte, fügte er rasch hinzu: »Verstehen Sie mich recht. Ich möchte ihn zur Rede stellen. Mich in diese Situation zu bringen. Eine Unverschämtheit!«

Christian merkte, wie er den Kommerzienrat nachahmte und dessen Art, sich zu echauffieren.

Seine Schauspieleinlage zeigte Wirkung. Der Ladenbesitzer beugte sich vertrauensvoll vor. »Sehr pikante Bilder und ich bin mir nicht sicher, ob die Dame wusste, dass sie fotografiert wurde. Es waren ein Herr und eine Dame in einer sehr eindeutigen Situation. Sie haben sich geküsst.«

Die letzten Worte hatte er nur noch geflüstert.

»Du liebe Güte!« Christian glaubte schon, seine Rolle übertrieben zu haben, doch der Fotograf nickte nur bedächtig.

»Die beiden waren angekleidet, aber die Hand des Herrn lag auf dem Dekolleté der Dame. Es ist unglaublich, wozu sich Frauen heutzutage hinreißen lassen.«

»Und der Herr war Dr. Feuser?«

»Das kann ich nicht mit Sicherheit sagen, der Herr war nur von hinten zu sehen.«

»Und die Dame?«

»Die habe ich mir natürlich nicht genauer angesehen, was denken Sie! Andere Menschen mögen diese Fotos animierend finden, aber ich empfinde es als abstoßend. Das habe ich auch Dr. Feuser unmissverständlich klargemacht, als er sie am letzten Samstag abgeholt hat.«

Christian stutzte. »Am letzten Samstag? Sind Sie sicher?«

»Aber selbstverständlich. Er kam kurz vor zwölf Uhr, ich wollte den Laden gerade schließen.«

Am Samstag. Und einen Tag später war Henny ermordet worden.

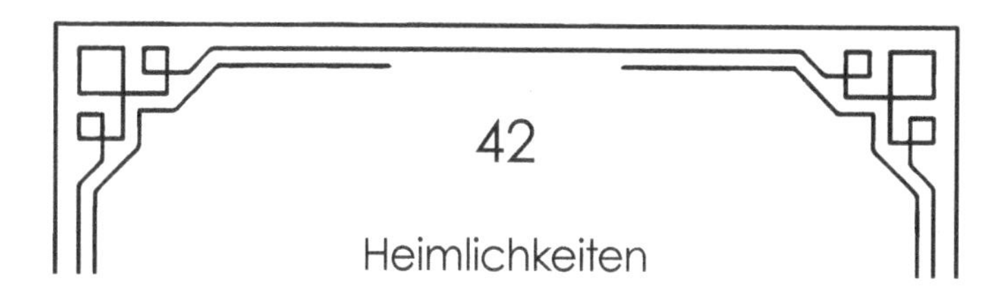

42

Heimlichkeiten

Christian fand Viktoria im Garten des Hotels. Sie saß auf einer Bank im Schatten einer Erle. Sie trug ihren großen weißen Sonnenhut und war in ein Buch vertieft. Als er näher trat, blickte sie auf. »Wie sehen Sie denn aus? Waren Sie baden?«

Erst jetzt wurde ihm bewusst, dass er sich noch gar nicht gekämmt hatte. Schnell nahm er einen Kamm aus der Hosentasche und strich sich die noch feuchten Haare zurück.

»Das stimmt«, sagte er, »ich war schwimmen. Im Hafenbecken.«

»Freiwillig, oder sind Sie hineingefallen?« Sie sah ihn amüsiert an.

Er setzte sich neben sie. »Freiwillig. Ich habe gestern Abend Dr. Feuser beobachtet, wie er etwas im Hafenbecken verschwinden lassen wollte.«

Viktoria machte große Augen. »Und was war es?«

Er holte aus der Sakkotasche das in Leder gebundene Gehäuse.

Viktoria sah es ratlos an. »Was ist das? Ein Baedeker?«

Er schüttelte den Kopf. »Das ist eine Buchkamera.

Offenbar hat Seyfarth damit heimlich Bilder von einer Dame in einer pikanten Situation gemacht.«

»Er hat was?«

Christian erzählte ihr nicht ohne Stolz, was er von dem Fotografen erfahren hatte. Als er geendet hatte, schaute sie gedankenverloren zum Springbrunnen, an dem die steinerne Meerjungfrau Wasser auffing.

»Konnte der Fotograf sagen, wer auf dem Bild zu sehen war?«, fragte sie schließlich.

»Leider nein, weder die Dame noch den Herrn konnte er beschreiben. Er war viel zu prüde, um sich das Bild näher anzusehen.«

»Ich frage mich, warum Seyfarth die Bilder unter Dr. Feusers Namen entwickeln ließ. Und ob Dr. Feuser davon wusste.«

»Da bin ich mir sicher. Erinnern Sie sich, dass Dr. Feuser über den Hotelflur ging, als wir auf dem Weg zu Seyfarths Zimmer waren? Er muss vor uns in Seyfarths Raum gewesen sein und die Kamera an sich genommen haben. Als er uns begegnete, hatte er zwei Bücher in der Hand. So dachte ich jedenfalls. Aber eines davon war offensichtlich die Detektivkamera.«

»Und das andere war das hier«, sagte Viktoria und zog ein in Leder gebundenes Buch aus ihrer Tasche.

Jetzt war es an Christian, große Augen zu machen. »Was ist das?«

»Louise Gustloffs Skizzenbuch. Dr. Feuser war kurz vor dem Abendessen bei Louise Gustloff und hat es ihr zurückgegeben. Angeblich hat er es auf der Veranda gefunden. Sie hat merkwürdig reagiert, es gleich durchgeblättert, als ob sie etwas suchte. Und als ihr Mann kam, hat sie es sofort zugeschlagen. Ich dachte, es könnte nicht schaden, einen Blick hineinzuwerfen.«

Ihre Augen funkelten, und Christian wusste plötzlich, warum er sie so anziehend fand. Es war ihre Abenteuerlust, die Art, wie sie sich über Grenzen hinwegsetzte, neugierig ihre Nase in den Wind hielt. »Wie haben Sie es in die Hände bekommen?«

Sie zuckte mit den Schultern. »Es war nicht leicht, aber ich habe es aus Frau Gustloffs Handtasche gestohlen.«

»Sie haben es gestohlen?«, wiederholte er. Kein anderes Mädchen, das er kannte, hätte sich so etwas getraut.

Viktoria machte eine wegwerfende Handbewegung. »Eigentlich war es nicht schwer. Alle haben auf die Tanzfläche gesehen, die Gelegenheit war günstig.«

»Viktoria Berg, ich muss schon sagen, Sie sind unglaublich.«

Sie lachte, und es war offensichtlich, dass sie sich über seine Bemerkung freute.

»Was steht denn nun drin in diesem ominösen Buch?«, fragte er.

»Hauptsächlich sind es Skizzen zu Kleidern. Clara hat vor einigen Tagen erwähnt, dass Frau Gustloff ihre Kleider selbst entwirft. Offenbar nutzt die Frau Kommerzienrat das Buch für ihre Ideen. Hin und wieder schreibt sie auch etwas auf, Einkaufslisten oder sonstige Dinge, die sie erledigen muss. Aber da ist noch etwas anderes.« Sie blätterte es auf, bis sie eine bestimmte Seite gefunden hatte. »Nämlich das hier.« Sie hielt ihm das Buch hin.

Christian starrte auf die Seite. »Unterschriften von Kommerzienrat Gustloff?«

Viktoria schüttelte den Kopf. »Unterschriften, die aussehen wie die von Kommerzienrat Gustloff. Schauen Sie.« Sie deutete auf die erste Zeile. »Hier ist es ziemlich deutlich. Jemand hat die Buchstaben durchgepaust – und dann versucht, sie zu imitieren. Immer wieder. Weiter unten wird die Schrift dann sicherer.«

Christian sah sie überrascht an. »Jemand hat die Unterschrift von Kommerzienrat Gustloff gefälscht?«

Sie lächelte. »Nicht irgendwer. Sondern Louise Gustloff.«

In diesem Moment fiel ein Schatten auf Christian und Viktoria. Sie blickten hoch, und Christian fühlte sich mit einem Schlag schuldig.

Louise Gustloff stand vor ihnen, die Augen zu schmalen Schlitzen verengt. »Ich glaube, Sie haben da etwas, das mir gehört.«

43
Leierkastenaffe

»Ich habe Sie unterschätzt, Fräulein Berg. Mir war klar, dass Sie etwas bemerkt haben. Aber ich hätte nicht gedacht, dass Sie so dreist sein würden, mein Skizzenbuch zu stehlen.«

Viktoria sah entsetzt in das wutverzerrte Gesicht von Louise Gustloff und wäre vor Scham am liebsten im Erdboden versunken. Sie spürte, wie sie errötete. Doch wie in ihrer Kindheit, wenn sie von ihrem Vater bei etwas Verbotenem ertappt wurde, meldete sich auch jetzt der Trotzkopf in ihr.

»Und ich hätte nicht gedacht, dass Sie die Unterschrift Ihres Mannes fälschen«, gab Viktoria zurück und versuchte dem Blick der Frau standzuhalten.

Louise Gustloff schüttelte nur den Kopf. »Ungeheuerlich. Und ich habe Sie für eine ehrbare junge Frau gehalten. Ich habe mich offensichtlich getäuscht.« Verachtung lag in Louise Gustloffs Stimme. »Aber ich lasse mich nicht erpressen. Weder von Ihnen noch von Seyfarth. Gehen Sie zu meinem Mann, erzählen Sie ihm von Ihrer Entdeckung.«

»Seyfarth hat Sie erpresst?«, warf Christian ein.

Louise Gustloff bedachte ihn mit einem Blick, als frage sie sich, ob sein Erstaunen aufrichtig war.

Viktoria sah, wie sich die Züge der aufgebrachten Frau fast unmerklich veränderten, milder wurden. Viktoria erkannte die Chance, endlich mehr zu erfahren. »Wir möchten wissen, wer schuld am Tod des Zimmermädchens Henny Petersen ist. Und wer Severin von Seyfarth getötet hat. Ich glaube, Sie wissen etwas darüber.«

Ihre Worte wirkten, sie konnte sehen, wie Louise Gustloff ihre Antwort abwog. Schließlich nickte die Frau.

»Also gut«, sagte sie. »Ich erzähle Ihnen, was ich weiß. Aber nicht hier. Gehen wir in das Café Matz in der Bismarckstraße. Dort ist es um diese Zeit noch ruhig.«

Die Straßen waren belebt, überall flanierten Menschen in der Sonne. Louise Gustloff durchschritt die Menge, ohne darauf zu achten, wer ihr entgegenkam. Unwillkürlich machten die Menschen ihr Platz, gingen zur Seite, ohne zu murren. Während des ganzen Weges sagte sie kein Wort, ihr Gesicht war wie versteinert.

Das Café lag direkt gegenüber Hoffmanns Hotel Falk, das vorwiegend von Juden bewohnt war. Viktoria wusste, dass das nicht selbstverständlich war. Auf der Nachbarinsel Borkum waren Juden jedenfalls nicht willkommen. Täglich spielte die Kapelle das judenfeindliche Borkumlied. Hier auf Norderney gab es dagegen zahlreiche Hotels und Gaststätten in jüdischer Hand. Warum auch nicht? Menschen waren Menschen. Und ob ein Mensch gut war oder nicht, das verriet nicht seine Abstammung oder sein Glaube, sondern einzig und allein sein Handeln.

Vor dem Café stand ein Drehorgelspieler. Sein Anzug

war ausgeblichen und fadenscheinig, den schwarzen Hut hatte er auf den Hinterkopf geschoben, sodass ihm die Sonne ins Gesicht schien, während er die Kurbel drehte. Auf dem Leierkasten saß ein viel zu dünnes Äffchen mit einer Kette um den Hals. Sein Rücken war gekrümmt, und es schaute mit leerem Blick zu der gaffenden Menge. Resignation lag in seinem Blick. Der Anblick erschütterte Viktoria, und sie wandte sich rasch ab.

Im Café war kaum ein Platz besetzt, denn die meisten Gäste saßen draußen auf der Veranda. Obwohl am Fenster noch alles frei war, wählte Louise Gustloff einen Platz in der hinteren Ecke. Sie setzten sich an einen der kleinen runden Tische.

Ein Kellner im dunklen Anzug kam zu ihnen. Viktoria bestellte eine Trinkschokolade, Christian ein Bier und Louise Gustloff einen Tee. Der Kellner deutete eine Verbeugung an und ging davon.

»Erzählen Sie uns, was Sie wissen?«, fragte Viktoria, als sie allein waren. Sie hatte betont höflich gesprochen, denn inzwischen tat ihr leid, was sie getan hatte.

Louise Gustloff sah einen Moment schweigend vor sich hin. Ihr eleganter Hut war mit einer weißen Feder geschmückt und verbarg ihr Gesicht. Schließlich schaute sie auf. Sie sah aus, als habe sie eine Entscheidung getroffen. Kurz vergewisserte sie sich mit einem Blick, dass niemand in Hörweite war, dann begann sie zu erzählen.

»Das Leben als Schauspielerin war nie einfach. Als ich meinen Mann kennenlernte, war ich gerade dreißig geworden, es wurde schwierig, gute Engagements zu bekommen. Jahrelang habe ich von der Hand in den Mund gelebt. Die Welt war nicht gerade rosig. Ich musste meine Miete zahlen, gesellschaftlichen Verpflichtungen nachkommen, Soirees geben. Es ist wichtig, im Gespräch zu bleiben und Kontakte zu knüpfen. Aber das kostet. Und mehr als einmal stand ich am Rande des Ruins. Vor zwei Jahren habe ich Carl kennengelernt. Ich hatte ein Engagement in Münster, und er kam jeden Tag, um mich auf der Bühne zu sehen. Nach den Vorstellungen schickte er mir Blumen in die Garderobe. Irgendwann lud ich ihn ein, mich zu besuchen. Er war galant, umwarb mich. Ich ließ mich darauf ein. Schließlich fragte er mich, ob ich seine Frau werden wollte.«

Sie unterbrach sich, als der Kellner die Getränke brachte. Louise Gustloff beobachtete den Mann, der den Tee vor sie hinstellte. Viktoria konnte die Anspannung der Frau fast körperlich spüren. Jetzt, da sie angefangen hatte zu reden, schien sie es kaum abwarten zu können weiterzuerzählen. Sobald der Kellner sich entfernt hatte, fuhr sie fort.

»Die Ehe war ein Fehler, ich hätte es wissen müssen. Aber damals dachte ich, ich könnte mich damit arrangieren, nicht mehr zu arbeiten, abgesichert zu sein und ein sorgenloses Leben zu haben. Ich träumte davon, Kinder zu bekommen und mich um die Familie zu kümmern.« Für einen Moment schaute sie nachdenklich in die Ferne. »Aber Carl wollte keine weiteren Kinder, er hat bereits zwei von seiner verstorbenen Frau. Sie sind längst erwachsen.« Sie holte tief Luft, bevor sie fortfuhr. »Da war ich also, eingesperrt in einer prächtigen Villa, zur Untätigkeit verdammt. Jeden Tag wartete ich, bis Carl abends aus dem Kontor kam. Dann gingen wir für gewöhnlich aus. Wenigstens in der Anfangszeit. Aber nach und nach bemerkte ich, dass unsere Ehe auf einer Lüge aufgebaut war. Ich hatte Sicherheit gesucht und er jemanden, der seinem Textilunternehmen einen glanzvollen Anstrich gab. Als er merkte, dass ich mich langweilte, hat er mich Entwürfe für eine neue Modelinie zeichnen lassen. Aber das füllt mich nicht aus. Ich will nicht den ganzen Tag zu Hause sitzen, ich will arbeiten. Richtig arbeiten. Aber Carl ist dagegen. Es geht wie immer um das Geschäft. Wenn seine Frau arbeitet, könnten die Leute denken, dass er in finanziellen Schwierigkeiten steckt oder – noch schlimmer – er unter meinem Pantoffel steht. Ich war naiv, als ich darauf vertraut habe, dass er mir in unserer Ehe meine Freiheit lässt. Carl kennt nur seine Firma, alles andere ist unwichtig. Ich bin ein hübsches Aushängeschild, dazu da, meine Rolle zu erfüllen.« Louise Gustloff blickte traurig erst Christian, dann Viktoria an. »Was soll ich machen? Mich scheiden lassen? Ich habe keine finanziellen Reserven. Seit meiner Hochzeit hat sich die Theaterwelt weitergedreht, die Rollen werden von jüngeren Schauspielerinnen besetzt.«

Sie gab vorsichtig Sahne in ihren Tee. Die blühte wie eine helle Sommerwolke auf und verteilte sich auf der Oberfläche des Getränks. Louise Gustloff rührte um, der Löffel schlug laut an das zarte Porzellan.

Viktoria spürte die große Anspannung, die Louise Gustloff hinter ihrem beherrschten Auftreten verbarg. Die Frau war tief in ihrem Inneren entsetzlich wütend. Auf ihren Mann, auf die Welt und vor allen Dingen auf sich selbst. Louise Gustloff war wie das Äffchen dort draußen auf dem Leierkasten, dachte Viktoria. Eine hübsche Staffage. Festgekettet an ihr Heim, zur Untätigkeit verdammt und dem Wohl und Wehe ihres Mannes ausgesetzt. Sie konnte nicht aufstehen und gehen, ihren Mann verlassen. Sie hatte nichts. Kein eigenes Geld, keine Arbeit, keine Wohnung. Und sie hatte sich selbst in diese Situation gebracht.

»Aber dann hat sich etwas verändert, habe ich recht?«, fragte Viktoria. Es war nur eine Vermutung gewesen, irgendetwas in dem Gesichtsausdruck der Schauspielerin hatte es ihr gesagt.

Louise Gustloff lächelte matt. »Sie sind eine gute Beobachterin. Ja, es hat sich etwas geändert. An meinem Geburtstag vor zwei Wochen erhielt ich einen Anruf von einem alten Bekannten. Er arbeitet in der Filmbranche, hat sich als Regisseur einen Namen gemacht. Er wollte mir nicht nur zum Geburtstag gratulieren, sondern er hat mir angeboten, die Hauptrolle in seinem neuen Film zu übernehmen. Die Geschichte ist mir wie auf den Leib geschrieben. Es geht um eine Frau, die sich von ganz unten hocharbeitet und letztlich ihre Liebe dafür aufgibt. Es ist eine Traumrolle, ich kann dieses Angebot nicht ausschlagen. Sie bietet mir eine neue Karriere.«

»Was sagt Ihr Mann dazu?«, fragte Viktoria, die ahnte, woher der sorgenvolle Ausdruck in Louise Gustloffs Augen kam.

Die nahm die Teetasse, trank einen Schluck. »Er weiß nichts davon. Es geht ja erst einmal nur um Probeaufnahmen, noch ist nichts entschieden.« Sie stellte die Tasse wieder ab.

Mit einem Mal verstand Viktoria, warum Louise Gustloff die Unterschrift ihres Mannes gefälscht hatte. »Sie brauchen eine schriftliche Erlaubnis Ihres Mannes, um die Probeaufnahmen zu machen.«

Louise Gustloff sah sie einen Moment an, dann nickte sie. »Der Regisseur besteht darauf. Es ist demütigend. Mein ganzes Leben habe ich selbstständig entschieden. Mein Vater ist früh gestorben, meine Mutter musste als Waschfrau arbeiten, um uns durchzubringen. Mit vierzehn stand ich das erste Mal auf der Bühne. Ab diesem Zeitpunkt konnte ich meine Mutter finanziell unterstützen, und ich habe es getan, bis sie vor zwei Jahren starb. Bald darauf habe ich Carl kennengelernt. Ich fühlte mich einsam damals, wahrscheinlich hätte ich mich sonst niemals auf diese Ehe eingelassen.« Louise Gustloff saß da, aufrecht, und trotz der Traurigkeit stolz. Viktoria fühlte große Sympathie mit dieser Frau.

»Was ist, wenn Sie die Rolle bekommen? Spätestens dann müssen Sie Ihrem Mann doch reinen Wein einschenken.«

»Es ist eine Frage, wie ich es ihm vermittle und welches Angebot ich ihm machen kann. Ich bin mir sicher, ich kann ihm irgendwann deutlich machen, dass es für seine Modekollektion von Vorteil ist, wenn ich mit seinen Kleidern in einem Film zu sehen bin oder in den Gazetten. Aber im Moment kann man mit Carl kein vernünftiges Wort reden, er ist seit Monaten angespannt. Was ich brauche, ist ein wenig Zeit. Und die habe ich mir durch die Unterschrift verschafft.« Louise Gustloff schob die Teetasse beiseite, und mit der Entschiedenheit, mit der sie es tat, wurde Viktoria klar, dass sie nun zum eigentlichen Thema kam. »Ich habe mein Skizzenbuch dazu benutzt, die Unterschrift zu üben. Carl wirft nie einen Blick dort hinein, es interessiert ihn nicht. Ich fühlte mich sicher. Zu sicher. Ich ahnte nicht, dass Severin von Seyfarth das Buch aufgefallen war. Er ging vermutlich davon aus, dass es ein Tagebuch sei. Offensichtlich hoffte er auf Informationen, die er gegen meinen Mann einsetzen konnte. Wie auch immer – kurz vor dem Tennisturnier war mein Skizzenbuch plötzlich weg. Zuerst war ich nicht besonders beunruhigt, ich dachte, ich hätte es auf der Veranda liegen lassen und eines der Mädchen hätte es an sich genommen. Nach dem Turnier habe ich im Hotel gefragt, aber es war nicht gefunden worden. Kurz darauf hat Seyfarth mir ein Buch gegeben, in der eine meiner Skizzen lag. Mir war klar, dass er die gefälschten Unterschriften gefunden hatte und dass er mich erpressen wollte.«

»Was verlangte Seyfarth von Ihnen?«

Louise Gustloff sah Viktoria an. Sie zögerte. »Dass ich mich von Dr. Feuser fernhalte«, sagte sie schließlich.

Viktoria wechselte einen kurzen Blick mit Christian,

der ebenso überrascht wirkte wie sie. Sie wandte sich wieder Louise Gustloff zu. »Sie haben ein Verhältnis mit Dr. Feuser?«

Die schüttelte leicht den Kopf. »Wir sind lediglich befreundet. Ich betrüge meinen Mann nicht.«

»Warum wollte Seyfarth, dass Sie sich von Dr. Feuser fernhalten?«

»Er fürchtete sich vor meinem Einfluss. Ich möchte nicht ins Detail gehen, das ist eine Angelegenheit, die allein Dr. Feuser betrifft. Ich kann Ihnen nur so viel sagen: Er ist ein anständiger Mensch, aber in der Nähe eines Severin von Seyfarth ist es kein leichtes Unterfangen, ein anständiger Mensch zu bleiben. Seyfarth war ein nichtsnutziger Kretin. Ich weine ihm keine Träne nach.«

Viktoria spürte die Wut hinter den Sätzen. Lange Jahre hatte Louise Gustloff ihren Zorn zurückgehalten. Und nun bedrohte Severin von Seyfarth nicht nur ihre Ehe, sondern auch ihre Träume von einer neuen Karriere, denn wenn dieser ihrem Mann die gefälschten Unterschriften gezeigt hätte, wäre alles herausgekommen. Ihr Mann hätte ihre Teilnahme an den Probeaufnahmen mit Sicherheit untersagt. Und noch etwas anderes wurde Viktoria klar. Louise Gustloff war eine Frau, die durch das Tennis über eine starke Schlagkraft verfügte. Es wäre ein Leichtes für sie gewesen, den im Sessel sitzenden Seyfarth zu erschlagen.

Louise Gustloff bemerkte Viktorias Blick. »Ich habe ihn nicht getötet. Aber wer auch immer es getan hat, ich kann sein Handeln nachvollziehen. Natürlich verdient niemand den Tod, aber Seyfarth war ein Parasit. Bei jedem Menschen, mit dem er zu tun hatte, fand er untrüglich dessen Schwachpunkte und nutzte sie gnadenlos aus. Wer weiß, wie viele er ins Unglück gestürzt hat.«

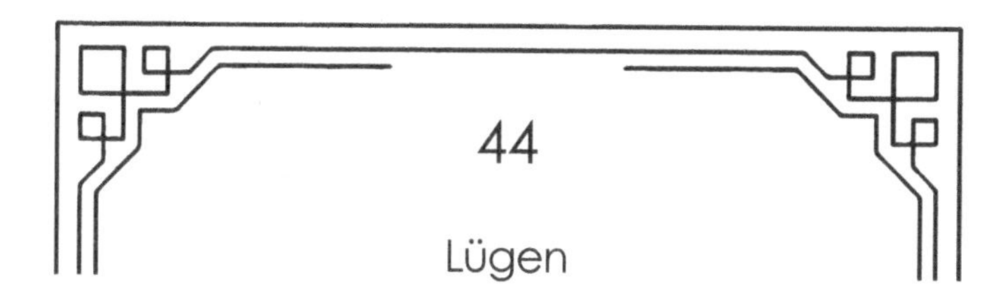

44
Lügen

Bislang hatte Christian bewusst geschwiegen. Er hatte das Gefühl gehabt, Louise Gustloff würde sich einer Frau eher öffnen. Doch nun hakte er nach. »Wie haben Sie auf Seyfarths Erpressungsversuch reagiert?«

Louise Gustloff schaute ihn verwundert an, als läge die Antwort auf der Hand. »Ich sagte ja bereits – ich lasse mich nicht erpressen. Ich habe Seyfarth gesagt, er könne das Buch jederzeit meinem Mann geben.«

Christian nickte. »Sie haben Ihrem Mann also reinen Wein eingeschenkt?«

»Ich hätte es getan. Aber Seyfarth ist ermordet worden, und Dr. Feuser hat mir mein Skizzenbuch zurückgegeben. Es war unnötig. Doch nun haben Sie es. Und ich erwarte, dass Sie es mir augenblicklich wieder aushändigen.« In ihre Augen trat ein bedrohliches Funkeln.

Viktoria nickte und schob ihr das Buch über den Tisch zu. »Ich möchte nur wissen, warum Seyfarth tot ist. Und was Henny Petersen mit der ganzen Sache zu tun hat.«

Louise Gustloff legte die Hand auf das Buch. Fast zärtlich fuhr sie über die feinen Mosaikperlen des Einbandes. Dann ließ sie das Buch in ihre Tasche gleiten.

»Ich kenne die genauen Zusammenhänge nicht«, sagte

sie schließlich. »Aber ich fürchte, mein Mann hat damit zu tun.«

Sie nahm eine Zigarette aus einem silbernen Etui, steckte sie auf eine lange Spitze und zündete sie an. Sie nahm einen Zug, bevor sie fortfuhr.

»Vor einer Woche habe ich gesehen, wie mein Mann und das Zimmermädchen zusammenstanden. Sie haben mich nicht bemerkt, sie waren zu sehr in ihr Gespräch vertieft. Mein Mann hat das Mädchen am Arm festgehalten und auf sie eingeredet. Zuerst wollte ich gehen …« Louise Gustloff zog erneut an ihrer Zigarette. »Aber dann sah ich, wie er dem Mädchen Geld gab. Eindeutig mehr als ein gewöhnliches Trinkgeld. Ich muss zugeben, ich war verletzt. In unserer Ehe mag Zärtlichkeit nicht gerade eine große Rolle spielen, aber bisher war ich davon ausgegangen, dass mein Mann mir genauso treu ist wie ich ihm. Offensichtlich ein Irrtum.«

»Hat Henny das Geld genommen?«, fragte Viktoria.

»Sie hat es abgelehnt.« Louise Gustloff schüttelte den Kopf. »Mein Mann hat dem Mädchen daraufhin Arbeit in seiner Fabrik angeboten, aber auch davon hat sie nichts wissen wollen. Sie könne aus eigener Kraft eine gute Anstellung finden, hat sie gesagt. Sie werde auf niemanden mehr Rücksicht nehmen, sondern selbst handeln. Dann hat sie ihn einfach stehen lassen. Sie hätten ihn sehen sollen in dem Moment. Er war furchtbar wütend. Und am nächsten Tag hörte ich, dass das Mädchen tot ist.«

Louise Gustloff zog erneut an ihrer Zigarette und stieß Rauch aus. Viktoria bemerkte, wie ein Kellner sie beobachtete und missbilligend den Kopf schüttelte. Eine rauchende Frau – etwas Derartiges war ihm offenbar noch nicht untergekommen.

Christian ergriff wieder das Wort. »Und Sie glauben, dass dieser Vorfall etwas mit dem Tod des Zimmermädchens zu hat?«

Die Schauspielerin zuckte mit den Schultern. »Ich weiß es nicht sicher. Ich habe meinen Mann eine halbe Stunde nach seiner Unterhaltung mit dem Zimmermädchen im Salon getroffen. Er hat sich nichts anmerken lassen. Man kann niemals bis in sein Innerstes sehen. Manchmal frage ich mich, ob da überhaupt etwas ist, außer seinem Geschäft.« Louise Gustloff stieß einen tiefen Seufzer aus. »Ich hatte gehofft, die Reise würde uns, meinen Mann und mich, näherbringen. Aber die Kluft zwischen uns ist nur größer geworden. Dabei war es mein Mann, der auf dieser Reise bestanden hatte. Er, der sonst nicht einmal einen Tag seine Firma allein lassen kann, war bereit, vier Wochen in die Sommerfrische zu fahren. Ich habe gedacht, dass es ihm um uns gehen würde. Aber Carl ist nur in die Sommerfrische gefahren, um Seyfarth zu treffen, wie ich jetzt weiß. Ich hatte gleich am ersten Tag den Eindruck, dass die beiden sich kennen, auch wenn sie so getan haben, als würden sie sich zum ersten Mal treffen. Sie hatten so eine Art, sich gegenseitig zu belauern.«

Louise Gustloff drückte ihre Zigarette aus. Dann sah sie Christian an. »Mein Mann hat gesagt, er sei auf seinem Zimmer gewesen, als Seyfarth starb. Das stimmt nicht. Ich war an dem Abend noch spät im Garten des Hotels spazieren, weil ich nicht schlafen konnte. Als ich zurückkam, war das Bett leer. Ich will ihn nicht belasten, aber ich will auch nicht für ihn lügen. Lügen hat es zwischen uns beiden genug gegeben. Also wenn Sie mich fragen, ob mein Mann Seyfarth und das Zimmermädchen getötet hat: Ich weiß es nicht. Aber ich weiß, dass er etwas zu verbergen hat.«

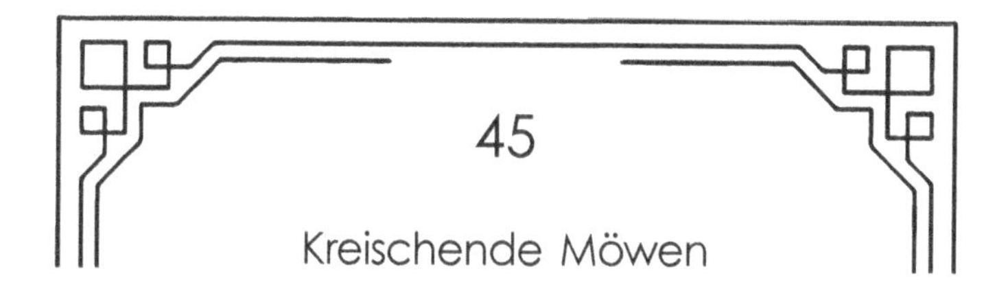

45

Kreischende Möwen

Im Hotel erwartete Christian die Nachricht, dass sein Redakteur ihn um sofortigen Rückruf bat. Christian bat Viktoria, dass sie ihn entschuldigen möge. Viktoria nickte und sagte, dass sie sich auf die Veranda begeben werde. Christian sah ihr nach. Auf dem Rückweg von dem Café hatte sie in sich gekehrt gewirkt. Die Neugierde in ihren Augen war einer Traurigkeit gewichen, die Christian sich nicht erklären konnte.

Er ließ den Concierge die Verbindung nach Hamburg herstellen. Christian hatte noch nie zuvor in seinem Leben telefoniert. Mit wem auch? Der Vater seines Freundes Gustav besaß einen Telefonapparat, dessen Benutzung war aber allein geschäftlichen Dingen vorbehalten. Der Concierge gab dem Fräulein vom Amt die gewünschte Nummer durch, dann reichte er den Hörer an Christian weiter. Der war schwerer, als er aussah. Christian lauschte auf das Knistern, dann hörte er die Stimme von Julius Teubner, seinem Chefredakteur. Der hielt sich nicht lange mit Begrüßungsformeln auf, sondern fragte, wie weit Christian mit seinem Artikel sei.

»Der ist so gut wie fertig«, log Christian und dachte an den halbfertigen Text, der ihn in seinem Zimmer jeden

Abend anstarrte. Es war wie verhext. Er hatte so schwungvoll begonnen mit seinem Bericht, doch jetzt erschien ihm der ganze Text nur noch belanglos. Allerdings hatte Christian etwas anderes, was er Teubner anbieten wollte. »Severin von Seyfarth ist gestern im Hotel ermordet worden. Was halten Sie von einem Artikel zu seinem Tod?«

Teubner schwieg eine Weile, sodass Christian schon glaubte, die Verbindung sei unterbrochen. Doch dann räusperte sich Teubner laut und vernehmlich.

»Unser Verleger August Keil war heute Morgen in der Redaktion. Selten, dass sich der alte Mann in sein Verlagshaus bemüht. Er hat uns strikt untersagt, Berichte über Seyfarth juniors Tod zu bringen. Offenbar hat Graf von Seyfarth seine Verbindungen spielen lassen. Wir haben einen kurzen Artikel vorgesehen, nach dem es heißt, Severin von Seyfarth sei Opfer eines tragischen Unfalls geworden. Und ich denke, auch die anderen Zeitungen werden es so handhaben. Graf von Seyfarths Einfluss reicht weit.«

Dammich! Christian hatte sich schon ausgemalt, wie er als einziger Korrespondent vom Ort des Geschehens berichten würde. Doch was ihn am meisten ärgerte, war die Tatsache, dass jemand wie Seyfarth senior offenbar genügend Macht besaß, um unliebsame Berichte zu verhindern.

»Meinen Sie nicht, es ist wichtig, über den Mord zu informieren? Sie hätten es exklusiv.«

»Mein lieber Hinrichs. Wir sind keine Tageszeitung, sondern eine Monatsillustrierte. Ich weiß ja, dass Sie bisher vor allem für Kriminalfälle zuständig waren. Aber vergessen Sie nicht unsere Leserschaft. Die will nichts von Mord und Totschlag lesen, sondern erbauliche Geschichten aus der Sommerfrische.« Sein Tonfall klang jetzt munterer. »Ich hoffe im Übrigen, dass Sie auch ein Zitat von Seyfarth haben.«

»Natürlich«, knurrte Christian. Wieso konnten die Reichen alles bestimmen? Sein Schwager, ein strammer Sozialist, hatte recht: Geld regierte die Welt.

Teubner fuhr bereits fort: »Gut, schreiben Sie etwas von dem tragischen Verlust einer solchen Persönlichkeit. Legen Sie ein wenig Mystik hinein, zum Beispiel, dass der Mann zu ahnen schien, dass er sterben würde. So etwas lieben die Leserinnen.«

»Und wie wäre es mit der Wahrheit? Dass Seyfarth womöglich ein Verbrechen begangen hat.«

»Ein Verbrechen?« Teubners Stimme überschlug sich fast. Doch dann fand er zu seiner gewohnt geschäftsmäßigen Art zurück. »Haben Sie auch Beweise für diese Behauptung?«

»Noch nicht, aber ich arbeite dran.«

Zu Christians Überraschung lachte Teubner. »Ich hatte den richtigen Riecher mit Ihnen. Sie sind hartnäckig. Eine wichtige Voraussetzung für einen Journalisten. Aber ich gebe Ihnen den Rat: Überlegen Sie es sich gut, ob Sie weiter in dieser Richtung recherchieren. Sie machen sich Feinde in Kreisen, die Ihre Karriere beenden können.«

»Das Risiko bin ich bereit einzugehen.«

Teubner schwieg kurz, und Christian konnte förmlich

sehen, wie sein Vorgesetzter grübelnd die Stirn runzelte.
»Die Geschichte ist auf keinen Fall etwas für die *Frau von Welt*. Ich habe jedoch einen Freund bei der *Berliner Morgenzeitung*, den das interessieren könnte. Aber, Hinrichs – der Bericht für die *Frau von Welt* hat Vorrang. Wenn der nicht bald auf meinem Tisch liegt, werde *ich* Ihnen das Leben zur Hölle machen.«

Eine Möwe flog kreischend am Fenster vorbei. »Montag haben Sie den Artikel«, versprach Christian und dachte erneut an den halbfertigen Text. Heute war Freitag. Sein letzter Tag auf der Insel. Am Samstag reiste er ab. Blieb ihm noch der Sonntag zum Schreiben. Nun, ihm würde schon etwas einfallen für den Schluss.

»Gut, Montag um neun Uhr in der Redaktion. Seien Sie pünktlich.«

Christian wollte schon einhängen, doch Teubner war noch etwas eingefallen.

»Hat Seyfarths Tod etwas mit seinen Geschäften in Afrika zu tun? Mit dieser Saatzuchtanlage?«, fragte er.

Geschäfte in Afrika? Christian hatte keine Ahnung, wovon Teubner sprach. Trotzdem erschien es ihm nicht klug, seinem Chef sein Unwissen zu gestehen. Er entschied sich für eine Taktik, die ihm bei Interviews schon das eine oder andere Mal wichtige Informationen gebracht hatte. »Was wissen Sie davon?«

»Nicht mehr als das, was ich vor zwei Monaten in der Zeitung gelesen habe. Damals gab es Gerüchte, dass Seyfarth in die Sache verwickelt sein könnte. Ist denn was dran?«

»Kann ich noch nicht genau sagen«, sagte Christian. »Ich lasse Sie es wissen.«

»Gut, aber denken Sie an Ihre Hauptaufgabe.«

Christian versprach es und hängte ein. Eine Saatzuchtanlage in Afrika. Er musste mehr darüber herausfinden.

46

Leuchtender Sanddorn

Viktoria stocherte in ihrem Baumkuchen herum, den sie sich hatte bringen lassen. Louise Gustloffs Worte hallten in ihr nach. Viktoria hatte die Schauspielerin bisher für eine selbstbewusste, stolze Frau gehalten, eine, die sich durchsetzen konnte und die sich von den Konventionen freigemacht hatte, und insgeheim hatte Viktoria sie dafür bewundert.

Aber das war nichts als Schein gewesen. Louise Gustloff war genauso unfrei wie andere Frauen. Vor Kurzem hatte Viktoria im Lehrerinnenverein einen Vortrag gehört, warum der Gehorsamsparagraph, nach welchem allein der Mann in der Ehe ein Entscheidungsrecht hatte, angeblich dem Schutz der Frau diente. Sie konnte sich an die Worte der Rednerin kaum noch erinnern. Nur an das Gefühl der Ohnmacht, das sie befallen hatte, weil sie offenbar auf verlorenem Posten kämpfte. Es wäre so viel einfacher aufzugeben, sich zu fügen. Zu heiraten, Kinder zu bekommen und den Dingen ihren Lauf zu lassen. Aber alles in ihr sträubte sich dagegen. Gegen diese Ungerechtigkeit.

Christian kam aus dem Foyer. »Wie kommen wir an die Zeitungen von vor zwei Monaten?«, fragte er, kaum dass er vor Viktoria stand.

Sie sah ihn überrascht an. »Was wollen Sie denn damit?«

»Seyfarth war in irgendein krummes Geschäft mit einer Saatzuchtanlage in Afrika verwickelt. Mein Verleger hat es erwähnt. Es muss dazu etwas in der Zeitung gegeben haben.«

»Haben Sie den Concierge gefragt?«

»Der hat gesagt, dass die alten Zeitungen in der Küche zum Feuermachen verwendet werden.«

Viktoria stand auf. »Wir sprechen mit Marie, dem Küchenmädchen.«

Die Köchin war sichtlich überrascht, als Viktoria durch den Dienstboteneingang in die Küche kam. »Was wollen Sie denn hier?«, fragte sie, und ihr Gesichtsausdruck ließ keinen Zweifel darüber, dass sie dieses Eindringen in ihr Reich missbilligte.

»Ich möchte mit Marie sprechen.«

Die Köchin legte die Speckschwarte, mit der sie den Herd gewienert hatte, beiseite und wischte sich die Hände an ihrer Schürze ab. »Hat die Deern was angestellt?«

»Nein, ich möchte sie nur etwas fragen«, beeilte sich Viktoria zu sagen. Sie wollte Marie auf keinen Fall Ärger bereiten.

Die Köchin musterte Viktoria abschätzig. Sie konnte sich gut denken, was die Frau dachte: Nicht mal hier unten hat man Ruhe vor denen.

Die Köchin ging hinüber in den angrenzenden Raum, wo auf einem Tisch ausgebreitet leuchtender Sanddorn zum Trocknen ausgelegt war. Dort rief sie durch eine Tür lautstark nach Marie und kehrte dann an ihren Herd zurück.

Marie erschien in Windeseile. Sie hatte die Ärmel hochgeschoben, die Hände waren nass und ihr Kopf vor Anstrengung rot. Offenbar hatte sie den Boden geschrubbt. Als sie Viktoria sah, wurden ihre Augen groß. Viktoria erklärte ihr Anliegen. Maries Augen huschten beständig zwischen Viktoria und der Köchin hin und her.

»Die Zeitungen verwenden wir zum Feuermachen«, sagte Marie so leise, dass Viktoria sie kaum verstehen konnte.

Doch die Köchin hatte offenbar sehr gute Ohren. »Das hätte ich Ihnen auch sagen können, Fräulein. Dafür hätten Sie Marie nicht von der Arbeit abhalten müssen.«

Viktoria ging nicht darauf ein. »Wird die gesamte Zeitung dafür verwendet?«

Maria schüttelte den Kopf. »Einen Teil legen wir auf den Abort.« Ihr Blick huschte peinlich berührt zu Christian.

»Könntest du mir den Stapel holen?«

Marie blickte zur Köchin. Die hatte ihre Arme in die Seite gestemmt und schüttelte den Kopf. »Nun lauf, Marie, du hörst doch, was die Dame will. Bring ihr die Kiste mit dem Papier, wenn sie es unbedingt haben will. Und dann geh wieder an die Arbeit.«

Sie setzten sich auf die geschützte Veranda. Hier konnten die Blätter nicht wegfliegen.

»Was genau suchen wir?«, fragte Viktoria.

»Irgendeinen Hinweis auf Afrika oder Saatzuchtanlagen. Dass muss im Mai oder Juni gewesen sein.«

Viktoria gab Christian einen Stapel, dann begann sie, den Rest des säuberlich in Vierecke gerissenen Papiers durchzusehen. Viktoria suchte nach einem Datum und fand schon bald einen Artikel aus dem August. Also mussten die älteren Zeitungen weiter unten sein. Sie blätterte durch die Zettel, bis sie eine Meldung fand, dass die Suffragetten Emmeline Pankhurst und Emmeline Pethick-Lawrence in London zu neun Monaten Gefängnis wegen Unruhestiftung und Sachbeschädigung verurteilt worden waren. Viktoria erinnerte sich daran, auf den blühenden Blauregen geschaut zu haben, als sie die Meldung damals gelesen hatte. Der Abschnitt musste also vom Mai sein.

Langsam arbeitete sie sich durch den Stapel. Hin und wieder stieß sie auf einen Hinweis zu den Kolonien in Afrika. Aufstände von Einheimischen, wirtschaftliche Verluste, die die deutsche Bevölkerung hinnehmen musste. Aber nirgends etwas, was für ihren Fall von Interesse gewesen wäre. Bis sie schließlich auf eine Überschrift stieß, von der die Hälfte fehlte. Aber ihr war der Name Gustloff ins Auge gefallen.

»Hier ist etwas zu dem Kommerzienrat«, sagte Viktoria.

Christian beugte sich zu ihr vor. »Und was steht da?«

Viktoria überflog den Artikel. »Nichts Besonderes, nur die üblichen Lobeshymnen über den unternehmerischen

Pioniergeist. Der Kommerzienrat wird sogar zitiert: ›Schon heute importieren wir einen großen Teil der Baumwolle aus den Schutzgebieten. In Zukunft werden wir unsere Geschäfte erweitern. Wir Deutschen müssen in unserer Musterkolonie Togo langfristig investieren, um das Land und die Wilden zu zivilisieren.‹«

»Mehr nicht?«

Viktoria antwortete nicht. Der Artikel hatte eine Erinnerung in ihr wachgerufen. Sie las den Artikel noch einmal, aber je länger sie darüber nachdachte, desto mehr entglitt ihr die Erinnerung. Sie kam einfach nicht darauf.

Sie legte den Bericht beiseite und nahm sich die nächsten Texte vor. Zweimal stieß sie auf kleine Artikel zu Fällen von Korruption in den deutschen Kolonien. Viele Deutsche machten in Afrika offenbar auf sehr fragwürdige Weise ein Vermögen. Allerdings waren die Berichte sehr allgemein gehalten, sie konnte keine Verbindung zu Seyfarth finden. Schließlich war sie bei dem letzten Zettel angekommen. Dort ging es um den Streik der Londoner Dockarbeiter im Mai dieses Jahres. Enttäuscht legte sie ihn beiseite.

Sie sah zu Christian auf. »Haben Sie etwas gefunden?«

Der blickte auf den Stapel vor sich. »Einen Bericht über die Ausstellung *Die Frau in Haus und Beruf*, aber sonst nichts.«

»In der Ausstellung war ich. Da habe ich sehr gute Vorträge zur Berufsarbeit der Frau gehört«, bemerkte Viktoria, während sie die Zettel wieder zu einem ordentlichen Stapel zusammenlegte. Ob sich die Zeitungsmacher bewusst waren, wofür ihre Schriften letztlich verwendet wurden? Die Blätter waren einen Tag lang von größter Wichtigkeit, danach nur noch billiges Papier.

Im gleichen Augenblick wurde ihr klar, wonach sie eben vergeblich gesucht hatte. Es war nicht der Artikel gewesen, der die Erinnerung in ihr wachgerufen hatte, es waren die Zeitungen insgesamt.

»Die Zeitung in Seyfarths Zimmer!«, rief sie aus.

Christian sah sie überrascht an. »Was meinen Sie?«

»Da war doch eine Zeitung in Seyfarths Zimmer, erinnern Sie sich? Das *Münstersche Tageblatt.*«

»Das stimmt. Ich habe sie eingesteckt und in mein Zimmer gelegt. An die habe ich gar nicht mehr gedacht. Ich hole sie.«

Christian stand auf und eilte in großen Schritten davon. Es dauerte keine Minute, bis er wieder zurückkam. In der Hand hielt er die zusammengerollte Zeitung. Er setzte sich nah zu ihr, sodass sie sie gemeinsam durchsehen konnten. Die Zeitung war vom 20. April. Der große Artikel auf der ersten Seite war der *Titanic* gewidmet, die wenige Tage zuvor untergegangen war. Sie blätterten weiter. Viktoria las die Überschriften, überflog einzelne Artikel. Das gewaltsame Ende eines Streiks der Arbeiter in der russischen Goldgräbergesellschaft Lena erregte ihre Aufmerksamkeit. Zweihundertsiebzig Arbeiter waren von Soldaten erschossen worden.

»Moment!«, sagte sie, als Christian weiterblättern wollte. Ihr war das Wort »Togo« in einem kleineren Artikel darunter aufgefallen.

Sie überflogen den Bericht. Danach war in der Musterkolonie Togo angeblich eine besonders widerstandsfähige Baumwollpflanze entwickelt worden. Zahlreiche Investoren hatten Aktien des Unternehmens gekauft. Offenbar wurde die Investition als Geheimtipp innerhalb der höheren Kreise weitergegeben. Doch dann stellte sich heraus, dass die Pflanze lediglich eine gängige Variante der Sea-Island-Baumwolle war, die bereits seit Jahren in der Kolonie eingesetzt wurde. Viele Anleger forderten ihr Geld zurück und sprachen von Betrug. Aber der Besitzer des Unternehmens wies alle Forderungen zurück, er habe niemals behauptet, dass es eine Neuentwicklung sei.

Christian sah auf. »Das muss die Saatzuchtanlage gewesen sein, von der mein Redakteur gesprochen hat.«

Viktoria dachte an den Artikel, den sie vorhin zu Gustloff gefunden hatte. »›Wir Deutschen müssen in unserer Musterkolonie Togo langfristig investieren, um das Land und die Wilden zu zivilisieren.‹ Das hat Gustloff gesagt.«

Christian nickte. »Er hat sein Geld in die angebliche Baumwollzüchtung gesteckt. Für ihn als Textilfabrikanten muss es eine verlockende Geldanlage gewesen sein. In dem Artikel steht, der Geheimtipp kam aus den höheren Kreisen.« Christian pfiff durch die Zähne. »Seyfarth.«

Der Concierge wirkte etwas pikiert, als Christian ihm die Kiste mit den Blättern vor die Nase stellte. »Wir suchen Kommerzienrat Gustloff. Sie wissen nicht zufällig, wo er ist?«

»Der Herr Kommerzienrat pflegt um diese Zeit immer die Zeitung zu lesen. Im Herrenzimmer.«

Christian wandte sich ab, kehrte dann aber zurück. »Gibt es irgendwelche Telegramme, die wir Herrn Kommerzienrat Gustloff mitbringen können?«

Der Concierge runzelte die Stirn. »Telegramme für Kommerzienrat Gustloff?«

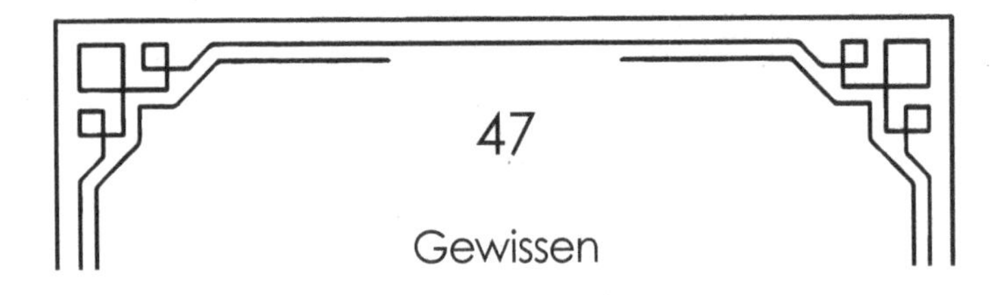

47

Gewissen

Gustloff saß im Herrenzimmer in einem der Sessel beim Fenster, vor sich auf den Knien die ausgebreitete Zeitung. Nach kurzem Zögern folgte Viktoria Christian in den Raum. Zum Glück war kein anderer Mann anwesend. Viktoria war sich sicher, dass sie sonst sofort hinausgeworfen worden wäre. Eine Dame im Herrenzimmer, wo gab es denn so was! Bislang war ihr das Verbot immer selbstverständlich erschienen. Aber auf einmal fragte sie sich, warum Frauen den Raum nicht betreten sollten. Weil hier über Politik und über Geschäftliches geredet wurde?

Gustloff runzelte die Stirn, als er sie sah. Aber er verkniff sich einen Kommentar.

Christian zog für Viktoria einen Stuhl heran. »Verzeihen Sie, wenn wir hier so eindringen«, sagte er mit einem Blick auf Viktoria. »Aber wir müssen mit Ihnen sprechen.«

Sie setzten sich. Dann hielt Christian Gustloff die Zeitungsseite mit dem Artikel hin. »Sie haben kürzlich in Togo investiert, nicht wahr?«

Der Kommerzienrat nahm wortlos die Zeitung, las den Bericht. Als er wieder aufblickte, war er puterrot vor Wut.

»Ich verbitte mir, damit in Verbindung gebracht zu werden! Was unterstellen Sie mir?«

Christian blieb ganz ruhig. »Ich will Ihnen gar nichts unterstellen. Aber ich bin mir sicher, dass dies der Grund ist, warum Sie Ihre Sommerfrische auf Norderney verbringen. Oder warum sind Sie sonst zu genau der Zeit im Palais-Hotel, in der auch Seyfarth sich hier aufhält?«

»Es ist Saison, mein Lieber.« Gustloff lehnte sich in seinem Sessel zurück. Seine kleinen Augen funkelten wachsam.

»Seyfarth ist jedes Jahr zu dieser Zeit hier, und Sie wussten das. Ich nehme an, er hat das Geschäft mit der Baumwollzucht vermittelt und eine Provision kassiert«, fuhr Christian unbeirrt fort.

Wieder einmal dachte Viktoria, dass an Christian ein Kriminaler verloren gegangen war. Er strahlte eine überraschende Autorität aus.

Doch Gustloff war nicht so leicht zu erschüttern. Er reichte Christian die Zeitung zurück. »Ich denke, Sie haben sich da etwas vergaloppiert, junger Mann.«

Christian schüttelte den Kopf. »Sie haben Geld investiert und verloren. Seyfarth sollte für Ihre Verluste in Togo geradestehen, schließlich hat er Ihnen das Geschäft vermittelt. Sie haben ihm gedroht. Kurz darauf ist er tot. Ich denke, der Zusammenhang wird die Polizei durchaus interessieren.«

Gustloff nahm seine eigene Zeitung wieder auf. »Tut mir wirklich leid, aber ich habe keine Zeit, mir diese Hirngespinste weiter anzuhören.«

Christian betrachtete Gustloff und schüttelte den Kopf. »Ihr geschäftiges Tun in den letzten Tagen. Immer wieder diese Telegramme, die Sie angeblich erwartet haben. Ein bloßes Täuschungsmanöver. Der Concierge sagte, Sie hätten keinerlei Nachrichten erhalten.«

Tatsächlich wusste der Concierge von keinen Telegrammen für Gustloff. Aber der Mann hatte erst gestern seine Stelle angetreten, vielleicht hatte Gustloff nur in den letzten beiden Tagen nichts erhalten. Doch als Viktoria das Gesicht des Kommerzienrats sah, wusste sie, dass Christian richtiggelegen hatte. Der Kommerzienrat wirkte zum ersten Mal verunsichert.

»Weiß Ihre Frau davon?«, fragte sie einem plötzlichen Impuls folgend. »Dass Ihr Unternehmen kurz vor der Pleite steht?«

Gustloff zuckte zusammen, als hätte sie ihn geschlagen. Sie hatten also recht gehabt. Sie wechselte einen kurzen Blick mit Christian.

Der Kommerzienrat starrte unterdessen vor sich hin, die buschigen Augenbrauen zusammengezogen. Er war merklich zusammengesackt. »Sie weiß nichts, und sie darf es auch nicht erfahren. Es stimmt, Seyfarth hat das Geschäft in Togo eingefädelt und eine nicht unerhebliche Provision kassiert. Eine extrem widerstandsfähige Baumwollsorte hat er mir versprochen. Lange Fasern, perfekt für die Bekleidungsindustrie. Das Geschäft meines Lebens sollte es werden. Seyfarth stammt aus einer hochangesehenen Familie, ich habe ihm vertraut. Man muss sich doch auf die Reputation eines solchen Mannes verlassen können. Später habe ich erfahren, dass er noch weitere Investoren geködert hat. Es war von Anfang an Betrug. Es hat niemals Forschungen gegeben, geschweige denn irgendwelche neue Pflanzen.«

»Also sind Sie mit Ihrer Frau hergereist. Sie wollten Seyfarth zur Rede stellen.«

»Ich habe es zumindest versucht. Aber er hat mich behandelt wie einen lästigen Bittsteller.«

»Woraufhin Sie den Druck auf ihn erhöht haben.« Christian beugte sich vor. »Womit haben Sie ihm gedroht?«

Gustloff zuckte mit der Schulter. »Ich weiß nicht, was Sie meinen.«

»Wir waren Zeugen Ihres Gespräches mit Seyfarth, kurz vor seinem Tod. Wenn man es denn Gespräch nennen will.«

Gustloffs Blick wurde argwöhnisch. »Ach ja? Was genau haben Sie gehört?«

Christian antwortete nicht, sondern blickte den Kommerzienrat nur herausfordernd an.

Als Christian weiterhin schwieg, zuckte Gustloff mit den Schultern. »Jemand wie Seyfarth hat immer etwas zu verbergen. Mir war klar, dass es etwas geben musste, was nicht ganz sauber war, und ich hatte recht. Allerdings möchte ich nicht weiter ausführen, was es war. Über Tote sollte man nichts Schlechtes reden.«

»Das ist mir völlig egal«, warf Viktoria ungeduldig ein. Bisher hatte sie sich aus dem Gespräch herausgehalten, aber sie hatte langsam genug. »Ihre Frau hat Sie mit Henny Petersen gesehen. Was wollten Sie von ihr?«

»Mit wem?« Gustloff sah sie irritiert an.

»Dem Zimmermädchen.« Viktoria kochte innerlich vor Wut. Gustloff hatte sich nicht einmal Hennys Namen gemerkt.

Der Kommerzienrat holte seine Uhr aus der Weste und zog sie auf. Er tat es nur, um Zeit zu gewinnen, da war sich Viktoria sicher. »Also?«, fragte sie.

Gustloff sah auf, musterte Viktoria. »Sie und dieses Zimmermädchen waren befreundet, nicht wahr? Sie war Ihnen ähnlich. Genauso hartnäckig. Nicht unbedingt eine Eigenschaft, die einer Frau gut zu Gesicht steht.« Schließlich steckte er seine Uhr zurück in die Westentasche. »Wenn Sie es unbedingt wissen möchten: Das Zimmermädchen hat Herrn von Seyfarth beschuldigt, am Tod ihrer früheren Dienstherrin schuld zu sein. Ich war zufällig Zeuge eines Streits zwischen Seyfarth und dem Mädchen.«

Viktoria wechselte einen Blick mit Christian. Zufällig? Das konnte er seiner Großmutter erzählen.

»Das Mädchen hat einen Liebesbrief im Zimmer von Herrn von Seyfarth gefunden. Und der ähnelte auf frappierende Weise dem, den ihre Dienstherrin kurz vor ihrem Tod von ihrem heimlichen Geliebten erhalten hat. Das Mädchen hat eins und eins zusammengezählt und Seyfarth auf den Kopf zugesagt, dass er dieser heimliche Geliebte war.«

»Und?«, fragte Christian.

»Offenbar existierten Fotografien von der Dame. Kompromittierende Bilder, die unter keinen Umständen an die Öffentlichkeit gelangen durften. Die Frau ist erpresst worden, und sie hat sich deswegen umgebracht.«

Pikante Fotografien von einer Dame. Genau so etwas hatte der Fotograf angedeutet, bei dem Christian gewesen war. Aber Hennys Dienstherrin war schon vor einem Jahr gestorben. Das heißt, Seyfarth musste regelmäßig Bilder von Frauen gemacht haben. Viktoria sah Christian an. Doch der fixierte weiterhin Gustloff.

»Was hat Seyfarth zu den Vorwürfen des Zimmermädchens gesagt?«, fragte er jetzt.

Gustloff machte eine wegwerfende Handbewegung. »Er hat jede Schuld von sich gewiesen. Er wüsste nichts von Fotografien, und die Dame würde er nicht kennen. Aber das Mädchen hat sich nicht einschüchtern lassen. Sie hat ihn einen elenden Erpresser genannt. Sie war laut genug, dass ich sie hören konnte. Daraufhin hat er ihr gedroht, er würde für ihre Entlassung sorgen, wenn sie keine Ruhe gibt. Doch das Mädchen ist schnurstracks zur Hotelbesitzerin gegangen und hat ihr alles erzählt.«

»Und dann?«, warf Viktoria ein.

»Ist die Hotelbesitzerin zu Herrn von Seyfarth gegangen. Der hat alles von sich gewiesen und gesagt, das Mädchen habe ihn bestohlen und würde nun eine Lügengeschichte auftischen, um sich zu schützen.«

»Und Frau Luers hat das geglaubt?«, fragte Viktoria fassungslos.

Gustloff sah sie tadelnd an. »Bei derlei Dingen geht es nicht darum, wer recht oder unrecht hat. Ein hochangesehener Gast hat ein Zimmermädchen des Diebstahls beschuldigt! Natürlich musste Frau Luers sie daraufhin entlassen.«

»Woher wissen Sie das alles? Sie werden das wohl kaum *zufällig* mit angehört haben.«

Gustloff strich über seine braune Hose, als müsse er sie glätten. »Ich habe am nächsten Tag mit dem Mädchen gesprochen. Irgendjemand musste ihr doch helfen.«

»Sie wollten ihr helfen?«, fragte Viktoria zweifelnd.

Gustloff lächelte. »Nicht ganz uneigennützig, zugegeben, aber dennoch. Die Kleine war in Not.«

Viktoria glaubte Gustloff kein Wort. Seinen eigenen Vorteil hatte er gesucht, sonst nichts.

»Sie brauchen gar nicht so zu schauen, junges Fräulein. Das Mädchen hat mir die ganze Geschichte freiwillig erzählt. Sie wollte Gerechtigkeit, und sie wusste sehr gut, dass sie als Zimmermädchen nichts gegen Seyfarth unternehmen konnte. Sie hatte doch lediglich einen Liebesbrief, mehr nicht. Und sie war nur eine Bedienstete. Niemand würde ihren Vorwürfen gegen einen Adeligen Glauben schenken. Also habe ich dem Mädchen angeboten, mich höchstpersönlich an Graf von Seyfarth zu wenden. Ein wütender Vater ist weitaus effektiver als die Polizei. Er hat die Mittel, seinen Sohn zur Räson zu rufen. Keine gerichtliche Strafe. Aber Gerechtigkeit.«

Viktoria schüttelte den Kopf. »Sie hatten niemals vor, den Grafen zu informieren. Sie brauchten nur ein Druckmittel gegen Severin von Seyfarth, um Ihr Geld zurückzubekommen. Sie haben Henny vorgemacht, Sie würden ihr helfen. Aber in Wirklichkeit haben Sie Seyfarth gedroht, mit Ihrem Wissen zu seinem Vater zu gehen. Sie haben Henny ausgenutzt.«

Viktoria bemühte sich nicht, die Verachtung aus ihrer Stimme zu nehmen.

Gustloff sah sie perplex an. Doch er fasste sich schnell. »Das Mädchen ist ziemlich rasch dahintergekommen, dass ich Seyfarth senior nicht kontaktiert habe. Sie hat es mir auf den Kopf zugesagt. Sie hat gemeint, sie würde sich selbst um die Sache kümmern und sie würde mir gar nichts mehr erzählen. In dem Moment wurde mir klar, dass sie etwas anderes gegen Seyfarth in der Hand hatte. Etwas Reelles, nicht nur einen Liebesbrief. Ich habe ihr Geld geboten, damit sie mir verrät, worum es geht. Mit Engelszungen habe ich auf sie eingeredet. Ich habe ihr sogar einen Arbeitsplatz in meiner Fabrik angeboten. Aber sie hat gesagt, das habe sie nicht nötig. Sie könne einhundertzwanzig Worte in der Minute stenografieren, und sie würde im September als Schreibdame in einem Kontor in Hamburg anfangen. Das war natürlich Unsinn, welches Dienstmädchen kann schon Maschineschreiben?«

Es war also wahr. Henny hatte eine Stelle in einem Büro angeboten bekommen. Deswegen hatte Henny auch die Entlassung durch Frau Luers nicht geschreckt. Sie wollte etwas Neues anfangen, ein neues Leben. Weit weg vom Hotel und ihrem bisherigen Dasein. Das war es gewesen, was sie Viktoria hatte berichten wollen.

»Das Mädchen sagte, sie würde selbst handeln und auf niemanden mehr Rücksicht nehmen. Ich muss zugeben, ich war wütend. Ich biete ihr Geld, eine Arbeit – und sie lässt mich einfach abblitzen.« Der Kommerzienrat schüttelte in Erinnerung daran den Kopf. »Nun, ich bin dem Mädchen trotzdem dankbar für sein Wissen. Als ich gestern vom Tod von Severin von Seyfarth erfahren habe, habe ich seinen Vater kontaktiert. Ich habe ihm kondoliert und bei dieser Gelegenheit gewisse Andeutungen gemacht. Seyfarth senior kann sich keine schlechte Presse über seinen Sohn erlauben, ob der nun tot ist oder nicht. Er mag Druck auf die Zeitungen ausüben können. Aber Gerüchte kann er nicht unterbinden. Ich habe dem Grafen klargemacht, wie einträglich es wäre, wenn er als stiller Teilhaber in mein Unternehmen einstiege. Wir könnten die Produktion um Militäruniformen erweitern. Der Graf verfügt über beste Kontakte zum Kaiser und zum Reichskanzler. Es wäre ein Gewinn für uns beide.«

»Und Henny?«, fragte Viktoria.

»Das Zimmermädchen? Was soll mit ihm sein?«

»Wer hat sie ermordet?«

Gustloff sah sie verwundert an. »Das weiß ich doch nicht. Das Mädchen hat sich eindeutig zu weit vorgewagt. Gerechtigkeit! Das ist ein gefährlicher Traum, wenn man ein Zimmermädchen ist.«

»Hat Seyfarth sie getötet?«, fragte Christian.

Gustloff schüttelte den Kopf. »Seyfarth war im Theater, als das Mädchen starb. Ich habe ihn selbst dort gesehen.« Er strich sich über den mächtigen Bart. »Aber fragen Sie doch mal Dr. Feuser, was er mit der Geschichte zu tun hat. An dem Abend, als Seyfarth starb, wollte ich nach meinem Gespräch mit Seyfarth noch ein wenig nach draußen, um frische Luft zu schnappen. Als ich das Herrenzimmer verließ, kam Feuser gerade die Treppe hinunter.«

»Und?« Christian wusste nicht, worauf der Kommerzienrat hinauswollte.

»Feuser wirkte regelrecht erschrocken, als er mich sah. Fast hatte ich das Gefühl, er wollte umdrehen. Aber dann ist er weitergegangen. Und kurz darauf war Seyfarth tot.«

Der Kommerzienrat lehnte sich in seinem Sessel zurück und bedachte Viktoria und Christian mit einem vielsagenden Blick.

48

Meeresschaum

Das Wasser schlug mit sanften Wellen an den Strand. Wie immer war Christian von dem Naturschauspiel fasziniert. Die gleichförmige Bewegung, wenn das Wasser sich schäumend über den Strand ergoss, sich dann wieder zurückzog, um von der nächsten sich brechenden Welle verschluckt zu werden. Er roch den salzigen Duft der See.

Es war Viktorias Vorschlag gewesen, noch einmal hinaus an den Strand und in Richtung Weiße Düne zu gehen. Christian hatte ihr angesehen, wie sehr Gustloffs Worte sie aufgewühlt hatten. Sie war wütend, und er konnte es ihr nicht verdenken. Der Kommerzienrat hatte Henny schamlos ausgenutzt. Aber Christian hatte in Gustloffs Worten auch Angst gespürt. Der Kommerzienrat wäre nicht der erste Geschäftsmann, der sich aus kleinen Verhältnissen ganz nach oben gearbeitet hatte, nur um dann tief zu stürzen. Die zur Schau getragene Selbstgefälligkeit war nichts als Theater.

Christian hätte es früher merken müssen. Wenn er selbst auch nur ein kleiner Schreiberling war, wusste er doch sehr wohl, wie man sich fühlte in den sogenannten »besseren Kreisen«. Vermutlich ging es Gustloff nicht anders unter all den Adligen um sich herum. Gustloffs vornehmes Getue, das ständige Gerede von Aufträgen, Verhandlungen mit Geschäftspartnern – alles nur, um seine Unsicherheit zu überspielen. Aber wie sehr er sich auch bemühte, die vornehmen Familien würden ihn niemals als gleichwertig akzeptieren. Die Seyfarths und selbst die Balows, die nur dem Landadel angehörten, blickten auf Menschen wie Gustloff herab. Er war ein Emporkömmling, ein Parvenü. Und mehr würde er nie sein.

Die Sonne stand tief. Sie war hinter bauschigen Wolken verborgen, doch einzelne Strahlen drangen an den Wolkenrändern hervor und ließen das Wasser golden aufleuchten. Der Wind hatte aufgefrischt. Christian kannte die See gut genug, um zu wissen, dass ein Sturm aufzog.

»Das Meer ist wunderschön, nicht wahr?«, fragte Viktoria. »Wunderschön und grausam.«

Christian wusste, dass sie an Henny dachte. Sofort hatte er wieder das Bild vor Augen. Die dunklen Haare, die im Wasser trieben, der Rock, der sich im Wind blähte. Er versuchte, das Bild zu verscheuchen. Er wollte das Meer in guter Erinnerung behalten, denn schon bald wäre er wieder in der hektischen, lärmenden Großstadt und würde diese unendliche Weite der See, das gleichförmige Rauschen der Wellen und den Geruch nach Salz und Tang vermissen.

Viktoria atmete tief durch, dann wandte sie sich zum Gehen. »Wollen wir?«

Er nickte. Es fiel ihm schwer. Dies war sein letzter Abend, morgen musste er abreisen. Er hätte so vieles zu sagen, und doch brachte er es nicht über sich, davon zu sprechen. Stattdessen lenkte er das Gespräch auf Gustloff.

»Glauben Sie dem Kommerzienrat, dass Dr. Feuser Seyfarth und Henny getötet hat?«

Viktoria zuckte die Schultern. »Ich weiß nicht mehr, was ich glauben soll. Gustloff will sich selbst schützen. Er steht am Rande des Ruins. Es haben schon Menschen für weniger getötet. Ich traue ihm jedenfalls nicht.«

Christian nickte. Vermutlich hatte Viktoria recht. Doch sie hatten nichts gegen Gustloff in der Hand. Es konnte sein, dass er Feuser zur Tatzeit im Hotel gesehen hatte. Der Kommerzienrat selbst wollte zu der Zeit einen Spaziergang an der Promenade gemacht haben. Christian vermutete eher, dass er sich in einem einschlägigen Etablissement herumgetrieben hatte.

Christians Blick ging zu Viktoria. Sie betrachtete die Dünen mit dem sanft sich schwingenden Dünengras. Er musste sich zusammenreißen, sie nicht die ganze Zeit anzusehen. Die langen Wimpern, der wachsame Blick. Dies war sein letzter Tag mit ihr.

»Was ist das für eine Schule, an der Sie unterrichten werden?«, fragte er, denn plötzlich fielen ihm all die Fragen ein, die er ihr noch hatte stellen wollen.

Sie sah ihn überrascht an, lächelte dann. »Eine Reformschule. Wir möchten, dass die Schüler selbstständig lernen. Den Drill, den die Kinder heute erleben, lehnen wir ab.«

»Das klingt nach mehr Freiheit, als es der Kaiser erlaubt«, sagte er. Bisher hatte er immer gedacht, dass nur

Verrückte sich der Lebensreformbewegung anschlossen. Vegetarier und Menschen, die der Freikörperkultur frönten. Etwas von seinen Gedanken musste in seinem Blick gelegen haben.

Sie blieb unvermittelt stehen. »Was meinen Sie?«

Christian wandte sich zu ihr um. »Nun, ich kann mir Sie einfach nicht in einem Reformkleid vorstellen«, sagte er. Er hatte in der *Frau von Welt* eine Abbildung eines Reformkleides von Emilie Flöge gesehen, der Lebensgefährtin von Gustav Klimt. Auf ihn hatte das Kleid wie ein konturloser Sack gewirkt. Und die Frage, ob nun die von Heinrich Lahmann propagierte Baumwolle oder das von Sebastian Kneipp bevorzugte Leinen das richtige Material für Kleidungsstücke war, schien ihm auch nicht zu den wichtigsten Fragen der Welt zu zählen.

»Ein Reformkleid trifft vielleicht nicht ganz meinen Geschmack. Aber es ist der Gedanke, der zählt«, sagte Viktoria. »Keine Frau sollte in ein Korsett gezwängt werden.«

Da war er ganz ihrer Meinung, wenn auch vielleicht aus einem anderen Grund als sie. Wer jemals versucht hatte, ein Mädchen auszuziehen, wusste, warum das Korsett verboten gehörte. Aber diesen Gedanken würde er gegenüber Viktoria sicher nicht laut äußern. »Ich weiß zu wenig von der Reformbewegung, als dass ich mir eine Meinung erlauben könnte«, sagte er stattdessen.

»Es geht darum, die Schüler zu eigenem Denken anzuregen. Lernen geht am besten ohne Angst. Die Kinder sollen Spaß am Lernen haben und sich die Natur zum

Vorbild nehmen. Wir werden im Sommer mit ihnen nach draußen gehen, um den Unterricht dort abzuhalten.«

»Ich wünschte, ich wäre an so einer Schule gewesen. Der Einzige, der bei uns seinen Spaß hatte, war der Lehrer, wenn er uns mit dem Rohrstock versohlt hat.«

Viktoria lachte, wurde dann aber ernst. »Es ist ein neuer Ansatz. Ich denke, es wird eine aufregende Zeit.«

Sie sah ihn an, und es war das Glitzern in ihren Augen, das ihn plötzlich veranlasste, ihre Hand zu nehmen, sie an sich zu ziehen.

»Viktoria – ich möchte dich wiedersehen.« Da war es, das vertrauliche Du, das ihm so lange schon auf der Zunge gelegen hatte. Es fühlte sich gut an. Und für einen Moment glaubte er, dass sie ihm in die Arme fallen würde.

Doch dann trat sie einen Schritt zurück, blickte zu Boden. »Das wird nicht gehen.«

»Ich weiß, dass ich dir nichts zu bieten habe. Aber ich hatte gehofft …« Er verstummte. Was sollte er sagen? Er verfluchte die Klassenschranken und die starren Konventionen seiner Zeit.

»Es geht nicht um das, was andere denken, oder darum, ob Sie ein Bürgerlicher sind oder nicht«, sagte Viktoria, als habe sie seine Gedanken gelesen. »Meine Stelle als Lehrerin bedeutet mir viel. Mit ihr nehme ich einen eigenen Platz in der Gesellschaft ein. Ich werde eine berufstätige Frau sein, nicht nur Ehefrau.« Sie lächelte traurig. »Sie als Mann haben alle Freiheiten. Sie können machen, was Sie wollen, sich treffen, mit wem Sie wollen, wann immer Sie wollen. Aber ich würde meine Stellung gefährden. Eine Lehrerin darf nicht heiraten, für uns gilt das Zölibat. Wenn ich mich mit Ihnen träfe, würde ich alles gefährden, für das ich so sehr kämpfe. Für ein unabhängiges Leben, für meine Freiheit, für mehr Gerechtigkeit auf der Welt. Das kann ich nicht aufgeben. Für niemanden.«

Freiheit. Darum war es immer wieder gegangen in den Streitgesprächen, die Christian mit seinem Vater geführt hatte. Die Freiheit zu tun, was er wollte, den Beruf zu ergreifen, der ihm vorschwebte. Der Vater hatte nie einen Hehl daraus gemacht, dass er die Schulbildung seines Sohnes für verschwendete Zeit hielt. Wenn Onkel John nicht interveniert hätte, hätte Christian das Stipendium niemals annehmen dürfen. Als Christian das Abitur ablegte, hatte der Vater nur davon gesprochen, dass Christian endlich den Ernst des Lebens kennenlernen würde. Christian hatte genau gewusst, was der Vater meinte. Erst das Militär und dann als Ausbeiner in den Schlachthof, so wie sein Vater und sein Bruder vor ihm. Christian hatte die Militärzeit mit zusammengebissenen Zähnen hinter sich gebracht. Er hatte sich untergeordnet, hatte getan, was von ihm verlangt worden war. Aber als er die Kaserne verließ, schwor er sich, dass er von nun an sein eigener Herr sein würde. Der Vater hatte getobt, als er erfuhr, dass Christian sich bei einer Zeitung beworben hatte. Eine Zeitung! Ausgerechnet. Er empfand es als Hohn, als persönliche Beleidigung. Er hatte Christian vorgeworfen, nicht mit seiner Hände Arbeit Geld zu verdienen, etwas Besseres sein zu wollen. Immer wieder stritten sie, bis dem ewigen Streit schließlich das Schweigen folgte und sie gar nicht mehr miteinander sprachen.

Christian konnte Viktoria verstehen, vielleicht mehr, als sie ahnte. Er wusste, was es bedeutete, um seine Freiheit zu kämpfen. Aber er konnte es ihr nicht sagen. Sosehr sie es sich vielleicht auch wünschte. Viktorias Worte hatten ihm einen Stich versetzt. *Das kann ich nicht aufgeben. Für niemanden.* Plötzlich fühlte er den Wind, der in Böen über den Strand wirbelte, den Sturm, der sich ankündigte.

»Als Mann ist man längst nicht so frei, wie du denkst«, stieß er hervor. »In deiner Schicht ist alles so einfach, da hat man Tausende Möglichkeiten. Aber es gibt sehr viele Menschen in diesem Land, die das nicht können. Die immer das tun müssen, was man ihnen sagt. Die jede noch so miese Arbeit annehmen, um ihre Familie durchzubringen. Freiheit hat nur, wer über das notwendige Geld verfügt. So wie die Balows und die Seyfarths, die allein wegen ihres Standes auf andere Leute herabsehen und keinen Schimmer davon haben, wie es ist, sich durchschlagen zu müssen.« Erneut stellte er fest, dass er sich anhörte wie sein eigener Vater, aber in dem Moment war es ihm egal.

Sie funkelte ihn wütend an. »Christian Hinrichs, Sie sind borniert. Jeden Abend haben Sie mit den Herren an einem Tisch gesessen, und ich habe Ihnen angesehen, was Sie dachten: Diese Reichen sind so oberflächlich.« Sie schnaubte verächtlich. »Sie haben sich doch nie die Mühe gemacht, diese Menschen hinter der Fassade kennenzulernen. Alles, was Sie wahrnehmen, ist der Adelstitel und der Schein nach außen. Dabei wissen Sie doch nur zu gut, dass auf diese Äußerlichkeiten nichts zu geben ist. Frei wird nur, wer frei denkt.«

Er trat auf sie zu. »Du willst Freiheit, Viktoria? Die bekommst du nicht. Du schaffst dir mit der Stelle als Lehrerin nur ein neues Gefängnis. Ein hübscher Singvogel im Käfig, der die Gitter nicht sehen will und träumt, dass er frei ist.«

Seine Worte hatten sie verletzt, das konnte er sehen. Aber jetzt konnte er sie nicht mehr zurücknehmen. Er wollte sie auch nicht zurücknehmen.

Sie sah ihn für einen Moment sprachlos an. Dann schüttelte sie den Kopf. »Und ich hatte gedacht, Sie seien anders.«

Mit diesen Worten wandte sie sich um und ging davon.

Christian sah ihr nach. Er war ungerecht gewesen, und er wusste es. Und trotzdem hatte er sich nicht zurückhalten können. *Für niemanden.* Die Worte hatten ihm einen Stich tief in seinem Inneren versetzt. Sie wollte frei sein. Frei von was? Frei davon sein, ständig den eigenen Kopf durchzusetzen? Frei von dem sorglosen Leben, das sie führen konnte? Frei von ihm?

Viktoria verschwand zwischen den Dünen, und im gleichen Moment setzte das Bedauern ein. Dammich! Das war ihr letzter Abend, und er hatte es vermasselt. Weil er sich nicht zurückhalten konnte, weil er immer mehr wollte, als ihm zustand. Genau wie sein Vater es ihm immer vorgeworfen hatte.

Er wandte sich ab, ging langsam am Strand entlang, zurück zum Hotel. Das Meer hatte seine Faszination für ihn verloren. Der Wind wurde stärker. Das Wasser war stahlgrau, doch die Regenwolken waren von der untergehenden Sonne blutrot gefärbt. Dann sah er Dr. Feuser auf einer Bank an der Promenade sitzen, und augenblicklich wusste Christian, wohin mit seiner Wut und seinem Ärger.

49

Geständnisse

Feuser grüßte Christian mit einem kurzen Nicken, als er ihn kommen sah. Er schien nicht an einer Unterhaltung interessiert. Das war Christian herzlich egal. Er setzte sich neben ihn. »Ich habe die Kamera, die Sie verschwinden lassen wollten, heute Morgen aus dem Hafenbecken gefischt«, sagte er.

Dr. Feuser erstarrte. Er brauchte eine Weile, um sich zu fassen. »Sie haben mich gestern Abend gesehen?« Er sah Christian durch seine Schildpattbrille an. Seine dunklen Augen wirkten unergründlich. Schließlich nickte er und deutete mit seinem Stock in Richtung der Dünen. »Begleiten Sie mich? Dann erkläre ich Ihnen alles.«

Christian verspürte nicht die geringste Lust, mit Feuser einen Spaziergang zu machen. In den Dünen war es einsam, und selbst wenn Feuser nicht besonders kräftig wirkte, wollte Christian es nicht darauf ankommen lassen. Er hatte keine Lust, mit gespaltenem Schädel gefunden zu werden, weil er den Gehstock des Doktors unterschätzt hatte.

»Lassen Sie uns in die ›Klause‹ gehen«, sagte er schließlich. »Ich habe ohnehin Lust auf ein vernünftiges Bier.«

Die Gaststätte war leerer als beim letzten Mal. Ein einzelner Mann stand am Tresen. Er schenkte den Neuankömmlingen kaum Beachtung. Christian steuerte auf eine dunkle Ecke zu. Wenn Feuser durch die Umgebung befremdet war, ließ er es sich jedenfalls nicht anmerken. Christian bestellte Dortmunder Aktienbier. Kurz darauf standen die Gläser vor ihnen.

»Haben Sie die Bilder von Hennys Dienstherrin, mit der Sie sie erpresst haben, mit der Buchkamera gemacht?«, fragte Christian ohne Umschweife.

Feuser schwieg einen Moment. Dann nickte er. »Severin hat die Frau letztes Jahr bei einem Spaziergang kennengelernt. Elfriede Stuhr. Eine ehemalige Lehrerin, die durch eine Erbschaft ein gutes Auskommen hatte und das Wilhelm-Augusta-Heim finanziell förderte. Dafür lebte sie in dem Heim. Die Frau war sehr um ihren guten Ruf besorgt. Aber Severin hat seinen Charme spielen lassen und sie zu einem Treffen überredet. Danach haben sie sich immer wieder getroffen. Severin ist behutsam vorgegangen. Irgendwann hat er mir gesagt, dass ich sie fotografieren soll. Es ist gar nicht viel passiert, er hat sie geküsst. Sie war so überrascht, dass sie es einfach hat geschehen lassen. Auf der Fotografie sah es wie ein langer, inniger Kuss aus. Wir haben ihr dann einen Brief geschickt. Seyfarth hat ihn mir in die Feder diktiert. Sie war außer sich vor Sorge. Wenn jemand davon erfahren hätte, hätte sie vermutlich das Wilhelm-Augusta-Heim verlassen müssen. Also hat sie gezahlt. Severin sagte, da sei noch mehr zu holen. Wir haben ihr einen weiteren Brief geschickt. Kurz darauf haben wir gehört, dass sie ihrem Leben ein Ende gesetzt hat.« Er hatte die Hände vor sich gefaltet, als würde er eine Beichte ablegen. Und vielleicht war es das ja auch für ihn – eine Beichte.

»Wusste Henny schon damals von der Erpressung?«

Feuser schüttelte den Kopf. Er blickte Christian an. »Ich glaube nicht. Severin war sehr um Diskretion bemüht. Er hat Elfriede Stuhr niemals zu Hause besucht, sondern sie immer wie zufällig unterwegs getroffen. Aber nachdem die Frau sich umgebracht hatte, fand das Mädchen Severins Liebesbrief. Sie wusste, dass die Frau in den Tagen vor ihrem Tod größere Geldsummen von der Bank geholt hat, und hat sich einiges zusammengereimt. Allerdings kannte sie den Absender des Briefes nicht und hat es auf sich beruhen lassen. Aber dann hat sie in Severins Zimmer beim Reinemachen den Brief gesehen. Severin hat ihn immer nur abgeschrieben und an die nächste Dame adressiert. Frau Stuhr war nicht unser einziges Opfer. Wir haben etliche Damen in kompromittierende Situationen gebracht, sie fotografiert und anschließend erpresst.«

Etwas Ähnliches hatte Christian sich bereits gedacht. Feuser bemerkte Christians Blick und lachte traurig. »Ich bin wahrlich nicht stolz darauf. Aber es ist an der Zeit, reinen Tisch zu machen. Die Kamera war nur eines von Severins Geschäftsmodellen, allerdings ein sehr einträgliches. Ich habe fotografiert, und er hat sich um die Damen gekümmert. Sein gutes Aussehen und der Name seiner Familie haben ihm viele Türen geöffnet. Severin hat penibel darauf geachtet, dass er nicht in Verdacht geriet. Er war auf den Bildern nur von hinten zu sehen. Die Erpresserbriefe habe ich geschrieben, und ich habe auch das Geld in Empfang genommen. Meist kamen die Damen völlig aufgelöst zu Severin, nachdem sie die Bilder erhalten hatten. Sie ahnten natürlich nicht, dass er dahintersteckte. Er tat jedes Mal überrascht, sagte, er würde auch erpresst, und riet ihnen zu zahlen. Und das haben sie getan.«

»Aber Sie haben Ihren Kopf für diese Verbrechen hergehalten.« Christian war klar, dass Seyfarth die treibende Kraft bei dem Unternehmen war und Feuser nur benutzt hatte. Wie hatte es Louise Gustloff ausgedrückt: *Feuser ist ein anständiger Mensch, aber in der Nähe eines Severin von Seyfarth ist es kein leichtes Unterfangen, ein anständiger Mensch zu bleiben.*

Der Arzt starrte vor sich in sein Bierglas, das er noch kaum angerührt hatte. »Wir haben viele Frauen ins Unglück gestürzt. Ich werde mir das niemals verzeihen.«

»Wie fing alles an?«, fragte Christian.

»Der Graf hat Severin vor einiger Zeit die Apanage gekürzt und war auch nicht mehr bereit auszuhelfen, wenn Severin Geld brauchte.« Feuser kramte in seiner Sakkotasche und holte ein Zigarettenetui hervor. Er öffnete es, hielt es Christian hin. Yenidze-Zigaretten aus Dresden. Christian überlegte kurz, dann griff er zu. Wann hatte er schon die Gelegenheit, eine Zigarette zu rauchen, eine Yenidze noch dazu?

Feuser gab Christian Feuer. Der nahm vorsichtig einen

ersten Zug. Er hatte schon mal Pfeife geraucht, aber bislang noch nie Zigaretten. Es schmeckte bitter, und es kratzte im Hals. Christian musste sich bemühen, nicht zu husten.

Feuser inhalierte tief den Rauch. Es schien ihn zu beruhigen.

»Ich habe Severin vor einigen Jahren in einem Tanzlokal kennengelernt. Wir haben uns sofort gut verstanden. Wir waren jung und hatten nichts als Flausen im Kopf. Severin studierte auf Geheiß seines Vaters Jurisprudenz. Ich hatte mein Medizinstudium beendet und eine Praxis eröffnet. Tagsüber habe ich Patienten versorgt, nachts habe ich gefeiert. Dann bin ich eines Morgens betrunken vor die Straßenbahn gelaufen. In der Klinik bekam ich Morphium gegen die Schmerzen in meinem Knie. Irgendwann konnte ich wieder nach Hause, aber das Morphium blieb. Ich habe versucht, damit aufzuhören, aber Severin hat mich jedes Mal wieder verführt, und ich habe mich zu gerne verführen lassen. Aber hier auf der Insel habe ich es geschafft. Die ersten Tage waren schlimm, jetzt geht es besser, aber die Versuchung bleibt. Noch immer muss ich mich davon abhalten, meinem Verlangen nachzugeben. Es wäre so einfach. Aber ich kann es Louise nicht antun. Sie hat mir Kraft gegeben und mir über die schwersten Stunden hinweggeholfen.«

»Frau Gustloff wusste von Ihrer Sucht?«, fragte Christian überrascht.

»Sie hat mich ermuntert aufzuhören, hat an mich geglaubt. Und dennoch beruht unsere Freundschaft auf einer Lüge. Severin hat es zunächst bei ihr versucht, aber sein Charme prallte an ihr ab. Dafür zeigte sie an mir Interesse. Aus irgendeinem Grund wollte Severin, dass ich durch sie etwas Belastendes über ihren Mann herausfinde. Ich hatte bemerkt, dass der Kommerzienrat ihm ständig nachstellte. Offenbar wollte Severin ihn sich auf diese Weise vom Leibe halten. Also habe ich mich an Louise herangemacht. Es war einfach. Wir haben viele gemeinsame Interessen. Malerei, Musik, Theater. Wir haben uns oft lange unterhalten. Seyfarth verlangte, dass ich sie aushorchte. Aber ich brachte es nicht über mich. Louise war mir ans Herz gewachsen. Sie hat mich genommen, wie ich bin. Mich nicht für meine Abhängigkeit verurteilt, sondern mir geholfen. Es war eine neue Erfahrung. Durch sie habe ich angefangen, mich wieder wie ein Mensch zu fühlen. Mir war schon lange bewusst, dass es so nicht weitergeht. Spätestens seit dem Tod von Elfriede Stuhr war mir klar, dass sich etwas ändern musste. Aber ich brauchte jemanden, der mir zur Seite stand. Und das hat Louise getan.« Er bemerkte Christians Blick. »Sie denken, wir haben ein Verhältnis? Sie liegen falsch. Louise würde das niemals zulassen. Sie ist ihrem Mann treu. Aber es stimmt, ich wünschte, wir wären mehr als befreundet.«

Christian drückte seine Zigarette im Aschenbecher aus, nahm einen großen Schluck Bier, um den bitteren Geschmack im Mund loszuwerden. »Was geschah dann?« Er machte dem Wirt ein Zeichen, der sogleich ein neues Bier zapfte.

Feuser zuckte die Schultern. »Zunächst ging alles seinen normalen Gang. Seyfarth hat sich um die Damen gekümmert und hoffte auf die nächste Gelegenheit für eine aussagekräftige Fotografie. Aber vor einigen Tagen habe ich beschlossen, alles zu beenden. Ich habe ihm gesagt, dass ich ihm nicht mehr zur Verfügung stehe. Keine weiteren Erpressungen mehr. Er hat mich ausgelacht. Doch dann hat er gemerkt, dass es mir ernst ist. Er glaubte, Louise sei schuld an meinem Verhalten, ihr Einfluss habe mich verändert. Vor dem Tennisturnier drohte er mir, ich solle wieder zur Vernunft kommen, sonst würde ich es bereuen. Und Louise ebenfalls.«

»Er hatte etwas gegen Frau Gustloff in der Hand«, warf Christian ein.

Feuser nickte ernst. »Ja. Aber ich werde Ihnen nicht sagen, was es war.«

»Das brauchen Sie auch nicht, ich weiß es bereits. Louise Gustloff hat die Unterschrift ihres Mannes gefälscht.«

Feuser sah Christian überrascht an. »Sie hat es Ihnen gesagt?«

Der Wirt stellte Christian ein neues Bier hin. Er blickte zu Feuser, der noch immer vor seinem vollen Bierglas saß, aber der nahm den Mann gar nicht wahr. Der Wirt schüttelte den Kopf und ging wieder hinter den Tresen, um Gläser abzuspülen.

»Was passierte nach dem Tennisturnier?«, fragte Christian, ohne Feusers Frage zu beantworten.

Der drückte seine aufgerauchte Zigarette im Aschenbecher aus. »An dem Abend habe ich gesehen, wie Louise zu Severin gegangen ist und ihm wütend ein Buch überreicht hat. Der Blick, den Severin mir danach zuwarf, hat Bände gesprochen. Er wirkte sehr zufrieden. Ich habe mich mit Louise um halb zwölf im Rosenpavillon im Garten verabredet, um diese Zeit schläft der Kommerzienrat normalerweise. Aber ich hatte mich verspätet. Als ich die Treppe hinunterging, kam der Kommerzienrat gerade aus dem Herrenzimmer. Er hat mich gesehen. Ich war erschrocken. Ich dachte, er weiß von meiner Verabredung mit Louise. Aber er hat mich nicht angesprochen, sondern hat das Hotel durch den Seiteneingang verlassen. Severin war allein im Herrenzimmer. Ich hatte keine Lust auf eine Auseinandersetzung mit ihm. Ich wollte zuerst mit Louise sprechen und von ihr hören, was passiert ist. Also bin ich hinaus in den Garten, wo sie auf mich gewartet hat. Erst am nächsten Morgen habe ich erfahren, was geschehen ist. Ich konnte es nicht fassen, ich war wie betäubt.« Er saß mit hängenden Schultern da und starrte vor sich hin.

»Trotzdem waren Sie geistesgegenwärtig genug, um am nächsten Tag in Seyfarths Zimmer einzubrechen«, bemerkte Christian.

Feuser sah auf, nickte. »Ich wollte die Kamera an mich bringen, um sie loszuwerden. Und all die Erinnerungen, die mit ihr verbunden waren. Das ist mir offensichtlich nicht gelungen.« Er drehte nachdenklich sein Bierglas. »Ich hätte viel eher handeln müssen, hätte Severin in seine Schranken weisen müssen. Ich war ein Feigling. Selbst das Zimmermädchen hatte mehr Mut als ich.«

Jetzt nahm er einen großen Schluck von seinem Bier.

»Henny Petersen?«, fragte Christian.

Feuser stellte das Glas ab, nickte erneut. »Sie hat sich nichts von ihm gefallen lassen. Nachdem sie den Liebesbrief bei Severin gefunden hatte, sagte sie ihm auf den Kopf zu, dass er es war, der ihre frühere Dienstherrin erpresst und in den Tod getrieben hat. Severin hat daraufhin dafür gesorgt, dass sie entlassen wird. Er hoffte, sie so mundtot zu machen.«

»Aber Henny hat sich nicht einschüchtern lassen.«

»Im Gegenteil. Sie war ein schlaues Mädchen. Sie hat weitere Beweise gesucht. Und gefunden.«

Christian beugte sich vor. »Was für Beweise?«

»Fotografien, was sonst. Severin hatte die Abzüge kurz zuvor abgeholt. Natürlich hat er sie nicht einfach offen in seinem Zimmer liegen lassen, er war ja nicht dumm. Sie waren in der Hutschachtel unter seinem Zylinder auf dem Schrank versteckt. Er hat nicht gedacht, dass das Mädchen so gründlich suchen würde. Er hat sie unterschätzt.« Er nahm sein Bierglas und trank den Rest in einem Zug leer.

»Sie haben dieses Bild gemacht?«

»Allerdings. Es war das letzte Mal, dass mich Severin dazu überreden konnte. Danach wollte er, dass ich wie üblich den Brief schreibe, aber ich habe mich geweigert. Ich wollte mich nie wieder für so etwas hergeben.« Er setzte sich gerade auf. Zum ersten Mal an diesem Abend sah er Christian mit offenem Blick an.

Der beugte sich vor. »Welche Frau ist auf der Fotografie zu sehen?«

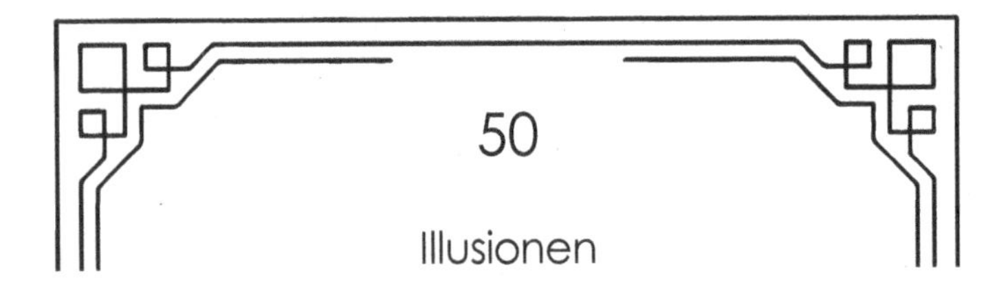

50

Illusionen

Viktoria lief mit energischen Schritten über die Kaiserstraße. Blicke folgten ihr, aber sie beachtete sie nicht. *Du schaffst dir nur ein neues Gefängnis*! Das musste gerade Christian Hinrichs sagen, der Menschen aus höheren Schichten mit derart abschätzigen Blicken begegnete, dass es schon fast peinlich war.

Sie erreichte das Hotel und ging auf die Veranda. Dort ließ sie sich an dem Tisch in der Ecke nieder, an dem sonst Clara mit ihrer Mutter und Tante saß. Sie wollte für sich allein sein, und dieser Tisch war am weitesten von den anderen Gästen entfernt.

Christian Hinrichs war wirklich borniert. Von wegen, Arbeiter hätten keine Wahl. Als ob sie das nicht wüsste. Was glaubte er, wen sie in der Reformschule unterrichten würde? Adelskinder? Christian Hinrichs hatte sich doch noch nie für die Leute seiner Schicht interessiert. Im Gegenteil, er wollte so weit wie möglich weg von all dem Elend und der Armut. Hatte er das nicht selbst gesagt? Dass er es als befreiend empfunden habe, als er seine Familie hinter sich lassen konnte?

Der Kellner kam, und Viktoria bestellte eine Mokkatorte. Sie nahm sich eine Zeitschrift, die auf einem der

Stühle lag. Die *Frau von Welt*. Ausgerechnet. Wahrscheinlich hatte Clara sie hier liegen lassen. Wütend blätterte Viktoria durch die Zeitschrift, überflog die Artikel. Kaiser Wilhelm hatte bei seinem Besuch der Firma Krupp gleich nach seiner Ankunft in Essen dem Legationsrat Dr. Krupp von Bohlen und Halbach den Titel und Rang eines außerordentlichen Gesandten und bevollmächtigten Ministers verliehen. Das dürfte die Baroness von Balow nicht gerade erfreuen.

Wenn Christian Hinrichs glaubte, sie würde sich bei ihm entschuldigen, konnte er lange warten. Wer riskierte denn seinen guten Ruf? Was, wenn sie jemand gesehen hätte, am Strand, als er ihre Hand genommen hatte? Und geduzt hatte er sie auch. In seinen Kreisen mochte das üblich sein, aber für sie reichte es schon, mit ihm gesehen zu werden. Was ein eingebildeter Kerl! Es geschah ihm ganz recht, bei einer Zeitschrift wie der *Frau von Welt* gelandet zu sein. Sie konnte sich ein Lächeln nicht verkneifen bei der Vorstellung, wie Christian Hinrichs zum jährlichen Ball der Debütantinnen würde gehen müssen.

Der Kellner brachte die Mokkatorte. Wie immer, wenn sie sich aufregte, war Mokkatorte das Beste, um sich zu beruhigen. Doch diesmal verpuffte die Wirkung der herben Creme. Sie hatte bereits das halbe Stück gegessen, aber sie war noch immer wütend. Wieso saß dieser Herr Hinrichs eigentlich auf so einem hohen Ross? Als würde er für das sozialdemokratische *Vorwärts* schreiben und die Lebensumstände der Arbeiter anprangern. Viktoria pflückte ein Schokoplättchen von der Torte, doch statt es sich wie üblich auf der Zunge zergehen zu lassen, zerbiss sie es.

Lustlos blätterte sie in der Illustrierten weiter, schlug sie schließlich zu. Was für ein belangloses Blatt! Warum Clara so etwas las, war ihr unbegreiflich. Nichts als Klatsch und Tratsch. Sie wollte die Illustrierte schon beiseitelegen, da fiel ihr etwas auf. Eine handschriftliche Notiz am unteren Rand der Rückseite. *Wir treffen uns um Mitternacht. Ich warte auf dich. S.*

Viktoria starrte auf den Schriftzug. Plötzliche Unruhe erfasste sie. Sie nahm die Illustrierte, rollte sie zusammen und verließ damit die Veranda.

Clara war allein auf ihrem Zimmer.

»Viktoria!«, sagte sie überrascht, als sie auf ihr Klopfen hin öffnete.

Clara ließ sie herein, ging anschließend zur Chaiselongue, wo sie offenbar gerade mit einer Stickarbeit beschäftigt gewesen war – ein Taschentuch, in das sie ein Monogramm stickte. Sie legte die Arbeit beiseite und klopfte mit der flachen Hand auf den Platz neben sich, als sie sich setzte.

Viktoria konnte ihre Unruhe kaum verbergen, aber Clara schien nichts davon zu bemerken.

»Setz dich doch. Wie schön, dass du kommst. Du hast heute etwas verpasst. Maman hat ihre Gewohnheit wieder aufgenommen, sich nachmittags hinzulegen. Also war ich allein mit Tante Elsie unterwegs. Wir waren beim Damenfriseur Leseberg in der Poststraße.« Sie strahlte

Viktoria an, deutete auf ihre Haare, stand auf und drehte sich einmal im Kreis. Claras Locken waren in der Tat frisch onduliert und am Hinterkopf mit einer silbernen Spange in Form eines Schmetterlings zusammengefasst. »Leseberg ist ein Friseur ersten Ranges. Das ist die neueste Pariser Mode. Wie findest du es?«

Viktoria verspürte keinerlei Lust, mit Clara über Frisuren zu reden. Sie wollte sie bitten, sich wieder hinzusetzen, doch Clara plapperte bereits weiter.

»Danach waren wir in der Parfümerie und haben Dralles ›Illusion‹ im Leuchtturm erstanden. Das echte Parfüm natürlich, es sollen ja so viele Fälschungen im Umlauf sein. Es riecht ganz wunderbar, du musst es unbedingt probieren.« Sie ging zur Frisierkommode und nahm ein Flakon zur Hand, das wie ein Leuchtturm geformt war, und sprühte sich etwas von dem Parfüm aufs Handgelenk, trat dann vor Viktoria und hielt ihr die Hand hin. Viktoria roch den feinen Veilchenduft.

»Der Nachmittag war superb!«, fuhr Clara fort. »Du hättest dabei sein sollen.«

Sie redete drauflos wie immer, aber zum ersten Mal hatte Viktoria das Gefühl, dass Clara ihr etwas vorspielte.

Sie nahm Claras Hand, zog sie neben sich auf die Chaiselongue.

»Clara, was ist zwischen dir und Seyfarth vorgefallen?«

Die Freundin sah sie mit großen Augen an. »Was meinst du?«

Viktoria entrollte die Illustrierte, die sie bislang in der

Linken gehalten hatte. »Ich meine das hier.« Sie zeigte auf die Notiz auf der Rückseite.

Clara riss ihr die Zeitschrift aus der Hand. »Wo hast du das her?«, stieß sie hervor.

»Es stimmt also.« Viktoria wusste nicht, was sie sagen sollte. Clara und Seyfarth!

»Hast du es Maman gesagt?« Clara sah Viktoria an. Angst und Wut mischten sich in ihrem Blick.

»Natürlich nicht.« Viktoria nahm Claras Hand, versuchte sich selbst mit der Geste zu beruhigen. Das konnte nicht sein. Es durfte nicht sein. »Was war zwischen dir und Herrn von Seyfarth?«

Clara sah starr vor sich, schwieg. Dann wandte sie sich Viktoria zu. Das war nicht mehr das naive Ding, das sie anblickte, sondern eine junge Frau, die wusste, was sie wollte. »Du darfst Maman davon nichts sagen. Versprich es mir.« Sie sah Viktoria fast drohend an.

»Sag mir, was zwischen dir und Severin von Seyfarth war. Warum warst du an dem Abend unten? Wart ihr verabredet?«

Viktoria sah vor ihrem geistigen Auge Clara die Treppe hinabschleichen. Seyfarth wartete bereits auf sie, zog sie an sich. Wollte mehr, als Clara zu geben bereit war, wurde zudringlich. Panik erfasste Clara, sie wich zurück, nahm die Bronzestatue …

»Es stimmt, wir haben uns heimlich getroffen. Severin ist bereits an dem Tag unserer Ankunft auf mich aufmerksam geworden. An dem Abend veranstaltete das Hotel einen Ball, und er hat mich zum Tanzen aufgefordert. Es war so wunderbar.« Clara lächelte bei der Erinnerung. Dann wurde sie wieder ernst. »Er wollte sich weitere Tänze auf meiner Karte reservieren, aber Maman war dagegen. Sie sagte, es schicke sich nicht gegenüber meinem Verlobten.« Sie schüttelte verständnislos den Kopf. »Maman denkt zu klein. Sie hat nicht die Möglichkeiten gesehen, die sich uns mit Seyfarth eröffnet hätten. Ein Mann aus einer Familie, die mit dem Kaiser speist! So eine Chance konnte ich doch nicht ungenutzt lassen. Verlobung hin oder her.«

Viktoria sah ihre Freundin ungläubig an. Einen derartigen Ehrgeiz hätte sie Clara nie zugetraut. Offenbar hatte sie ernsthaft mit dem Gedanken gespielt, gesellschaftlich in die höchsten Kreise aufzusteigen. »Du hast ihn also wiedergetroffen?«

Clara nickte. »Natürlich. Alles andere wäre dumm gewesen. Maman hat zwar etwas geahnt, aber sie kann ihre Augen nicht überall haben. Du weißt, sie leidet in der Nacht an Schlaflosigkeit und legt sich normalerweise nachmittags hin. Damit hatte ich genug Zeit.«

»Aber dann ist deine Tante bei dir.«

Claras Blick sagte Viktoria, dass Elsie von Czarnecki sehr genau Bescheid gewusst hatte. Natürlich, die Freifrau hatte eine romantische Ader. Viktoria konnte sich gut vorstellen, wie sie dafür gesorgt hatte, dass Seyfarth und Clara sich treffen konnten. Alles im Rahmen der Schicklichkeit, versteht sich. Aber trotzdem.

Clara hatte ihr Stickzeug wieder zur Hand genommen. Sie zupfte nervös an einem Faden.

»Am Tag nach unserer Ankunft bin ich am Nachmittag mit Tante Elsie zum Konzert am Conversationshaus gegangen«, fuhr sie in ihrer Erzählung fort. »Ich wusste, dass Severin dort sein würde. Er hat mich gesehen und mich erneut aufgefordert. Wir haben fast den ganzen Nachmittag zusammen getanzt. Danach war uns beiden klar, dass wir uns weiterhin treffen mussten. Tante Elsie wollte es zunächst nicht erlauben, aber schließlich meinte sie, ich sei nur einmal jung und solle es genießen, solange es ginge. In der ersten Zeit wollte sie immer dabei sein, aber ich habe sie dahingebracht, uns allein zu lassen. Ich war mit Severin am Strand, auf dem Seesteg und im Café. Und irgendwann hat er mich geküsst.«

»In aller Öffentlichkeit?« Viktoria sah Clara überrascht an. Christian als einfacher Arbeitersohn mochte es mit der Schicklichkeit nicht so genau nehmen, aber jemand vom Stande eines von Seyfarth?

Clara lachte auf. »Nein, natürlich nicht. Wir haben uns meist spätabends im Salon getroffen, wenn alle anderen Gäste zu Bett waren. Und manchmal woanders.« Sie legte das Stickzeug beiseite, aus dem sie einen Faden herausgezogen hatte, sodass ein hässliches Loch entstanden war.

»Was meinst du damit?«

Clara blickte auf, in ihren Augen blitzte es. Für sie schien das alles lediglich ein aufregendes Abenteuer zu sein. »Du darfst es aber niemandem verraten, hörst du? Nicht einmal Tante Elsie.«

Viktoria nickte, auch wenn sie nicht wusste, ob sie ihr Versprechen halten konnte.

Clara sah zur Tür, als müsse sie sich vergewissern, dass sie geschlossen sei. Sie senkte ihre Stimme. »Er war in meinem Zimmer.«

»Clara!«, entfuhr es Viktoria.

Clara strahlte unbekümmert. »Es ist einfach passiert. Er stand eines Abends vor meiner Tür und hat geklopft.«

»Und du hast ihn reingelassen?« Viktoria sah ihre Freundin mit großen Augen an.

»Ich konnte ihn doch nicht da stehen lassen. Wenn das jemand gesehen hätte! Natürlich ist nichts weiter geschehen. Maman sagt immer, Mäuse fängt man mit Speck, aber man sollte genügend Speck bei sich behalten, sonst hat man nichts mehr, um die Mäuse zu locken. Er ist eine Stunde später wieder gegangen. Ich glaube, sein Freund Dr. Feuser hat es bemerkt, denn er war draußen auf dem Flur.« Sie kicherte. »Aber wie gesagt, es ist nichts passiert. Wir haben uns geküsst, nicht mehr. Jedenfalls nicht viel mehr.«

»Clara!« Viktoria sah sie vorwurfsvoll an. Und gleichzeitig fühlte sie etwas anderes in ihrem Inneren. Neid.

Clara schien ihre Gedanken zu lesen. »Tu nicht so. Glaubst du, ich habe nicht gesehen, wie du diesen Christian Hinrichs ansiehst. Ich wette, er hat dich längst geküsst. Wenn nicht mehr. Bei diesen einfachen Leuten weiß man nie.«

Plötzlich kam Wut in Viktoria auf. »Es geht hier nicht um mich, sondern um dich.«

Clara richtete sich auf. In diesem Moment sah sie ihrer Mutter sehr ähnlich. »Severin von Seyfarth gehört dem

Hochadel an. Verstehst du nicht, was es bedeuten würde, jemanden wie ihn zu heiraten?«

»Aber du bist verlobt.« Viktoria fühlte selbst, wie schwach ihr Einwand war.

Clara zuckte mit den Schultern. »Verlobungen kann man lösen. Ich verstehe sowieso nicht, warum Maman unbedingt wollte, dass ich Hermann Grothekort heirate. Natürlich ist seine Familie wohlhabend – unfassbar, wie viel Geld man mit der Produktion von Zahnpasta verdienen kann. Aber Grothekort ist eben nur ein Bürgerlicher. Severin von Seyfarth ist eine andere Klasse. Eine Familie ersten Ranges. Trotzdem wollte Maman partout nicht, dass ich ihn näher kennenlerne. Ich glaube, sie hat etwas gemerkt. Deswegen hat sie auch ihren Nachmittagsschlaf ausfallen lassen. Sie hat über mich gewacht wie eine Glucke. Aber irgendwann muss auch Maman schlafen.« Clara legte die Hände in den Schoß, lächelte versonnen. »Tante Elsie hat mir immer Bescheid gegeben, wenn Maman zu Bett ging. Und dann habe ich mich mit Severin getroffen.«

Viktoria sah Clara ernst an. »Hat er Fotografien von dir gemacht?«

»Wie meinst du das?«

»Fotografien, die dich kompromittieren würden.«

»Natürlich nicht!« Clara wirkte empört.

»Was ist passiert an dem Abend, als Severin von Seyfarth starb?« Viktoria musste es einfach wissen.

Claras Blick verdunkelte sich. Mit einem Mal war das aufgeregte Glitzern in ihren Augen verschwunden, sie sackte ein wenig in sich zusammen.

»Ich war mit ihm verabredet. Ich wollte gehen, sobald Maman sich schlafen gelegt hat. Normalerweise leert sich der Salon spätestens um zehn, wenn die Abendveranstaltung vorbei ist. Selbst der Concierge macht um diese Zeit Schluss. Ich habe auf meinem Zimmer gewartet, bis ich von unten nichts mehr gehört habe. Dann bin ich runtergegangen und ... habe gesehen, was passiert ist.« Clara war blass geworden. »Dieser Concierge stand direkt vor Severin, das Blut tropfte von Severins Schläfe. Albert Vink hat ihn erschlagen. Es war furchtbar.« Clara starrte mit leerem Blick vor sich hin.

»Was genau hast du gesehen?«, fragte Viktoria mit eindringlicher Stimme.

Clara presste die Lippen aufeinander, schaute zur Seite. »Der Concierge stand bei ihm, die Statue in der Hand. Er ist es gewesen. Er hat Severin getötet.«

»Hast du wirklich gesehen, wie er ihn erschlagen hat?« Viktoria griff nach Claras Hand. Deren Augen füllten sich mit Tränen. Schließlich schüttelte sie den Kopf.

»Was ist passiert?«, fragte Viktoria sanft.

Eine Träne lief ihr über die Wange. »Tante Elsie wollte mir Bescheid geben, wenn Maman zu Bett geht. Das hat sie immer gemacht. Aber dieses Mal habe ich gewartet und gewartet, und sie kam nicht. Ich dachte, dass sie eingeschlafen sei, und habe überlegt, einfach nach unten zu gehen. Doch gerade, als ich an der Tür stand, kam sie herein. Sie hat mich zurück ins Zimmer gedrängt und gesagt, ich solle dort bleiben. Sie war ganz anders als sonst. Wütend. Sie ist sofort wieder aus dem Zimmer verschwunden.

Ich war überrascht, wusste nicht, was das zu bedeuten hatte. Draußen auf dem Flur war nichts zu hören. Ich habe noch kurz gewartet. Aber dann habe ich an Severin gedacht und dass er mit mir rechnet. Also bin ich nach unten gegangen.«

Clara ließ jetzt ihren Tränen freien Lauf. Schlaff lag ihre Hand in der von Viktoria. »Als ich hinunterkam, stand der Concierge vor Severin. Er hatte die Statue in der Hand, betrachtete sie. Ich habe zuerst gar nicht verstanden, was los ist. Und erst als ich das Blut gesehen habe, wusste ich, was passiert war.« Sie atmete tief ein. »Im gleichen Moment wurde mir klar, dass Tante Elsie gewusst haben musste, dass Severin tot ist. Deswegen sollte ich auf meinem Zimmer bleiben.« Clara blickte Viktoria an, drückte ihre Hand, als könne sie dort Halt finden. »Ich glaube, Tante Elsie hat etwas mit Severins Tod zu tun«, flüsterte sie.

51
Leuchtend grünes Glas

Elsie von Czarnecki saß auf der Veranda, auf demselben Platz, auf dem Viktoria kurz zuvor gesessen hatte. Die Wärme hatte sich während des Tages unter dem gläsernen Vordach gestaut. Die Luft war drückend schwül. Draußen türmten sich dunkle Wolken auf, kündeten von einem reinigenden Gewitter. Die Straßen hatten sich geleert. Die meisten Sommerfrischler hatten rechtzeitig, bevor der Regen kam, ihre Unterkunft aufgesucht.

Viktoria setzte sich zu Elsie von Czarnecki.

Die seufzte. »So eine Hitze. Ich hoffe, nach dem Gewitter ist es wieder etwas erträglicher.«

Viktoria hatte kurz erwogen, Christian zu bitten, sie zu begleiten, aber sie konnte ihm nicht verzeihen, was er gesagt hatte. Außerdem bezweifelte sie, dass Elsie von Czarnecki in Christians Anwesenheit reden würde. Nein, sie musste das allein klären.

»Ich weiß, dass Clara sich vorgestern mit Severin von Seyfarth treffen wollte«, sagte sie ohne Umschweife und setzte sich.

Elsie von Czarnecki zuckte nicht mit der Wimper. Sie reagierte überhaupt nicht auf Viktorias Worte. »Wir hatten heute einen wunderbaren Nachmittag. Wie gefallen

Ihnen meine Locken? Ich finde, sie liegen sehr gefällig.« Sie tupfte kurz an ihren Haaren.

»Was ist an dem Abend geschehen?«, fragte Viktoria.

Elsie von Czarneckis Blick wurde glasig. Sie sah dann gedankenverloren vor sich hin. »Wissen Sie, dass wir in unserer Jugend auch schon in die Sommerfrische gefahren sind? Es waren unbeschwerte Tage. Wir haben sie jedes Jahr auf dem Gut unserer Großeltern in Pommern verbracht, Freya und ich. Wenn ich heute daran zurückdenke, kommt es mir vor, als habe damals immer die Sonne geschienen. Alles lag noch vor uns. Oft habe ich überlegt, was mir meine Zukunft wohl bringen würde, wen ich heiraten, wie viele Kinder ich haben würde. Und dann habe ich Theo getroffen, einen Freund meines Cousins, der den Sommer in Pommern verbrachte. Theo kam aus Rostock, war der Sohn eines Bankiers, redegewandt, charmant. Ich habe mich sofort in ihn verliebt. Sooft es ging, haben wir uns heimlich getroffen. Freya hat uns damals gedeckt, hat gesagt, wir würden gemeinsam ausreiten, obwohl sie genau wusste, dass ich mich mit ihm am See traf. O ja, sie war nicht immer so streng zu sich und anderen. Das Leben hat sie hart gemacht, damals war sie noch anders. Natürlich blieben meine heimlichen Treffen mit Theo nicht lange unbemerkt. Ein Knecht hat uns gesehen und meinen Onkel davon in Kenntnis gesetzt. Theo musste noch am gleichen Tag abreisen. Ich war am Boden zerstört. Ich wäre am liebsten gestorben.«

Viktoria fragte sich, ob die Geschichte nur ein Ablenkungsmanöver war, um sich Viktorias Fragen nicht stellen zu müssen. Doch ihre Neugier war geweckt. »Haben Sie Theo wiedergesehen?«

Die Freifrau lächelte wehmütig. »Das habe ich. Etwa einen Monat nachdem wir auf unser Landgut zurückgekehrt waren. Theo hielt bei meinem Vater um meine Hand an. Aber der war nicht begeistert. Er hatte sich eine andere Partie für mich erhofft. Einen Gutsbesitzer, keinen Bankier. Er sagte, wir müssten ein Jahr warten, wenn wir dann immer noch heiraten wollten, würde er es erlauben. In diesem Jahr schrieben Theo und ich uns regelmäßig. Ich konnte es morgens kaum erwarten, bis der Postbote kam. Aber dann blieben die Briefe plötzlich aus. Mein Vater war erleichtert. Er glaubte, Theo habe das Interesse an mir verloren, ganz wie er gehofft hatte. Doch kurz darauf erhielt ich einen Brief von meinem Cousin. Theo war am Fieber gestorben.« Sie seufzte. »Theo war im Dezember in einen kalten Regen geraten. Ein paar Tage später hat er angefangen zu husten, er bekam Fieber. Sein Zustand verschlechterte sich zusehends. Als er seinen letzten Brief geschrieben hat, muss er schon todkrank gewesen sein. Mit keiner Silbe hat er erwähnt, wie es um ihn steht.« Ihre Finger lagen auf ihrer langen Halskette. Sie berührte eine Perle nach der anderen, als würde sie einen Rosenkranz beten. Obwohl der Tod ihres Geliebten schon so lange zurücklag, füllten sich ihre Augen mit Tränen. »Die Perlenkette ist das Einzige, was ich von Theo behalten habe. Die hatte er mir zum Geburtstag geschickt. Seitdem habe ich sie nicht mehr abgelegt.«

»Das tut mir leid«, sagte Viktoria. Bisher hatte sie sich

nicht viel Gedanken um Elsie von Czarnecki gemacht. Sie hatte immer etwas abwesend gewirkt, aber dennoch glücklich und zufrieden. Wer hätte gedacht, dass die Freifrau noch immer ihrer unglücklichen Jugendliebe nachtrauerte.

Jetzt sah Elsie Viktoria zum ersten Mal an. Sie lächelte. »Mein Vater sagte damals, das Leben würde weitergehen. Ich wollte ihm nicht glauben, aber er hat recht behalten. Etwa ein Jahr später machte mir Joseph von Czarnecki den Hof. Ein Landgutbesitzer, genau das, was mein Vater sich immer erhofft hatte. Joseph war dreißig Jahre älter als ich, und seine erste Frau war ein Jahr vorher an Schwindsucht gestorben. Ich dachte, die Trauer würde uns womöglich verbinden. Aber sie trennte uns nur. Bereits kurz nach der Hochzeit stellte ich fest, dass Joseph trank. Seine Kinder schoben mir die Schuld zu, sie hassten mich. Joseph starb elf Jahre später an Krebs, sein Sohn erbte das Gut. Es war eine schwere Zeit. Die Kinder wollten mich nicht mehr dort haben. Ich bin zurück auf unser Landgut gezogen, das Freya von unseren Eltern übernommen hatte und mit ihrem Mann bewirtschaftete.«

»Haben Sie Clara geholfen, sich heimlich mit Seyfarth zu treffen, weil Sie an Theo dachten?«, fragte Viktoria.

Elsie nickte. »Es sollte ihr nicht so gehen wie mir. Wenn mein Vater damals nicht gesagt hätte, wir müssten noch ein Jahr warten, dann hätten Theo und ich geheiratet. Selbst wenn er an Fieber gestorben wäre, so hätten wir doch diese gemeinsamen Monate gehabt. Deswegen habe ich bei Freya ein gutes Wort für Severin von Seyfarth eingelegt. Aber Freya wollte nichts davon hören. Sie sagte, Clara sei Grothekort versprochen. Grothekort! Allein schon der Name. Das ist kein Mann für unsere Clara. Er hat überhaupt nichts Weltmännisches an sich. Er ist einfach nur ein Krämer.« Sie stockte. »Allerdings – wenn ich gewusst hätte, wie wichtig diese Heirat für uns ist …«

»Was meinen Sie?«, fragte Viktoria überrascht.

»Ich verstehe nicht viel von Wirtschaftsdingen. Ich habe mich nie dafür interessiert. Freya ist da anders. Sie hat immer gesagt, wir brauchen hohe Zölle, damit die billigen Importe aus dem Ausland unseren Markt nicht überschwemmen und unsere Landgüter überleben können. Sie besitzt eine Weitsicht, um die ich sie oft beneidet habe. Freya wusste immer, was zu tun ist. Damals, als die Situation mit Josephs Sohn unerträglich wurde, hat sie mich zu sich geholt. Und nach dem Jagdunfall ihres Mannes übernahm sie die Geschäfte. Sie war die Starke. Aber sie war auch einsam. Sie musste immer alles mit sich allein ausmachen. Auch als sie nach dem Tod ihres Mannes herausgefunden hat, dass das Gut verschuldet war. Hoch verschuldet. Ihr war sofort klar, dass ihre Töchter eine gute Partie machen müssen, um das Landgut zu retten. Aber ihre Älteste, Margarethe, die ist ein Wildfang. Die wollte nicht heiraten und schon gar nicht den Mann, den ihre Mutter ausgesucht hatte. Margarethe ist auf und davon, nach München, wo sie mit einer anderen Frau eine Wohnung teilt. Sie hat nicht einmal Geld, um im Winter vernünftig zu heizen. Ich glaubte, Freya sei kaltherzig, weil sie Margarethe finanziell nicht unterstützt.

Aber so war es nicht. Sie hat getan, was getan werden musste. Sie wollte das Gut schützen, sie konnte kein Geld verschwenden, wir brauchen jeden Groschen. Als Grothekort Interesse an Clara zeigte, wusste Freya, dass er die Lösung unseres Problems sein würde. Er war von Anfang an großzügig, hat Geld für das Gut vorgestreckt und uns auf diese Reise eingeladen. Wenn Grothekort die Verlobung löst, dann stehen wir vor dem Nichts. Wir können ihm das Darlehen nicht zurückzahlen. Es geht um alles oder nichts. Clara muss ihn heiraten.«

»Aber dann hat Clara Severin von Seyfarth kennengelernt.«

Die Freifrau nickte ernst. »Severin von Seyfarth war ein Lebemann. Er hat unsere Clara nur ausgenutzt. Ich habe das nicht gleich erkannt, weil ich in ihm nur das Gute sehen wollte. Niemals hätte ich gedacht, dass ein Mann von Stand sich so schändlich benehmen würde.« Sie atmete tief durch, blickte zu dem grünen Glas der Fensterscheiben, das am Tag noch so geleuchtet hatte und nun grau und dunkel war. »Er hat Fotografien von sich und Clara gemacht. Oder besser gesagt, machen lassen. Dr. Feuser war vorhin bei mir und hat inständig um Entschuldigung geben. Als ob entschuldigen etwas helfen würde.«

Viktoria konnte die Bitterkeit in Elsie von Czarneckis Worten hören. Dinge dieser Art geschahen, selbst in höheren Kreisen. Viktoria erinnerte sich an die Leberecht-von-Kotze-Affäre, die das Reich einige Jahre zuvor erschüttert hatte. Mitglieder des Hofes hatten gemeinsam gefeiert, selbst die Schwester des Kaisers soll anwesend gewesen sein. Offenbar artete die Feier aus, und kurz darauf erhielten die Beteiligten pornografische Bilder und Erpresserbriefe. Der beschuldigte Hofzeremonienmeister Leberecht von Kotze konnte damals seine Ehre im Duell wiederherstellen. Aber als Frau würde Clara so eine Chance nie haben. Wenn die Bilder publik würden, wäre ihr Ruf für immer zerstört und damit die Aussicht auf eine gute Partie.

Viktoria sah Elsie von Czarnecki eindringlich an. Dann fragte sie erneut: »Was ist an dem Abend passiert?«

52

Koffer packen

Christian schloss die Zimmertür, lehnte sich mit dem Rücken dagegen. Er schloss für einen Moment die Augen. Clara von Seyfarth! Diesen Namen hatte Dr. Feuser genannt, als Christian ihn nach der Frau auf den Fotografien gefragt hatte. Christian konnte es kaum glauben. Er hatte Clara zwar für recht naiv gehalten, aber sie entstammte einer hoch angesehenen Familie. Niemals hätte er gedacht, dass sie sich zu einem Techtelmechtel mit einem Mann wie Seyfarth hinreißen lassen würde. Damit rückte sie allerdings auch in den Kreis der Verdächtigen, was den Mord an Seyfarth anging. Immerhin war sie an dem Abend dort gewesen. Doch Feuser hatte ihm versichert, dass Clara nichts von der Erpressung wusste. Offenbar hatte Henny Petersen ihr Wissen um die Fotografien niemandem mehr mitteilen können. Jemand hatte sie vorher umgebracht. Die Frage war, wer. Und wer anschließend Seyfarth tötete.

Christian setzte sich aufs Bett. Er sah das Gesicht von Feuser vor sich, reumütig, zerknirscht. Für einen Moment hatte er geglaubt, der Arzt wäre drauf und dran, ihm den Mord an Seyfarth zu gestehen. Aber das hatte der weit von sich gewiesen. Er sei vielleicht ein Lump, aber kein Mörder, hatte er gesagt. Christian wusste nicht, was er davon halten sollte. Feuser hätte ein Motiv gehabt, immerhin bedrohte Seyfarth ihn, erpresste ihn sogar. Aber trotzdem glaubte Christian nicht, dass Feuser zu einem Mord fähig war. Schon gar nicht an einem Menschen, den er lange als seinen Freund betrachtet hatte.

Christian starrte vor sich hin. Dann fiel ihm ein, dass er seinen Koffer packen musste, morgen früh würde er keine Zeit haben. Er stand auf, zog den kleinen Lederkoffer unter dem Bett hervor und begann, seine Sachen darin zu verstauen. Die Kamera legte er in die Umhängetasche, so würde sie die Fahrt unbeschadet überstehen.

Die Fahrt. Wie oft in den letzten Tagen hatte er sich vorgestellt, dass Viktoria am Anleger stehen und ihm zum Abschied winken würde. Nun ja, wenn er ehrlich war, hatte er mehr von dem stürmischen Kuss vorher geträumt. Aber nun würde dort niemand sein. Er wusste, dass er ungerecht gewesen war, und doch fühlte er noch immer die Wut. Viktoria war eine Bürgerliche, die nichts Besseres zu tun hatte, als mit Arbeiterkindern Ausflüge in die Natur zu machen. Dabei bräuchten die viel eher etwas zu essen und eine vernünftige Wohnung. Sie hatte offensichtlich ziemlich romantische Vorstellungen von Arbeitern. Hatte sie sich deswegen mit ihm abgegeben? Weil der Sohn eines Schlachters für sie ein Abenteuer war?

Für niemanden wollte sie ihre Freiheit aufgeben, hatte sie gesagt. Dabei hatte er sie nun wahrlich nicht gefragt, ob sie heiraten wolle. Nur Zeit hatte er mit ihr verbringen wollen, mehr nicht.

Christian unterbrach seinen Gedankengang. Natürlich wollte er mehr von ihr. Er wollte mit seiner Hand über ihren Körper streichen, ihre Haut fühlen. Aber ihm war klar, dass sich dieser Wunsch nie erfüllen würde.

Christian betrachtete den Koffer. Er hatte sein Hemd achtlos hineingestopft. Seine Zimmerwirtin würde schimpfen, die Waschfrau kam nur einmal im Monat. Extra Wäsche kostete extra Geld. Christian seufzte. Er nahm das Hemd wieder heraus, strich es glatt und legte es sorgfältig in den Koffer. Inzwischen war es draußen fast dunkel geworden. Er machte das elektrische Licht an und staunte wie so oft über die Helligkeit, die die kleine Birne verbreitete. Der Raum in St. Georg, den er vor Kurzem bezogen hatte, war noch nicht elektrifiziert. Seine Zimmerwirtin sagte, sie käme auch gut mit Kerzen und Petroleumlampe zurecht.

Christian schob den Koffer zur Seite, nahm den kleinen Stapel mit Bildern, die er vom Fotografen geholt hatte, und setzte sich auf das Bett. Die ersten Fotografien waren von dem Tag, als er am Strand entlanggegangen war. Ein Bild vom Herrenbad mit den Badekarren und den Sandburgen. Es war nicht schlecht geworden. Christian würde es Teubner anbieten. Natürlich gegen einen Aufpreis, er hatte nichts zu verschenken.

Das zweite Bild zeigte das Meer, das hatte er gemacht, kurz bevor er Henny aus dem Wasser zog. Er dachte daran, wie er Viktoria damals das erste Mal gesehen hatte. Ihre nackten Füße im warmen Sand, die Art, wie sie ihn herausfordernd angesehen hatte. Christian steckte das Bild nach hinten in den Stapel.

Es folgten Schnappschüsse auf der Insel. Der Leuchtturm, die Bremer Logierhäuser, der runde Zeitungskiosk an der Promenade. Dann ein Bild von Viktoria. Der breite Hut warf einen Schatten auf ihr Gesicht. Trotzdem konnte er ihr Lachen erkennen, die Sommersprossen auf ihren Wangen. Er hatte es an dem Tag gemacht, als sie gemeinsam durch den Ort gegangen waren. Kurz darauf waren sie am Kolonialwarenladen gewesen, er hatte in ihre Augen geschaut und das unbezähmbare Verlangen gehabt, sie zu küssen. Lange betrachtete er das Bild, als könne es die Gefühle in diesem Augenblick wiederaufleben lassen. Das Kribbeln in seinem Bauch, sein Verlangen, immer in ihrer Nähe zu sein.

Christian steckte die Fotografie nach hinten. Die nächsten Bilder waren vom Tennisturnier. Es kamen noch einige Schnappschüsse von Viktoria. Die Bilder vor dem Hotel, als sie den Concierge abgelenkt hatten. Viktoria sah hinreißend aus. Sie posierte wie eine Schauspielerin. Und doch gefiel ihm kein Bild so gut wie das von Viktoria am Strand. Er nahm es noch mal hervor, betrachtete es.

Wenn er vorhin anders reagiert hätte, wenn er ihr gesagt hätte, was er dachte, was er fühlte – dann hätten sie diesen Abend noch für sich gehabt. Doch nun war die Gelegenheit verstrichen. Unwiederbringlich.

Er blätterte die letzten Bilder durch. Die Königliche Hof-Konditorei. Christian konnte die Balows an einem der Tische erkennen. Clara aß gerade Gefrorenes. Es war unglaublich, dass sie sich heimlich mit Seyfarth getroffen hatte. Sie musste eine gute Schauspielerin sein, um ihre argwöhnische Mutter derart zu täuschen.

Er wollte das Bild weglegen, doch irgendetwas hatte seine Aufmerksamkeit erregt, ohne dass er genau sagen konnte, was es war. Christian betrachtete die Personen genauer. Elsie von Czarnecki wirkte ungewohnt verschlossen, die Lippen fest zusammengepresst. Die Baroness saß daneben, mit ihrer üblichen Miene, die verriet, was sie von ihren Mitmenschen hielt.

Er nahm noch einmal die älteren Fotografien hervor, blätterte sie durch bis zu dem Tag des Tennisturniers. Auf einem der Bilder standen die drei Balows zusammen. Sie hatten ihre Sonnenschirme aufgespannt, denn es war besonders heiß gewesen. Die Baroness sah mit ihrem Pelz um die Schultern aus wie die Kaiserin persönlich. Christian dachte daran, wie Clara und Viktoria sich heimlich darüber lustig gemacht hatten, dass die Baroness ihren Pelzkragen nicht einmal an einem so heißen Tag ablegte. Christian nahm das andere Bild wieder hervor. Es war kurz nach Seyfarths Tod aufgenommen worden. Christian erinnerte sich genau – es hatte an dem Morgen geregnet. Er betrachtete die Baroness, ihr hochgeschlossenes Kleid. Der Zobel fehlte. Seit wann hatte sie den Pelz nicht mehr getragen?

Christian brauchte nur den Bruchteil einer Sekunde, um sich die Frage zu beantworten. Seit dem Mord an Seyfarth. Bei dem der Täter sich mit Blut besudelt hatte.

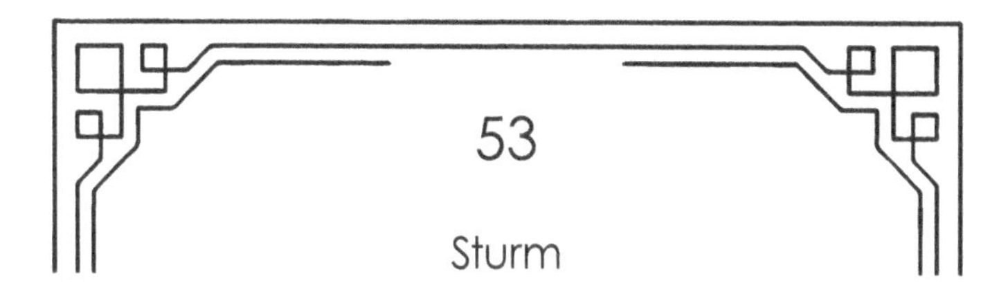

53

Sturm

Elsie von Czarnecki betrachtete die düsteren Gewitterwolken, die sich am Himmel auftürmten. Viktoria war ihrem Blick gefolgt. Bald würde sich die Dunkelheit über die Insel legen, und dann würde nur noch das Rauschen des Windes zu hören sein, der in Böen über die Veranda strich und alle Menschen von der Straße vertrieben hatte.

Als Elsie von Czarnecki schließlich zu sprechen anfing, gingen ihre leisen Worte im Tosen des Sturms fast unter. »Ich wusste doch nicht, was für ein Mensch dieser Severin von Seyfarth war. Sonst hätte ich Clara niemals geholfen. An dem Abend habe ich gewartet, dass Freya zu Bett geht, dann wollte ich Clara Bescheid geben. Aber Freya ist noch einmal hinuntergegangen, ich habe gehört, wie sie ihre Zimmertür schloss. Ich habe mich gewundert, wohin sie wollte. Die Mädchen bringen doch alles, wenn man läutet. Kurz darauf kam Freya wieder zurück. Ich bin unter einen Vorwand zu ihr ins Zimmer gegangen, weil ich sehen wollte, ob sie sich hinlegt. Freya war überrascht, als ich hereinkam. Sie hat sich umgedreht, und ich habe es gesehen. Das Blut. Auf ihrem Kleid und auf dem Pelz. Freya war außer sich. Sie hat mich angefaucht, es sei alles meine Schuld. Wenn sich Clara nicht mit Seyfarth getroffen hätte, wäre sie nicht gezwungen gewesen zu handeln. Ich habe nicht verstanden, was sie meinte. Bis sie sagte, Seyfarth sei ein ehrloser Lump und habe es nicht besser verdient, als wie ein Hund erschlagen zu werden. Ich war fassungslos, konnte mich für einen Moment nicht rühren. Dann habe ich an Clara gedacht, dass sie sich ohne meine Nachricht womöglich auf den Weg nach unten macht. Ich bin in ihr Zimmer gelaufen und habe ihr gesagt, dass sie dort bleiben soll. Anschließend bin ich wieder zurück zu Freya gegangen. Die hatte sich inzwischen umgezogen. Es war wie ein Spuk. Mit dem Pelz und dem Kleid schien sie alles abgestreift zu haben, was sie getan hatte. Doch dann hörten wir Claras Schrei.«

Elsie von Czarnecki verstummte.

»Wo ist Ihre Schwester jetzt, Frau von Czarnecki?«, fragte Viktoria.

Der Weg zum Seesteg war menschenleer. Die Sturmböen drohten sie von den Beinen zu reißen, zerrten an Viktorias Kleid und der Pelerine, die sie umgelegt hatte. Doch Viktoria kämpfte sich vorwärts. Die Schranke am Seesteg war geschlossen, aber sie konnte ohne größere Probleme unter ihr hindurchschlüpfen. Je weiter sie ging, desto stärker wurde der Wind. Wellen schlugen an die eisernen Bohlen, Gischt spritzte über die Planken, machte sie gefährlich rutschig.

Baroness von Balow stand am hinteren Ende an der Brüstung, schaute hinaus auf das wogende Meer. Sie hielt etwas in Händen, ein dunkles Bündel.

Viktoria näherte sich ihr. Längst hatte der Wind ihre Frisur aufgelöst, die Haare wehten ihr um den Kopf. Sie hatte das Gefühl, als würde der Sturm ihr den Atem nehmen.

Trotz des Sturmgetöses hatte die Baroness Viktoria bemerkt, sich zu ihr umgedreht. »Was wollen Sie?«, fragte sie, als sei Viktoria ein lästiger Dienstbote, der zu einem ungelegenen Zeitpunkt gekommen war.

Jetzt erkannte Viktoria, was die Baroness in Händen hielt. Es war der Pelz.

Die Baroness bemerkte Viktorias Blick. »Sie hat es Ihnen also gesagt.« Enttäuschung schwang in ihrer Stimme mit. »Ich hatte es befürchtet. Elsie konnte Geheimnisse noch nie für sich behalten.«

Viktoria ging einen weiteren Schritt auf die Baroness zu. »Sie schulden mir eine Erklärung!«

»Wie bitte?« Die Baroness schüttelte den Kopf. »Ich schulde Ihnen gar nichts. Sie stecken Ihre Nase in Angelegenheiten, die Sie nichts angehen.«

»Henny war meine Freundin, und sie war unschuldig.«

Die Baroness lachte bitter auf. »Unschuldig?«

Die Finger der Baroness hatten sich in den Pelz gekrallt. Weiß stachen die Knöchel ihrer Finger hervor. »Dieses Mädchen war nicht unschuldig. Sie hat mir eine Fotografie gezeigt, die sie in Seyfarths Zimmer gefunden hatte. Von Clara und Seyfarth in inniger Umarmung. Sie wollte Seyfarth bei der Polizei anzeigen. Verstehen Sie, was das für Clara bedeutet hätte?«

Die Baroness schrie die Worte mit schriller Stimme in

den Sturmwind, so als könnte sie endlich ihrer lang unterdrückten Wut freien Lauf lassen. Das dunkle Kleid der Baroness war durchnässt, und aus der strengen Frisur hatten sich einzelne Strähnen gelöst, die ihr im Gesicht klebten. Genauso hatte sich Viktoria die Meerhexe aus Christians Erzählung vorgestellt.

»Das Mädchen wollte kein Geld. Nein, diese Henny Petersen hatte die Unverfrorenheit, mich lediglich zu informieren, dass sie zur Gendarmerie gehen werde. Das muss man sich einmal vorstellen. Da will ein Dienstmädchen den guten Ruf unseres Hauses ruinieren – im Namen der Gerechtigkeit. Ha!« Die Baroness lachte wild auf.

»Was haben Sie Henny angetan?«, fragte Viktoria.

»Ich habe für Ordnung gesorgt. Nichts weiter. Ich habe von dem Zimmermädchen eine Aussprache verlangt. Sie hat zugestimmt. Natürlich hätte sie sich nicht überreden lassen, das war mir klar. Ich wusste, dass ich handeln musste. Deswegen habe ich sie zum Seesteg bestellt, spätabends, als niemand mehr dort war.«

»Henny war arglos!«, schrie Viktoria. Tränen der Wut stiegen ihr in die Augen.

»Natürlich war sie arglos! Sonst wäre sie ja nicht gekommen. Es war so einfach. Ich hatte vorher die Bohlen gelockert, wusste, dass sie nachgeben würden. Sie stand genau da, wo wir uns verabredet hatten. Sie drehte sich nicht einmal um, als ich kam. Eine Holzlatte hatte ich an der Seite bereit gelegt, ich musste das Mädchen damit nur in das Meer stoßen.«

Viktoria sah die Baroness fassungslos an. Deswegen

also hatte Henny sterben müssen. Weil sie wollte, dass Severin von Seyfarth für seine Taten zur Rechenschaft gezogen wurde. Henny hätte ihn nie dafür belangen können, dass er ihre frühere Dienstherrin in den Tod getrieben hatte. Aber für die Erpressung der Baroness von Balow mit den Fotos von Clara sehr wohl. Henny hätte ihn vor Gericht gebracht. Wie sollte sie ahnen, dass die Baroness sie töten würde, um die Ehre ihrer Tochter und damit ihr Landgut zu retten?

Die Baroness betrachtete den Pelz in ihren Händen. »Ich bin immer diejenige gewesen, die gehandelt hat. Alle haben nur zugeschaut und sind in ihr Unglück gerannt. Selbst mein Mann hat es vorgezogen, sich durch Selbstmord aus der Affäre zu ziehen. Er hat unser Landgut heruntergewirtschaftet. Aber anstatt etwas dagegen zu machen, hat er sich die Pistole an den Kopf gesetzt. Es hat mich viel Mühe gekostet, den Vorfall wie einen Jagdunfall aussehen zu lassen. Gedrückt hat er sich!« Sie spie die Worte förmlich aus. »Und meine Tochter Margarethe hatte auch nichts Besseres zu tun, als fortzulaufen. Sie hätte das Gut mit ihrer Heirat retten können. Jetzt schreibt sie mir Bettelbriefe. Wenn sie zu ihrer Pflicht gestanden hätte, wäre es nie so weit gekommen.« Sie schüttelte in ohnmächtiger Wut den Kopf. »Und nun Clara! Als sie diesen Seyfarth das erste Mal traf, war mir sofort klar, dass sie es auf ihn abgesehen hatte. Aber ich hatte so einiges über ihn gehört. Mit seinem Vater hatte er sich entzweit, und er soll es mit einigen Damen zu weit getrieben haben. Ich wusste, ich darf Clara nicht aus den Augen lassen. Und trotzdem hat sie es geschafft, sich mit ihm zu treffen und sich dabei auch noch fotografieren lassen!«

Unvermittelt drehte sich die Baroness um und warf den Pelz ins Meer. Im nächsten Moment war er in der wogenden See verschwunden.

Viktoria spürte plötzlich eine große Erschöpfung. Der Wind zerrte stärker denn je an ihr.

Die Baroness hatte sich gegen die Brüstung gelehnt und dem Bündel Pelz nachgesehen, das in den Fluten verschwunden war. Nun trat sie mehrere Schritte zurück, drehte sich zu Viktoria um. »Wissen Sie, dass Seyfarth vor ein paar Tagen zu mir gekommen ist? Das Zimmermädchen hatte ihm zwar einige Fotos entwendet und mit in den Tod genommen. Aber er hatte weitere Abzüge und hat sich erdreistet, von mir Geld zu verlangen! Ungeheuerlich!« Sie starrte vor sich hin. »Ich habe ihm gedroht, dass ich mich an seinen Vater wenden würde. Doch er hat sich nicht einschüchtern lassen. Er hat vielmehr angedeutet, dass er dann Clara mit in den Abgrund reißen würde.«

Dunkel erinnerte sich Viktoria an das Gespräch zwischen der Baroness und Seyfarth über dessen Vater.

Baroness von Balow schüttelte den Kopf. »Seyfarth war eine Schande für den Adelsstand. Niemand wird ihm eine Träne nachweinen.«

Unter ihnen schlugen die Wellen gegen die Pfeiler, mit jedem Aufschlag zitterte der gesamte Steg. Plötzlich sah Viktoria eine riesige Welle auf sie zurollen. Reflexartig griff sie nach der Brüstung. Im gleichen Moment schlug das Wasser über ihr zusammen. Sie krallte sich an das

Geländer, glaubte, mitgerissen zu werden. Eine Erschütterung durchlief das Bauwerk. Dann war überall nur noch reißendes Wasser.

Und plötzlich war es vorbei. Viktoria spürte, wie sie am ganzen Körper unkontrolliert zitterte. Sie brauchte einen Moment, um zu verstehen, was sie sah. Direkt neben ihr hatte die Wucht der Wellen einen Teil der Brüstung zerschellen lassen. Darunter tobte die See.

Viktoria ließ die Brüstung schlagartig los, machte einige Schritte nach hinten auf den Steg, weg von dem Abgrund.

Doch plötzlich tauchte die Baroness neben ihr auf, die offenbar weiter hinten Schutz vor der Welle gesucht hatte.

»Sie sind ebenfalls eine Schande«, hörte sie die Baroness sagen. »Sie lassen sich mit dem Sohn eines Arbeiters ein! Sie und Ihresgleichen sorgen für den Verfall aller Werte. Das Bürgertum verdrängt uns aus unseren Positionen, macht sich in der Gesellschaft breit. Selbst der Kaiser ist zu diesem Krupp nach Essen gefahren. Jemand muss dem Einhalt gebieten. Noch haben wir die Macht. Und wir werden dafür sorgen, dass es so bleibt.«

Sie machte einen weiteren Schritt auf Viktoria zu, trieb sie regelrecht zurück an die zerstörte Brüstung. »Sie haben geglaubt, Sie könnten es mit einer von Balow aufnehmen, aber da haben Sie sich getäuscht«, zischte die Baroness.

Bevor Viktoria reagieren konnte, spürte sie einen heftigen Schlag gegen ihren Oberkörper. Viktoria stolperte nach hinten, auf den Abgrund zu. Mit einem Fuß trat sie ins Nichts. Doch in letzter Sekunde konnte sie sich an dem glitschigen Geländerpfeiler festhalten. Halb hing sie im Wasser, halb auf dem Steg. Sie sah in die wutverzerrte Grimasse der Baroness, die versuchte, Viktorias Hände von dem Pfeiler zu lösen.

Die Baroness stöhnte vor Anstrengung. »Sie sind wie dieses Zimmermädchen«, stieß sie hervor, »das hat sich auch gewehrt bis zum Schluss. Aber Sie werden nicht gewinnen.«

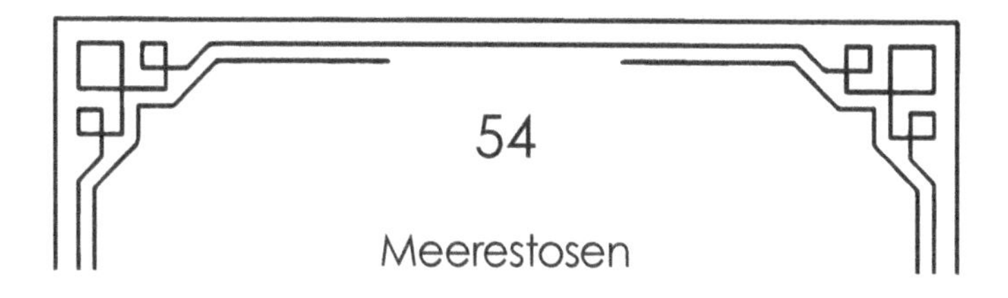

54

Meerestosen

Christian rannte die Kaiserstraße entlang, stemmte sich gegen den Sturm, gegen den peitschenden Regen, der eingesetzt hatte. Elsie von Czarnecki hatte ihm gesagt, dass die Baroness am Seesteg war. Und dass Viktoria ihr gefolgt war.

Warum hatte er es nicht eher bemerkt? Er hatte sich von der Baroness blenden lassen, hatte in ihr lediglich die vornehme Adlige gesehen, eine Frau, die abgehoben in ihrer eigenen Welt lebte und nur mit Verachtung auf Bürgerliche und Arbeiter hinabblickte. Doch tatsächlich war die Baroness eine Frau, die mit dem Rücken zur Wand stand, die um ihre Existenz bangen musste und die in ihrer Not vor drastischen Maßnahmen nicht zurückschreckte. Wenn er sie mit nüchternen Augen betrachtet hätte, vielleicht hätte er es dann früher erkannt, und Viktoria wäre jetzt nicht in Gefahr.

Es dauerte eine Ewigkeit, bis er die Promenade hinter sich gelassen hatte und zum Strand einbog. Die Brandung schlug laut tosend ans Ufer. Christian blieb stehen, kniff die Augen zusammen, versuchte, durch den Regenschleier etwas zu erkennen. Eine große Welle schlug über den Seesteg, schien alles mit sich fortzureißen. Doch dann erkannte er zwei Frauen dort draußen. Die Baroness und Viktoria.

Christian rannte los. Der Eingang zum Seesteg war noch ein ganzes Stück entfernt. Durch den Regen konnte er erkennen, wie eine der Frauen die andere Richtung Meer stieß. Die hielt sich in letzter Sekunde an einem Pfeiler fest.

Kurz darauf schlug eine zweite Welle über den Steg. Und dann war da niemand mehr. Beide Frauen waren verschwunden.

Christian rannte weiter, erreichte endlich die Schranke. Er wollte sich schon darunter hinwegducken, als er nur wenige Meter vom Strand entfernt ein Kleid sah, das auf den Wogen trieb. Christian rannte um den Steg herum an den Strand, geradewegs hinein in die Brandung. Sofort griff das Meer nach ihm, zog ihn mit sich hinaus. Er ließ es geschehen. Eine Welle hob ihn hoch hinauf, und da sah er das Kleid wieder. Mit wenigen Schwimmzügen hatte er es erreicht. Er ergriff es, zerrte den Körper zurück Richtung Ufer. Noch während er kämpfte, wusste er, dass es zu spät war. Trotzdem gab er nicht auf. Als er endlich festen Boden unter den Füßen spürte, wartete er auf die nächste Brandungswelle und ließ sich von ihr auf den Strand spülen.

Der leblose Körper lag neben ihm auf dem Bauch. Christian kam auf die Knie. Dann drehte er ihn um.

Dunkles Haar umrahmte ihr Gesicht, ihre Augen waren geöffnet. Die Baroness wirkte im Tod friedlicher als zu Lebzeiten.

Christian stand schwankend auf. Blickte hinaus auf das Meer. »Viktoria!«, schrie er gegen den Sturm an. Und dann sah er sie. Am Ende des Stegs klammerte sie sich an einen Pfeiler. Christian rannte zurück zu der Schranke. Im nächsten Moment war er auf dem Steg, lief, so schnell es der Sturm zuließ, über die glitschigen Bohlen. Viktoria sah aus, als könnte sie sich nicht mehr lange halten. Jeden Moment konnte eine Welle kommen und sie mit sich reißen.

Endlich war Christian da, streckte die Hand nach ihr aus. Für einen Moment sah er den Polizisten vor sich, dem er die Hand gereicht hatte und der in den Abgrund gestürzt war. Christian packte mit der Rechten Viktorias Hand, seine Linke umfasste ihr Handgelenk. Mit einem Fuß stemmte er sich gegen den Pfeiler. Und dann war sie bei ihm. Christian schloss seine Arme um sie, hielt sie fest. Er hatte sie.

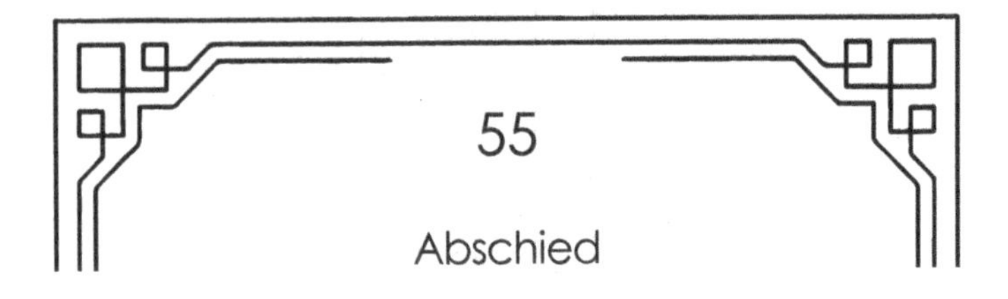

55

Abschied

Am nächsten Morgen war Christian schon früh zum Strand gegangen. Er wollte die Insel noch einmal so erleben wie am ersten Tag. Das Meer lag ruhig und glatt, so als wäre nichts gewesen. Christian ließ den Blick schweifen. Er konnte nicht glauben, welche Gewalt gestern von der See ausgegangen war.

Er stand eine Weile da. Schließlich wandte er sich vom Wasser ab und ging zurück zum Hotel.

Viktoria saß auf der Veranda. Sie sah noch immer blass aus, doch sie lächelte ihn an, als er kam. »Hast du dich vom Meer verabschiedet?«

Er nickte, versuchte, die Traurigkeit zu verscheuchen. Er deutete auf den Tee, der unberührt vor Viktoria stand. »Du solltest ihn trinken, du musst wieder zu Kräften kommen. Wie willst du sonst die Rasselbande in der Schule in den Griff kriegen?«

»Das schaffe ich schon«, sagte Viktoria.

Ihre Augen leuchteten lebhaft. Christian konnte den Blick kaum von ihnen abwenden. Er sah die weichen Schwingungen ihres Mundes, die Sommersprossen auf ihrer Nasenspitze. So würde er sie immer in Erinnerung behalten.

Er räusperte sich. »Ich muss los, das Schiff kommt in einer halben Stunde an.«

Sie legte die Decke beiseite, die sie um ihre Beine gewickelt hatte. »Ich begleite dich zum Kai.«

»Das kommt überhaupt nicht infrage. Du musst dich schonen.«

Sie sah ihn an. »Christian Hinrichs, glaubst du wirklich, du könntest mir etwas ausreden?«

Sie nahmen die Droschke – nicht den überfüllten Pferdeomnibus, Christian hatte darauf bestanden. Es war sein letztes Geld, aber er hätte noch mehr gegeben, für diese letzten ungestörten Minuten mit ihr.

Viktoria schaute während der Fahrt hinaus auf die Fußgänger, die Richtung Hafen gingen, um das Anlegen des Schiffes zu beobachten. Dann wandte sie sich zu ihm. »Ich habe heute Morgen mit Marie gesprochen. Der Concierge wird freigelassen werden, sie wird ihn abholen. Sie hat ihm einen Knüppelkuchen gebacken. Ich finde, die beiden passen gut zusammen. Vielleicht ist es ein Anfang für sie.«

Eine Silbermöwe segelte über die Droschke hinweg. »Hast du Clara gesehen?«, fragte er.

Viktoria schüttelte den Kopf. »Sie wollte nicht mit mir reden. Aber Elsie von Czarnecki war bei mir. Sie hat Claras Verlobten von den Vorkommnissen informiert. So etwas lässt sich nicht unter den Tisch kehren. Er hat es gefasst aufgenommen. Die Verlobung hat er natürlich gelöst. Die Balows werden ihr Landgut verlieren.«

»Das klingt, als hättest du Mitleid.«

»Clara konnte nichts dafür, sie wusste nicht, was sie auslösen würde. Was soll nun aus ihr werden? Sie wird keine gute Partie mehr machen können.«

»Sie wird ihren Weg schon finden, da bin ich mir sicher. Vielleicht macht sie eine Schminkschule auf, wie die in Berlin, von der sie gesprochen hat«, sagte Christian leichthin und lächelte Viktoria an.

Doch die blieb ernst, schaute aus dem Fenster.

Am Hafen empfing sie reges Treiben. Viele Sommergäste hatten ihr Gepäck ausladen lassen. Lederne Koffer, Taschen und Hutschachteln stapelten sich übereinander und warteten darauf, von den Dienstmännern auf das Schiff geladen zu werden.

Der Kutscher ließ die Pferde halten.

Viktoria nahm Christians Hand. »Ich werde dich vermissen.« Dann spürte er ihre Lippen auf seinen.

Christian stellte sich an die Reling des Seitenraddampfers und betrachtete die Menschen unten am Kai. Kurz darauf legte das Schiff ab. Viktoria hatte ein Taschentuch in der Hand, streckte es in die Luft. Er winkte zurück. Sah nur noch Viktoria. Wie sie dastand in ihrem weißen Kleid und dem großen Hut, im Gesicht ein tapferes Lächeln.

Er sah zum Kai, solange es ging.

»Das Meer wirkt heute friedlich.«

Gustloff war neben ihn getreten. Er trug einen grauen Gehrock, an den Ärmeln blitzten goldene Manschettenknöpfe, über den Schuhen trug er Reisegamaschen.

»Ich wusste nicht, dass Sie ebenfalls heute abreisen, Herr Kommerzienrat.«

Gustloff strich sich über den mächtigen Bart. »Dringende Geschäfte rufen mich zurück. Ich habe ein Telegramm erhalten. Der Kaiser hat meine Firma mit der Produktion neuer Uniformen beauftragt.«

Also hatte Seyfarth senior einer Zusammenarbeit zugestimmt. »Wo ist Ihre Frau?«, fragte Christian und sah sich um.

Gustloff deutete mit einem Nicken zur Insel. »Sie bleibt noch eine Weile.« Er zögerte, bevor er fortfuhr. »Es werden ohnehin bald die Spatzen von den Dächern pfeifen. Ich werde mich scheiden lassen. Sie hat mir gestern Abend gestanden, dass sie sich hinter meinem Rücken um eine Filmrolle bemüht hat. Das kann ich nicht dulden. Sie wusste, dass ich von ihr erwarte, dass sie zu Hause bleibt.« Er seufzte. »Nun, vielleicht ist es besser so. Meine Firma kann jedenfalls keinen Skandal vertragen.«

Christian fragte sich, ob Gustloff wirklich so kalt war, wie er tat. »Ist Dr. Feuser ebenfalls abgereist?«, fragte er.

Gustloff zog eine Zigarre aus der Brusttasche seines Rocks, biss die Spitze ab und spuckte sie ins Meer. »Der bleibt noch einige Wochen auf der Insel, will sich erholen«, sagte der Kommerzienrat betont gleichgültig. Aber seine mürrische Miene sprach Bände. Wahrscheinlich war Louise Gustloff bei Dr. Feuser geblieben. Vielleicht war es für die beiden ein Neuanfang. Christian würde es ihnen gönnen.

Der Kommerzienrat zündete die Zigarre an, paffte ein

paarmal, bevor er sich wieder an Christian wandte. »Nun, diese Tage auf der Insel haben für viele von uns Veränderungen gebracht. Ich muss gestehen, ich war überrascht zu hören, was passiert ist. Aber mir ist schon lange klar, dass es mit dem Adel bergab geht. Die Zeiten ändern sich. Die Industriellen werden die neue Elite werden, es ist Zeit für einen Umschwung.« Er nahm einen Zug von seiner Zigarre und wirkte sehr zufrieden. »Ich bin übrigens gespannt auf Ihren Artikel.«

Der Artikel. Christian war heute Morgen früh aufgestanden und hatte ihn fertig geschrieben. Es war eine launige Geschichte über die Sommerfrische geworden, genau wie Teubner es sich gewünscht hatte. Außerdem lag in Christians Tasche die Skizze zu einem zweiten Text. Er wusste nicht, ob der jemals veröffentlicht werden würde. Es war eine Geschichte vom Leben mit starren Konventionen, von Ängsten und vom Tod. Eine Geschichte, deren Veröffentlichung Seyfarth senior mit allen Mitteln versuchen würde zu verhindern, um den Ruf seines Sohnes nicht zu schädigen.

Christian sah zurück zu der Insel. Vermutlich war der Strand voll mit spielenden Kindern, auf der Promenade flanierten die Damen in ihren weißen Kleidern, die Herren im dunklen Cutaway und Bowler. Die Sommerfrische auf der Insel würde weitergehen, die Saison dauerte noch einige Wochen. Und dann würde es still werden. Bis zum nächsten Jahr.

Inzwischen war Norderney nur noch ein dünner Strich am Horizont. Christian stellte sich Viktoria vor. Vielleicht stand sie noch am Kai, sah dem Schiff nach. Vielleicht hatte sie den Sonnenschirm aufgespannt und die Hand schützend an die Augen gelegt. Er fühlte noch immer ihre Lippen auf seinen. Der Kuss war so stürmisch gewesen, wie er ihn sich erträumt hatte. Es konnte kein Abschied für immer sein. Er würde sie wiedersehen, egal, was kommen mochte. Christian warf einen letzten Blick auf die Insel. Dann war sie verschwunden.

Danksagung

Lang ist der Weg von der ersten Idee bis zum endgültigen Buch. Viele Menschen haben mich dabei begleitet und mich unterstützt.

Ganz herzlich bedanken möchte ich mich bei Matthias Pausch, dem Stadtarchivar von Norderney. Er hat mir Gelegenheit gegeben, mich im Stadtarchiv ausführlich über das Norderney im Jahre 1912 zu informieren, und hat meine sehr speziellen Fragen mit Geduld beantwortet. Bedanken möchte ich mich auch bei Manfred Bätje, dem ehemaligen Stadtarchivar Norderneys, für die hervorragende Führung durch das Bademuseum Norderneys und die vielen Anekdoten am Rande.

Außerdem gilt mein Dank Todd Gustavson, Curator, Technology Collection, und Kevin P. Rhoney, Media and Public Relations von der Eastman Kodak Company, die mir meine Fragen rund um die Kodak Brownie so zuvorkommend beantwortet haben.

Karin Hellriegel und ihre Mutter Erna Brandt haben mir bei den Übersetzungen ins Plattdeutsche geholfen. Weest bedankt!

Sarah Nisi und Anette Strohmeyer haben mir beigestanden, wenn es irgendwo hakte und der Plot einfach nicht so wollte wie ich.

Ein großer Dank gilt Lisbeth Körbelin und Lars Kossack von der Literarischen Agentur Kossack, die es ermöglicht haben, dass dieses Buch erscheint. Und natürlich meiner Lektorin Kerstin Schaub von Goldmann, die an das Manuskript geglaubt hat und mir wichtige Anregungen gegeben hat. Ebenso Dank an Heiko Arntz für das sorgfältige Lektorieren.

Zum Schluss möchte ich meiner Familie für ihre Unterstützung danken. Meiner Mutter Maria, meinen Geschwistern Robert, Petra und Carina und meinem Mann Volker. Vielen Dank, dass ihr für mich da wart.

Und Dank an die, die nicht mehr dabei sein konnten. August, Theresia und Heinrich. Ihr seid immer in meinem Herzen.

Unsere Leseempfehlung

480 Seiten
Auch als E-Book erhältlich

Edinburgh, 1888. Der Ermittler Ian Frey wird von London nach Schottland zwangsversetzt. Für den kultivierten Engländer eine wahre Strafe. Als er seinen neuen Vorgesetzten, Inspector McGray, kennenlernt, findet er all seine Vorurteile bestätigt: Ungehobelt, abergläubisch und bärbeißig, hat der Schotte seinen ganz eigenen Ehrenkodex. Doch dann bringt ein schier unlösbarer Fall die beiden Männer zusammen: Ein Violinist wird grausam in seinem Heim ermordet. Sein Dienstmädchen schwört, dass es in der Nacht drei Geiger im Musikzimmer gehört hat. Doch in dem von innen verschlossenen, fensterlosen Raum liegt nur die Leiche des Hausherren ...

www.goldmann-verlag.de
www.facebook.com/goldmannverlag

Unsere Leseempfehlung

576 Seiten
Auch als E-Book
erhältlich

London 1889. Nach der Aufführung von „Macbeth“ wird eine mit Blut geschriebene Botschaft aufgefunden: In Edinburgh, der nächsten Station der berühmten Theatertruppe, soll jemand grausam zu Tode kommen. Der Fall ruft die Inspectors Ian Frey und Adolphus McGray auf den Plan. Während der vernünftige Engländer Frey die düstere Ankündigung für reine Publicity hält, ist McGray von einem übernatürlichen Phänomen überzeugt, da Besucher eine „Todesfee“ vor dem Theater gesehen haben wollen. Ein Wettlauf mit der Zeit beginnt...

www.goldmann-verlag.de
www.facebook.com/goldmannverlag

Um die ganze Welt des
GOLDMANN Verlages
kennenzulernen, besuchen Sie uns doch
im Internet unter:

www.goldmann-verlag.de

Dort können Sie
nach weiteren interessanten Büchern ***stöbern***,
Näheres über unsere ***Autoren*** erfahren,
in ***Leseproben*** blättern, alle ***Termine*** zu Lesungen und
Events finden und den ***Newsletter*** mit interessanten
Neuigkeiten, Gewinnspielen etc. abonnieren.

Ein ***Gesamtverzeichnis*** aller Goldmann Bücher finden
Sie dort ebenfalls.

Sehen Sie sich auch unsere ***Videos*** auf YouTube an und
werden Sie ein ***Facebook***-Fan des Goldmann Verlags!

www.goldmann-verlag.de
www.facebook.com/goldmannverlag